MEIKE WERKMEISTER

Über dem Meer tanzt das Licht

W0318387

GOLDMANN
Lesen erleben

Meike Werkmeister

Über dem Meer tanzt das Licht

Roman

GOLDMANN

Die Songtexte, die Toni im Roman singt, stammen aus den Liedern »Flüssiger Sonnenschein«, »Wieder Engel« und »Bessere Fehler« der Münchener Sängerin und Songschreiberin Julia Kautz und werden mit freundlicher Genehmigung der Künstlerin abgedruckt. Alle Infos zu Julia Kautz sowie ihre Musik findet man unter: www.juliakautz.de

Dieses Buch ist auch als E-Book erhältlich.

FSC
www.fsc.org
MIX
Papier aus verantwortungsvollen Quellen
FSC® C083411

Verlagsgruppe Random House FSC® N001967

1. Auflage
Originalausgabe Juni 2020

Dieses Werk wurde vermittelt durch die Literarische Agentur Michael Gaeb.
Umschlaggestaltung: UNO Werbeagentur, München
Umschlagmotiv: © FinePic®, München
Illustration des Anhangs: © Lisa Roskamp, @letterlisi
Illustration der Postkarten: © Renata Wolff, »Haus Nr. 26«
Autorenfoto: © Ulrike Schacht
Redaktion: Kristina Lake-Zapp
LS · Herstellung: kw
Satz: Uhl + Massopust, Aalen
Druck und Bindung: CPI books GmbH, Leck
Printed in Germany
ISBN: 978-3-442-48788-2
www.goldmann-verlag.de

Besuchen Sie den Goldmann Verlag im Netz

Vielleicht ist Regen
nur flüssiger Sonnenschein.

Julia Kautz

1

Der Wind kam an einem der ersten heißen Tage des Sommers. Ich hatte mein Café früher geschlossen und war mit meiner Familie an den Strand gegangen. Den ganzen Nachmittag über hatten wir geplanscht, Burgen gebaut und Muschelherzen in den feuchten Sand gelegt.

Gegen neun Uhr abends saß ich glücklich und erschöpft auf meinem Handtuch, zwischen Sandeimern, Förmchen und ein paar Pizzakartons. Kleine glasige Wellen rollten an den Strand. Kinderlachen lag in der warmen Luft. Die tief über dem Horizont schwebende Abendsonne ließ alles so hell glitzern, dass ich die Augen zusammenkneifen musste, um Simon und Morlen zu erkennen. Sie trugen nur Badesachen und waren seit Stunden da draußen im Meer. Aber frieren würde heute niemand. Sie hatten ihre Surfbretter dabei, und meine Tochter redete gerade mit ausladenden Gesten auf meinen Freund ein. Dann kam die nächste Welle, und Morlen sprang mit kindlicher Leichtigkeit auf ihr Brett. Simon hatte nur wenige Stunden gebraucht, um ihr das Surfen beizubringen. Manchmal amüsierten die beiden sich darüber, dass Morlen es ihrer Ansicht nach bereits besser beherrschte als ich. Sie zogen dabei vielsagende Grimassen und lachten sich kaputt. Und ich lachte mit. Konnte es ein besseres Zeichen für ihre Zuneigung zueinander geben, als dass sie sich gegen mich verbündeten?

Morlen hüpfte vergnügt von ihrem Board ins knietiefe Wasser, das wie Funken in alle Richtungen sprühte. Dann schwang sie sich wieder darauf und paddelte zurück zu Simon. Sie so unbeschwert und fröhlich zu sehen machte mein Herz leicht. Bei Simon angekommen, ließ sie ihre Beine links und rechts vom Brett baumeln. Die beiden saßen nun direkt vor der funkelnden Sonne. Vom Strand sahen sie wie pechschwarze Scherenschnitte aus.

Auf meinem Schoß lag der Kopf meiner jüngeren Tochter Hannah. Sie war eingeschlafen. Irgendwann zwischen der dritten Sandburg und der zwölften Qualle, die sie mit ihrem Kescher aus einem Priel gefischt hatte, war sie auf mich zugekrabbelt und hatte sich halb auf mir, halb im Pudersand zusammengerollt. Was gab es Schöneres, als an einem solchen Tag am Meer einzuschlafen, unter freiem Himmel? Hannahs schwarze Löckchen, die sie von Simon geerbt hatte, kräuselten sich schweißnass an den Schläfen. Ihre kleinen Arme waren mit einer Kruste aus Sand, Salzwasser und Sonnencreme überzogen. Sie schmatzte leise im Traum. Ich versuchte behutsam, mein Bein, das einzuschlafen drohte, unter ihrem warmen Körper auszustrecken. Dabei streifte ich mit dem Fuß einen der Kartons, die

Simon vorhin aus dem Laden eines Kumpels im Dorf geholt hatte. Mittlerweile war die Pizza kalt, aber Baden und Surfen und Quallensammeln waren wichtiger gewesen.

Ich betrachtete meine Beine, die dort, wo sie nicht von Hannah oder feinem Sand bedeckt waren, leicht gerötet aussahen. Meine helle Haut war nicht gemacht für dieses Wetter. Auf dem Shirt, das ich über den nassen Bikini geworfen hatte, zeichneten sich dunkle Flecken ab. Meine langen Haare waren mittlerweile getrocknet, klebten aber strohig an den nackten Oberarmen. Es würde mehr brauchen als eine kurze Dusche, um uns alle von den Spuren dieses Tages zu befreien.

Ich hörte Morlen rufen und hob den Blick. Sie ließ ihr Board am flachen Ufer treiben, dann kam sie herbeigerannt, wobei sie jede Menge Sand aufwirbelte. Schniefend und triefend beugte sie sich über einen der Pizzakartons zu meinen Füßen und öffnete ihn hastig.

»Gibst du mir auch ein Stück, Maus?«, fragte ich sie.

Sie riss wortlos eines ab und reichte es mir über Hannah hinweg, die kurz zuckte, als ein paar Tropfen aus Morlens Haar auf ihr Gesicht fielen.

Wie groß Morlen geworden ist, dachte ich. Jetzt war sie schon elf, hatte lange Arme und Beine, und ich ahnte, dass sie bald eine richtige Jugendliche sein würde. Zum Glück wurde man nie zu groß für Sommerabende wie diesen.

Sie riss sich ebenfalls ein Stück Pizza ab und stopfte

es sich zur Hälfte in den Mund. Dann nahm sie ein weiteres und sagte kaum verständlich: »Für Simon.«

Mit einem Stück zwischen den Zähnen und dem anderen in der Hand rannte sie zurück in die Wellen, wo sie die Pizza auf ihrem Brett zu Simon transportierte. Im Gegenlicht sah ich ihn beherzt hineinbeißen.

Auch ich biss in mein Pizzastück, das bereits sandig war, wie alles, was man hier aß. Erstaunlicherweise hatte bisher keine der Möwen versucht, uns unser Abendessen zu klauen. Sogar sie schienen heute ein bisschen träge zu sein. Faul hockten sie auf einer der Buhnen und dösten. Erst jetzt kam Bewegung in die Schar, weil ein Labrador mit nassem Fell auf den Steindamm stürmte und die Versammlung bellend sprengte.

Ich sah, wie Morlen kauend mit Simon diskutierte und dabei den Kopf schief legte – vermutlich wollte sie nun ihn zum Pizzaholen schicken. Und wie meistens kam er ihrem Wunsch nach. Amüsiert beobachtete ich, wie er in seinen Badeshorts durch den Sand auf mich zulief. Das liebte ich an ihm. Dass er diesen wunderbar drahtigen Männerkörper hatte und sich gleichzeitig so unbeschwert bewegte wie ein Kind. Er blieb so knapp vor uns stehen, dass ich schützend die Arme über Hannah legte. Trotzdem rieselte eine kleine Sanddusche auf uns hernieder.

Behutsam, damit er seine kleine Tochter nicht aufweckte, beugte Simon sich über mich und tropfte mich mit Salzwasser voll. Dabei küsste er mich so stürmisch, dass ich lachen musste.

»So schön heute, oder?«, fragte er dicht vor meinem Gesicht. Er roch nach Sommer und Meer und Pizza Hawaii.

Ich strich ihm über den nassen, kalten Rücken. »Wunderschön.«

Und schon war er wieder unterwegs, mit einem Stück Pizza für sich und einem extragroßen für Morlen. Hannah bekam von alldem nichts mit. Sie hatte alle viere von sich gestreckt und schlief. Ab und zu zuckten ihre kleinen Mundwinkel. Vermutlich träumte sie von ihren Quallenfreunden.

So könnte es immer bleiben, dachte ich. So und nicht anders.

Dann spürte ich den Wind. Ganz sanft strich er mir über die nackten Beine, ließ Hannahs Löckchen wippen, hob einen Pizzakarton leicht an, jagte eine Gänsehaut über meine Oberarme. Nur kurz, und doch wusste ich, was er bedeutete.

Als die Sonne untergegangen war, radelte Simon unter Morlens Protest mit den Mädchen in die Wohnung. Er versprach, zumindest ihre Salz-Sand-Sonnencreme-Krusten abzuduschen, so gut er konnte, obwohl Hannah auch im Fahrradsitz weiterschlief. Vermutlich wäre es ohnehin vergebens, und alle Bettlaken würden wie üblich voller Sand sein.

Ich schaute kurz in meinem Café vorbei, weil ich vorhin überstürzt aufgebrochen war und nur das *Geschlossen*-Schild an die Tür des alten Backsteinhäuschens gehängt hatte. Als ich den dunklen Raum betrat, hielt ich einen Moment inne. Wie friedlich und still es hier war. Morgen würden wieder eilige Insulaner auf dem Weg zur Arbeit auf einen Kaffee vorbeischauen, und an den selbst gebauten Tischen aus hellem Holz würden gut gelaunte Urlauber sitzen und mit Blick aufs Meer und die Dünen ausgiebig frühstücken. Ich würde hinter der Theke, die aus dem gleichen Holz gezimmert war, einen Kaffee nach dem anderen zubereiten, Sanddorngelee auf Sauerteigbrote streichen und in Butter geschwenkten Zuckertoast auf Goldrandtellern mit kleinen Blüten und Himbeeren drapieren.

Ich liebte meine Strandmuschel. Vor dreieinhalb Jahren hatte meine Mutter mir das Erbe meiner Großmutter überlassen, damit ich den ehemaligen Strandkiosk pachten und renovieren konnte, wofür ich ihr für immer dankbar sein würde. Was wir aus diesem alten Lagerraum gemacht haben, dachte ich nicht zum ersten Mal und strich lächelnd mit dem Daumen etwas gemahlenen Kaffee von der Arbeitsplatte.

Ich machte nun doch Licht, kontrollierte die Zuckerdosen aus Emaille und die Weckgläser mit den Dünengräsern, schüttelte die erdfarbenen Kissen auf den Sitzbänken auf, stellte Tassen und Latte-Macchiato-Gläser auf die Siebträgermaschine, füllte die Bohnen nach. Alles bestens. Alles bereit für morgen.

Dann hörte ich einen Knall. Etwas war zerscheppert, auf dem Pflaster hinter meinem Café. Ich ging durch den Lagerraum nach draußen und machte das

Außenlicht an. Zwischen den aufeinandergestapelten Getränkekisten sah ich Tonscherben. Ein Dachziegel war heruntergefallen und in mehrere Teile zerbrochen. Besorgt legte ich den Kopf in den Nacken und blickte hinauf. Hoffentlich würden es über Nacht nicht noch mehr werden.

Auf dem Heimweg spürte ich ihn wieder, den Wind, der dafür verantwortlich war. Er hatte ordentlich aufgefrischt. Ich konnte sie mittlerweile unterscheiden, die Winde auf meiner Insel, und wusste, was sie bedeuteten. Es gab den eisigen Herbstwind, der die Nasenspitzen kalt werden ließ und mich in den Keller schickte, um die dicken Wachsjacken heraufzuholen. Es gab den Wind, der nach Regen roch und erst dann aufkam, wenn es längst zu spät war, um sich irgendwo unterzustellen, denn der Regen kam hier schneller als anderswo. Es gab den Wind, der die Hitze brachte, der versprach, dass wir bald wieder barfuß durch Priele waten und abends unsere Mückenstiche zählen würden. Und es gab den flattrigen Wind. Der wehte heute. Wenn dieser Wind aufzog, wurden die älteren Insulaner unruhig. Er kam vom Meer her, verfing sich in den Dünengräsern und schickte heftige Böen über die Insel, um Dinge mit sich zu reißen, so unverhofft und plötzlich, dass man nie schnell genug war, um sie festzuhalten. Manchmal waren es nur Papierservietten oder die Föhnfrisur. Manchmal ein ganzer Lebensentwurf.

Ich reckte meine Nase über den Lenker und ließ ihn über mich hinwegflattern, den Wind, weil man ja doch nichts tun konnte. Er kam und nahm sich, was er brauchte – ich hatte gelernt, es zu akzeptieren und mit Fassung zu tragen. Er hatte schon im Winter mehrere Dachziegel von meinem Café gerissen und einen Stehbiertisch durch die Luft wirbeln lassen, als wäre er eine Pusteblume. Er hatte Morlen mit dem Fahrrad den Deich hinuntergeschickt, wobei sie wie durch ein Wunder mit einigen blauen Flecken davongekommen war. Er hatte mir zwei Hüte gestohlen und meinen Lieblingsschal und mich schon oft nachts wach liegen und darüber nachgrübeln lassen, wie Luft so laut sein konnte, dass sie einem den Schlaf raubte.

Während ich die Strandpromenade entlangradelte, musste ich daran denken, wie ich mich hier einst eingesperrt gefühlt hatte. Wie ich gedacht hatte, vom Meer umgeben zu sein würde sich anfühlen, als befände ich mich in einem Gefängnis, das mich daran hinderte zu tun, was ich früher immer getan hatte, wenn es schwierig wurde: lautlos zu fliehen. Wie die Zeiten sich änderten. Heute fühlte ich mich hier freier, als ich mich je zuvor irgendwo gefühlt hatte.

Ein paar dramatisch rote Wolken, die oben auf der Nordsee schwammen, erinnerten daran, was für ein herrlicher Sommertag dies gewesen war. Ich hoffte, es würde noch einige davon geben, wenn der Wind sich wieder gelegt hatte. Der Sommer war die geschäftigste Zeit im Café, aber ich würde jede freie Minute nutzen, um möglichst viel Licht in meinen Alltag zu lassen. Licht und Luft und Salzwasser. Es war bereits nach zehn und noch immer nicht richtig dunkel. Die Sommernächte hier waren lang, und sie waren wie geschaffen dafür zu schwimmen, zu feiern und zu tanzen. Diesen Sommer würde ich all das wieder tun, das nahm ich mir fest vor. All das und noch mehr. Als ich von der Promenade abbog und in Richtung Siedlung fuhr, flatterten am Wegesrand die feinen Stängel des Dünengrases.

Wenige Minuten später schloss ich die Wohnung auf und hielt in der Tür einen Moment inne. Alles ruhig, die anderen schliefen offenbar schon. Auf Zehenspitzen schlich ich durch den schmalen Flur in die Küche, stolperte dabei fast über einen Muscheleimer und entdeckte dann eine Schüssel auf dem Tisch, die mit einem Teller abgedeckt war. Darauf lag ein handgeschriebener Zettel: *Für die schönste Frau der Insel.*

Ich schmunzelte in mich hinein. Simon kannte mich gut: Sonnentage machten mich hungrig, und von der Pizza hatte ich nicht viel abbekommen. Ich hob den Teller von der Schüssel und sah hinein: mundgerecht geschnittene Melone mit Minze und Feta. Es hatte wirklich große Vorteile, einen Partner zu haben, der aus allem etwas Leckeres zaubern konnte. Ich schob einen Stapel Bilderbücher beiseite, setzte mich auf die Eckbank, legte die Füße auf einen Stuhl und machte mich über mein spätes Abendessen her. Es schmeckte herrlich fruchtig.

Während ich so dasaß und den Blick durch die schwach beleuchtete Küche schweifen ließ, spürte ich, wie müde ich war. Noch zwei große Gabeln, dann legte ich den Teller wieder auf die Schüssel und stellte sie in den gut gefüllten Kühlschrank, zwischen halb volle Joghurtbecher und Milchtüten mit klebrigen Fingerabdrücken. Auf der Arbeitsplatte lagen noch das Schneidebrettchen und zwei Messer, die wohl zur Herstellung meines Abendessens verwendet worden waren. Spült irgendwer morgen, dachte ich, faltete Simons süßen Zettel zusammen und steckte ihn in die Tasche meiner Strickjacke.

Neben dem Schneidebrettchen entdeckte ich einen Stapel ungeöffneter Post, daneben ein Buch. *Campingführer Atlantikküste* stand in Computer-Schreibschrift darauf. Das war neu, musste Simon besorgt haben. Er und seine Reiseträume. Ständig schmiedete er Pläne, die wir wegen meines Cafés, seiner Arbeit in der Gin-Brennerei und der Kinder sowieso nicht umsetzen konnten.

Nach dem Duschen kämmte ich mir die Knoten aus den ausgeblichenen Haarspitzen und betrachtete im Badezimmerspiegel mein müdes Gesicht mit der geröteten Nase. Mein Nachthemd spannte leicht an den Hüften, und ich wusste: Das waren keine Schwangerschaftspfunde mehr. Das waren ungesündere Mahlzeiten als die gerade eben, zu viel, zu hastig, zu den falschen Uhrzeiten. Aber was machte das schon? Ich war es gewohnt, von mir hatte es immer schon irgendwie zu viel gegeben. Zu viel Haar, zu viel Busen, zu viel Po, zu viel Stimme. Mich gab es nicht in elfenhaft. Ganz im Gegensatz zu Morlen, in deren Zimmer ich nun schlich.

Sie lag auf der Seite, die gebräunten Arme und Beine halb aus dem niedrigen Bett hängend, im herausgewachsenen Pony noch eine einsame Glitzer-Haarspange. Behutsam klickte ich sie auf, darauf bedacht, dass keines der feinen dunkelblonden Haare daran hängen blieb. Morlen schnurrte. Wie wunderschön sie war. Am allerschönsten fand ich meine Tochter, wenn sie schlief, so friedlich, so entspannt, wie sie tagsüber im Moment selten war. Wenn sie nicht gerade mit Simon surfte.

In unserem Himmelbett im Nachbarraum lag Simon wie immer mitten auf der Matratze, Arme und Beine weit von sich gestreckt. Vorsichtig kroch ich neben ihn. Das Licht der Straßenlaterne schien durch das geöffnete Fenster, und ich entdeckte Hannah, die sich in seine Armbeuge kuschelte – das Schmusetuch fest in der Hand, einen Stoffzipfel im kleinen Schmollmund. Ich betrachtete sie lächelnd. Sie war so ungeplant zu uns gekommen, zu einer Zeit, in der ich wahrlich andere Sorgen gehabt hatte. Und sie hatte sich als Geschenk im genau richtigen Moment erwiesen. Als sie geboren wurde, hatten wir kein Gitterbett, keinen Kinderwagen, keinen großen Plan. Bei Morlen hatte ich Mamas Hilfe gehabt. Bei Hannah war Simon abends mit dem Rad zu einer Bekannten gefahren und hatte Windeln geliehen. Und trotzdem hatte sich alles gefügt. Sie war vom ersten Tag an bester Laune gewesen. Als wüsste sie, dass das die Rolle war, die es bei uns in dieser Phase zu besetzen galt. Das frohe Gemüt hatte sie von ihrem Vater geerbt, wie so vieles. Die dichten dunklen Löckchen, die sich um ihre winzigen Ohren kräuselten, waren im Nacken schon wieder verschwitzt, weil Simon so eine Hitze ausstrahlte. Ich konnte mich nur schwer zurückhalten, mit den Fingern hindurchzufahren, aber ich wollte die Kleine auf keinen Fall wecken.

Simons nackter Brustkorb hob und senkte sich gleichmäßig. Seine Wimpern wirkten bei geschlossenen Augen noch länger als sonst. Ihm strich ich sanft durchs krause Haar, das sich immer so anfühlte, als hätte er das Salzwasser nicht richtig herausgespült, egal, wie lange er duschte. Dann kuschelte ich mich an die beiden. Wer hätte gedacht, dass ich eines Tages so viel Glück haben würde, fragte ich mich, während draußen der Wind um die Häuser jaulte.

2

»Hast du dein Pausenbrot?«

Nur in Jeans stand Simon in der Küche, als ich aus dem Bad kam. Morlen hatte sich ein Haargummi zwischen die Zähne geklemmt und flocht sich gerade einen Zopf. Simon balancierte Hannah auf der Hüfte, in der freien Hand hielt er eine Müslischale.

Ich drückte ihm und Hannah je einen festen Kuss auf, von Morlen erwischte ich nur noch Luft. »Guten Morgen, ihr Süßen!«

Morlen antwortete nicht. Stattdessen knutschte sie Hannahs Gesicht ab, was diese vor Freude zum Quietschen brachte. Ihre kleine Schwester war der einzige Mensch, zu dem meine Größere jederzeit gnädig war.

»Morlen, hast du dein Pausenbrot?«, wiederholte Simon, genauso freundlich wie beim ersten Mal.

»Glaub nich«, nuschelte sie. Sie schlenderte zur Tür, das Haargummi noch immer zwischen den Zähnen, den Rucksack über der Schulter. Mir wurde ganz schlecht bei dem Gedanken, dass sie in ein paar Jahren mit der Fähre ans Festland fahren müsste, um die Oberstufe zu besuchen. Für eine Familie von Langschläfern war das ein Albtraum, der jeden Tag noch vor sechs Uhr morgens von Neuem starten würde.

»Halt, deine Brotdose!« Simon reichte mir im Vorbeigehen Hannah und sein Müsli und rannte hinter Morlen her, die schon im Hausflur war. Ich hörte ihn im Treppenhaus einen Reißverschluss öffnen und schließen und formte mit den Lippen ein lautloses »Danke, Simon«, das er von meiner Tochter leider nicht zu hören bekam.

Hannah hingegen strahlte mich an, wobei sich in ihren prallen Wangen Grübchen bildeten. Mit ihren speckigen Fingern griff sie in mein Haar und zog freudig daran. Ich wand mich unter ihrem Griff, denn ich hatte keine Hand frei, um sie davon abzuhalten.

Simon sprintete zurück in die Küche und nahm mir das Müsli wieder ab. »Ich hab um zehn eine Surfstunde und um fünf noch mal. Kann ich dir Hannah dann bringen?«

Behutsam befreite ich mein Haar aus Hannahs Griff. »Klar, kein Ding, ich hab heute Hilfe.«

Simon löffelte im Stehen sein Müsli und grinste mich zwischendurch an. Er gehörte nicht zu der Sorte Männer, die durch den Familienalltag behäbig wurden. Allerdings war er einige Jahre jünger als ich, und manchmal sagte ich im Scherz, dass ich mich auf das Bäuchlein freute, dass er jenseits der vierzig bekommen würde. Noch jedenfalls war er der drahtige Surfer, in den ich mich verliebt hatte. Nur die Augenringe hatte er früher nicht gehabt. Aber er beschwerte sich nie. Man musste ihm schon mit mehr kommen als mit vollen Windeln und aufzuwärmenden Milchfläschchen in der Nacht, um ihm die Laune zu verderben.

Als er bemerkte, dass ich ihn ansah, hielt er in der Bewegung inne. »Oh, ganz vergessen, deins steht hier, mit Beeren.« Er griff hinter sich und hielt mir eine Schale Müsli hin, wie immer randvoll.

Ich setzte mich mit Hannah auf dem Schoß an den Tisch und begann zu essen. Sie öffnete wie ein kleiner Vogel den Mund, und ehe ich es tun konnte, fütterte Simon sie mit seinem Löffel.

Ich widmete mich meinem Müsli und musste schmunzeln, weil Hannah auf meinem Schoß laut schmatzte. Simon kniete sich vor uns hin und strahlte sie an. Irgendwann sagte er: »Ich will mit ihr wegfahren.«

»Wohin?«

Hannah nahm eine Himbeere aus ihrem Mund und betrachtete sie fasziniert.

Simon griff mit der löffellosen Hand hinter sich und streckte mir den Campingführer entgegen, den ich gestern schon entdeckt hatte. »Atlantikküste, mit dem Bus von Thomas, eine kleine Tour.«

»In Morlens Herbstferien?«

Der Moment der Stille, der folgte, ließ mich aufhorchen. Simon rührte in seinem Müsli. »Nee, am liebsten sofort.«

Noch ehe ich einwenden konnte, dass ich Morlen für die Sommerferien zu einer Reitfreizeit angemeldet hatte und mein Café mitten in der Hauptsaison sowieso nicht allein lassen konnte, fügte er hinzu: »Ich meinte nicht wir alle.«

Erstaunt blickte ich auf.

Er schob aufgeweichte Flocken von links nach rechts. Aus Hannahs Hand tropfte zermatschte Himbeere auf die Tischplatte und den Buchdeckel. »Ich meine Hannah und mich. Ich möchte so etwas wie Elternzeit machen. Hab ich mit den Kollegen schon besprochen, vier Wochen sind kein Thema.«

Jetzt musste ich lachen. »Ist das dein Ernst?« Ich riss ein Stück Küchenpapier von der Rolle, die auf dem Tisch lag, und säuberte Hannahs tropfende Finger und das Buch, auf dem ein blassrosa Fleck zurückblieb.

Simon atmete tief ein und sah mich ernst an. »Ja, ist es. Ich glaube, es wäre cool für uns alle. Morlen ist sowieso ständig mit ihren Freundinnen unterwegs, und du hast in den Ferien so viel im Café zu tun. Du könntest zwischendurch gut ein bisschen Zeit für dich gebrauchen. Außerdem will ich die Kleine mal für mich haben.«

»Du hast sie doch jeden Tag.« Ich schüttelte ungläubig den Kopf. Das konnte nur eine weitere von Simons fixen Ideen sein. Wie die Türschaukel, die er hatte bauen wollen und deren Utensilien noch immer unter unserem Bett lagen, weil die entscheidende Schraube fehlte. Oder die Außendusche für unsere Neoprenanzüge, die auf dem Badezimmerschrank darauf wartete, dass Simon unseren Vermieter überredete, sie installieren zu dürfen. Ich würde diesen Campingführer hier liegen lassen wie die anderen Dinge, und er würde eins werden mit dem Rest unserer gemütlichen Höhle, bis er mir gar nicht mehr auffiel. Grinsend schob ich mir einen weiteren Löffel Müsli in den Mund.

»Was?«, fragte er.

Ich zwinkerte ihm zu. »Ach, nichts. Ich liebe dich und deine verrückten Ideen.«

Er ließ von seinem Müsli ab, umarmte Hannah und mich gleichzeitig und küsste uns abwechselnd, was seine Tochter, seinen größten Fan auf Erden, zum Glucksen brachte.

Ein paar Tage später fuhr ich mit dem Fahrrad durch die Straßen unserer kleinen Stadt zu einer Versammlung der einheimischen Wirte. Der Wind hatte das schöne Wetter wie erwartet davongeweht, dicker Nebel hing über den Dächern. Ich spürte, wie mir kalt wurde, und bereute es, nicht mehr als ein Sommerkleid angezogen zu haben.

In der Bar im Vorraum des Kurtheaters saßen die anderen schon auf den alten Samtsofas und tranken Bier oder hausgemachte Limo. Der lange Lars, dem der Laden gehörte und der gleichzeitig ein Kollege von Simon in der Surfschule war, begrüßte mich mit seinem üblichen schlappen Handschlag. Seine ausgeblichene Surfermähne fiel ihm ins Gesicht, das von der Sonne der vergangenen Tage gerötet war.

Wir Wirte auf der Insel unterstützten uns gegenseitig, denn es kamen so viele Urlauber, dass für alle ein Stück vom Kuchen übrig blieb. Heute ging es um die hohen Mietpreise, die es den Einheimischen immer schwerer machten, auf der Insel zu wohnen, aber ich folgte der Diskussion nur am Rande. Im Kopf ging ich die Ankunftszeiten meiner diesjährigen Saisonkräfte durch. Eine hatte kurzfristig abgesagt. So etwas passierte immer wieder und setzte mich unter Druck, denn im Sommer ging es nicht ohne Hilfe. Praktischerweise hatte Simon in der Gin-Brennerei ziemlich flexible Arbeitszeiten und übernahm einen Großteil der Betreuung von Hannah. Aber auch er gab in der Hauptsaison nebenbei mehr Surfstunden als üblich, und ich sah uns schon die digitalen Terminkalender abgleichen.

»Maria, was ist mit deinem Dach? Wann reparierst du das endlich? Es sieht vom Deich aus nicht gut aus.« Wiebke, die burschikose Besitzerin einer Fischbude am Nordstrand, riss mich aus meinen Gedanken.

Ich hob die Schultern. »Ist das wirklich so schlimm? Die paar Ziegel …«

»Es geht auch um die Bausubstanz«, mischte sich ein anderer ein. »Noch ein, zwei Stürme, und dir steht das Wasser im Laden, du solltest dich unbedingt darum kümmern.«

Dieses Thema verfolgte mich schon länger und wanderte immer wieder von einer To-do-Liste auf die nächste. »Macht euch keine Sorgen, ich bin da dran«, beschwichtigte ich meine Kollegen mit einer Notlüge.

Zu meiner Erleichterung setzte daraufhin einer der

Kneipenwirte zu einem Monolog darüber an, wie unzuverlässig die Handwerker auf der Insel geworden seien. »Weil die wissen, dass wir auf sie angewiesen sind. Ich sag euch, beim nächsten Mal hol ich einen aus Aurich …«

Ich hörte nicht mehr richtig zu, sondern ließ mich in die knarzenden Samtsofafedern zurücksinken. Hauptsache, der Fokus lag nicht mehr auf mir.

Gerade als einer der älteren Wirte, dem ein schickes Fischlokal gehörte, etwas von »Investoren, die unsere Insel kaputtmachen« erzählte, entdeckte ich Simon draußen vor dem Fenster. Er schirmte seine Augen ab, um etwas sehen zu können, und klopfte gegen die Scheibe. So unauffällig wie möglich stand ich auf.

Der ältere Wirt hatte sich so in Rage geredet, dass offenbar niemand bemerkte, wie ich den Raum verließ.

Ich trat ins Freie. Simon schlenderte auf mich zu, die Hände in den Taschen seines Kapuzenpullis. Ich blickte ihn erwartungsvoll an. »Alles okay? Wo sind die Kinder?«

»Komm mal mit.« Er grinste nur breit und zog mich zu unserem Lastenfahrrad, mit dem er offenbar hergeradelt war. Vorne drauf hatte er zwei Surfbretter geschnallt, darüber die Neoprenanzüge geworfen. Alles sah nach einem impulsiven Aufbruch aus.

»Wie jetzt?« Ich sah ihn ratlos an.

»Nimm dein Rad, wir fahren zum Strand.«

Ich zeigte hinter mich in Richtung Versammlung. »Ich muss da wieder rein.«

»Glaubst du, du verpasst was?«

»Glaubst du nicht?« Ich verschränkte die Arme.

»Im Wasser schon, ja, da verpasst du gerade wirklich was.« Er kam näher und drückte mir einen Kuss auf die Lippen.

»Was ist mit den Kindern?«

»Morlen schaut noch etwas fern, und Hannah schläft längst. Frau Fisser hat das Babyphone und guckt zwischendurch nach den beiden. Nun komm schon.«

So war das mit Simon. Und es war immer schon eine gute Idee gewesen, ihm in solchen Momenten zu folgen. Ich blickte noch einmal in den erleuchteten Raum. Niemand nahm Notiz von uns, bestimmt würde es nicht auffallen, wenn ich den Rest schwänzte.

Eine Viertelstunde später saßen Simon und ich nebeneinander auf unseren Surfbrettern im Wasser. Ich hatte das Gefühl, im Nirgendwo zu treiben, so dicht war der Nebel hier draußen. Die tief hängenden Wolken verschluckten die Geräusche, nur die sanft heranrollenden Wellen waren zu hören. Wir hatten bereits ein paar davon gesurft, als Simon nah an mich heranpaddelte.

»Hab ich dir zu viel versprochen?«

Ich grinste. »Nein. Es ist zauberhaft. Sollten wir viel öfter machen.«

»Von mir aus gern.« Aus Simons Locken tropfte Meerwasser. »Wenn Hannah schläft, können die zwei doch mal eine Stunde allein bleiben. Meinst du, das schafft Morli?«

»Glaub schon, das sollte jetzt wirklich gehen.« Ich beugte mich vor und küsste seine weichen, salzigen Lippen, wobei ich beinahe von meinem Brett rutschte.

Er strich mit seinem Daumen ein paar Tropfen von meiner Wange und sah mich genauso an, wie ich immer schon hatte angesehen werden wollen, seit ich ein kleines Mädchen war. Als sei ich für ihn die einzige Frau auf dieser Welt. Ich löste den Blick von ihm und schaute in den Nebel, in dem von irgendwoher eine Möwe schrie.

Als ich mich wieder zu Simon drehte, hatte sich sein Gesichtsausdruck verändert. »Du weißt, was heute für ein Tag ist, oder?«, fragte er.

Ich senkte die Augenlider. Das wusste ich genau. Heute vor einem Jahr hatten wir meine Mutter Iris beerdigt. Meine unverwüstliche Mama, die so stark gewesen war und am Ende den Kampf gegen den Krebs verloren hatte. Nach der offiziellen Trauerfeier waren wir mit Surfbrettern aufs Meer gepaddelt, ich mit großem Babybauch, und hatten Blumen ins Wasser geworfen.

»Ich weiß«, sagte ich leise, und Simon griff nach meiner Hand. Damals hatte ich gedacht, das Leben müsse aufhören ohne Mama. Aber es ging weiter. Ich trauerte – und das würde ich wohl noch eine ganze Weile tun –, aber ich war nicht daran zerbrochen. Ich hatte meine wundervolle Familie, und wir kamen so viel besser klar, als ich selbst und die meisten anderen gedacht hatten.

»Ich finde, wir sollten uns um das Haus kümmern.«

Simon streichelte mit seinen nassen Fingern über meine. »Ich weiß, du scheust dich davor, aber irgendwann müssen wir eine Lösung finden.«

Ich nickte.

Nach einigen Minuten der Stille sagte er: »Ich dachte, wenn ich mit Hannah unterwegs bin, gebe ich dir den Raum dafür. Dann hast du mal ein paar Wochen, um darüber nachzudenken, wie es weitergehen soll. So generell. Ich glaube, das wäre gut für uns alle. Auch für dich und Morlen. Ihr braucht mal etwas Zeit zu zweit.«

Ich knibbelte am Wachs auf meinem Surfbrett. Das Meer unter mir wirkte zugleich klar und dunkel. »Ich weiß nicht. Morlen würde Hannah und dich schrecklich vermissen.«

»Stimmt.« Simon runzelte die Stirn. »Aber ich frage mich, warum es zwischen euch beiden gerade so oft knirscht. Vielleicht hat es doch etwas mit Hannah zu tun. Weil Morlen dich jetzt teilen muss.«

»Nee, ich glaub eher, das ist das Alter.« Ich überlegte einen Moment. Der Nebel um uns herum war jetzt so dicht, dass ich meinte, danach greifen zu können. »Und selbst wenn, deswegen musst du mit Hannah doch nicht gleich so weit weg.«

Simon streckte tatsächlich die Hand nach den tief hängenden Wolken aus. Dann lächelte er sanft. »Nein. Aber ich will meiner Tochter etwas von meiner Welt zeigen.«

Ich lächelte ebenfalls. »Sie ist nicht mal ein Jahr alt.«

»Genau, das ist eine prägende Zeit.« Er zog trotzig die Füße aufs Brett. Die Haut an seinen Zehen war tiefbraun und etwas schrumpelig vom Wasser. Er blickte in Richtung der Wellen, die langsam und stetig auf uns zurollten, wie Geister aus der Nebelwand, und ich ahnte: Dieses Gespräch würde gleich vorbei sein. Simon drehte sich bereits auf den Bauch und begann zu paddeln, als er sagte: »Ich bin selbstständig, ich habe die Chance dazu, und ich will später nicht sagen müssen: Schade, die schönste Zeit mit meiner Tochter hab ich verpasst. Das müsstest doch gerade du verstehen, oder?«

Die nächste Welle nahm ihn mit. Ich konnte ihn nicht mehr sehen, aber ich hörte ihn juchzen.

Mein Surfbrett wankte unter mir, und mit ihm schwankten meine Gefühle, als hätten sie ihren sicheren Halt verloren. »Ja, das verstehe ich«, sagte ich leise zu mir selbst.

Keine Woche später stand ich am Fähranleger. Ich hatte bis zum Ende versucht, Simon davon abzubringen, so lange und so weit mit Hannah wegzufahren. Warum konnte er nicht zu Hause Zeit mit seiner Tochter verbringen? Warum konnten er und sie nicht hier eine Auszeit nehmen und weiter an ihrer in meinen Augen ohnehin unerschütterlichen Bindung arbeiten? Aber Simon hatte es mir immer wieder erklärt. Er wollte ihr einen Teil von sich zeigen, der auf Norderney nicht zu haben war. Und so stand er nun mit dem vollgepackten

VW-Bus seines Kumpels in der Autoschlange, auf dem Beifahrersitz die Babyschale. Darin saß meine kleine Tochter und ahnte nicht, dass sie gerade in das bisher größte Abenteuer ihres jungen Daseins aufbrach. Auf das Dach des Busses waren Surfbretter in verschiedenen Größen geschnallt, wobei ich mich fragte, wann Simon gedachte, sich in die Wellen zu werfen. Aber Sorgen machte ich mir keine. Daran, dass mein Freund sich hinreißend um unser Kind kümmern würde, bestand kein Zweifel.

Er lehnte in Shorts am Auto und sah mich mit seinen schönen dunklen Augen an.

Ich schob die Unterlippe vor. »Ich werde euch schlimm vermissen.«

Er zog mich fest an sich. »Wir dich auch.« Meine Wange lag an seiner warmen Brust, und ich spürte, wie sie sich bei jedem Atemzug hob und senkte. »Ich hoffe, die Zeit ohne uns tut dir gut«, hörte ich ihn sagen. »Sei nett zu dir. Der Rest wird sich fügen.«

»Hey, das klingt jetzt, als bräuchte ich eine Pause von euch.« Ich lehnte mich zurück und zog die Nase kraus.

Simon nahm mein Gesicht in beide Hände. »Ich hatte immer diesen Plan. Wenn ich ein Kind habe, zeige ich ihm die Welt. Dies ist erst der Anfang. Und beim nächsten Mal kommst du vielleicht mit.«

»Vielleicht?« Ich blickte hinter ihn. Hannah war in ihrer Babyschale eingeschlafen. Einfach so. Sie verpennte unseren Abschied.

Ich löste behutsam Simons Hände, trat an die Autotür, beugte mich über sie und küsste ihre zarte Stirn. Morlen hatte sie heute Morgen an sich gedrückt, als sähen sie sich nie wieder. Vielleicht hat Simon unrecht, dachte ich, vielleicht ist es gerade genau das Falsche, ihr ihre kleine Schwester wegzunehmen. Sie war sauer auf Simon wegen der Reise, was mir zeigte, wie stark sie auch an ihm hing. Aber es hatte keinen Sinn, darüber zu diskutieren, der Trip war beschlossene Sache.

Ich wandte mich wieder Simon zu. »Schick Bilder, ja? Und passt gut auf euch auf!«

Er küsste mich zärtlich, auf diese Weise, bei der ich mich plötzlich so leicht fühlte, als könnte der Wind mich mit sich reißen. Dann stupste er mit seiner Nasenspitze gegen meine. »Vertrau mir.«

Ich lächelte zärtlich. »Sowieso.«

Ein letztes Mal drückte er mich fest an sich, dann stieg er ein.

Ich blieb stehen, bis er den VW-Bus auf die Fähre gesteuert hatte, ausgestiegen war und Kusshände werfend an der Reling stand. Als das Schiff bereits winzig klein war und ich seine winkenden Umrisse nur noch erahnen konnte, dachte ich noch immer: Gleich kommt er zurück.

3

Ein paar Tage später stand ich auf einer niedrigen Mauer hinter meinem Café und sah zu, wie ein Handwerker mit Stiernacken das Dach des kleinen Backsteinhäuschens von einer Leiter aus begutachtete. Er verzog dabei keine Miene. Nach einer Weile kam er knurrend wieder herunter, wobei die Leiter ein ähnliches Geräusch machte wie er.

»Und?«, fragte ich, als ich sein Schweigen nicht mehr aushielt.

Er klappte die Leiter zusammen, ohne mich anzusehen. »Muss dringend gemacht werden, sonst kriegen Sie bald nasse Füße.«

Ich kletterte von meinem Mäuerchen. »Was wird das kosten?«

Jetzt wanderte sein Blick zu mir, allerdings nicht zu meinem Gesicht. »Kann ich so nicht sagen.«

Ich verschränkte die Arme und bemühte mich, freundlich zu bleiben. »Wie verbleiben wir denn jetzt?«

Er sah mir noch einmal in den Ausschnitt, dann drehte er mir die massige Rückseite zu. »Ich melde mich.« Noch im Weggehen hörte ich ihn sagen: »Vor September wird das aber nüscht.«

Etwas ratlos ging ich durch die Hintertür zurück in die Strandmuschel. Ich schaltete die Kaffeemaschine ein, rückte die Stühle zurecht und zündete die Kerzen auf den Tischen an, die in kleinen Tonschalen mit Sand steckten. Dann schloss ich die Tür auf und stellte mich hinter die Theke. Dies war für mich einer der schönsten Momente des Tages: ich allein in meinem Café, bevor die Gäste kamen. Ich betrachtete die freigelegten Ziegelwände, die gepolsterten Sesselchen, die ich für die neue Saison besorgt hatte, die schöne alte Glaskühlvitrine voller Kirschstreusel, Käsekuchen und Himbeertarte. Das Schönste an der Strandmuschel war jedoch ihre Lage, am Rand der Dünen, mit Blick aufs Meer, das heute kleine weiße Schaumwellen warf. Ich liebte den Sound der Nordseeküste, für den ich keine Lautsprecher brauchte. Die Schreie der Möwen, das Rauschen der Brandung, das Heulen des Windes. Ich hatte den besten Arbeitsplatz der Welt.

Mein Blick fiel auf einen der Prints, die in unbehandelten Holzbilderrahmen an den Wänden hingen. Meine Freundin Anni hatte sie illustriert. Wir kannten uns seit der gemeinsamen Grundschulzeit in Ostwestfalen. Anni lebte heute in Bremen und war richtig erfolgreich mit diesen Kunstdrucken. Ich tauschte die Motive immer mal wieder aus, wenn sie etwas Neues schickte oder bei ihren Besuchen mitbrachte. Nur einen Spruch würde ich niemals abhängen, weil sie ihn eigens für mich entworfen hatte:

Vergeben ist wie vergessen.
Nur mit Puderzucker drauf.

Während ich Gläser aus der Spülmaschine nahm und polierte, dachte ich an Hannah und Simon, die jetzt schon seit drei Tagen unterwegs waren. Die Wohnung war so leer ohne ihr ansteckendes Lachen, die Dinge, die sie überall herumliegen ließen, und ihre klebrigen Spuren in der Küche. Ich vermisste die beiden, aber ich spürte auch, dass mir das Alleinsein eine gewisse Ruhe verlieh. Ich fuhr nach der Arbeit mit dem Fahrrad über die Insel, ich hatte seit Langem mal wieder ein Buch gelesen, ich spielte Kniffel mit Morlen, wenn im Café gerade nicht viel Betrieb war. Bevor sie wieder wer weiß wohin davondüste, bis sie abends müde und mit nach Sonne duftender Haut zurückkehrte.

Simon hatte Fotos aus Holland geschickt. Hannah und er strahlten auf jedem Bild. Was hatte ich da für einen ungewöhnlichen Menschen gefunden! Sein Freiheitsdrang war noch ausgeprägter als meiner, und trotzdem machte ich mir keine Sorgen, dass er wiederkam, weil ich wusste, wie sehr er mich liebte. Er war einer der Gründe dafür, dass ich endlich ein Zuhause gefunden hatte.

Das Knarren der Tür riss mich aus meinen Gedanken. Ein großer Mann trat ein, mit ordentlich frisiertem Haar und frisch gebügeltem Karohemd. Großstädter auf Reisen, dachte ich, hat wohl die Urlaubsklamotten noch nicht ausgepackt.

»Guten Morgen«, sagte ich.

»Guten Morgen.« Er sah mich durch seine modisch kantige Brille etwas unsicher an. »Wie geht es Ihnen?«

Mit freundlich distanziertem Lächeln antwortete ich: »Gut, danke. Und Ihnen?«

Er hob die gepflegten Hände. »Bitte entschuldigen Sie. Sie haben nur so nachdenklich ausgesehen.«

»Alles gut, kein Problem.«

Er blickte sich interessiert um. »Ich nehme eine Ihrer Frühstückskreationen, gerne von allem etwas. Und einen Flat White, wenn Sie so etwas haben, möglichst nicht mit Betonschaum.«

»Wird gemacht.«

Er lächelte mir zu und setzte sich an einen der hinteren Tische mit Aussicht auf die Dünen.

Ich nahm ein Schneidebrett und ein Messer zur Hand und ärgerte mich insgeheim über seinen arroganten Kommentar. Als ob wir hier auf der Insel keinen ordentlichen Flat White hinbekämen, wie man in hippen Cafés heutzutage einen doppelten Espresso mit feinem Milchschaum nannte. Meinen Ehrgeiz hatte er jedoch angestachelt. Ich bereitete ihm einen Teller mit frischem Rosinenbrot, einem weich gekochten Ei und etwas Sanddorngelee zu, das Petra, eine Freundin meiner Mutter, selbst einkochte. Genau wie die Kuchen, die früher größtenteils meine Mutter gebacken hatte, musste ich die Sachen heute anderweitig beziehen. Sie hatte mir einen großen Ordner mit ihren Rezepten hinterlassen, die ich manchmal selbst nachmachte, um Morlen eine Freude zu bereiten, aber fürs Café bei einer Konditorei in Auftrag gab. Unnötig zu erwähnen, dass das Ergebnis niemals ganz so gut schmeckte wie bei ihr. Meine Mutter konnte hervorragend kochen und backen. Selbst ein einfaches, von ihr geschmiertes Käsebrot übertraf so manches Sternemenü. Keine Ahnung, wie sie das hinbekommen hatte, aber alles, was sie zubereitete, war zum Niederknien köstlich gewesen.

Ich goss hauchzarten Milchschaum in eine Tasse mit duftendem Espresso und servierte meinem Gast mit professioneller Freundlichkeit sein Frühstück.

Für gewöhnlich schloss ich die Strandmuschel um sechs, doch heute blieb ich etwas länger, um die Kaffeemaschine zu reinigen und alles für meine neue Saisonkraft Nele vorzubereiten, die morgen erstmals allein die Frühschicht übernehmen sollte. Sie war eine von zwei Studentinnen, die ich in den vergangenen Tagen eingearbeitet hatte. Für die dritte, die mir abgesagt hatte, hatte ich noch immer keinen Ersatz gefunden, trotz Anzeigen in der Tageszeitung und im Internet. Wenn wir in der Besetzung blieben, würde ich diesen Sommer weniger Zeit für mich haben als erhofft.

Etwas müde kam ich zu Hause an und erwartete, dass Morlen bereits hungrig um den Kühlschrank schlich. Meistens hatte Simon in letzter Zeit gekocht; es stresste ihn weniger als mich, dass sie bei jedem Essen das Gesicht verzog – egal, was man ihr vorsetzte. Es gelang ihm sogar, sie wohlwollend anzulächeln, wenn sie Unmengen Ketchup über sein Gemüse-Curry goss. Vermutlich hatte meine Tochter zu lange Käsebrote von ihrer Oma geschmiert bekommen. Es war wohl zu viel verlangt, dass ihr etwas schmeckte, das von normalen Menschen zubereitet worden war.

In der Wohnung brannte kein Licht. Ich rief nach Morlen, doch sie war offenbar noch nicht da. Wie immer hatte sie nach der Schule kurz im Café vorbeigeschaut und bei einer Partie Kniffel ein dick mit Butter bestrichenes Schinkenbrot verdrückt. Von mir hatte sie den Stoffwechsel nicht geerbt. Wo mochte sie danach hingeschwebt sein? Ich meinte, mich zu erinnern, dass sie etwas von Rollerskaten erzählt hatte.

Ich nahm mein Handy und rief die Mutter ihrer Freundin Emily an. Aber Fehlanzeige, da war sie nicht. Ebenso wenig bei Leni oder Paula. Das war an sich nicht bedenklich, denn auf der Insel gingen keine Kinder verloren, wie meine Mutter immer gesagt hatte, und ich war froh, dass Morlen sich hier so frei bewegen konnte. Ein Handy besaß sie noch nicht – anders als viele Kinder in ihrem Alter, die in München, Köln oder Hamburg wohnten –, und auch darüber war ich froh.

Sie wird schon gleich reinschneien, dachte ich und begann, im Kühlschrank nach etwas Essbarem Ausschau zu halten. Ich fand ein paar Salate, die ich gestern beim Fischhändler geholt hatte, sowie etwas Käse, Wurst und Paprika. Als alles auf dem Tisch stand, schnitt ich Brot, das ich aus dem Café mitgebracht hatte, und legte es schon mal neben den Toaster. Dabei fiel mein Blick auf die Stelle, an der bis vor wenigen Tagen noch der Campingführer gelegen hatte. Ich hatte Simon unrecht getan. Statt eine Patina zu bekommen wie viele andere seiner Projekte, war dieses Wirklichkeit geworden.

Ich sah zum Kühlschrank, an dem alle möglichen Notizen, Postkarten, Stundenpläne und Einkaufslisten an überforderten Magneten zerrten. Auch ein paar Karten von Anni waren darunter. Regelmäßig schickte sie mir neue Entwürfe, weil sie meine Meinung hören wollte. Die neueste Karte, die ich unter einen bereits ziemlich schwer tragenden Magneten in Form eines kleinen Ankers gequetscht hatte, verkündete:

Manchmal sagt eine Wunderkerze
mehr als tausend Feuerwerke.

Ich dachte noch darüber nach, was genau sie damit meinte, als mein Handy klingelte. Am anderen Ende war mein persönliches Feuerwerk: Simon.

»Wie geht es dir?« Er klang so nah, dass es mich ein bisschen schmerzte, ihn nicht umarmen zu können.

»Gut. Wo seid ihr?«

Durch den Hörer rauschte der Wind, er telefonierte offenbar draußen. »Wir haben einen tollen Stellplatz kurz vor der belgischen Küste gefunden. Ich schaue gerade auf ein paar hübsche Brecher.«

»Klingt super. Wie geht es Hannah?«

»Sehr gut. Sie schläft schon. Heute haben wir Pommes gegessen, fand sie super.«

Ich lachte auf. »Das kann ich mir vorstellen.«

»Ich schicke dir gleich Bilder. Alles gut bei euch?«

»Ja, schon, viel Arbeit, und Morlen ist noch nicht zu Hause.«

Ein Moment Stille auf der anderen Seite. »Sie hat bestimmt beim Spielen die Zeit vergessen. Mach dir keine Sorgen.«

»Du hast recht.« Ich stellte zwei Teller auf den Tisch. »Ihr fehlt mir.«

»Wirklich?« Ich konnte Simon lächeln hören. »Es ist so schön, genauso toll, wie ich es mir erhofft habe.«

Im Hintergrund hörte ich Männerstimmen. »Alles klar, geht schon mal vor«, sagte Simon, nicht zu mir.

»Wer war das?«

»Zwei Belgier, hab ich vorhin kennengelernt, wir gehen noch rein.«

Ich zögerte. »Und Hannah?«

»Die Freundin von dem einen setzt sich so lange mit ihrem Buch vor den Bus.«

»Ah, das ist ja praktisch.«

»Du weißt doch, dass ich gut auf sie aufpasse.«

»Ja, das weiß ich.«

Ich konnte durch den Hörer spüren, wie unruhig er war. Die Wellen riefen ihn. »Los, ab ins Wasser mit dir«, sagte ich. »Viel Spaß! Und knuddle Hannah von mir.«

Er schickte noch ein paar schmatzende Küsse durch die Leitung, dann war er fort. Ich sah mich ratlos in der Küche um. Noch immer kein Zeichen von Morlen. Kurzerhand beschloss ich, mich auf die Suche zu machen, nahm mein Fahrrad und fuhr los.

Das Wetter war wieder etwas freundlicher und die Abendluft mild. An der Skatebahn im Kurpark saß eine Gruppe Jugendlicher um eine Boombox. Ein paar Trickradfahrer düsten zu lauten Beats durch die Halfpipe. Keine Spur von skatenden Elfjährigen.

Ich fuhr weiter zum Weststrand. Auf der Strandpromenade waren noch viele Leute unterwegs. Kinder in jedem Alter rannten über den Spielplatz, schwangen sich auf Schaukeln oder balancierten über die Streben des großen Holzpiratenschiffs. Morlen hatte hier von klein auf gespielt. Vor allem mit ihrer Oma war sie gern hergekommen, bis zum Ende. Iris hatte sie an der steilen Rutsche aufgefangen, mit ihr Wassergräben gebaut und mit bewundernswerter Ausdauer Krebse gesucht.

Durch Iris' Tod im vergangenen Jahr war Morlen plötzlich reifer geworden. Zu reif für eine Elfjährige, dachte ich oft. Spielplätze fand sie jetzt öde, Krebse sowieso. Sie traf sich lieber in irgendwelchen Geheimverstecken mit ihren Freundinnen. Was sie da so trieben, erfuhr ich nie. Vielleicht war es normal, dass die Kinder heute so früh erwachsen wurden, aber ich hatte immer gedacht, wir würden noch ein paar gemeinsame Jahre vor uns haben, in denen sie sich von mir durchkitzeln oder auf der Schaukel anschubsen lassen würde.

Ich schirmte die Augen mit einer Hand ab und

blickte über den Strand. Ich hatte nicht wirklich erwartet, meine Tochter hier zu finden, und war noch immer nicht sonderlich besorgt. Zwar hielt Morlen sich für gewöhnlich an unsere Regel, zum Abendessen zurück zu sein, aber was gab es Schöneres, als an einem freundlichen Sommerabend die Zeit zu vergessen?

Ich fuhr trotzdem weiter. Der Weg zum Reitstall fühlte sich heute mühsam an. Meine Beine waren vom vielen Stehen im Café müde. In den Silberpappeln am Wegesrand regte sich kaum ein Blatt im Wind, und über meiner Oberlippe bildete sich ein Schweißfilm. Als ich endlich den Hof zwischen den flachen Ställen erreichte, sah ich schon von weitem ein paar Mädchen, die ihre Pferde striegelten. Doch Morlen war nicht darunter.

Eines der Mädchen ritt manchmal mit uns aus. »Hey, Jenny«, rief ich und steuerte auf sie zu. »Hast du Morlen gesehen?«

Sie schaute von ihrem Pferd auf, einem Haflinger, den ich auch schon öfter geritten hatte.

Jenny überlegte. »Ja, sie war vorhin hier, glaube ich.«

»Vorhin?« Ich streichelte die weichen Nüstern des Pferdes. Sein vertrauter Geruch stieg mir in die Nase.

Jenny begann wieder zu striegeln. »Vor ein paar Stunden?«

»Weißt du, wo sie dann hin ist?« So langsam ärgerte ich mich doch, dass Morlen mich wie bei einer Schnitzeljagd über die halbe Insel schickte.

Jenny schüttelte den Kopf. »Nicht genau. Sie und ein

paar andere hatten Sachen gekauft und wollten eine Party feiern.«

»Eine Party?«

Mit einem Mal bekam Jenny hektische rote Flecken.

»Entschuldige!«, sagte ich schnell. »Ich mache mir nur Sorgen. Weißt du, wo sie hingegangen sind?«

Wieder schüttelte sie den Kopf. Ich bedankte mich und stieg wieder auf mein Rad, um noch kurz nach Nalu zu sehen, bevor ich weitersuchte. Nalu war Morlens Lieblingspferd. Er gehörte einer Münsteraner Professorin, die ihn uns gegen eine Reitbeteiligung überließ. Hieß: Morlen durfte ihn so oft sie wollte reiten, war aber auch verpflichtet, regelmäßig nach ihm zu sehen. Ab und an unterstützte ich sie dabei, aber ich kam immer seltener dazu, selbst auszureiten.

Ich fuhr mit dem Rad an den eingezäunten Wiesen entlang und hielt nach dem schönen schwarzen Friesen Ausschau. Er graste ganz hinten auf einem kleinen Hügel.

»Nalu!«, rief ich, und er hob interessiert den Kopf.

Ich ließ mein Rad ins Gras sinken und kletterte über das Gatter. Das Pferd kam auf mich zugelaufen und begrüßte mich mit einem Wiehern.

»Hey, wie geht es dir?«, raunte ich ihm zu und kraulte Nalu hinter den Ohren. Er schüttelte den Kopf, um ein paar Fliegen zu vertreiben, und stieß mich sanft mit der Nase an. »Ich hab gar nichts für dich dabei.« Behutsam grub ich meine Finger in seine Mähne. »Hast du Morlen gesehen?«

Wo konnte sie nur sein? Ein bisschen besorgt war ich nun doch. Wo wäre ich hingegangen, um eine Party zu feiern?

Und plötzlich wusste ich es. Dass mir das nicht eher eingefallen war!

Ich verabschiedete mich von Nalu, kletterte über das Gatter, schwang mich auf mein Rad und fuhr in Richtung Wald. Bald hatte ich den schmalen Pfad erreicht, der von Kiefernnadeln übersät war. Durch die Bäume hörte ich den Lärm vom Campingplatz. Laut lachende Jugendliche. Den Klang einer Gitarre. Ich fuhr an Campingbussen und Zelten vorbei bis zu Simons blau lackiertem Wohnwagen in der hintersten Ecke des Platzes. Hier hatte er gelebt, als wir uns kennenlernten. Hierher zog er sich manchmal noch immer zurück, wenn wir uns stürmisch wegen irgendetwas gestritten hatten, bis wir uns am nächsten Tag ebenso stürmisch wieder versöhnten.

Jetzt saß vor dem Wohnwagen eine Gruppe Jugendlicher im Kreis. Alle starrten gebannt auf eine junge Frau, die Gitarre spielte und dazu mit geschlossenen Augen sang. Ich entdeckte zwei Nachbarjungen im Publikum, vierzehn und fünfzehn Jahre alt, einen Sechzehnjährigen, der in Wiebkes Fischbude jobbte, ein Mädchen aus Morlens Klasse und zwischen zwei Jungs, die mindestens dreizehn waren: meine Tochter. Sie da so sitzen zu sehen, als wäre sie längst ein richtiger Teenager, als wäre es völlig normal, dass sie an einem Dienstagabend mit älteren Kids auf dem Campingplatz herumhing, jagte mir eine Gänsehaut über den Rücken.

»Sie ist halt deine Tochter«, hätte meine Mutter gesagt, belustigt, aber voller Wärme. »Was hast du denn gedacht? Dass sie ruhig und zurückhaltend darauf wartet, dass sie achtzehn wird?«

Nein, antwortete ich meiner Mutter in Gedanken. Aber mit elf? Mit elf hatten meine Freundin Anni und ich Szenen wie diese mit unseren Barbies nachgestellt.

Erst als die kleine Gruppe begeistert klatschte, bemerkte ich, dass die Sängerin ihren Song beendet hatte. Und dann rief jemand meinen Namen. Ich war so perplex, dass ich nicht sofort reagierte.

»Maria! Du hast mich gefunden!«

Bei diesen Worten drehte meine Tochter sich um und sah mich mit erschrocken aufgerissenen Augen an. »Mama! Was machst du hier?«

»Das wollte ich gerade dich fragen«, antwortete ich, als jemand auf mich zustürmte und mir um den Hals fiel.

Erst jetzt kapierte ich, dass es die Sängerin war. Ihr Publikum sah uns interessiert zu, während ich zu ergründen versuchte, was hier gerade geschah. Sie löste sich von mir und strahlte mich an. Und dann endlich erkannte ich sie.

»Toni!«, rief ich und drückte sie an mich. »Du hier?«

Hinter ihrem Rücken sah ich, wie Morlen die Augen verdrehte. Derweil legte meine alte Freundin ihre Arme um meinen Hals und hüpfte auf und ab. »Ich hab dich gesucht, und nun hast du mich gefunden.«

Später saß ich bei Morlen am Bett. Sie hatte mir den schmalen Rücken zugewandt.

»Du hast mir einen Schrecken eingejagt«, sagte ich. Sie antwortete nicht, und ich konnte nicht sehen, ob ihre Augen noch geöffnet waren. »Bitte sag mir beim nächsten Mal Bescheid. Ich hab mir echt Sorgen gemacht.«

Ein halbherziges Knurren. Mehr kam nicht von ihr.

»Morli?«

Im Flur klingelte mein Handy. Ich zögerte, stand dann aber auf. »Ich komme gleich wieder.«

Ich fischte das Telefon aus meiner Tasche am Boden und ging dran. »Hallo?«

Aber Simon hatte schon aufgelegt. Jetzt fiel mir auf, dass er die versprochenen Fotos noch nicht geschickt hatte. Bestimmt war das nach dem Surfen und dem üblichen Bier danach untergegangen.

Ich beschloss, ihn später zurückzurufen, und ging wieder in Morlens Zimmer. Sie lag ganz still da, hatte die Augen geschlossen und atmete gleichmäßig. Im Arm hielt sie ihre Plüschkatze, deren Ohren vom vielen Kuscheln kahl waren. Eine Welle der Zärtlichkeit überrollte mich. Vorsichtig schnupperte ich an ihrem braun gebrannten Nacken, der nach Sommer roch und nach meinem kleinen Mädchen. Ich hätte sie so gern noch etwas beschützt, so gern noch etwas ferngehalten von dem, was sie unwiderruflich mit sich reißen würde, sobald sie ein richtiger Teenager war. Anni sagte immer, das Universum habe eine brisante Mischung in Morlen zusammengebraut, und ich ahnte so langsam, was sie damit meinte. An Morlens Haaransatz wuchsen winzige Härchen, so hell, wie sie einst als Baby gewesen waren. Ich gab ihr einen sanften Kuss auf diese Babyhaare. Dann schaltete ich das Licht aus und schlich in die Küche.

Dort saß Toni und vertilgte das Abendbrot, das ich eigentlich für Morlen und mich vorbereitet hatte. Meine Tochter hatte sich nach unserer Rückkehr geweigert, etwas zu essen, angeblich war sie satt von den vielen Erdnussflips.

Toni hingegen stopfte sich gerade ein Stück Brot mit Krabbensalat in den Mund. Wann hatten wir uns zuletzt gesehen, fragte ich mich. Es war auf jeden Fall einige Jahre her. Toni war ein Teil meines alten Lebens, in dem wir noch gemeinsam durch die Welt reisten und immer nur so viel arbeiteten, dass wir gerade eben über die Runden kamen. Hauptsache, wir hatten genug Zeit zum Surfen und Spaßhaben. Jetzt saß sie in meiner Küche, in meinem neuen Leben, wo ich sesshaft geworden war, und sagte kauend: »Megalecker alles.«

Stöhnend ließ ich mich neben ihr auf die Eckbank fallen.

Sie hielt in der Bewegung inne. Der blonde Dutt auf ihrem Kopf wippte. »Alles okay bei dir?«

Ich rieb mir die verspannten Schultern. »Ja. Und nein. Ich hab mir Sorgen um Morlen gemacht.«

»Wieso? Das war doch eine nette Runde.« Toni kaute weiter.

»Ja, aber ich wusste nicht, wo sie ist.«

Sie griff nach einem Stück Käse und steckte es in den Mund. An ihren Handgelenken baumelten ein paar filigrane Armbänder. »Die Kids haben am Campingplatz rumgehangen, und ich war auf der Suche nach einer Bleibe für die Nacht, und dann haben die meine Gitarre gesehen und gemeint, ich solle mal spielen. Ja, und dann sind wir da alle irgendwie hängen geblieben.«

Ich nahm die Schale mit Heringssalat und löffelte direkt daraus, so hungrig war ich. »Hm.« Von einer kinderlosen Weltenbummlerin ohne festen Wohnsitz konnte ich wohl kaum erwarten, dass sie meine Muttersorgen verstand. »Aber jetzt erzähl mal«, beendete ich das Thema. »Was treibst du hier?«

»Ich komme gerade aus Biarritz.« Toni tupfte sich mit Küchenpapier die Mundwinkel ab. »Eines Abends saß ich dort auf meinem Surfbrett und musste an dich denken. An unser Versprechen. Und da dachte ich, ich besuch dich jetzt einfach mal, wir haben uns viel zu lange nicht gesehen. Ich hab mich erinnert, dass du mal etwas von einem Café geschrieben hast. Die Adresse hab ich im Internet gefunden, aber als ich dort ankam, hattest du schon geschlossen.«

»Du hättest doch anrufen können.«

»Ich wollte dich überraschen.« Sie stand auf und schob zwei Scheiben Brot in den Toaster. Ihre Jersey-Shorts schlackerten um ihre schmale Hüfte. »Du auf dieser kleinen Insel, der Wahnsinn! Hast zwei Kinder, eine Wohnung, einen geregelten Alltag in der Provinz, wer hätte das gedacht?«

Irgendetwas an der Art und Weise, wie sie das sagte, kränkte mich. Sie schlenderte zu den Fotos an den Wänden, Erinnerungen an eine Zeit, in der ich gelebt hatte wie sie: ich als Animateurin, ich als Bergführerin, ich als Reiseleiterin. Ein paar Kinderfotos waren mittlerweile auch in die alten Rahmen gewandert. Erst neulich hatte ich eines ersetzt.

»Hey, warte!« Ich stand ebenfalls auf und nahm einen der Holzrahmen von der Wand, dann löste ich die Spangen an der Rückseite und ließ das Glas vorsichtig auf meine Handfläche gleiten.

Hinter dem Foto von Morlen und Iris steckte ein weiteres Bild. Darauf sah man zwei junge Frauen, die Wangen von der Sonne gerötet, die Augen strahlend. Sie saßen an einem Strand und prosteten sich mit Kokosnüssen zu. Im Hintergrund wuchsen Palmen.

»Ich dreh durch!« Toni war hinter mich getreten. Sie roch nach Sonnencreme. »Costa Rica. Wie jung waren wir da bitte?«

Ja, dachte ich und betrachtete das Foto. So konturlos unsere Gesichter, so sorglos unsere Mienen. »Ja, wir waren jung.«

»Und wir hatten einen Traum.« Tonis Gesicht war

jetzt dicht neben meinem. Auch sie war älter geworden, auch sie hatte kleine Fältchen in den Augenwinkeln und markantere Wangenknochen. Aber das machte ihr hübsches Gesicht nur noch interessanter. »Erinnerst du dich an den Tag, an dem dieses Foto entstand? Wir haben am Strand gesessen und uns geschworen, dass wir eines Tages wiederkommen. Dass wir wiederkommen und glücklich sein werden.«

Ich lächelte. »Und nun bin ich an einem anderen Strand glücklich geworden.«

Toni wandte sich ab, zog die Brotscheiben aus dem Toaster, warf eine auf meinen und eine auf ihren Teller und setzte sich neben mich auf die Eckbank. »Erzähl mir von deinem Glück! Ich will alles wissen.«

»Nun ja, welches Glück ist schon perfekt?« Ich brach meinen Toast in der Mitte durch. »Mama ist letztes Jahr an Krebs gestorben.«

»Oh nein!« Toni schlug sich die schmale Hand vor den Mund. »Ihr beide wart doch so eng.«

»Ja.« Ich bestrich meine Brothälften mit den Resten des Krabbensalats. »Das war eine harte Zeit, und meine Mutter fehlt mir jeden Tag. Aber … Aber ich habe jetzt eine eigene Familie – Morlen und meine kleine Tochter Hannah und meinen Freund. Und ich habe mein Café am Strand.«

Tonis Augen strahlten tiefblau. Ich erinnerte mich daran, dass sie die schöne Eigenschaft besaß, die Emotionen anderer in ihrer Mimik zu spiegeln. »Das klingt wirklich gut. Wo ist deine Kleine? Und wo ist dieser

Mann? Ich kann es kaum erwarten, die beiden zu treffen.« Sie biss genussvoll in ihr Brot.

Ich nahm einen Bissen von meinem. »Die zwei machen eine Tour mit dem VW-Bus, er hat sich das für seine Elternzeit in den Kopf gesetzt, vier Wochen lang.«

»Wie cool!« Toni riss die Augen noch weiter auf. »Der klingt ja spannend.«

»Ja, er ist toll, aber manchmal wäre etwas weniger Aufregung auch okay.«

Wir knusperten eine Weile vor uns hin, dann fragte ich: »Und du? Was treibst du so?«

Sie legte die Beine über Kreuz und knetete die Füße in ihrem Schoß. »Na ja, zuletzt hab ich mich als Kellnerin auf Bali durchgeschlagen.« Etwas blitzte in ihren Augen auf. »Dann war ich noch ein paar Wochen in Frankreich, in einem Surfcamp. Aber da war auch mein Ex, und na ja, das konnte nicht lange gut gehen. Und jetzt sehe ich von hier aus weiter. Noch ist kein neuer Flug gebucht.«

»Nur von heute auf morgen planen – du bist also immer noch meine alte Toni.«

»Du warst auch mal so frei.« Sie lächelte schief.

»Ich fühle mich auch jetzt noch frei. Für jeden gibt es das richtige Stück Freiheit, und meins liegt hier.«

Toni nickte, aber ich spürte, dass sie mir meine Worte nicht abnahm. Sie schob das letzte Stück Brot auf ihrem Teller hin und her. »Ich gönne es dir echt. Nur … Du warst immer mein Vorbild. So unabhängig. So null darauf aus, den richtigen Mann zu finden. Wahrscheinlich ist das der einzige Weg. Während ich suche, hast du gefunden.« Sie lachte ihr helles Lachen.

Ich schaute auf die Uhr über der Küchentür. Schon nach elf. Morgen musste ich wieder putzmunter in der Strandmuschel stehen und vorher Morlen für ihren letzten Schultag vor den Sommerferien wecken.

Toni bemerkte meinen Blick. »Ich mach mich dann mal auf.« Sie schob sich den Rest Brot in den Mund und entknotete ihre verschränkten Beine.

Ich reckte die Arme in die Luft. »Wo schläfst du eigentlich?«

Meine Freundin wickelte eine Ponysträhne um den Zeigefinger. »Wo immer sich ein nettes Plätzchen findet.« Sie zuckte mit den Schultern.

»Toni!«

»Du kennst mich, ich gehe nicht verloren. Die erste Nacht hab ich bei einem Lars auf dem Sofa gepennt, kennst du den?«

»Oh ja.« Es war kein Zufall, dass Toni ausgerechnet Simons Kollegen gefunden hatte, der mich mit seinen langen Gliedmaßen und der gutmütigen Tollpatschigkeit ein wenig an einen Doggenwelpen erinnerte. Er behauptete stets, alle streunenden Hunde würden zuverlässig bei ihm landen.

»Ich hab nicht mal ein Sofa.« Ich rieb mir über die müden Augen. »Wir wohnen hier auf engstem Raum zusammen. Für morgen werden wir eine andere Lösung finden, weil ich gerade echt meine Ruhe genieße.

Aber magst du für heute Nacht zu mir ins Bett? Wie in alten Zeiten?«

Quietschend sprang Toni von der Bank auf und umarmte mich stürmisch. »Ich weiß, warum ich dich unbedingt wiederfinden wollte.«

Als Toni sich in Männerboxershorts und Unterhemd neben mich aufs Laken setzte, bemerkte ich ihre braun gebrannten Füße. Solche Füße bekam man nur an Orten in Äquatornähe. Meine hatten mal ganz ähnlich ausgesehen, wenn auch nie ganz so dunkel. Wochenlang war ich ohne Schuhe herumgerannt. Irgendwann hatte ich ganz vergessen, wozu der Mensch überhaupt welche brauchte. Bis Mama mich anrief. Bis sie sagte: »Du musst nach Hause kommen, ich bin krank.« Da hatte ich meine Lederschuhe wieder hervorgekramt und war in ein Flugzeug nach Deutschland gestiegen. Den ganzen Flug über hatte ich das Gefühl gehabt, sie wären in der Zwischenzeit zu klein für mich geworden.

Tonis Füße zierten die typischen weißen Narben von Menschen, die viel barfuß unterwegs waren. Unter ihrem Innenknöchel verlief ein zarter Schriftzug, den ich noch nicht kannte: *Broken*.

»Spinnst du?«, fragte ich und strich mit dem Zeigefinger darüber. »Warum lässt du dir so was auf deinen schönen Fuß tätowieren?«

Toni zog die schmalen Schultern hoch. »Weil man die inneren Narben ja oft nicht sieht.«

Ich schüttelte den Kopf und betrachtete nachdenklich das zarte Gesicht meiner Freundin im matten Licht der Leselampe.

Sie presste die Lippen aufeinander. »Niemand reist immer wieder an neue Orte, wenn er nicht vor irgendetwas davonläuft. Du weißt ja, dass ich es nicht immer leicht hatte. Wenn ich eines Tages eine stolze Familienmama bin wie du, dann wird mich dieses Tattoo daran erinnern, wo ich hergekommen bin.«

Ich legte mich hin und zog die Decke bis zum Kinn. »Glaub mir, das vergisst man ohnehin nie.«

Während sich Toni neben mir zusammenrollte, wanderten Bilder von früher durch meinen Kopf. Mama und ich in einem kleinen Dorf in Ostwestfalen. Mama und ich beim gemeinsamen Ausreiten über blühende Wiesen. Mama und ich morgens am üppig gedeckten Frühstückstisch, in unserer alten Küche, in der es immer nach etwas Essbarem duftete. Es hatte immer nur uns zwei gegeben. Und obwohl ich ihr Ein und Alles war, hatte sie mich gehen lassen, als es mich in die Welt hinauszog. Ich musste daran denken, dass ich sie bei jener ersten großen Reise nach Costa Rica erst Wochen, nachdem ich angekommen war, von einer Telefonzelle aus angerufen hatte. Trotzdem hatte nie auch nur der Hauch eines Vorwurfs in ihrer Stimme gelegen. Sie hatte ziemlich viel richtig gemacht als Mutter, aber am richtigsten war es wohl gewesen, mich meine eigenen Fehler machen zu lassen. Und ja, ich hatte wahrlich genug Fehler für ein ganzes Leben gemacht.

Aber nun war ich hier. Und die einzige Sache, vor der ich seit einem Jahr davonrannte, lag nur wenige hundert Meter entfernt.

Am nächsten Morgen erwachte ich von Musik. Jemand spielte Gitarre, in meiner Wohnung. Müde sah ich auf die Bettseite neben mir – keine Toni. Mein Wecker verriet mir, dass ich noch zwanzig Minuten hätte schlafen können.

Gähnend lief ich in die Küche. Am Tisch saß Toni und daneben, zu meiner Überraschung, Morlen, die ich sonst immer unter Androhung von kaltem Wasser aus dem Bett zerren musste. Meine Tochter hielt die Gitarre in der Hand, während Toni ihre Finger auf die Saiten legte.

»Das ist e-Moll«, erklärte sie gerade. »Das ist super für traurige Liebeslieder.«

Auf Morlens Gesicht lag ein seliges Lächeln, das erlosch, als sie mich bemerkte. Es war, als ob ein Vorhang fiele. So deutlich wie heute hatte ich es selten empfunden.

»Guten Morgen!« Toni trug noch ihre Boxershorts, sah aber erstaunlich frisch aus. Nur der Dutt auf ihrem Kopf wirkte hastig zusammengebunden, denn überall hingen Strähnen heraus. Morlen hingegen hatte sich sogar schon angezogen.

»Guten Morgen.« Ich öffnete den Kühlschrank und holte eine Flasche Orangensaft heraus.

Während ich jeder von uns ein Glas eingoss, fragte

Morlen Toni: »Wohnst du jetzt bei uns? Das ist so cool!«

Toni suchte meinen Blick.

Ich lächelte meine Tochter an. »Wir müssen mal schauen, wo Toni schlafen kann.«

Sie funkelte mich an. »Jetzt, wo die anderen uns verlassen haben, ist doch genug Platz.«

»Morli, machst du dir etwa Gedanken, dass sie nicht zurückkommen könnten?« Ich musterte sie besorgt, aber sie rollte nur mit den Augen.

»Toni kann in meinem Zimmer schlafen.«

Toni lachte hell auf. »Das klingt toll, aber das brauchst du doch selbst. Und überhaupt weiß ich noch gar nicht, wie lange ich bleibe.«

»In Omas Haus sind viele Zimmer.« Morlen sagte diesen Satz mit schneidender Stimme und sah mich herausfordernd an.

»Morlen, du weißt, das geht nicht, das ist meine Sache.« Meine Worte klangen schärfer als beabsichtigt.

»Immer ist alles deine Sache.« In ihren Augen blitzte Wut auf. »Ich habe dort viel länger gewohnt als du.« Damit sprang sie auf und stürmte in den Flur.

Ich folgte ihr. »Was sagst du denn da?« Ich bemühte mich, sanft zu sprechen. »Mausi, was ist los? Ist es wegen Simons und Hannahs Reise?«

»Lass mich in Ruhe!« Sie nahm ihren Schulrucksack und öffnete die Wohnungstür.

»Hey, jetzt hau nicht einfach ab!«

»Hast du doch auch immer gemacht!« Und schon rannte sie die Treppe hinunter.

Ich sah ihr nach. Einen Moment überlegte ich, ihr hinterherzulaufen, doch dann ließ ich es bleiben. Es hätte ohnehin nichts gebracht. Wie so vieles in letzter Zeit.

Seufzend ging ich zurück in die Küche, wo Toni mich betreten ansah. »Sorry. Hoffentlich war ich nicht der Auslöser.«

»Nein, nein, sie hat gerade eine schwierige Phase.« Ich nahm einen Becher Joghurt und eine Schale Himbeeren aus dem Kühlschrank.

Toni sprang auf, um mir zu helfen. »Zeigst du mir dein Café?«, fragte sie, während sie die Himbeeren in einem Sieb abbrauste.

»Klar«, sagte ich und füllte Joghurt in zwei Schalen. »Ich muss nach dem Frühstück noch kurz was erledigen, aber danach gern.«

Toni verteilte die Beeren auf dem Joghurt, nahm mir eine der beiden Schalen aus der Hand und löffelte sie in atemberaubender Zeit leer. Dann stellte sie Schale und Löffel in die Spülmaschine und löste ihr Haargummi.

»Alles klar. Ich spring mal kurz unter die Dusche.« Schon auf dem Weg ins Bad entledigte sie sich ihrer Klamotten, die hinter ihr auf den Flurboden segelten.

4

Schweigend ging ich durchs Haus. Frau Fisser von nebenan hatte offenbar erst kürzlich gesaugt. Sie und die Damen von der Weststrand-Badegruppe, zu der Mama lange gehört hatte, kamen regelmäßig her und reinigten die Arbeitsfläche in der Küche, in der niemand mehr kochte. Polierten das Spülbecken, an dem keine Kaffeetassen mehr abgespült wurden. Lüfteten den Ofen, in dem keine duftenden Apfelkuchen mehr gebacken wurden. Wischten den Staub von den Bilderrahmen, die niemand mehr betrachtete.

»Wie lange soll das noch so laufen?«, fragten Simon und Anni mich regelmäßig.

»Warum zieht ihr nicht einfach ein und spart euch die Miete?«, schlugen Mamas Freundinnen vor. »Ist doch Wahnsinn, ein solches Objekt leer stehen zu lassen. Wenn ihr nicht darin wohnen wollt, warum vermietet oder verkauft ihr es nicht?«

Meine Antwort auf diese Fragen war stets dieselbe: Weil ich es noch nicht konnte. Etwas zu verändern würde bedeuten, das letzte bisschen von Mama, das mir geblieben war, mit etwas Neuem zu überschreiben, als würde ich es endgültig auslöschen. Ich wusste, dass ich es irgendwann würde tun müssen, früher oder später. Aber noch brachte ich es nicht über mich. Dieses Haus war zu eng mit ihr verbunden.

Ich nahm einen der offenbar frisch entstaubten Rahmen in die Hand. Auf dem Foto darin war meine Mutter so alt wie ich heute. Mitte dreißig. Sie war ähnlich groß und kurvig wie ich, nur ihr Haar war nicht so lang und wellig wie meins. Auf ihrem Schoß saß ein Kleinkind mit blonden Locken und entschlossener Miene. Ich hatte es ihr nie leicht gemacht, dessen war ich mir bewusst. Ob sie sich manchmal insgeheim verflucht hatte für die freie Erziehung und die Flügel, die mir gewachsen waren? Denn wie hatte ich es ihr gedankt? Mit immer neuen Jobs, einem frühen Kind, wechselnden Wohnorten. Und obwohl ich wusste, dass Iris meinetwegen nachts oft wach gelegen haben musste, hatte sie mir immer das Gefühl gegeben, ihr größtes Glück zu sein. Könnte ich Morlen doch auch eine so gute Mutter sein, dachte ich und betrachtete erneut das Foto.

Mit Simon an meiner Seite fiel es mir etwas leichter. Alles, was er tat, hatte etwas Spielerisches. Er schaffte es, jeden Streit in eine harmlose Richtung zu lenken. Aber das war nicht der einzige Grund, warum ich ihn vermisste. Nie zuvor hatte ich wirklich zu jemandem gehört. Mama hatte mich gelehrt, unabhängig zu sein, allein klarzukommen. Durch Simon hatte ich erstmals begriffen, dass es schön sein konnte, zu zweit zu sein.

Mir fiel ein, dass ich ihn gestern vor lauter Aufregung um Morlen und Toni nicht zurückgerufen hatte. Ich stellte den Bilderrahmen wieder an seinen Platz und zog mein Handy aus der Tasche. Doch als ich seine Nummer wählte, ging er nicht dran. Auch die versprochenen Fotos hatte er immer noch nicht geschickt. Ein ungutes Gefühl machte sich in mir breit. Ich öffnete seinen Instagram-Account, wo er früher oft Bilder von seinen Reisen und vom Surfen gepostet hatte. Nach Hannahs Geburt hatte er ihn ziemlich vernachlässigt. Aber siehe da: Seit seiner Abreise hatte er vier neue Bilder hochgeladen. Hannah war darauf nicht zu sehen. Dafür sein Bus im Gegenlicht. Eine Bierflasche vor Sonnenuntergang. Seine Füße im Sand. Sein Brett in der Brandung.

Etwas in mir wurde schwer. Und zum ersten Mal seit Simon von dieser Reise gesprochen hatte, meldeten sich zaghafte Zweifel in mir. Warum wollte er mich eigentlich nicht dabeihaben?

Ich griff noch einmal nach dem alten Foto meiner Mutter, so jung, so hübsch, so voller Träume und Wünsche. Warum nur, wunderte ich mich nach langer Zeit wieder einmal, hatte sie nie einen Partner gehabt? Von meinem Vater hatte sie selten und ungern gesprochen. »Eine Affäre« sei er gewesen, behauptete sie, wenn ich nachhakte. Sie habe nie Kontakt zu ihm gehabt, weil sie seine Ehe nicht gefährden wollte. Ich gewöhnte mich daran, dass dies das einzige Thema war, das zwischen uns nicht weiter besprochen wurde. Irgendwann kurz vor ihrem eigenen Tod erwähnte sie, er sei gestorben. Jetzt, wo sie nicht mehr da war, fragte ich mich, warum ich nicht noch einmal nachgefragt hatte. Denn die wahre, die ganze Geschichte hatte sie mitgenommen, wie so vieles, was für immer verloren war.

»Hier sind die neuen Torten.« Ich stand mit Toni im Lagerraum der Strandmuschel und zeigte ihr die Kühltruhe und die Regale mit den Vorräten. »Und hier findest du Hafermilch, Mehl und Zucker.«

Meine Freundin schwirrte in einem luftigen Trägerkleidchen um mich herum und sah sich alles genau an. Die Jeansschürze, auf die vorne der Schriftzug *Strandmuschel* gestickt war, stand ihr ausgezeichnet. Überhaupt bewegte sie sich so selbstverständlich in meinem Café, als gehöre sie hierher. Praktischerweise hatte Toni schon mal als Barista und zuletzt sogar als Kellnerin gearbeitet. Nomaden wie sie hatten meist schon viele Berufe ausprobiert, was sie zum perfekten Ersatz für meine ausgefallene Saisonkraft machte.

Und so marschierte Toni auf ihren nackten Fußsohlen völlig selbstverständlich zur Theke, als wir hörten, dass Gäste hereinkamen. Ich musste schmunzeln. Warum hatte ich eigentlich wieder angefangen, im Sommer Schuhe zu tragen?

Ich griff gerade nach den neuen Bambustrinkhalmen, die in Zukunft die alten aus Plastik ersetzen sollten, als Toni zurückkam. »Da fragt jemand nach dir.«

Ich ließ das Paket mit den Bambushalmen sinken und folgte ihr. Einige Tische waren bereits besetzt, und ich nickte zwei älteren Damen zu, die von ihren Speisekarten aufsahen. Hinter ihnen in der Ecke saß der Typ von gestern, diesmal in einem andersfarbigen, ebenso ordentlich gebügelten Karohemd, in seine Zeitung vertieft.

»Kannst du das nicht übernehmen?«, flüsterte ich Toni zu.

Sie hob überrascht den Kopf, auf dem heute eine Zopfpalme baumelte. »Der hat schon alles, wieso?« Plötzlich musste sie grinsen. »Nicht der fragt nach dir, sondern der da.« Sie deutete mit der Zopfpalme in Richtung Tür.

Vor dem Tresen stand der breite Handwerker von gestern. Ich zog etwas widerwillig den Gürtel meines Wickelkleides enger und trat zu ihm.

Er legte wortlos einen klein bedruckten Zettel auf die Holzplatte und schob ihn zu mir hin.

»Kostenvoranschlag?« Ich lächelte aufmunternd.

»Ist noch ein Zeitfenster frei geworden.« Er drehte sich schon in Richtung Ausgang. »Aber bitte in den nächsten vier Tagen Bescheid sagen, sonst vergeben wir den Termin anderweitig.«

Weg war er.

Ich blickte auf den Zettel. Zuerst sah ich nur Buchstaben. Zahlen. Dann fanden meine Augen die Summe. Ich stöhnte auf. Das war viel mehr, als ich befürchtet hatte.

»Entschuldigung.«

Ich zuckte zusammen. Vor mir stand der Gast von

gestern. Instinktiv verdeckte ich mit einer Hand den Kostenvoranschlag.

Er rückte schmunzelnd seine Brille zurecht. »Geheimer Liebesbrief?«

Ich zwang mich zu lächeln. »Schön wär's.«

Er schmunzelte immer noch. Sein dezentes Aftershave stieg mir in die Nase. »Ich wollte nicht stören, nur fragen, ob ich noch so einen tollen Flat White haben könnte?«

Toni hinter mir flötete: »Ist unterwegs.«

Er musterte mich noch einmal unsicher und ging zurück zu seinem Platz.

Noch während ich ihm nachsah, goss Toni bereits kichernd feinen Milchschaum in eine türkisfarbene Keramiktasse. »Alter Schwede, die Kerle fressen dir immer noch aus der Hand.«

Ich stupste sie spielerisch mit der Hüfte an. »Wie kommst du denn darauf?«

Während sie dem Gast seinen Kaffee brachte, sah ich ihn mir noch einmal unauffällig an. Mit seinem gepflegten Äußeren und den teuren Klamotten erinnerte er mich an den Typ Mann, dem ich früher oft auf Reisen begegnet war, als Teilnehmer bei Surfkursen oder Klettertouren. Männer wie er suchten das Abenteuer, fernab von ihrem stressigen Alltag. Viele von ihnen wirkten auf den ersten Blick beherrscht und zurückhaltend, aber nach dem dritten Caipirinha sahen sie einem plötzlich überraschend forsch in die Augen. Toni hatte recht, ich hatte diese Wirkung auf Männer.

War ich stolz darauf? Es glaubte mir kaum jemand, aber die Antwort war: schon lange nicht mehr.

Meine Freundin kam zurück und grinste mich breit an. »Ich soll dir ausrichten, mein Kaffee sei fast so perfekt wie deiner.«

Ich erwiderte ihr Grinsen, doch dann fiel mein Blick wieder auf den Zettel vor mir. Bekümmert las ich noch einmal, was darauf stand. So viel Geld hatte ich nicht mal annähernd auf dem Konto.

Am Nachmittag lichtete sich der Ansturm der Gäste, und Toni und ich überließen Nele das Café. Sie war zwar noch neu und sah mit ihrer Stupsnase und den geflochtenen Zöpfen eher aus wie fünfzehn als wie Anfang zwanzig, verfügte aber über eine ordentliche Portion Gelassenheit, was man in diesem Job bestens gebrauchen konnte. Ich wusste mein Café bei ihr in guten Händen.

Toni und ich radelten die Strandpromenade entlang. Sie saß auf dem rostigen Hollandrad, das ich extra für meine Saisonkräfte angeschafft hatte, ich auf unserem Lastenfahrrad, auf das wir vorne ihren prall gefüllten Backpacker-Rucksack und die Gitarre geschnallt hatten.

»Was wollte der Handwerker?«, rief sie zu mir herüber.

»Mein Dach reparieren.« Ich musste selbst lachen.

»Und, lässt du ihn?«

Ich sah zum Horizont. »Wahrscheinlich nicht. Er ist zu teuer.«

Wir fuhren durch die Dünen in die Siedlung hinein. Ich sah Toni neugierig jeden Gartenzwerg betrachten, jede kleine Holzmühle, jedes Windspiel aus lackierten Möwen.

»Diese Idylle!«

Ich erinnerte mich daran, wie ich die Dinge einst mit ihren Augen gesehen hatte. Wie ich dachte: Hey, ich komme gerade aus Übersee, wie süß seid ihr denn mit euren beschnittenen Buchsbäumchen und Deko-Leuchttürmen? Heute fielen sie mir nicht einmal mehr auf. Sie gehörten für mich so selbstverständlich zum Inselleben wie die Minikirmes zweimal im Jahr, das Anbaden am Nordstrand und die wöchentliche Chorprobe der Inselfrauen im Argonnerwäldchen.

Wir bogen in den Waldweg ein, und ich hörte Toni neben mir keuchen, weil man auf dem sandigen Boden nur schwer vorankam. »Wohin bringst du mich?«

»Lass dich überraschen. Ich sag nur so viel: Es ist besser als mein Bett.«

»Ich schlaf gern neben dir«, hörte ich sie hinter mir japsen.

»Ja, aber … Das klingt komisch, aber der Platz ist irgendwie schon vergeben.« Ich stieg ab und schob mein Fahrrad, weil wir uns dann entspannter unterhalten konnten.

Offensichtlich erleichtert folgte Toni meinem Beispiel. Sonnenlicht fiel durch die hohen Kiefern. Es roch nach feuchter Erde.

Sie betrachtete mich von der Seite. »Wie du über

deinen Freund redest, so hast du bisher nur …« Sie hielt inne. »Du bist richtig verknallt, oder?«

Ich musste grinsen. »Ja, das bin ich. Er ist irgendwie … eine verwandte Seele. Er kennt mich, und er liebt mich trotzdem.«

»Klingt schön.« Toni wuchtete ihr Rad über eine hohe Baumwurzel. »Wie hast du den ausgerechnet auf dieser Insel gefunden?«

»Na ja. Er ist mit ein paar Kumpels hierhergekommen, und sie hatten die Idee, auf Norderney Gin zu brennen. Er ist vorher auch als Surflehrer und Saisonarbeiter herumgereist. Ich denke, er hatte anfangs genau wie ich nicht wirklich vor, lange hierzubleiben. Und dann sind wir hängen geblieben. An diesem Ort. Und aneinander.«

Ein warmes Gefühl machte sich in meinem Magen breit, als ich Simon vor mir sah. Am Lagerfeuer, im Winter vor drei Jahren. Ich war erst wenige Tage hier und hatte mich an der Surfschule umgesehen, in der Hoffnung, dort auf einigermaßen Gleichgesinnte zu treffen. Der lange Lars und sein Kumpel, der dünne Sven, die die Surfschule betrieben, hatten mich eingeladen, direkt dazubleiben, da sie ein kleines Fest veranstalten würden. Ich saß dick eingemummelt mit einem Glühwein in der Hand am Lagerfeuer zwischen den Holzbuden, schaute in die Flammen und fragte mich, wie lange ich es in dieser Einöde wohl aushalten würde. Aber konnte ich überhaupt wieder weg? Mama war krank, und ich musste mich endlich richtig um Morlen kümmern. Sie war längst kein Baby mehr, ich konnte sie nicht mehr im Tragetuch umsiedeln wie eine wurzellose Pflanze.

Und gerade als ich begann, trübselig zu werden, trat Simon zwischen mich und das tanzende Licht des Feuers. Er blitzte mich frech an und streckte mir seinen Glühweinkrug entgegen.

»Hey, wir kennen uns noch nicht.«

Ich stieß mit ihm an. »Maria.«

»Hübscher Name, passt zu dir.« Wieder dieses freche Blitzen in seinen Augen.

»Und das ist Simon, vor dem nimm dich in Acht!«, rief Lars über die Flammen hinweg und wischte sich die Surfermähne aus der Stirn.

Simon lachte. Ich betrachtete ihn, seine nass glänzenden Locken, den dunklen Teint, die langen schwarzen Wimpern. Männer, vor denen man sich in Acht nehmen muss, sind genau mein Kaliber, dachte ich.

»Wie lange seid ihr schon zusammen?«, fragte Toni und holte mich aus meinen Tagträumen zurück.

Ich überlegte einen Moment. »Es war lange ein On-Off. So richtig … etwa zweieinhalb Jahre.«

Toni schien im Kopf etwas nachzurechnen. »Das ging dann aber flott.«

»Was meinst du?«

»Na ja. Du bist ziemlich schnell schwanger geworden.«

Ich zuckte mit den Schultern. »Tja, geplant war das

nicht. Aber im Rückblick war es das Beste, was uns passieren konnte. Nicht nur, weil Hannah so süß ist. Seitdem ist auch für uns beide glasklar, dass wir zusammengehören.«

»Und was ist aus Morlens Vater geworden?« Unter unseren Schritten knirschten die trockenen Kiefernnadeln. »Aus … Jan?«

»Ach.« Ich lachte darüber, dass sie sich offenbar kaum traute, seinen Namen auszusprechen.

»Na, wegen dem warst du früher oft traurig.« Toni kickte mit ihrem Fuß einen Kiefernzapfen zur Seite.

Ja, dachte ich. Das war ich. Jan, der Schwarm meiner Jugend, an dem alles perfekt war, außer dass er eigentlich meiner besten Freundin Anni gehörte.

Ich bückte mich, um einen Zapfen aufzuheben. Er fühlte sich glatt und trocken an. Mit Wucht warf ich ihn in den Wald hinein. »Der ist glücklich verheiratet. Kümmert sich regelmäßig um Morlen. Und mit Anni hat sich durch die Krankheit meiner Mutter auch wieder alles eingerenkt, sie kommt regelmäßig her. Das ist das größte Geschenk, das Mama mir gemacht hat. Sie hat das eingefädelt.«

»Oh, wie toll.«

»Ja.«

Der Wald teilte sich zu einer Lichtung. Wir waren am Campingplatz angelangt.

Toni sah sich interessiert um. »Ach so, hier sind wir wieder. Hast du mir ein Zelt besorgt?«

Ich lachte. »Nein, viel besser.«

Ich führte sie zwischen Wohnmobilen, Campingbussen und vereinzelten Bäumen hindurch bis ans Ende des Platzes, bis zu Simons Wohnwagen. Hier hatten wir viele gemeinsame Nächte lang Hand in Hand den Sternenhimmel betrachtet, und ich hatte mir lange auszureden versucht, dass dieses warme Kribbeln, das mich dabei erfüllte, Liebe war.

Ich stellte mein Rad ab und lief auf den Wohnwagen zu.

»Der kommt mir doch bekannt vor.« Toni lehnte ihr Fahrrad an eine Kiefer.

»Ja, der gehört meinem Simon, deswegen hängt Morlen hier immer ab.«

»Jetzt verstehe ich.«

Ich hantierte bereits am Schloss, als Toni neben mich trat. Zu meiner Überraschung war die Tür nicht abgeschlossen. Ich öffnete sie und hörte, wie drinnen etwas raschelte.

Die Vorhänge waren zugezogen, deswegen knipste ich die Deckenlampe an. Auf dem Boden des Wohnwagens lagen leere Chipstüten, Weingummipackungen, eine halbvolle Colaflasche. Und die ausgelatschten Ballerinas meiner Tochter.

»Morlen?«

Erneut hörte ich es rascheln. Dann streckte sie den verwuschelten Kopf aus der Bettnische. Ihren Gesichtsausdruck konnte ich zunächst nicht richtig deuten. Trotz lag darin, aber auch eine gute Portion Scham. Den Bruchteil einer Sekunde später verstand ich, wieso. Denn neben ihr tauchte ein weiterer Kopf auf, der eines Jungen.

»Hey, Jonas«, sagte Toni hinter mir, als wäre es das Normalste der Welt, dass er mit meiner elfjährigen Tochter allein in einem Bett lag. »Hattet ihr es noch schön gestern?«

»Hey, ja, war cool«, erwiderte der Junge. Er war mindestens ein, zwei Jahre älter als Morlen. Sein dickes braunes Haar fiel ihm über die großen Augen.

»Morlen, kommst du bitte mal kurz mit?« Ich hörte selbst, wie angespannt meine Stimme klang. »Entschuldigt uns, Toni und … Jonas.«

Zu meinem Erstaunen folgte Morlen mir ohne Widerstand. Wir entfernten uns ein paar Schritte vom Wohnwagen, bis wir zwischen zwei Bäumen mit tief hängenden Zweigen stehen blieben.

»Sag mal, was macht ihr hier?« Ich sprach leise, schließlich wollte ich sie nicht blamieren, auch wenn ich wütend war.

Morlen schälte die Rinde vom Stamm einer Kiefer und sah mich nicht an. »Simon hat es erlaubt.«

»Er hat es *dir* erlaubt. *Du* darfst hierherkommen.« Ich bemühte mich, tief in den Bauch zu atmen.

»Meine Freunde auch.«

Sie schabte heftiger am Holz herum, bis ich vorsichtig nach ihrer Hand griff. Jetzt sah sie mich an.

»Wer ist der Junge?«

Ihre Augen wurden schmal. »Ein Kumpel, Mama. Was denkst du denn?«

»Sorry, aber ihr seid allein da drin, und er ist älter als du …«

»Wir haben auf seinem Handy Videos angeguckt, ist das jetzt auch schon verboten?«

Ich öffnete empört den Mund. »Auch schon? Dir ist klar, dass du hier viele Freiheiten genießt, oder?«

Sie verdrehte nur die Augen.

Wow, dachte ich. Und das ist erst der Anfang. Das kann noch lustig werden.

Morlen knibbelte jetzt an ihren Nägeln, von denen Nagellack abblätterte, der bei genauerem Hinsehen eindeutig mir gehörte. Mein einziger von Chanel.

Ich nahm eine ihrer Hände in meine. »Und ich dachte, du bist nach der Schule direkt zu Nalu gefahren.«

Sie entriss mir die Hand und begann, damit in ihren Haaren herumzufummeln. »Da wollte ich gleich hin.«

Ich folgte Morlens Blick in Richtung Wohnwagen. Toni unterhielt sich angeregt mit Jonas, der sich immer wieder den Pony aus der Stirn strich. In der Hand hielt sie einen Müllbeutel, in den Jonas gerade eine leere Chipstüte stopfte.

Ich musste lachen. »Jetzt räumt der sogar für dich auf. Eins muss man dir lassen: Du hast die Kerle im Griff.«

»Wenigstens darin hatte ich ein gutes Vorbild.« Die Art und Weise, wie sie das sagte, ließ keinen Zweifel daran, dass es nicht als Kompliment gemeint war.

Verrückt, dachte ich, als sie mit ihren langen Beinen

neben mir her zurück zum Wohnwagen schlenderte. Noch im letzten Sommer war sie ein Kind gewesen, eher klein für ihr Alter, noch richtig verspielt. Jetzt erkannte ich sie manchmal kaum wieder.

Als wir bei den anderen angekommen waren, sagte ich an Jonas gewandt: »Hat Morlen dir schon Nalu gezeigt, unser Pflegepferd?«

Er wich meinem Blick aus. »Ja, Morlen und ich kennen uns vom Stall. Ich mache auch bei der Reitfreizeit mit.«

»Super, das passt doch. Vielleicht kannst du ihr helfen, Nalus Box auszumisten.«

Morlen stöhnte neben mir auf.

»Kein Ding.« Jonas betrachtete die Spitzen seiner blütenweißen Marken-Sneakers. So sauber und gelackt sahen nur Urlauberkinder aus.

»Wo kommst du her?«, fragte ich.

»Mama, lass ihn!« Morlen zog unsanft an meinem Arm.

»Dortmund. Mein Dad hat hier eine Ferienwohnung.« Jonas nuschelte so stark, dass ich mich anstrengen musste, um ihn zu verstehen.

Ich entschied, die zwei für heute in Ruhe zu lassen. Kopfschüttelnd sah ich ihnen hinterher, wie sie über den Campingplatz davontigerten, beide zu cool, um Tschüss zu sagen.

»Mach dir keinen Kopf«, sagte Toni neben mir. »Die hängen hier halt ab.«

»Aber …«

»Sie ist elf, *I know*!« Toni raschelte mit der Mülltüte. »Ich glaube, du kannst ihr da vertrauen.«

»Ich hoffe es«, brummte ich.

Etwas später saßen wir auf der Bank in Simons altem Wohnwagen und tranken Tee. Toni schaute sich immer wieder verzückt um. Es war mir genauso gegangen, als ich zum ersten Mal hierhergekommen war. Ein Typ, der auf dem Campingplatz in einem alten Wohnwagen haust, hatte ich gedacht, wie mag es da drin schon aussehen? Aber Simon hatte das alte Schätzchen innen mit Holz ausgekleidet, aus dem gleichen Holz Wandregale gebaut, einen Tisch, eine Bank. Es gab eine voll ausgestattete kleine Küche mit Kühlschrank, Herd und Pfannen, die an Haken hingen, sowie eine gemütliche Bettnische. Wie oft hatten wir beide dort aneinander gekuschelt dagelegen und zugehört, wie der Regen aufs Dach prasselte?

Ich hatte schon in Baumhäusern genächtigt, in Zelten, auf Booten und in Berghütten, aber nirgends hatte ich je tiefer geschlafen als hier. Der Wohnwagen war wie eine Höhle, an dessen Wänden alles, was störte, abprallte. Lange hatte ich gedacht, er wäre der Grund, warum Simon meistens fröhlich war und mit allem fertigwurde, ganz gleich, was das Schicksal ihm vor die Füße warf. Aber er war genauso geblieben, als er während meiner Schwangerschaft zu mir zog. Noch immer prallte alles an ihm ab, auch ohne diese schützenden Wände.

Toni klopfte gegen das Holz des Wandregals, in dem ein Stapel Surfzeitschriften, ein paar T-Shirts, Hosen und ein einzelner Kapuzenpulli lagen, den ich oft trug, wenn wir mal hier waren und mir abends kalt wurde. Der Rest von Simons Klamotten lagerte jetzt in kleinen Haufen am Boden meines Kleiderschranks – oder befand sich irgendwo an der Atlantikküste.

»Meinst du, ihm fehlt seine Freiheit?«, fragte Toni in die Stille hinein. »Ist er deswegen losgefahren?«

Ich nippte an meinem dampfenden Tee. »Glaub ich nicht. Er fühlt sich überall frei.«

Toni wiegte skeptisch den Kopf. »Aber … ihr habt zwei Kinder, seid beide selbstständig, ihr habt echt viel um die Ohren. Bleibt da noch Zeit, um sich frei zu fühlen? Gerade hier, am Ende der Welt …«

Ich überlegte einen Moment. »Weißt du, was? Ich zeige dir bei Gelegenheit mal meine Freiheit hier. Einverstanden?«

Toni stellte ihre Tasse vor sich auf den Tisch. »Sehr gern.«

Dann griff sie nach ihrer Gitarre, die sie gegen eine Wand gelehnt hatte. Als sie anfing zu singen, stellten sich die Härchen auf meinen Armen auf. Ich hatte Toni schon oft ihre Lieder spielen hören, aber es hatte sich bisher nie so angefühlt, als singe sie nur für mich.

»Du greifst nach Händen, die jetzt nicht mehr
da sind,
Weil du niemanden mehr hast, dem du vertraust.

Dann denk dran, dass die Welt sich trotzdem
weiterdreht.
Nach jeder Nacht
Kommt ein Morgengrauen.
Warum können die anderen im Regen tanzen,
Während wir nur einfach nass und traurig werden?
Warum scheint bei den anderen alles leicht zu sein?
Vielleicht ist Regen nur flüssiger Sonnenschein.«

Toni sang mit geschlossenen Augen, und für einen Moment vergaß ich zu atmen. Erst als sie die Gitarre sinken ließ und mich erstaunt ansah, spürte ich die Tränen auf meinem Gesicht. Mit einem Mal fühlte ich mich nackt. Als hätte sie mit ihrem Song etwas an die Oberfläche gespült, das ich niemals freiwillig preisgegeben hätte.

Abrupt stand ich auf. »Das war wunderschön, aber ich muss los.«

»Ist alles okay?« Toni riss erschrocken die Augen auf.

»Jaja, alles gut, du hast so schön gesungen, und … ich vermisse Simon und Hannah. Und … ich hab noch zu tun.«

Ich wischte flüchtig über mein nasses Gesicht, drückte meine Freundin kurz an mich, kletterte von der Bank und eilte zur Tür.

»Bis morgen!«, rief Toni mir noch hinterher.

Nachdenklich radelte ich den Waldweg entlang. Die Kiefernnadeln sprangen unter meinen Reifen zur Seite.

Einige streiften meine nackten Beine. Erst als ich wieder auf der befestigten Straße war, wischte ich die restlichen Tränen weg. Es war bereits früher Abend, und ich fragte mich, ob Morlen noch immer mit Jonas bei Nalu war. Ich musste etwas zu essen für uns beide besorgen, falls sie nach den Chips und der Cola noch Appetit hatte. Und falls sie diesmal auftauchte. Aber vorher musste ich noch etwas anderes erledigen.

Ich fuhr an akkuraten Steinvorgärten und blühenden Verkehrsinseln vorbei. Bog in die kleine Sackgasse ein, die mir so vertraut war. Stellte mein Fahrrad ab und holte tief Luft. Es war so windstill, dass die Flügel der kleinen Mühle vor dem Nachbarhaus sich nicht bewegten.

Der Vorgarten meiner Mutter war zugewachsener als sonst, obwohl ich mir Mühe gab, mich um ihre Pflanzen zu kümmern. Ich mähte regelmäßig den Rasen, zupfte Unkraut und wässerte die Obstbäume. Ihren Standard jedoch konnte ich bei Weitem nicht aufrechterhalten. Das gelang nur Mo, der Mutter von Annis Freund, mit der Mama am Ende eng befreundet gewesen war. Alle paar Monate kam sie aus Bremen und grub den kompletten Garten um. Danach war alles eine Zeit lang wieder tipptopp. Vielleicht war das der Grund, warum mir die Gartenarbeit nicht so lag: Egal, wie sehr man sich abmühte – innerhalb weniger Wochen fing alles wieder von vorn an.

Als ich die Haustür öffnete, klapperte die Holzmöwe, die daran hing, mit den Flügeln. Ein paar Kinder aus dem Landjugendheim, in dem meine Mutter bis zuletzt gearbeitet hatte, hatten sie gebastelt. Von drinnen schlug mir dieser Duft entgegen, der sich nicht wegputzen ließ. Der Geruch nach Mama. Ich sorgte gemeinsam mit meinen Helferinnen dafür, dass alles einigermaßen in dem Zustand blieb, in dem sie es hinterlassen hatte. So lange, bis ich mir sicher war, was wir mit dem Haus anstellen würden. Noch fühlte es sich an, als wäre Mama gerade erst zur Tür hinausgegangen.

Mit der Trauer ist es wie mit einem Wasserrohrbruch. Das Loch ist schon lange da, bevor es zur großen Überschwemmung kommt. Und die meiste Zeit des Tages ist man damit beschäftigt, Handtücher draufzudrücken, um diesen Zeitpunkt hinauszuzögern. Tonis Lied hatte die Handtücher weggespült. Für einen Moment hatte ich vergessen, was ich auf keinen Fall tun durfte, nämlich: traurige Lieder hören oder rührselige Filme schauen, denn schon eine Merci-Werbung konnte mich komplett aus der Fassung bringen. So richtig hörte das wohl niemals auf, das behauptete jedenfalls Mo. Nur die Überschwemmung, die würde mit jedem Mal etwas kleiner, etwas weniger verheerend. Mo meinte, dass ich Iris loslassen müsse. Und dass dazu auch gehörte, dieses Haus loszulassen. Alle sagten das.

Und nun war da diese Summe, die ich für das Cafédach aufbringen musste, und ich sollte innerhalb von vier Tagen entscheiden, ob ich den Kostenvoranschlag annahm. Wenn ich das Haus verkaufen würde, hätten wir ein finanzielles Polster. Für ein freistehendes Objekt auf der Insel bekam man mittlerweile richtig gutes Geld. Seit meine Mutter es vor neun Jahren gekauft hatte, hatte sich sein Wert fast verdreifacht. Aber hier war Morlen aufgewachsen. Hier hatten wir eine Zeit lang glücklich zusammengelebt, bis ich meine Wohnung gefunden hatte. Dies war der Ort auf der Welt, den ich am ehesten als mein Zuhause bezeichnen würde.

Was würde Simon mir raten, fragte ich mich, während ich im dunklen Flur stand. Verkauf es!, konnte ich ihn beinahe sagen hören. Für ihn war Besitz nur Ballast, der einen davon abhielt, von jetzt auf gleich weiterzuziehen.

Ich fischte mein Handy aus der Tasche und wählte seine Nummer. Nichts als Tuten in der Leitung. War er noch in Holland oder schon in Belgien? Er hatte sich nicht mehr gemeldet, und so langsam machte mich das traurig. Ich öffnete Instagram und sah, dass er ein neues Bild gepostet hatte. Hannah von hinten mit tief hängender Windel, bis zu den speckigen Oberschenkeln im Meer. Wie ich die zwei vermisste!

Having the best time of my life with the love of my life, stand darunter.

Das versetzte mir auf mehreren Ebenen einen Stich. Die Liebe seines Lebens, die war doch ich. Und bei der Zeit seines Lebens, da wäre ich gern dabei.

Ich ließ das Smartphone sinken und sah mich im halbdunklen Haus um. Es war an der Zeit. Simon hatte recht, ich musste anfangen, hier auszumisten. Es würde die Trauer nicht vertreiben, aber es würde mir helfen weiterzumachen.

Und ich musste weitermachen. Einen Schritt nach dem anderen, der Rest würde sich schon fügen. Genau wie Simon gesagt hatte.

Mit wackligen Knien ging ich zur Kellertür und öffnete sie. Der Geruch von Holz und Erde schlug mir entgegen, als ich die Treppe hinunterstieg. Es war ein sogenannter Kriechkeller, in dem eine große Frau wie ich nicht stehen konnte. Wie meine durchaus behäbige Mutter sich bei dieser niedrigen Deckenhöhe überhaupt hatte bewegen können, war mir immer ein Rätsel gewesen. Ich fand den Lichtschalter, und vor mir erschienen drei einzeln stehende Regale und ein Stapel leerer Obstkisten. Meine Mutter war wirklich ordentlich gewesen. Das Kellerausräumen würde nicht so schlimm werden.

In einem der Regale standen fein säuberlich nebeneinander Aprikosen in Weckgläsern, selbst gemachtes Dattel-Chutney und sogar noch ein paar Gläser von ihrem berühmten Pflaumenmus. Das freute mich besonders, denn bisher dachte ich, alle Vorräte wären aufgebraucht. Annis Mutter schickte mir manchmal welches, denn sie hatte einst das Rezept von Mama bekommen, aber das war natürlich nicht dasselbe. Ich beschloss, die Sachen aufzubewahren, für Momente, in denen ich Mama besonders vermisste, und stellte sie nach und nach in einen Korb, der neben dem Regal lehnte.

In einem zweiten Regal lagerten leere Weckgläser, auch die würde ich mitnehmen, um sie Mamas Freundin Petra, die mich mittlerweile mit Marmelade fürs Café versorgte, vorbeizubringen oder sie als Windlichter zu verwenden. Aber der Korb war leider schon voll. Ich würde morgen mit einer großen Kiste vorbeikommen und die restlichen gefüllten und alle leeren Gläser holen.

Auf dem obersten Regalbrett standen ein paar Ordner, Steuererklärungen von 1989 bis 2017. Die würde ich Uwe bringen, unserem Steuerberater, der sich auch um den Papierkram für die Strandmuschel kümmerte.

Gerade als ich gehen wollte, entdeckte ich die einzelne Obstkiste aus Holz, die ganz unten im dritten, ansonsten leeren Regal stand. Ich kniete mich auf den Boden und zog daran. Sie war schwer, und ich musste ein bisschen ruckeln, bis ich sie herausbekam. Schmale Notizbücher lagen darin, etwa fünfzehn Stück, in allen möglichen Farben und Größen, fein säuberlich übereinandergestapelt. Ich tippte auf Rezepte und griff neugierig nach dem obersten Heft.

Noch auf den Knien hockend schlug ich die erste Seite auf. *1984* stand da in Mamas altmodisch geschwungener Schrift. Wow, dachte ich, so lange hat sie das aufbewahrt. Das müssen für sie sehr kostbare Rezepte gewesen sein.

Auf den ersten Doppelseiten hatte sie tatsächlich Rezepte notiert, das meiste davon Kuchen. Daneben klebten gepresste Blätter und Blüten, aus Zeitschriften ausgeschnittene Zitate, Postkarten und handgeschriebene Notizen. Als ich weiterblätterte, stieß ich auf einen längeren handgeschriebenen Text.

Ein Tagebuch, dachte ich erschrocken. Ich wollte es schon wieder beiseitelegen, denn das ging mich gar nichts an, als mein Blick auf die erste Zeile fiel. Vor Überraschung hielt ich für einen Moment die Luft an. Dann klappte ich das Buch abrupt wieder zu. Denn die ersten Worte im Tagebuch meiner Mutter lauteten:

Liebe Maria …

5

Am nächsten Abend fegte ich gerade den Boden in der Strandmuschel, als Morlen hereingestürmt kam.

»Hey, Maus, wie war der erste Tag? Was habt ihr gemacht? Ich will alles wissen.«

Sie trug noch ihre Reithose und verschluckte sich fast beim Sprechen. »Jaja, war super. Ich gehe jetzt fliegen.«

Ich hielt in der Bewegung inne und stützte mich auf den Besen. »Fliegen?«

»Jonas' Papa hat einen Schein, wir treffen uns am Flugplatz.«

»Ah.« Um Zeit zu gewinnen, kehrte ich weiter. Feiner weißer Sand rieselte aus den Borsten des Besens auf die Holzdielen.

»Heißt das, ich darf?« Sie hatte schon Schluckauf vor Aufregung.

»Ach so.« Ich bückte mich und kehrte den Sand auf das Blech, wobei ein Großteil der kleinen Körnchen danebenrieselte. Vielleicht hätten wir direkt Sand auf dem Boden ausschütten sollen, dachte ich. Er kroch sowieso überallhin und ließ sich nie vollends entfernen. »Du wolltest mich eigentlich fragen, ob du darfst?«

»Mama!« Morlen hatte eine Hand in die Hüfte gestemmt, auf ihrem Gesicht zeichnete sich ehrliche Verzweiflung ab.

Ich stand auf und lief auf sie zu. »Mausi! Noch mal von vorn: Jonas' Vater hat einen Pilotenschein und ein kleines Flugzeug, und damit will er mit euch vom Flugplatz aus eine Runde über die Insel drehen?«

»Das sag ich doch die ganze Zeit.«

»Dann lass uns mal losradeln.« Schmunzelnd ging ich nach hinten, stellte den Besen im Lagerraum ab und griff nach meiner Strickjacke.

»Wie jetzt, du kommst mit?«, hörte ich Morlen rufen.

Mit der Jacke überm Arm ging ich in Richtung Tür. »Morli, ich lasse dich doch nicht mit jemandem fliegen, den ich noch nie gesehen habe. Ich komme mit und gucke mir den Hobbypiloten mal an, okay?«

Sie wollte protestieren, ließ es dann aber bleiben. Offenbar hatte sie verstanden, dass ich grundsätzlich bereits Ja gesagt hatte.

Gemeinsam fuhren wir nach Hause, wo sie die Reitsachen gegen ein Sommerkleid eintauschte und sich beim Umziehen beeindruckend schnell eine Banane in den Mund stopfte, gefolgt von etwa zwanzig Salzbrezeln. Für ein richtiges Abendessen hatten wir keine Zeit, aber zum Glück hatte es am Stall noch Waffeln für alle Teilnehmer der Reitfreizeit gegeben.

Wir radelten durch die Dünen in Richtung Leuchtturm, wo der kleine Flugplatz der Insel lag. Rauf und runter, über die sanften, spärlich bewachsenen Sandhügel. Morlen wirkte tief in Gedanken versunken. Noch immer hickste sie zwischendurch. Ich sah sie von der Seite an, ihre feine Nase, die strubbeligen dunkelblonden Haare, die ausdrucksstarken Augen, die gebräunte Haut. Alles von ihrem Vater. So wie Hannah ganz Simon war, war Morlen ganz Jan. Ich trug die Kinder offenbar nur aus.

»Geht es dir gut, meine Maus?«, fragte ich nach einer Weile. Ich musste laut sprechen, denn der Wind blies heute wieder heftig.

Sie sah von ihrem Fahrrad aus zu mir herüber. Die Haare wehten ihr immer wieder ins Gesicht. »Ja.«

Der Gegenwind war so stark geworden, dass Morlen mit ihren dünnen Beinen kaum dagegen ankam. An einer steilen Dünenkuppe gab sie auf und schob. Oben blieb sie keuchend stehen. Ich schob mein Rad neben sie und strich ihr zärtlich über den Kopf.

»Musst du auch immer an Oma denken, wenn du hier bist?«, fragte ich leise.

Etwas erschrocken sah sie auf.

Ich lächelte sie liebevoll an. »Ich schon, weil Oma die Dünen so gemocht hat. Ich wüsste gern, wie viele Nachtwanderungen sie hier unternommen hat, mit wie vielen Kindern aus dem Landjugendheim.«

Morlen neben mir atmete immer noch schwer. Irgendwann sagte sie: »Sie konnte einen gut erschrecken.«

»Oh ja.« Ich lachte laut auf. »Dabei sah sie so lieb und harmlos aus.«

»Aber sie hat einen gern zum Kreischen gebracht.« Jetzt lächelte auch Morlen. »Sie hat mich oft erschreckt, wenn ich mein Rad in den Schuppen gestellt habe, vor allem wenn es schon dunkel war. Oder wenn ich abends noch mal aufs Klo gegangen bin. Oder wenn ich nach einer gruseligen TKKG-Folge wieder zu ihr runterkam. Manchmal war ich dann richtig sauer auf sie. Obwohl ich sie doch eigentlich so liebhatte.«

So viele Sätze am Stück hatte Morlen lange nicht zu mir gesagt. Ohne dass es mir bewusst war, füllten sich meine Augen mit Tränen.

»Sie fehlt mir«, stieß sie angestrengt hervor und hickste laut. »So doll.«

Und dann fing auch sie an zu weinen. Ich ließ mein Rad stehen und drückte sie an mich, so fest ich konnte, und zu meiner Erleichterung ließ sie es geschehen. Ihr Kopf lag an meiner Brust, und ich spürte, wie mein Kleid dort warm und feucht wurde. Sie weinte stumme Tränen, und irgendwie war es genau das, was mir den Rest gab.

Vergebens mühte ich mich um Fassung. Erst nach einigen Minuten fand ich sie wieder. Ich kraulte Morlens Kopf und flüsterte in ihr Haar: »Ich finde es schön, dass wir uns gemeinsam an sie erinnern können.«

Sie nickte an meiner Brust, und ich streichelte sie sanft weiter.

Nach einer Weile sagte ich: »Wenn du ich wärst, Morlen, wenn du bestimmen könntest: Was würdest du mit Omas Haus machen?«

Sie hob den Kopf, Augen und Nase leicht gerötet. Dann blickte sie über die Dünen, als wäre in dieser rauen Landschaft die Antwort auf meine Frage zu finden.

»Du darfst es nicht verkaufen«, sagte sie. Dann, noch mal direkt an mich gewandt: »Bitte verkauf es nicht!«

Ich nahm ihr Gesicht in beide Hände. »Weil es dein Zuhause ist?«

Sie schniefte mehrmals und nickte dabei.

»Das verstehe ich.« Ich drückte sie erneut an mich. Mehr zu mir selbst als zu ihr sagte ich: »Manchmal hat man als Erwachsener das Gefühl, es nicht wirklich richtig machen zu können. Wenn ich es verkaufe, bist du traurig, und das verstehe ich. Und wenn ich es nicht verkaufe, dann …« Morlen sah mich fragend an. »Dann bekommen wir das Geld nicht … Aber das ist meine Sache. Darüber musst du dir nicht den Kopf zerbrechen.«

»Brauchen wir Geld?« Morlen zog die Nase hoch.

Ich zögerte. »Nein. Nein, nicht wirklich.«

Ich zog ein Papiertaschentuch aus der Tasche und wischte zuerst ihre und dann meine Tränen weg. Anschließend gab ich ihr ein frisches zum Naseputzen. Als sie fertig war, sah sie besorgt auf die Uhr.

»Die warten auf dich.« Ich lächelte ihr aufmunternd zu, drückte ihr einen Kuss auf die warme Stirn, und wir fuhren weiter. Immer Richtung Leuchtturm, rauf und runter, entlang der verschlungenen Pfade in den Dünen, bis in der Ferne der Flugplatz zu sehen war: eine kleine Landebahn, auf der ein paar einmotorige

Maschinen standen, davor ein flaches Gebäude. Morlen hielt neben mir an und wischte sich die Augen.

Ich griff vorsichtig nach ihrem Kinn und betrachtete prüfend ihr Gesicht. »Man sieht nichts mehr. Du siehst wunderhübsch aus.«

Sie senkte verlegen den Blick und schob meine Hand weg. Dann begann sie plötzlich wie wild zu winken. Ich folgte ihrem jetzt wieder strahlenden Blick.

Vor einer schicken roten Maschine mit Propeller stand ihr Jonas neben einem Herrn, der sein Vater sein musste. Bestimmt Zahnarzt, die fliegen doch gern mal in ihrer Freizeit, dachte ich und schämte mich gleich darauf für meine Vorurteile.

Als wir näher kamen, fielen mir zwei Dinge auf: Zum einen strahlte Jonas meine Tochter auf eine Art und Weise an, die mich in Habachtstellung brachte. Und zum anderen kannte ich seinen Vater. Es war der Karohemd-Typ, der schon zweimal in der Strandmuschel gewesen war und so ein Theater um seinen Flat White machte. Ich ertappte mich dabei, wie ich kurz die Augen verdrehte.

Zum Glück hatte ich mich sofort wieder im Griff, ging mit freundlicher Miene auf ihn zu und streckte ihm die Hand entgegen. »Hallo, ich bin Morlens Mutter, Maria.«

Er grinste. »Wir kennen uns doch. Ihnen gehört das hübsche Strandcafé am Nordstrand.«

»Richtig. Und Sie haben eine Abneigung gegen Betonschaum.«

Er lachte, wobei er noch immer meine Hand schüttelte, ein bisschen zu heftig für meinen Geschmack. »Oh Mann, das muss ziemlich doof rübergekommen sein. Es war nur bisher immer so, dass man auf der Insel quasi keinen guten Kaffee bekommen hat. Im Vergleich zu …«

»… der Stadt, schon klar.« Ein kühles Lächeln meinerseits. »Ihr Flugplatz dort sieht sicher auch anders aus.«

»Nun.« Er rückte verlegen seine kantige Brille zurecht. »Dieser ist mir ehrlich gesagt lieber. Mit der Aussicht hier können wir im Ruhrgebiet jedenfalls nicht mithalten. Ich heiße übrigens Georg.«

Jetzt endlich ließ er meine Hand los. Jonas zeigte Morlen bereits die Kabine des kleinen Fliegers, dessen Sitze mit weißem Leder bezogen waren. Natürlich.

»Schön, dass Morlen mitfliegen darf.« Georg rieb sich die gepflegten Hände. An seinem Handgelenk klimperte eine trügerisch schlichte Uhr.

»Na ja.« Ich hielt den Kopf schief und musterte ihn interessiert. »Ich wollte erst den Mann im Cockpit kennenlernen, bevor ich endgültig entscheide.«

»Oh.« Er hob die dichten Augenbrauen. »Und, mache ich einen vertrauenswürdigen Eindruck? Ich habe über tausend Flugstunden, fliege seit fünfzehn Jahren hobbymäßig. Wolken sind auch keine am Himmel, kein Regen in Sicht, Wind fünf Knoten, also unbedenklich. Wollen Sie meinen Flugschein sehen?«

Morlen streckte den Kopf aus der Flugzeugtür. Sie strahlte wieder übers ganze Gesicht, als hätte unser

Gespräch vorhin nie stattgefunden. Aber so waren die meisten Kinder: Ein Drama konnte noch so heftig sein, wenn sie etwas erfreute, war alles wie ausradiert. Eine herrliche Eigenschaft, die viele Erwachsene leider verloren hatten.

Ich winkte ihr zu. »Nein, nein, schon gut«, sagte ich zu Georg.

Er schmunzelte. »Kommen Sie doch auch mit, es gibt vier Plätze.«

»Ach, nein danke. Ich warte hier und schaue euch zu.«

»Flugangst?«

Ich lachte spöttisch auf. »Ich habe jahrelang quasi im Flugzeug gelebt.«

»Na dann …« Georg lächelte vielsagend in Richtung Rückbank, wo Jonas und Morlen Platz genommen hatten, beide mit geröteten Wangen. »Kommen Sie schon! Lassen Sie mich nicht mit den beiden Turteltäubchen allein.«

Ich zögerte. Bestimmt wäre Morlen das nicht recht.

Georg hatte offenbar meine Gedanken gelesen. »Morlen?«, rief er zu meiner Tochter hinüber. »Was sagst du, nehmen wir deine Mama auch mit?«

Sie war so beschäftigt mit Jonas, dass sie kaum Notiz von der Frage nahm und nur schnell nickte.

Georg grinste mich an. »Na dann, alle einsteigen!«

Als die kleine Maschine in vollem Tempo über die holprige Startbahn ratterte, fragte ich mich, wann ich zuletzt geflogen war. Kaum vorstellbar, aber es war tatsächlich jener Flug nach Hause gewesen, vor etwa dreieinhalb Jahren. Der Flug zu meiner Familie, in ein neues Leben. Die Maschine hob geschmeidig ab, und wir stiegen über die Dünen. Der Leuchtturm neben uns wirkte mit jedem Meter kleiner, genau wie die Fahrräder, die davor parkten. Dann tauchte am Horizont das Festland auf. Ich rückte die Kopfhörer zurecht, die Georg uns allen vor dem Start gereicht hatte, und hörte, wie er über Funk mit dem Tower sprach.

An uns gerichtet, sagte er: »So, Leute, auf geht's! Wer zuerst das Wrack sieht, hat gewonnen.«

Wie schön meine Insel von hier oben aussah. Die sanften Hügel der Dünenlandschaft, umgeben von einem Ring aus weißem Sand, darum herum das tiefblaue Meer. Wir sind alle nur winzig kleine Teilchen eines großen Ganzen, dachte ich, winzig klein mit unseren Problemen auf dieser großen, weiten Welt. Was sind schon die Tagebücher meiner Mutter, offensichtlich an mich adressiert, gegen die Masse an Wasser da unten? Hätte ich Simon gefragt, was ich damit tun sollte, hätte er mit den Schultern gezuckt und gesagt: »Lies sie doch einfach!« Alles war für ihn das entscheidende bisschen leichter.

»Da, ich sehe es!«, rief Morlen hinter mir.

Ich drehte mich zu ihr um. Sie zeigte begeistert aus dem Seitenfenster. Ihre andere Hand lag in der von Jonas, der meinen Blick bemerkte und sofort rote Ohren bekam.

Ich schaute ebenfalls hinaus und entdeckte tief unter uns eine kleine rostbraune Stelle im weißen Sand. Das musste es sein, das Schiffswrack, zu dem die Touristen so gerne wanderten. Dahinter lag die Meerenge, die Norderney und Baltrum trennte. Die Boote im Hafen der Nachbarinsel wirkten von hier aus wie Papierschiffchen.

»Waren Sie schon mal am Wrack?«, fragte Georg mit vom Kopfhörer verzerrter Stimme.

Ich drehte mich lachend zu ihm um. »Hallo? Ich wohne hier!«

Er zuckte mit den Schultern. »Es gibt viele Einheimische, die noch nie dort waren.«

»Ich schon.« Ich sah hinunter auf den Kanal zwischen den Inseln, dessen starke Strömung man von hier oben gut erkennen konnte. »Früher bin ich einmal die Woche hierher geritten. Jetzt komme ich nur noch selten so weit.« Seit ich Hannah habe, ergänzte ich im Kopf. Seit Simon in mein Leben getreten ist und ich keinen Fluchtreflex mehr verspüre. Seit ich hier wirklich zu Hause bin.

Georg schob sein Mikro zurecht. »Sie haben großes Glück, hier zu wohnen.«

»Das stimmt.« Ich konnte am Strand eine Gruppe Menschen erkennen, die offenbar zum Wrack wanderten. Sie wirkten von hier aus ein bisschen wie Ameisen auf ihrem Pfad. »Wie oft sind Sie in Ihrer Ferienwohnung?«

»Regelmäßig.« Er flog eine weite Linkskurve. »Ich

bin in der Immobilienbranche tätig, und wir haben mehrere Projekte auf der Insel. Es ist also nicht nur Freizeit für mich. Es sei denn, ich bin mit Jonas hier, dann versuche ich, nicht zu arbeiten.«

»Ah.« Ich sah über die Schulter nach hinten. Jonas und Morlen sahen gedankenverloren aus dem Fenster, noch immer händchenhaltend.

»Ich hab die Kopfhörer der beiden ausgedreht.« Georg zwinkerte mir zu. »Jonas lebt bei seiner Mutter, wir sind seit einigen Jahren getrennt. Ich sehe ihn viel zu selten und genieße es, hier Zeit mit ihm zu verbringen.« Er lachte auf, was ein Fiepen durch die Kopfhörer schickte. »Aber ich fürchte, er verbringt seine Zeit gerade lieber mit jemand anderem.«

Ich lächelte. »Das kenne ich.«

Unter uns tauchte der endlos lange Nordstrand auf, dahinter die Dünenlandschaft. Der östliche Teil von Norderney war beinahe unbewohnt. Nur ein paar Höfe standen hier, weit auseinander, im Nirgendwo.

Ich spürte, dass Georg immer wieder zu mir herübersah. »Trete ich Ihnen zu nahe, wenn ich frage, ob Sie auch alleinerziehend sind?«

»Nein, schon okay. Ich habe einen Partner, und wir haben noch eine jüngere Tochter. Die beiden sind derzeit auf Reisen.«

»Oh, wie toll!«

»Ja.« Ich klang halbherzig. »Morlens Vater kommt sie regelmäßig hier besuchen oder holt sie in den Ferien zu sich.«

Georg drückte ein paar Knöpfe über uns. »Nicht so einfach, diese Patchwork-Sache. Egal, wie sehr man sich bemüht, am Ende gibt es nur Verlierer.«

Ich sah zu ihm hinüber. Er war längst nicht so übel, wie ich gedacht hatte.

»Schau mal, da unten ist dein Café. Huch, jetzt hab ich …«

»Lass uns gern du sagen«, unterbrach ich ihn.

Unter uns entdeckte ich die Strandkörbe am Nordstrand. Winzige Menschen lagen im Sand oder schwammen in den Wellen. Ich erkannte sogar ein paar Stand-up-Paddle-Boards. Und am Rand der Dünen, an der Strandpromenade, eingebettet in Sand und Dünengras, lag mein Café.

Die Strandmuschel sah von oben aus wie der alte Kiosk, der sie einst gewesen war. Bevor ich wochenlang alles renoviert und mit Simon und seinen Freunden Tische und Bänke gezimmert hatte. Von innen war sie nun ein echtes Juwel. Ich wünschte nur, sie würde auch Juwelen abwerfen. Alle hatten mir prophezeit, dass es schwierig sein würde, in der Gastronomie Geld zu verdienen. Aber ich trug diesen unerschütterlichen Glauben in mir, das Unmögliche schaffen zu können.

Von wegen. Jetzt war mein Konto leer. Ich konnte nicht mal mehr den Dachschaden beheben lassen, den ich von hier oben deutlich sehen konnte. Ein hässlicher dunkler Fleck mit ausgefransten Rändern.

»Der perfekte Ort für ein Strandcafé, da hattest du

echt einen guten Riecher.« Georg drehte an einem der unzähligen Rädchen.

»Schon.«

»Endlich gibt es richtig guten Kaffee auf der Insel.« Er lachte und lenkte den Flieger zum Weststrand, wo Kinder auf Trampolinen hüpften.

»Also, Leute«, sagte Georg. Die Kopfhörer der beiden Kinder waren offensichtlich wieder aufgedreht, jedenfalls zuckten sie hinter uns zusammen. »Dann fliegen wir mal zurück.«

»Oh, schon?« Morlen schob die Unterlippe vor.

»Wir können das gern die Tage noch mal machen«, schlug Georg vor.

»Au ja!«, rief Morlen.

»Echt jetzt?« Jonas klang weniger begeistert. Kein Wunder, ich konnte nur erahnen, bei wie vielen Rundflügen er schon dabei gewesen war.

Georg drehte noch eine Runde über den Weststrand und über den Hafen, wo gerade eine Fähre anlegte. Sie spuckte neue Urlauber aus, weitere kleine bunte Ameisen, die sich über die Rampe an Land schoben.

Das Surfbecken tauchte auf, die Holzhütten der Surfschule, umgeben von üppig gewachsenen Sanddornsträuchern. Mein Simon, dachte ich. Wo steckst du nur?

Dahinter begann die Siedlung. Ich hielt nach dem Haus meiner Mutter Ausschau. Und tatsächlich, ich entdeckte es. Man konnte es kaum erkennen, so grün umwachsen war es.

Während Georg in den Landeanflug ging, suchte ich nach einem Taschentuch, um mir unauffällig eine Träne aus dem Augenwinkel zu wischen. Dabei ertastete ich in meiner Strickjacke ein Stück Papier. Ich zog es hervor, warf einen Blick darauf und entdeckte Simons Botschaft von neulich: *Für die schönste Frau der Insel.*

Hastig faltete ich den Zettel zusammen und steckte ihn wieder ein. Und dann ratterten auch schon die Räder über die Landebahn, und wir hatten wieder festen Boden unter uns.

Später, als Morlen im Bett war, saß ich in der dunklen Küche, vor mir auf dem Tisch das kleine Notizbuch, das ich gestern aus Mamas Keller mitgenommen hatte. Ich zündete ein paar Kerzen an und wählte dann Annis Nummer. Sie ging sofort dran.

»Hey, Schneckchen!«, begrüßte ich sie mit ihrem alten Spitznamen aus Jugendzeiten.

»Hey, schöne Frau, wie geht es dir?« Ich hörte sie im Hintergrund mit Papier rascheln.

Ich zögerte. »Bist du noch in deinem Atelier?«

Anni seufzte in den Hörer, aber ihre Stimme verriet, dass sie dabei lächelte. »Ja, ich habe gerade so einen Flow, das muss ich ausnutzen.«

»Ich will dich nicht stören. Es ist nur …«

»Du störst mich nie. Alles okay?«

»Ja, schon. Ich vermisse Simon und Hannah mehr, als ich dachte. Aber im Café ist gerade viel los, das lenkt mich ab.«

»Das ist doch gut.« Annis Stimme klang so warm, dass ich mich direkt ein bisschen entspannte.

»Ich wollte dich was fragen.«

»Schieß los.«

Ich spielte mit dem weichen Wachs einer der Kerzen. »Wenn du die Tagebücher von jemandem finden würdest, der dir viel bedeutet hat und der gestorben ist …«

»Ob ich sie lesen würde?«

»Genau.«

Einen Moment lang war es still in der Leitung. Dann sagte Anni: »Wenn es noch eine wichtige Frage gäbe, die mir diese Person nie richtig beantwortet hat, dann ja. Ja, dann würde ich sie lesen.«

Als ich nicht direkt reagierte, fügte meine schlaue Freundin sanft hinzu: »Maria, ich glaube, du solltest sie lesen. Wenn Iris sie nicht weggeworfen hat, dann gibt es dafür einen Grund.«

Wir sprachen noch etwas über ihre Kinderbuchillustrationen, ihren Freund Thies und über Morlen, dann mutmaßten wir gemeinsam darüber, warum Simon sich gerade nicht bei mir meldete. Wie immer fand Anni genau die richtigen Worte, um mich zu beruhigen. Dann ließ ich sie weiterarbeiten.

Ich legte das Telefon auf den Tisch und griff nach dem Notizbuch. Anni hatte recht. Behutsam schlug ich Mamas Tagebuch auf. Mit zittrigen Fingern fuhr ich über die klare, geschwungene Schrift in blauer Tinte. Daneben hatte Mama einen gepressten Sandhaferhalm geklebt. *Gepflückt bei einem Dünenspaziergang auf Baltrum, Frühsommer 1983* stand darunter. Ich atmete tief durch und begann zu lesen.

August 1984

Liebe Maria,
wer hätte gedacht, dass du in mein Leben schneist? Du bist und bleibst ein kleines Wunder für mich. Während ich dies hier schreibe, liegst du in deiner Wiege neben mir und schläfst. Du bist zart und süß, aber wenn du wach bist, verrät dein Blick, dass du eine echte Löwin werden wirst, wenn du groß bist, wie dein Sternzeichen. Es heißt, Kinder kämen auf die Welt wie ein unbeschriebenes Blatt, aber als ich dir zum ersten Mal ins Gesicht sah, in der Nacht, in der du geboren wurdest, wusste ich: Das ist eine Lüge. Du jedenfalls bist kein unbeschriebenes Blatt. In deinen Augen steht geschrieben: Eines Tages wirst du eine große, stolze Frau sein. Eine Frau, die manches stärker fühlt als andere, die durch tiefere Täler muss als die meisten. Und du wirst fluchen und dich fragen, warum du diese vielen großen Gefühle hast. Aber in guten Momenten wirst du erkennen: Auch das Glück empfindest du stärker als andere. Wenn du liebst, wird es dich oft an den Rand der Verzweiflung bringen. Und manchmal an Orte, an denen wenige vor dir waren.

Wer weiß, vielleicht liege ich falsch. Vielleicht sind

es nur meine Hormone, der Schlafmangel, die Medikamente, die sie mir geben, weil ich bei der Geburt viel Blut verloren habe. Vielleicht werden wir diesen Text eines Tages gemeinsam lesen und darüber lachen, wie vermessen ich war zu denken, ich wüsste, wer du einmal sein wirst, als du gerade vier Tage alt warst. Aber für den Moment, es ist wirklich wahr, sehe ich dich vor mir – ich sehe in dir bereits die wundervolle Frau, die du eines Tages sein wirst. Meine Vision sagt mir: Du wirst viele Fragen haben. Deswegen beginne ich dieses Tagebuch für dich. Ich hoffe, es wird einige davon beantworten können. Ich hoffe, es wird dir helfen zu verstehen, wer ich war und wie du die wurdest, die du bist. Wann auch immer du dies hier lesen wirst: Ich hoffe, du wirst mich dadurch etwas besser verstehen. Ich hoffe, du wirst mir verzeihen. Und wo auch immer du gerade bist, mein Kind: Ich hoffe, es geht dir gut.

Meine Gedanken rasten. Wie konnte es sein, dass in Mamas Keller die ganze Zeit über dieser Schatz gelagert hatte, ohne dass ich davon wusste? Wieso nur hatte sie mir nie davon erzählt? Und warum hatte sie die Tagebücher nicht entsorgt, als sie noch die Chance dazu hatte, sondern sie so ordentlich aufbewahrt? Hatte sie wirklich gehofft, dass ich sie nach ihrem Tod finden würde?

Ich legte das Tagebuch aufgeschlagen vor mir auf den Tisch. Diese Zeilen zu lesen, tat mir körperlich weh. Ich hörte Mamas Stimme, als würde sie mir alles vorlesen. Als wäre sie noch da. Ich hatte ihr Haus aufräumen wollen, um einen Schritt weiterzukommen. Und nun begab ich mich tief in unsere gemeinsame Vergangenheit. Wollte ich das wirklich?

Ich stand auf und sah nach Morlen. Sie hatte sich fast komplett unter ihrem Bettzeug vergraben, obwohl es eine milde Nacht war. Als ich die Decke von ihrem Gesicht schob, seufzte sie leise. Um sie nicht weiter zu stören, ging ich zurück in die Küche und stellte mich ans geöffnete Fenster. Am dunkelblauen Himmel schien hell der Mond. Ob Hannah und Simon wohl gerade denselben Mond betrachteten? Ich hatte nicht geahnt, dass mir die Distanz zu ihnen so zu schaffen machen würde. Ich nahm mein Handy vom Tisch und wählte Simons Nummer. Diesmal ging er dran.

»Hey, meine Süße.«

»Hey, wo steckt ihr?« Ich zündete mit dem Feuerzeug eine weitere Kerze auf der Fensterbank an.

»In Belgien mittlerweile, wir haben echt Spaß.«

Ich betrachtete die flackernde Flamme. »Ich vermisse euch, ich kriege gar nichts mit.«

»Tut mir leid.« Er klang überrascht. »Die Tage sind so voll. Aber Hannah geht es super, sie lernt überall Kinder kennen und buddelt im Sand. Heute hab ich ihr eine Schwimmweste angezogen und sie mit raus genommen.«

»Was hast du?« Ich lachte.

»Sie hat es geliebt.«

»Das glaube ich.«

Nach einem Moment der Stille fragte er: »Alles okay bei dir?«

»Es geht.« Ich rückte den Kerzenständer zurecht.

»Was ist los?«

»Die Dachreparatur wird teuer. Zu teuer. Und Morlen hat einen Freund.«

»*What?*«

»Ja, und ich habe angefangen, Mamas Haus auszumisten.« Mein Blick streifte das geöffnete Tagebuch auf dem Tisch.

»Oh. Das ist bestimmt nicht leicht.«

»Ja, aber du hattest recht, es muss sein. Gerade denke ich, ich werde dort nie wohnen können. Verkaufen wäre wohl doch besser.«

»Ach, meine Süße.«

»Simon, du fehlst mir.«

»Du mir auch.«

»Wirklich? Ich habe irgendwie das Gefühl, ich fehle dir nicht besonders. Ist alles okay zwischen uns?«

Es war diese eine Sekunde, in der er nicht antwortete. Diese eine Sekunde, die mich hinterher wach liegen und grübeln ließ. Die dazu führte, dass ich ihm doch nichts von Mamas Tagebuch erzählte.

»Alles bestens«, erwiderte er schließlich.

»Noch drei Wochen, dann hab ich euch wieder«, sagte ich schnell, um dieses ungute Gefühl zu vertreiben, um ihn irgendetwas sagen zu hören, was die Sekunde als eine Lücke im Funknetz entlarven würde.

Aber Simon atmete nur in den Hörer. Dann brach die Verbindung ab. Verzweifelt starrte ich mein Handy an. Ich würde warten. Vielleicht rief er ja noch einmal an. Bis dahin würde ich weiterlesen.

Deine Geschichte beginnt einige Jahre vor deiner Geburt, auf Baltrum. Das ist die kleinste bewohnte ostfriesische Insel, drei Dutzend Häuser um einen Dorfplatz in den Dünen, umgeben von Pudersand und Meer. Dort gibt es keine Autos und keine Sorgen, die ein ordentliches Glas Friesengeist nicht herunterspülen könnte – das behaupten zumindest die Urlauber, die jedes Jahr wiederkommen. Auch ich fuhr eines Tages dorthin. Ich war Anfang dreißig und noch ohne Familie. Nach und nach hatten alle meine Freundinnen geheiratet, die meisten hatten bereits Kinder, nur für mich war bisher nie der eine Mann dabei gewesen, an den ich mich hätte binden wollen. Ich habe mich oft gefragt, warum das so war. Vielleicht lag es an der Beziehung meiner Eltern, die mir so gar nicht erstrebenswert erschien. Vielleicht am Gesichtsausdruck meiner Mutter, wenn sie meinen Vater ansah und zu mir sagte: »Das, was dich an einem Mann am Anfang stört, das wird dich irgendwann um den Verstand bringen. Es sollte also zu Beginn nicht allzu viel davon geben.« Vielleicht lag es aber auch daran, dass ich mir immer schon selbst genug gewesen war. »Ich brauche keinen Kerl, um glücklich zu sein«, das war immer mein Leit-

spruch. Und doch, natürlich gab es da auch diesen romantischen Teil in mir. Der vielleicht keinen Kerl brauchte, aber einen wollte. Trotzdem, irgendwie hat es für mich nicht sein sollen.

Auf Baltrum jedoch, in jenem heißen Sommer, traf ich einen Mann. Hannes. Er war auf der Insel geboren, hatte sie noch nie verlassen, und er sagte mir recht offen, dass er dies auch nicht zu tun gedenke. Wieso auch? Hier hatte er alles, was er brauchte: ein Boot, mit dem er zum Angeln hinausfuhr. Freunde, mit denen er sich abends zum Boule-Spielen auf dem Dorfplatz traf. Seine Tischlerwerkstatt hinter dem hübschen kleinen Kapitänshaus, das seine früh verstorbenen Eltern ihm vermacht hatten. Und das Teleskop auf dem Dachboden, mit dem er abends in den Nachthimmel über der Nordsee sah und mir die Sternbilder erklärte. Es hat mich immer schon zu Menschen hingezogen, die eine starke Leidenschaft für etwas besitzen. Die ihr Schicksal nicht einfach hinnehmen, wie es kommt, sondern etwas daraus machen.

Hannes war ein solcher Mensch. Ich sah es in seinem Gesicht, wenn wir uns unterhielten. Vor allem wenn er über die Sterne sprach. Dann funkelten seine hellen Augen, und ich betrachtete ihn fasziniert. Ich glaube, es schmeichelte ihm, dass ich ihm gern zuhörte. Und so lud er mich schließlich ein, mit ihm den Sternenhimmel zu erforschen. Und während er in in die Nacht hinausschaute und mir erklärte, wo der Orionnebel auf die Trapezsterne traf, sah ich ihn an, diesen großen, dürren Mann mit dem wirren Haar. Und irgendetwas in mir wusste in diesem Moment: Wir gehören zusammen. Vielleicht nicht, wie andere Paare zusammengehören, die sich brauchen, die ohne einander nicht sein können. Hannes und ich, wir kamen beide gut alleine klar. Aber genau deswegen war da dieses Band zwischen uns. Kein Mann vor ihm hatte mich länger interessieren können, er aber besaß diese innere Kraft, die mich nicht losließ. An seiner Seite war ich tatsächlich glücklicher als allein.

Ich zog schon bald aus meinem Hotel zu ihm. Ich half ihm bei der Arbeit in der Werkstatt, um in seiner Nähe zu sein. Nach Feierabend liefen wir stundenlang gemeinsam durchs Watt und suchten nach Bernstein. Er sprach dabei nicht viel, seine Augen suchten den Boden ab, und manchmal blickte er auf und sah mich an. Diese Blicke sagten mir alles, was ich wissen musste.

Als ich nach drei Wochen abreiste, war mein Herz schwer. Würde ich ihn je wiedersehen? Wir hatten nicht darüber gesprochen. Zu meiner Erleichterung erreichte mich ein paar Wochen später ein Brief. Darin standen nur zwei Sätze: »Du bist hier jederzeit willkommen. Für immer der deine, Hannes«.

Du denkst jetzt vielleicht, dass es untypisch für mich wäre, daraufhin meine Tasche zu packen. Und das war es auch. Aber ich hatte das starke Gefühl: Wenn es für mich doch irgendwo auf der Welt diesen einen Mann gibt, dessen anfängliche Fehler ich später aushalten, an dessen Seite ich mir ein Leben vorstellen kann, dann ist er es. Ich packte also nicht nur meine Tasche. Ich ließ meine alte Existenz hinter mir. Ich ging ein großes Risiko ein. Doch als Hannes am Hafen von Baltrum stand, der Wind seine wilden blonden Locken zerzauste und ich das Blitzen in seinen Augen sah, bevor er mich in die Arme schloss, da war ich sicher: Ich hatte alles richtig gemacht.

Müde richtete ich mich auf. Die Buchstaben fingen an, vor meinen Augen zu verschwimmen. Draußen war der Himmel nun nachtschwarz. Ich blies die Kerzen aus. Während ich auf unser Himmelbett fiel und mich erschöpft zusammenrollte, dachte ich: Werde ich doch noch herausfinden, was mit meinem Vater geschehen ist? Hat Mama am Ende all das niedergeschrieben, was sie nie imstande war, mir zu erzählen? Liegt im Keller seit Jahren die Antwort auf meine größte Frage, das eine fehlende Puzzleteil, von dem ich dachte, es würde nie wieder auftauchen? Und will ich es nach so vielen Jahren wirklich noch finden? Denn bestimmt gab es gute Gründe, warum meine ansonsten so offene Mutter nie über meinen Vater gesprochen hatte.

Ich zog die Decke bis zum Kinn und schloss die Augen. Anni hatte recht: Sie hatte die Tagebücher nicht verschwinden lassen, damit ich selbst entscheiden konnte, ob ich sie lesen wollte oder nicht. Und während ich bereits halb träumte, kam mir ein letzter Gedanke: Mama hatte gewusst, wie ich entscheiden würde.

6

Am nächsten Tag räumte ich hundemüde die Spülmaschine in der Strandmuschel aus, während Toni die Bestellungen aufnahm. Dabei wanderten meine Gedanken immer wieder zu dem Kostenvoranschlag. Übermorgen musste ich den Dachdeckern Bescheid geben, ob sie mit der Reparatur beginnen konnten. Aber zusagen bedeutete, Mamas Haus zu verkaufen. Anders konnte ich das Geld gerade nicht aufbringen. In meiner aktuellen Lage würde ich keinen Kredit bekommen, das hatte mir mein Steuerberater gestern am Telefon klargemacht. Denn zu allem Überfluss war auch noch ein Brief vom Besitzer des alten Strandkiosks gekommen: Eine Pachterhöhung stand an. Alles auf der Insel wurde immer teurer, wie die anderen Wirte neulich auf der Versammlung zu Recht beklagt hatten.

Kurz hatte ich erwogen, Jan um Geld zu bitten. Morlens Vater hatte einen guten Job als Bauingenieur in Düsseldorf, er war der Typ Mensch, der private Altersvorsorgen und eine Zusatzversicherung für Zahnersatz abschloss. Kein Wunder, dass aus uns nichts geworden war. Er war der Einzige, der mir einfiel, der zehntausend Euro auf dem Konto haben könnte. Aber wie sollte ich ihm das Geld je zurückzahlen? Jetzt, wo am Ende des Monats wegen der Pachterhöhung noch weniger übrig bleiben würde. Der Gedanke, womöglich länger in seiner Schuld zu stehen, behagte mir gar nicht.

Ich stellte das letzte Glas ins Regal und sah hinüber zu einer Gruppe Rentnerinnen, die offenbar großen Spaß hatten, denn sie gackerten lautstark um die Wette. Toni legte mit einem leichten Augenrollen ihre Bestellung vor mir auf den Tresen.

Ich hatte der lustigen Truppe gerade eine Runde Radler gezapft, als Georg die Strandmuschel betrat. Er hatte Farbe bekommen und strahlte mich an.

»Morgen, Maria!«

»Guten Morgen! Das Übliche für dich?« Ich bemühte mich um ein mattes Lächeln. Ich hatte heute keinen Lippenstift aufgetragen, wie ich es sonst im Café tat, und statt Blümchenkleid trug ich ein extragroßes Sweatshirt von Simon, weil es zu meiner aktuellen Stimmung passte. Und weil es so gut nach ihm roch. Außerdem hatte ich mich von Toni inspirieren lassen und lief barfuß, wobei mir wieder einmal auffiel, wie sandig der frisch gefegte Boden war.

Zu meiner Überraschung schüttelte Georg den Kopf. »Nicht ganz.«

Ich zog die Augenbrauen hoch.

»Nun ja. Ich hätte gern den üblichen guten Kaffee, aber ich wollte dich fragen, ob wir kurz sprechen könnten.«

Ich sah mich um. Toni zählte gerade einem Pärchen in identischen Ringelshirts die Frühstücksoptionen auf. Ein junges Mädchen drapierte seinen Cappuccino neben dem Kerzenständer, um mit dem Smartphone ein Foto davon zu schießen. Ich musste die Arbeitspläne machen und eine neue Kuchenbestellung aufgeben. Aber ich hatte tatsächlich selbst Lust auf einen Kaffee.

»Ja, ein paar Minuten habe ich.«

Georg setzte sich an seinen Stammplatz und blätterte in einer Zeitschrift, bis ich mit zwei Kaffeetassen an den Tisch trat. Er legte die Zeitschrift weg und sah mich auf diese etwas unsichere Weise an, die mir von Anfang an aufgefallen war.

»Macht dir das mit Morlen und Jonas Sorgen?«, fragte er.

Ich setzte mich ihm gegenüber und sah auf die Dünen hinaus. »Ein bisschen. Aber heutzutage ist man wohl früher verknallt als zu unserer Zeit.«

»Also ich war in dem Alter auch schon verknallt.«

Ich nippte an meinem Kaffee. »Mit Händchenhalten und so?«

»Okay, das vielleicht nicht.« Er trank ebenfalls einen Schluck. »Ich wollte dir da nur ein bisschen die Sorge nehmen. Ich glaube, das ist alles ganz unschuldig.«

»Ja, das ist es wohl.« Das Gackern der Damen schallte wieder durch den Raum. Ich nahm mein Zopfgummi vom Handgelenk und zwirbelte meine Haare zu einem Dutt zusammen.

Georg beobachtete mich dabei. »Aber das ist es nicht, was ich mit dir besprechen wollte.«

»So? Was dann?« Ich schlug die Beine übereinander und stellte die Tasse auf meinem nackten Knie ab.

Georg sah angestrengt an mir vorbei. »Ich habe ja schon erwähnt, dass ich in der Immobilienbranche arbeite. Nun, dein Dach …«

»Ach, das.« Ich winkte ab. »Ich weiß, das muss gemacht werden, ich bin da dran.«

»Ja, darum geht es.«

Ich nahm die Tasse von meinem Knie, wo sie einen kreisrunden Abdruck hinterließ.

Georg stellte seinen Kaffee auf dem niedrigen Tisch vor sich ab. »Ich habe neulich zufällig mitbekommen, dass du mit einem Handwerker gesprochen hast. Dass er dir einen Kostenvoranschlag gemacht hat.«

»Richtig.« Ich vergrub meine Hände in den langen Ärmeln des Sweatshirts.

»Nun, ich kenne mich etwas aus. Und … Man könnte das auch selbst machen, günstiger.«

Ich lachte. »Wer, ich?«

Er legte den Kopf schief. »Nein, ich.«

Ich beugte mich ein Stück vor. »Und warum solltest du das tun?«

Georg trommelte mit seinen Fingerspitzen auf den Tisch und suchte offenbar nach den richtigen Worten. »Weil ich so was kann. Ein, maximal zwei Wochen, jeweils ein paar Stunden Arbeit. Ich hätte Lust dazu, in meiner Firma bin ich der Mann hinterm Schreibtisch, aber ich habe das alles mal gelernt und… Ach, lass mich dir doch helfen.«

Ich schob die Hände unter die Oberschenkel und kniff die Augen zusammen. »Und woher weiß ich, ob ich mir dich leisten kann?«

Er grinste. »Ich werde mit gutem Kaffee bezahlt.«

Ich zögerte. »Das ist wirklich das Netteste, das mir seit Langem jemand angeboten hat, aber ich kann es nicht annehmen.« Ich stand auf, die halb volle Tasse in der Hand. »Bitte entschuldige mich, ich muss Toni unterstützen.«

»Okay. Aber denk noch mal drüber nach, ja?«

Ich lächelte versöhnlich. »Du bekommst hier auch so Kaffee aufs Haus, wo unsere Kinder jetzt… was auch immer sie sind. Aber bitte versteh, dass ich das nicht annehmen kann.«

Georg machte ein zerknirschtes Gesicht, als ich mich abwandte und zurück hinter die Theke ging, wo Toni gerade energisch Brot schnitt.

»Bist du verrückt?«, zischte sie.

»Später«, raunte ich ihr zu.

Nachdem die Frühstücksgäste gegangen waren, inklusive der lauten Damen und Georg, der ehrlich geknickt wirkte, kamen Nele und Yasmin ins Café und lösten Toni und mich für heute ab. Yasmin hatte bereits zwei Sommer für mich gearbeitet und kannte sich bestens hier aus. Nele begann wie immer mit fast kindlicher Unbedarftheit, die Bestellungen abzuarbeiten, während

Yasmin unaufhörlich vor sich hin plapperte, wobei ihre neuen Rastazöpfe fröhlich hüpften. Die zwei erinnerten mich ein bisschen an mich und Anni mit Anfang zwanzig: eine, die die ganze Zeit redet, und die andere, die nur einen Satz sagt – aber den entscheidenden.

»Ich kann das nicht annehmen«, erklärte ich Toni und hängte meine Schürze an einen Wandhaken im Lagerraum. »So etwas Nettes macht niemand ohne Hintergedanken.«

Toni prustete los. »Du meinst, der repariert dein Dach, damit er dir an die Wäsche kann?«

»Vielleicht nicht das.« Ich löste das Haargummi aus meinem Dutt und drehte ihn neu. »Aber er will etwas dafür, so was macht man nicht nur aus Nettigkeit.«

»Na ja.« Toni überlegte. »Du spendest bestimmt oft Kuchen für Feste auf der Insel oder für Bekannte.«

»Stimmt, aber ich will kein Wohltätigkeitsprojekt sein. Und wenn ich Wiebke von der Fischbude nebenan ein Blech Kuchen bringe, dann erhoffe ich mir, dass sie mir beim nächsten Mal wieder aushilft, wenn ich einen Engpass habe. Ich tue es, weil ich nett bin, aber es ist auch …«

»… ein Geben und Nehmen.«

»Richtig.«

»Trotzdem.« Toni legte ihre etwas lieblos gefaltete Schürze ins Regal. »Es gibt Situationen, in denen Stolz nicht weit von Dummheit entfernt ist.«

Ich dachte noch darüber nach, als sie fragte: »Was machen wir mit dem Rest des Tages? Das Wetter ist toll, und du wolltest mir doch etwas von deiner Freiheit zeigen.«

Ich war mit der Kuchenbestellung und dem Arbeitsplan noch immer nicht weitergekommen, aber Toni hatte recht: Für heute hatten wir frei. »Alles klar, ich hab da eine Idee.«

»Ich kann nicht mehr.«

Auf Tonis Wangen zeichneten sich große rote Flecken ab. Eigentlich war es heute zu warm zum Ausreiten, aber das war mir erst bewusst geworden, als wir schon ein ganzes Stück zurückgelegt hatten. Jetzt noch umzukehren wäre schade, dachte ich und wischte mir über die schweißnasse Stirn.

»Gleich sind wir da.«

Hier, am Ostende der Insel, war der Strand endlos breit und fast schneeweiß. Wenn die Sonne wie jetzt darauf schien, blendete es beinahe. Ein bisschen fühlte es sich an, als wären wir in der Wüste. Das Licht flackerte am Horizont.

»Nee, sorry.« Toni rutschte neben mir von ihrem Pferd. »Ich kann nicht mehr, ich muss was trinken.«

Ich ließ Nalu anhalten und stieg ebenfalls ab. Der Sand brannte unter meinen nackten Füßen. Wir waren heute ohne Sattel unterwegs, ohne Schuhe. Nur auf den Helm hatten wir nicht verzichtet. Als ich ihn absetzte, klebten meine Haare nass am Kopf. Aus meinem Rucksack holte ich Wasser für die Pferde, Toni reichte mir eine Flasche für uns.

»Ist echt nicht mehr weit.« Ich strich Nalu über das ebenfalls verschwitzte Fell.

Toni sah mich skeptisch an. Auch über ihren Hals wanderten rote Flecken. Die Tiere tranken lautstark aus den Gummitrögen, die wir ihnen hingestellt hatten. Währenddessen zog ich das viel zu warme Sweatshirt von Simon aus und legte es in den Sand, gefolgt von meiner Unterwäsche.

Toni quiekte auf. »Was machst du denn da?«

Ich zwinkerte ihr zu. »Frei sein.«

Nackt nahm ich Nalu am Halfter und lief zum Wasser. Das Meer war hier glasklar und türkisfarben. Ich tauchte meine überhitzten Füße in die anrollenden Wellen. Nalu wieherte neben mir, als das kühle Nass seine Beine berührte. Dann ließ ich ihn los. Erleichtert watete er ein Stück weiter hinein. Toni war schon unterwegs, sie hatte sich ebenfalls ausgezogen. Ihr Haflinger stakste schnaubend neben ihr in die Brandung.

Während die Pferde im Flachen blieben, ging ich weiter hinein und ließ mich in die sanften Wellen fallen. Wie weich sich das Wasser auf der nackten Haut anfühlte. Ich tauchte unter und öffnete die Augen. Das Meer war so klar, dass ich jede einzelne Muschel am Boden sehen konnte. Ein Einsiedlerkrebs trug stolz sein Haus durch den Sand, wobei er eine feine Spur hinterließ. Daneben schwammen ein paar kleine Fische, die scheu beiseite huschten. Über mir schwappten sanft die Wellen, und ich hatte das Gefühl, das klare Wasser würde mich durchströmen und den Staub von meinen Gedanken waschen.

Als ich wieder auftauchte, kam Toni auf mich zugeschwommen. »Tut das gut!«, rief sie. »Es gibt doch nichts Schöneres, als nackt im Meer zu baden.«

»Siehst du.« Ich grinste. »Das kann ich jeden Tag tun.«

»Na ja.« Toni sah mit den nassen Haaren und ihrem zarten Gesicht aus wie eine kleine Meerjungfrau. »Mit Glück von Juni bis September.«

Mit gleichmäßigen Bewegungen schwammen wir noch ein Stück weiter raus. Ich sah, wie Nalu vorsichtig bis zum Bauch ins Wasser trabte und vergnügt den Kopf nach hinten warf.

»Die Wintertage haben hier einen ganz eigenen Zauber. Sie können ruppig sein, aber auch klar und sanft. Es gibt ein paar ältere Damen auf der Insel, die schwimmen jeden Tag, bei jedem Wetter. Als Mama noch gelebt hat, sind wir manchmal mitgegangen. Jetzt komme ich viel zu selten dazu.«

Toni tauchte neben mir unter und kam sofort wieder hoch. Die Flecken auf ihrem Gesicht und Hals waren verschwunden, dafür schimmerten ihre Lippen bläulich. »Das könnte ich nie.«

»Man fühlt sich so lebendig dabei. Wenn ich mal schlechte Laune habe, muss ich nur kurz ins Wasser, und gleich geht es mir wieder besser. Manchmal schließe ich sogar kurz das Café ab, springe ins Meer und komme erleichtert zurück. Aber ich gebe dir recht:

Wenn du schon bei den Temperaturen blaue Lippen bekommst, wäre das wohl nichts für dich.«

Wir schwammen näher ans Ufer, wo wir stehen konnten. Toni kreuzte zitternd die Arme vor ihren hervortretenden Schlüsselbeinen. Nalu und der Haflinger kehrten zurück an den Strand und schüttelten sich. Wasser spritzte überallhin, auch auf unsere Klamotten. Aber das war zumindest mir bei der Hitze egal. Ich hoffte nur, dass der Kapuzenpulli danach nicht nur nach nassem Pferd, sondern immer noch nach meinem Freund roch. Ob er auch gerade irgendwo in den Wellen trieb und sich frei fühlte?

»Das ist eine der Sachen, die Simon und mich verbinden. Unsere Liebe zum Meer«, sagte ich.

Toni sah nachdenklich in Richtung der Pferde. Sie atmete ein, als ob sie etwas erwidern wollte, tauchte dann aber noch mal ab. Als sie wieder hochkam, beobachteten wir, wie sich die Tiere ausgelassen im Sand wälzten.

»Hauen die zwei nicht ab?«, fragte sie.

»Ich denke nicht.« Ich schmunzelte. »Aber komm, wir schauen mal nach ihnen.«

An Land packten wir unsere Klamotten und die Tröge in die Rucksäcke und führten die Pferde an der Wasserkante entlang, damit sie und wir ein bisschen trockneten.

Toni kicherte. »Wenn uns jetzt jemand entgegenkommt.«

»Ach.« Ich zuckte mit den nackten Schultern. »Kaum

einer ist so verrückt und wandert bei den Temperaturen so weit.« Der warme Wind strich mir über die Arme. »Und wenn, dann sagen wir: Wir sind frei.«

Toni lachte, wobei sich ihre Bauchmuskeln abzeichneten. Auf ihrer nackten Haut war der Abdruck eines Bikinis zu sehen. So einen Abdruck hatte ich schon lange nicht mehr gehabt. Wurde Zeit, diesen Sommer daran zu arbeiten.

Kurz vorm Ostende der Insel zogen wir uns wieder an und stiegen auf die Pferde. Der Strand machte hier eine letzte Kurve und wurde dann etwas schmaler. Im flirrenden Licht tauchten die Umrisse des Schiffswracks auf. Es wirkte wie eine Fata Morgana im Nirgendwo. Heute waren keine Urlauber hier. Den meisten war es wohl tatsächlich zu warm für eine Wanderung.

»Dafür sind wir hergekommen?« Toni betrachtete ratlos die verrosteten Überreste des Schiffes, die halb im Sand versunken waren.

»Nicht wirklich, der Weg war unser Ziel.« Ich wandte mich in Richtung Meer, das hier nur wenige Hundert Meter breit war. Dahinter lag der Hafen von Baltrum. Mama hatte mir nie gesagt, dass sie dort mal gelebt hatte. Mit einem Mann. Warum hatte sie mir das verheimlicht?

Auch Toni sah in Richtung der Boote auf der anderen Seite der Meerenge. »Ich kriege langsam Hunger, du auch?«

Ein letzter Blick hinüber, wo gerade ein Krabbenkutter in den kleinen Hafen einfuhr, eskortiert von einer riesigen Möwenschar. »Ja, ich auch, lass uns zurückreiten.«

Diesmal nahmen wir den Weg durch die Dünen, denn der war kürzer und weniger beschwerlich. Toni saß ernst neben mir auf dem Haflinger und betrachtete die Salzwiesen, auf denen lilafarbener Strandflieder blühte. Die Sonne sank tiefer, und langsam wurde es ein bisschen kühler.

Irgendwann räusperte Toni sich. »Ich muss dir was sagen.«

Ich wandte mich zur ihr um. Ihrem Gesicht war anzusehen, dass sie mit sich kämpfte.

»Ich hoffe, du verstehst das jetzt nicht falsch, aber wir sind Freundinnen, und ich habe das Gefühl, ich sollte ehrlich zu dir sein.«

Ich setzte mich etwas aufrechter hin. »Jetzt machst du mir Angst.«

Toni schüttelte hektisch den Kopf. »Nein, nein, das war nicht meine Absicht. Es ist nur … Ich bin gestern in Simons Wohnwagen über ein Foto gestolpert, das am Kühlschrank hing. Es ist mir erst aufgefallen, als du weg warst. Ihr seid alle darauf zu sehen, du, die Kinder, er, und … da hab ich mich echt erschrocken.«

»Wieso?«

Toni griff ihre Zügel fester. Sie sah mich nicht an, als sie antwortete: »Weil ich ihn kenne.« Vorsichtig wandte sie mir ihr Gesicht zu. »Ich kenne deinen Simon. Ich hab das Foto immer wieder angeguckt, und ich kann es nicht fassen, aber ja. Es ist wirklich *der* Simon.«

Nalus Schritte ließen mich hin und her schaukeln, weil der Weg so uneben war. »Lustig. Woher kennst du ihn?«

Toni sah angestrengt zu Boden, wo leuchtend grüner Queller am Wegesrand wuchs. »Aus einem Camp in Marokko. Wir waren da beide Surflehrer. Ich hab nachgerechnet. Es ist etwa fünf Jahre her.« Sie räusperte sich erneut. »Bevor er hierherkam.«

Ich musste lachen. »Du klingst, als wäre das ein Krimi. Was ist so schlimm daran, dass ihr euch kennt?«

Die Sonne fiel orangefarben auf Tonis angespanntes Gesicht, und ich sah etwas in ihren Augen, das ich lieber nicht gesehen hätte.

»Verstehe.« Ich lachte wieder. »Meine Güte, Toni, das ist doch kein Weltuntergang. Glaub mir, Simon ist auch schon Männern begegnet, die mich nackt gesehen haben. Und ich meine nicht hier am Strand.«

Sie lachte nicht mit. »Ja, aber es ist schon komisch.«

»Für mich nicht. Mann, denk mal nach, er ist nicht der erste Mann, mit dem wir beide was hatten. Erinnerst du dich an Steve, damals in Byron Bay? Mann, der war süß!«

Toni lächelte matt. »Nur leider etwas dumm.«

Ich prustete laut, woraufhin Nalu erschrocken scheute. Beruhigend klopfte ich ihm auf den Hals. »Für mich spielt das jedenfalls keine Rolle.«

Toni nickte, offensichtlich nicht überzeugt. Ich beschloss, keine weiteren Fragen zu stellen. Man musste nicht alles über die Vergangenheit seines Partners wissen, und ich neigte ohnehin nicht zu Eifersucht. Heute gehörte Simon zu mir, das war alles, was zählte. Toni beschäftigte das Ganze jedoch offenbar. Sie wirkte noch immer in sich gekehrt, als wir wieder die Zivilisation erreichten und an den wenigen Höfen vorbeiritten, die im Osten der Insel lagen. Es war nun kühl genug, um ein Stück zu galoppieren, und so schafften wir es zurück zu den Weiden, bevor die Sonne unterging.

Als wir das Gatter des Reiterhofs erreichten, hatte ich das Bedürfnis, das Thema doch noch einmal anzusprechen. »Toni, glaub mir, das ist kein Problem für mich, und für Simon bestimmt auch nicht.«

Sie zögerte. »Aber… Ich kann…« Sie setzte mehrfach an. »Es ist schwierig, den Simon, den ich getroffen habe, mit dem zusammenzubringen, von dem du erzählst.«

Ich spürte, wie Nalu und der Haflinger energischer liefen, sie freuten sich offenbar auf ihren Stall, in dem frisches Heu und Wasser warteten. Ich nahm die Zügel etwas kürzer und rief zu Toni hinüber: »Ja, aber Menschen ändern sich. Hättest du je gedacht, dass ich eines Tages solide werde?«

»Nie!« Die Antwort kam prompt.

»Siehst du. Und ich bin es doch geworden.«

Später, als Toni längst verschwitzt und müde zum Campingplatz geradelt war, Morlen mit ihrer Plüschkatze im Arm schlief und ich im Nachthemd in der

Küche stand, rief ich Simon an. Zu meiner Erleichterung erreichte ich ihn sofort.

»Hey.«

»Hey. Wie geht es euch?«

»Super, wir sind jetzt in Frankreich.« Es kratzte in der Leitung. »Ich hoffe, diesmal hält die Verbindung länger. Ich glaube, mein Handy gibt den Geist auf.«

»Oh nein, nicht gerade jetzt.« Erneutes Kratzen. »Ich höre so wenig von euch.«

»Das ist doch ein gutes Zeichen, nicht?«

Ich hob einen Zettel auf, der von der Kühlschrankwand gefallen war, und quetschte ihn wieder unter einen Magneten. »Na ja … ich würde gern mehr hören.«

»Du klingst sauer.«

»Nein.« Ich zögerte. »Ich hatte nur irgendwie gedacht, du lässt mich mehr an eurem Abenteuer teilhaben. Schickst Fotos, erzählst mir davon. Ich fühle mich von heute auf morgen von allem abgeschnitten. Das ist irgendwie ein komisches Gefühl nach den intensiven letzten elf Monaten.«

Simon schwieg einen Moment. »Versteh ich. Aber ich glaube, ich brauche das gerade. Wir leben ganz im Hier und Jetzt.«

»Okay.« Ich bemühte mich, nicht eingeschnappt zu klingen. »Ich bin nur so neugierig.«

»Das ist jetzt meine Zeit mit Hannah. Genieß es doch, bald turnt die Maus wieder pausenlos auf dir rum.«

»Schon, ja.«

Wieder kratzte es in der Leitung. Bevor das Gespräch womöglich wieder abbrach, musste ich noch eine Frage loswerden. »Kennst du eigentlich eine Antonia? Sie ist kurzfristig für die fehlende Saisonkraft eingesprungen. Ich hab sie in deinem Wohnwagen untergebracht, ich hoffe, das ist okay.«

»Logo.« Simon überlegte ein paar Sekunden. »Antonia … Glaube nicht, wieso?«

»Ist eine alte Reisefreundin von mir, die meisten nennen sie Toni, ich hab sie vor Ewigkeiten in Costa Rica beim Surfen kennengelernt. Sie sagt, sie kennt dich aus einem Camp in Marokko.«

»Ah!« Simon lachte heiser. »Dramaqueen Toni.«

»Dramaqueen?«

»So haben wir Jungs sie damals genannt, aber sag ihr das bloß nicht! Sie war ein bisschen anstrengend, finde ich. Ich wusste nicht, dass ihr euch kennt. Hat sie dir erzählt, dass wir …?«

So neutral wie möglich sagte ich: »Ja, hat sie.«

»Oh Mann. Die Aktion hätte ich mir echt sparen können.«

»Was meinst du?« Ich stellte einen Fuß auf den anderen. Die Fliesen fühlten sich kalt an unter den Sohlen.

»Weil sie … Ach, das ist doof, sie ist deine Freundin.«

»Jetzt sag schon!«

»Sie war danach ziemlich anhänglich. Ich glaub, ich hab sie gekränkt, weil ich nicht mehr wollte … und dann hat sie schlechte Stimmung verbreitet. Du weißt ja, wie das ist, wenn man noch zusammen arbeiten muss.«

»Mmh.« Ich betrachtete meine Haarspitzen im Licht der Lampe.

»Aber das ist ewig her, das sollte kein Thema sein, wenn wir uns wieder begegnen.«

»Okay, dann bin ich erleichtert.«

»Du bist doch nicht etwa eifersüchtig?« Ich konnte ihn durch den Hörer grinsen hören.

»In deinen Träumen«, erwiderte ich, ebenfalls grinsend. »Ich wollte nur deine Version hören, weil sie anscheinend nicht gut auf dich zu sprechen ist.«

»Immer noch nicht? Ich sag ja: ein bisschen anstrengend. Sorry, ich weiß, du magst sie.«

Durch die Leitung vernahm ich die Stimmen anderer Menschen, Gläser wurden auf einen Tisch gestellt, jemand rief etwas in die Nacht hinein.

»Simon?«

»Ja.«

»Ich hab das irgendwie unterschätzt. Das ist gerade nicht leicht für mich, euch nicht bei mir zu haben.«

Etwas raschelte. »Das tut mir leid. Was kann ich tun?«

»Versuchst du, dich ein bisschen öfter zu melden?«

Er holte tief Luft. »Wenn das Handy es zulässt.«

Und wie auf Kommando war er fort.

Am nächsten Abend wurde in Morlens Reitcamp gegrillt, deshalb beschloss ich, nach der Arbeit noch etwas am Meer zu bleiben und zu lesen. Ich setzte mich in einen der frei gewordenen Strandkörbe. Der Verleiher hatte mir eines der Gitter aufgeschlossen, denn die meisten Urlauber waren um diese Zeit bereits beim Abendessen in ihren Ferienwohnungen oder einem Restaurant. Für mich hingegen war dies die schönste Zeit des Tages. Das Licht war golden, der Wind nicht mehr so stark. Der Sand unter den Füßen fühlte sich nicht mehr heiß, sondern angenehm warm an.

Ich griff in meine Tasche und zog Mamas Tagebuch hervor. Behutsam strich ich über den karierten Stoff des Einbandes. Er erinnerte mich an die Hütchen ihrer Marmeladengläser. Wahrscheinlich hatte sie das Buch einst selbst eingebunden. Mama hatte alles gekonnt. Ich idealisierte sie, wie viele Töchter ihre Mütter, dessen war ich mir bewusst. Aber sie war nun einmal großartig gewesen, das fand jeder, der sie gekannt hatte.

Ich klappte das Notizbuch an der Stelle auf, an der eine von Annis Postkarten steckte.

Die Antworten auf deine wichtigsten Fragen
weiß meistens dein Herz.

Neben dem nächsten Eintrag klebte eine gepresste Holunderblüte mit der Beschriftung: *Gepflückt bei einem Spaziergang durch die Felder, 1985.* Daneben stand ein Rezept für Holunderblütensirup. Typisch Mama, dachte ich und begann zu lesen.

August 1985

Mein liebes Kind,

ein Tagebuch für dich zu führen war eine schöne Idee. Doch was ich komplett unterschätzt habe: Ich habe gar keine Zeit dafür. Du bist ein Baby, und ich bin mit dir allein. Daher habe ich mir vorgenommen, einmal im Jahr Bilanz zu ziehen, um die Zeit deines Geburtstags herum. Und das tue ich hiermit.

Jetzt bist du schon ein Jahr alt, und du hältst mich ganz schön auf Trab. Wenn du schläfst und ich einen Moment für mich habe, denke ich: Wie schade, dass Hannes dich nicht sehen kann. Du bist so zauberhaft! In dir steckt schon so viel Energie. Ich kann es kaum erwarten, dich weiter auf deinem Weg zu begleiten. Ich habe noch ein paar Monate Elternzeit, dann werde ich wieder arbeiten gehen. In dem Kindergarten, in dem ich anfangen werde, hat man mir angeboten, dich mitzunehmen, das werden wir mal probieren. Wir beide wohnen jetzt in einem Dorf in Ostwestfalen. Es ist nicht leicht, neu anzufangen, erst recht nicht als alleinerziehende Mutter. Aber wir werden das schon schaffen.

Heute möchte ich dir mehr von Hannes und mir erzählen. Von unserer Zeit auf Baltrum. Jetzt, wo ich hier auf dem platten Land sitze, am Horizont statt Wellen nur Wiesen und Wälder, werde ich ganz sehnsüchtig. Ich liebe das Meer. Es gibt mir Frieden und Ruhe. Wenn ich im Salzwasser schwimme, dann weiß ich, dass alles wieder gut wird.

Als ich bei Hannes auf Baltrum lebte, war ich jeden Tag im Meer. Sogar im Winter. Es half mir gegen die Einsamkeit. Es half mir, wenn ich traurig war. Und ich war häufiger mal traurig in jenen Tagen. Denn nicht alles auf der Insel war einfach. Insulaner sind spezielle Menschen, weißt du. Wenn sie dich einmal in ihr Herz lassen, hast du Freunde fürs Leben gefunden. Aber der Weg in ihr Herz ist ein Weg gegen den Wind. Immer wenn du glaubst, du seist ein Stück vorangekommen, weht er dich wieder um Meter zurück.

Hannes liebte mich, das spürte ich ganz deutlich. Und doch war es schwer für mich, ihm wirklich nah zu kommen. Er sprach wenig mit mir, er teilte nicht viel. Meistens war er in seiner Werkstatt und arbeitete schweigend die Aufträge ab. Oder er bastelte an seinem Teleskop auf dem Dachboden herum. Irgendetwas sah er in den Sternen, was mir verborgen blieb. Stundenlang starrte er manchmal in den Nachthimmel, statt zu mir ins Bett zu kommen und zu schlafen. Dabei murmelte er vor sich hin, und ich dachte bei mir: Vielleicht sagt er den Planeten da oben, was er mir nicht sagen mag.

Ich bin nie eine Frau gewesen, die von einem Prinzen auf seinem Schimmel geträumt hat. Aber Hannes hätte ich gern geheiratet. Ich habe ihm das sogar einmal gesagt: »Was wäre, wenn wir heiraten?« Da-

nach hat er tagelang nicht mit mir gesprochen. Später meinte er, ich hätte ihm da etwas weggenommen, das frage man als Frau nicht. Ich denke oft, ich bin zu modern für meine Zeit. Und ganz sicher war ich zu modern für Hannes – einen Mann, der seine Insel nie verlassen hatte. Ich konnte es in seinen Augen lesen, wenn ich ihn bat, Wäsche aufzuhängen oder auch mal für uns zu kochen. »Warum habe ich mich ausgerechnet in diese Frau verliebt?«, stand da geschrieben. »Mein Leben könnte so viel leichter sein.«

Auch im Dorf stieß ich natürlich nicht nur auf Gegenliebe. Wenn man nicht von Baltrum kommt, dann wird man ohnehin kritisch beäugt. Hannes tröstete mich, wenn ich zu einem Geburtstag oder einer Damenskatrunde mal wieder nicht eingeladen wurde. Er sagte: »Man muss in der dritten Generation hier wohnen, um wirklich dazuzugehören.« Das wollte ich natürlich nicht hinnehmen. Ich bin trotzdem auf Festen aufgetaucht, zu denen ich nicht eingeladen war. Und zwar mit Kuchen, Unmengen an Kuchen. Ich kann gut backen, mein Kind, eines Tages wirst du das wissen. Nach einiger Zeit hatte ich mich in manche Herzen gebacken. Zu anderen, das spürte ich schnell, würde ich nie vordringen. Aber das hatte andere Gründe. Von denen erzähle ich dir später.

Jetzt werde ich mich schnell neben dich ins Bett rollen und versuchen zu schlafen, bis du das nächste Mal aufwachst und mich ansiehst, mit deinen

Augen, in denen so viel steht. Darin zu lesen ist die schönste Aufgabe, die mein Schicksal mir bisher gestellt hat. Bis in einem Jahr an gleicher Stelle, mein Liebling!

Ich legte das Buch vor mich auf den kleinen Klapptisch des Strandkorbes. Ich hatte mir vorgenommen, mir immer nur einen Eintrag am Stück zu gönnen, obwohl ich mich am liebsten eine ganze Nacht lang hingesetzt und alles in einem Rutsch gelesen hätte. Aber dazu waren diese Zeilen zu kostbar. Und zu aufwühlend.

Als Mama diesen Eintrag geschrieben hatte, war sie so alt gewesen wie ich heute. Wie ähnlich sie mir gewesen war! Diese wilde Entschlossenheit, die Dinge nicht einfach hinzunehmen, sondern zu ihren Gunsten zu wenden, mit allem, was in ihrer Macht stand. Die Weigerung, je zum Opfer der Umstände zu werden. Das hatte sie mir vererbt. Auch ich hatte auf Norderney keinen leichten Start gehabt. Auch ich hatte mir meine Position als Zugezogene hier hart erkämpfen müssen und tat das noch immer jeden Tag. Dass Mama hier so beliebt gewesen war, hatte mir anfangs geholfen. Doch nach und nach waren die Einheimischen auch zu mir ins Café gekommen, weil ich ich war. Weil ich ignorierte, dass sie mich schnitten. Weil ich sie mit unerschütterlicher Freundlichkeit behandelte, ganz gleich, wie reserviert sie sein mochten. Toni hatte recht. Ich brachte oft Kuchen zu Festen mit, ich spendete oft für Veranstaltungen, ich gab viel, um hier akzeptiert zu werden. Aber ich bekam mindestens genauso viel zurück. Diese Insel war mein Zuhause geworden.

Ich sah über den Sand hinweg bis zur Strandmuschel. Das Café warf nicht so viel ab, wie ich mir erhofft hatte. Aber bisher waren wir irgendwie über die Runden gekommen. Wovon sonst sollten wir hier unseren Lebensunterhalt bestreiten? Ich musste alles tun, um die Strandmuschel zu erhalten. Und wenn es bedeutete, Mamas Haus zu verkaufen, dann würde ich das tun.

Morlen war mit Heu in den Haaren und geröteten Wangen vom Reiterhof zurückgekommen.

»War es schön im Stall, Maus?«, fragte ich, als ich an ihrem Bett saß.

»Ja.« Ihre Augenlider wirkten schon schwer.

»Morlen?«, fragte ich ruhig.

»Ja?«

Sie zupfte an ihrer Plüschkatze, und ich fragte mich, ob sie schon zu müde für dieses Gespräch war. Aber die Zeit rannte mir davon, und so begann ich trotzdem damit.

»Ich war nicht ganz ehrlich zu dir, weil ich nicht wollte, dass du dir Sorgen machst.«

Sie stützte sich auf die Unterarme.

»Wir brauchen doch etwas Geld. Für die Reparatur des Cafédachs.«

»Warum haben wir denn keins auf dem Konto?«

»Nun ja, dafür hätten wir sparen müssen, aber ich habe nie Jobs gehabt, bei denen man viel sparen kann. Und Oma auch nicht. Das Erbe deiner Uroma ist aufgebraucht. Alles, was wir besitzen, ist Omas Haus.«

Jetzt setzte sie sich auf. Ihr Blick verriet, dass sie wusste, was nun kam. Aber diesmal war darin keine Wut zu sehen, nur Trauer. Sie ließ den Kopf auf die Knie sinken.

»Maus, ich würde gern eine andere Lösung finden. Aber die Bank leiht mir kein Geld. Die Pacht wurde gerade auch noch erhöht. Wenn wir das Haus verkaufen, dann haben wir ein gutes Polster.«

»Georg hätte dir das Dach umsonst repariert. Dann müsstest du Omas Haus nicht verkaufen.« Morlen sagte das so leise, dass ich es beinahe nicht verstand.

Dann begriff ich. »Du hast ihn darum gebeten?«

Sie hob den Kopf. Tränen schimmerten in ihren Augen. »Er kann Dächer reparieren. Er hätte das gern gemacht. Warum darf er das nicht?«

Ich strich eine lose Ponysträhne hinter ihr Ohr. »Weil ich das nicht annehmen kann.«

»Und warum nicht? Es ist doch nett von ihm.« Ihre Stimme zitterte.

»Ja. Aber … es wäre mir unangenehm, ihn dafür nicht bezahlen zu können.«

»Aber mir mein Zuhause wegzunehmen, das ist dir nicht unangenehm?« Nun trat doch Wut in ihr Gesicht.

»Doch.« Ich versuchte, ihrem Blick standzuhalten. »Sehr sogar. Es bricht mir das Herz.«

»Dann mach es nicht!« Sie klang jetzt schrill. »Du musst immer alles entscheiden, und du entscheidest immer falsch.«

»Jetzt wirst du ungerecht, Maus.«

»Nein! Du bist ungerecht! Du machst immer alles falsch.«

Ich wollte ihr über die Wange streicheln, aber Morlen drehte sich abrupt zur Wand. »Geh weg!«

Ich rang mit mir. Ich war gekränkt von ihren Worten, aber ich konnte ihre Wut verstehen. Daher sagte ich so sanft wie möglich: »Ich lasse dich jetzt in Ruhe. Aber ich bin nebenan, wenn du reden willst. Glaub mir, ich wünschte, ich könnte anders entscheiden.«

Sie warf mir einen verächtlichen Blick zu. »Das ist ja das Schlimme.« Beinahe spuckte sie die Sätze aus. »Du kannst. Aber du willst nicht!« Sie ließ sich heftig auf ihre Matratze fallen und zog sich die Decke übers Gesicht.

Als sie nach einer Weile nicht wieder darunter hervorkam, gab ich auf, ging ins Schlafzimmer und ließ mich ebenfalls aufs Bett fallen. Ich starrte auf das Leinentuch, das darüber gespannt war und leicht im Luftzug des geöffneten Fensters flatterte. Was sollte ich tun? Ich hatte schon immer insgeheim befürchtet, ich wäre nicht dafür gemacht, Mutter zu sein. Ich war Morlen nicht die Mutter, die Mama mir gewesen war, so viel stand fest. Ich wollte mit aller Kraft richtig machen, was ihr offenbar zugeflogen war.

Auf dem Nachttisch entdeckte ich einen Schnuller

von Hannah. Mit ihr war alles leichter, bei ihr hatte ich das Gefühl, die Mutter sein zu können, die ich sein wollte. Ich vermisste ihr glucksendes Lachen, ihre speckigen Grübchen, ihre klebrigen Hände in meinen Haaren, auf meinem Gesicht. Ob sie mich auch vermisste?

Draußen hörte ich Morlens Schritte im Flur. Was hatte sie vor? Wollte sie doch noch mit mir reden? Etwas klapperte, dann schloss sich ihre Zimmertür. Sekunden später hörte ich gedämpft ihre Stimme. Sie telefonierte mit jemandem. Ich konnte hören, dass sie dabei weinte.

Auch mir stiegen Tränen in die Augen. Mit wem sprach sie? Ich an ihrer Stelle hätte wahrscheinlich Anni angerufen. Aber danach, direkt danach, wäre ich zu meiner Mutter ins Bett gekrochen. Sie hätte nicht viel sagen müssen. Sie wäre nur da gewesen, groß und warm und unerschütterlich.

Ich lag ganz still da und hoffte, Morlen würde hereinhuschen, würde mich für sie da sein lassen. Doch als das Gespräch nebenan verstummte, hörte ich sie nur sachte den Hörer zurück auf die Station im Flur stellen, bevor ihre Tür sich wieder schloss.

7

»Ist die Kaffeemaschine schon warm?«

Gestern war Georg nicht im Café gewesen, und ich dachte schon, er wäre mir böse. Aber heute stand er wieder da, in einem gebügelten Hemd, und duftete über meine Theke hinweg nach frisch geduschtem Mann.

»Dein Flat White ist quasi schon unterwegs.«

Er setzte sich auf seinen Stammplatz, und ich begann, die Milch aufzuschäumen.

»Alles okay?«, fragte Toni über die Schulter.

»Es geht.« Ich sah unschlüssig in die Kanne mit dem Milchschaum. »Ich weiß nicht, was ich schlimmer finde: stolz und dumm zu sein – oder klug und bedürftig.«

»Die Entscheidung fiele mir leicht.« Toni grinste. Leichtfüßig sprang sie zwischen den Tischen hin und her. »Wenn man die Chance hat, klug zu sein, sollte man sie immer ergreifen.«

»Ich bin mir nicht mehr sicher, was klug ist.« Ich dachte an Morlens Gesicht heute Morgen. Verquollen vom Weinen. Sie hatte nicht mit mir gesprochen. Sie hatte nur ihre Reitsachen genommen und war gegangen, ohne Frühstück, ohne ein einziges Wort. Ich empfand ihr Verhalten nicht als Erpressung. Ich empfand es als die blanke Not. Was tausendmal schlimmer war.

Ich neigte nicht zum Grübeln. Ich hatte mich mein ganzes Leben lang in Abenteuer gestürzt, ohne Rücksicht auf Verluste. Aber nun, da ich für zwei Kinder sorgen musste und keine Mutter mehr hatte, die zur Not für mich einsprang, war ich vorsichtiger geworden.

Neben mir lag das Telefon. Ich musste den Handwerker nur anrufen, danach einen der vielen Makler auf der Insel, und alles würde seinen Gang gehen.

Mit leicht zitternden Schritten brachte ich Georg den Kaffee.

Er lächelte mich vorsichtig an. »Hör zu …«, begann er, aber ich hob bereits die Hand.

»Ich zuerst, ja? Es ist äußerst schwierig für mich, aber …« Ich legte die Fingerspitzen aneinander. »Ich würde dein freundliches Angebot gern annehmen. Aber nur, wenn ich dir etwas dafür geben kann. Essen und Trinken aufs Haus. Für dich und Jonas. Für alle Zeiten, wenn ihr auf der Insel seid.«

Georgs Gesicht hellte sich auf. Er streckte mir seine Hand hin. Ich ergriff sie. Ein fester Händedruck.

»Deal.«

»Deal.«

Zurück an der Theke nahm ich das Telefon und sagte den Handwerkern ab.

Am Abend zündete ich in der Küche die Kerzen an. Es duftete nach frisch gebackenem Apfelstreuselkuchen, Morlens absolutem Lieblings-Oma-Kuchen. Natürlich schmeckte er nicht ganz so wie bei meiner Mutter, aber ich wollte Morlen eine Freude machen. Ich fuhr mit dem Finger über die klebrigen Reste am Teigschaber und legte ihn dann zum Einweichen in die Spüle. Heute gibt es Kuchen zum Abendbrot, dachte ich und schleckte den Teig von meinem Finger. Zur Feier des Tages.

Ich stellte zwei Teller auf den Tisch, machte Musik von Jack Johnson an, den Morlen von Simon kannte, und summte mit. Dann zog ich die Topfhandschuhe an und öffnete die Ofenklappe. Hitze und ein vertrauter süßlicher Duft strömten mir entgegen. Als ich das Blech aus dem Ofen nahm, hörte ich den Schlüssel im Schloss.

»Komm mal in die Küche, Maus!«, rief ich in Richtung Flur und stellte das heiße Blech auf den Herd. »Ich habe eine Überraschung für dich.«

Ich zog die Handschuhe aus, als Morlens Kopf in der Tür erschien. Ihren Gesichtsausdruck konnte ich nicht ganz deuten.

»Ich auch für dich.«

»Oh?« Ich ging auf sie zu, dann blieb ich abrupt stehen.

Sie hielt jemanden an der Hand. Jemanden, den sie nun mit skeptischer Miene in unsere Küche zog. Ein Arm tauchte auf, ein Männerarm, kräftig, leicht behaart. Und dann der ganze dazugehörige Kerl, im eng anliegenden Poloshirt, die dunkelblonden Haare nach oben gestylt.

»Hey«, sagte er mit seinem typischen Lausbubenlächeln. »Überraschung!«

Ich schaute von Morlen zu ihrem Vater. Jan ergriff die Initiative, kam auf mich zu und nahm mich beiläufig in den Arm, wie er es immer tat, wenn wir uns begegneten.

»Hey, du.« Er roch vertraut nach Haargel und einem bekannten Männerparfüm, das er schon mit achtzehn benutzt hatte.

Ich löste mich von ihm. »Hey. Was machst du denn schon hier?«

Zwischen Jan und Morlen flogen Blicke hin und her. Dann sah Jan den Kuchen. »Wie wäre es, wenn wir dir das beim Essen erklären? Riecht köstlich!«

Jan brachte Morlen ins Bett, und ich räumte die Küche auf. Die zwei hatten mir beim Essen berichtet, dass Morlen ihn gestern Abend angerufen hatte, weil sie Sehnsucht nach ihm hatte. Daraufhin hatte er spontan entschieden, früher Urlaub zu nehmen, um etwas Zeit allein mit seiner Tochter zu verbringen, und direkt heute Morgen seine Sachen gepackt. Eigentlich wollte er mit seiner Frau Alex und Morlens kleiner Halbschwester Lou erst in zwei Wochen anreisen und Morlen für den gemeinsamen Schwedenurlaub abholen.

Ich stellte gerade die Teller in die Spülmaschine, als er zurückkam.

»Sie liest noch etwas *Harry Potter*.« Jan sah sich in der Küche um, als überlege er, sich schon wieder auf den Weg zu machen. Dann schnappte er sich einen kleinen Stoffball, der auf der Fensterbank lag, und sprang damit in die Luft, als ob dort ein Basketballkorb hinge.

Ich drehte mich zu ihm um. »Du hättest vorher anrufen können.«

Er täuschte nach links an. »Entschuldige! Sie wollte dich überraschen.«

Ich versuchte, ihm den Ball wegzunehmen. »Wo schläfst du?«

Antäuschung nach rechts. »Hab spontan noch ein Zimmer bei Renate bekommen.«

Ich sah ihn entgeistert an. Pension Renate war unser Notnagel, wenn alles andere ausgebucht war. Nicht gerade die Art von Zimmer, in der man seinen Sommerurlaub verbringt.

»Ich hätte dir Simons Wohnwagen angeboten, aber da ist schon eine Freundin von mir untergebracht.«

Jan versuchte, den Stoffball zu dribbeln, der dabei unter den Küchentisch rollte. Er kroch hinterher unter die Tischplatte. »Wo ist denn eigentlich der Herr des Hauses gerade? In Frankreich oder schon in Spanien?«, fragte er, bevor er mit einem frechen Grinsen wieder auftauchte. Er wusste, dass ich Simon niemals als »Herrn des Hauses« bezeichnet hätte. Und auch keinen anderen Mann. Die Grübchen, die sich dabei neben seinen Mundwinkeln bildeten, waren die gleichen wie vor zwanzig Jahren. Die gleichen, in die Anni und ich uns verliebt hatten. Zum Glück waren diese Zeiten lange vorbei. Geblieben war uns die Nähe zwischen Menschen, die sich lange kennen. Und Morlen.

Ich tippte mir grübelnd an die Nasenspitze. »Ich denke, noch in Frankreich.«

»Du denkst?« Jan kratzte sich am Kinn, wo er verwegen ein paar blonde Bartstoppeln hatte stehen lassen, was neu war.

»Sie leben gerade ganz im Hier und Jetzt.« Ich zwinkerte ihm zu. Er zwinkerte zurück. Sofort fühlte ich mich schuldig. Jan und ich hatten schon immer die gleichen Dinge lustig gefunden. Aber gemeinsam über Simon lachen, das sollten wir wirklich nicht.

»Ist alles okay zwischen euch?«, fragte Jan und brach sich noch ein Stück Apfelstreusel vom Blech ab, sein viertes, wenn ich richtig gezählt hatte.

Ist er ein bisschen mopsiger geworden, fragte ich mich, und betrachtete ihn von der Seite. Hat der Mann mit dem unfassbaren Stoffwechsel etwa einen kleinen Bauchansatz bekommen?

»Ja.« Ich nahm mir den Rand des Kuchens, den er hatte stehen lassen, obwohl ich eigentlich bereits pappsatt war, und schob ihn mir in den Mund. »Wieso fragst du?«

»Nur so.«

Wir kauten einträchtig.

»Was machen Alex und die Kleine? Wann kommen sie nach?«

Etwas in Jans Gesicht zuckte, so kurz, dass ich mich

fragte, ob ich es mir eingebildet hatte. »Noch keinen Urlaub«, nuschelte er. »Außerdem wollte Morlen mich mal nur für sich haben.« Er setzte ein paarmal an, dann fragte er: »Was ist da gerade los zwischen euch?«

Ich hielt im Kauen inne. »Wieso, was sagt sie denn?«

Er balancierte Kuchen zu seinem Mund und krümelte dabei auf meinen Küchenboden. »Sie sagt, ihr streitet viel.«

Ich schaute den Krümeln hinterher. »Ja, das stimmt leider. Ich denke, das ist normal in dem Alter. Geht langsam los.«

Er wischte sich mit dem Handrücken über den Mund. »Gut, dass du dich entschieden hast, das Haus doch nicht zu verkaufen. Sie wirkte sehr erleichtert.«

Ich hatte beim Essen von meinem Deal mit Georg erzählt, und Morlen war mir vor Freude um den Hals gefallen.

Ich strich mir ein paar Krümel vom Rock. »Ob ich das auf Dauer so hinbekomme, müssen wir gucken. Aber fürs Erste behalte ich das Haus. Du weißt ja, irgendwie geht es immer weiter.«

Er stupste mich leicht mit der Hüfte an. »Ich bin jetzt jedenfalls da, um dich zu unterstützen. Die nächsten zwei Wochen übernehme ich mal den schwierigen Fast-Teenager, und du hast etwas Zeit für dich.«

Ich lächelte ihn dankbar an und stupste zurück. »Ja, das ist super.«

Während er seine Streuselkuchenfinger in der Spüle wusch, musste ich mir eingestehen, wie froh ich war, dass Jan so überraschend aufgetaucht war. Vermutlich würde er mehr Chaos anrichten als eine Hilfe sein. Vermutlich würde er Morlen wieder Dinge erlauben, die ich ihr danach monatelang austreiben musste, wie beim Essen Handyvideos zu gucken oder ohne Zähneputzen ins Bett zu gehen. Vermutlich würde er mir schon bald furchtbar auf die Nerven gehen. Vermutlich wäre Simon nicht so begeistert. Aber für den Moment fühlte ich mich ein bisschen weniger allein.

Seit Stunden schleppte Georg bereits Werkzeug, Dachziegel und Holzbalken. Immer wieder hatte ich ihm Brote, Kaffee und hausgemachte Limo gebracht und mit schlechtem Gewissen nach dem Rechten gesehen. Es fühlte sich immer noch falsch an, einen fast Fremden ohne Bezahlung für mich arbeiten zu lassen, aber ich schob den Gedanken beiseite, weil es ja doch nichts nützte. Immerhin hatte ich mein Kind vor großem Kummer bewahrt, und Morlen hatte recht: Das war wichtiger als mein Stolz.

Als ich Feierabend machen wollte, stand Georg gerade auf einer Leiter und untersuchte irgendetwas im Gebälk. Er sah heute anders aus als sonst, trug eine löchrige Jeans und ein ausgewaschenes T-Shirt, das Haar verwegen ungekämmt. Ich musste zugeben: Der Handwerker gefiel mir irgendwie besser als der geschniegelte Geschäftsmann.

»Willst du für heute nicht Schluss machen?«, rief ich von unten hinauf. »Musst du nicht Jonas abholen?«

»Er hat mir gerade eine Nachricht geschickt.« Georg kam die Leiter herunter. Richtig, Jonas besaß natürlich schon ein Handy. »Er fährt zu irgendeinem Lagerfeuer an der Surfschule.«

»Ah.« Ich grinste. »Ich schätze, ich weiß, mit wem.«

»Gehst du auch hin?« Georg wischte sich die staubigen Handflächen an der fleckigen Jeans ab. Seine Stirn war rot, und ich fragte mich, ob er die Kraft der Sonne hier am Meer unterschätzt hatte.

»Ja, ich treffe Morlen da.«

Er begann, seine Sachen zusammenzupacken.

Ich überlegte einen Moment, dann fragte ich: »Willst du mitkommen?«

Wenig später lief ich mit dem nun wieder geschniegelten und nach edlem Duschgel duftenden Georg über den schmalen Pfad zwischen den Sanddornbüschen auf die Holzhäuser der Surfschule zu. Es war Flut, und das Meer stand knietief im Übungsbecken, wo der lange Lars gerade einen Kindersurfkurs gab. Davor loderte ein Feuer im Sand, um das Leute auf Bänken und riesigen bunten Outdoor-Sitzkissen saßen.

Der dünne Sven, der die gleiche Surfermähne hatte wie Lars, nur etwas kleiner und noch schmaler war als er, stocherte mit einem Stock in der Glut. »Hey, Maria, schön, dass du kommst!«

Ich begrüßte ihn und ein paar andere Surfkollegen, die sich bereits die Hände am Feuer wärmten. Dann bemerkte ich ihren skeptischen Blick.

»Ach so«, sagte ich, und zeigte auf Georg, dessen Stirn mittlerweile hochrot leuchtete. »Das ist Georg, ein … Bekannter.«

Georg machte die Runde und gab jedem förmlich die Hand, was einige der jüngeren Surfer mit regungslosen Mienen über sich ergehen ließen. Er kann nicht aus seiner Haut, dachte ich und musste kichern.

Ich besorgte uns gerade ein Bier aus der Wanne mit Eis, die neben dem hölzernen Surfbrettständer mit der Aufschrift *Kiddie-Boards* stand, als ich aus der Ferne Morlen gackern hörte. Und da kam sie schon über den Pfad gesprungen, dicht gefolgt von Jonas. Sie begrüßte Simons Kumpels mit Faustcheck, ich bekam eine fast körperlose Umarmung. Jonas gab mir höflich die Hand, was mich erneut zum Grinsen brachte. Ganz der Papa. Noch ehe ich fragen konnte, wie ihr Sprungtraining heute verlaufen war, waren sie mit ein paar anderen Kindern hinter den Holzhütten verschwunden, um im Gestrüpp Geheimgänge zu suchen.

»Ich glaube, sie hatten einen guten Tag.«

Es war Jan, der das neben mir sagte. Ich hatte ihn gar nicht kommen hören. Er trug Skatershorts zum Poloshirt, dessen Ärmel sich an seine trainierten Arme schmiegten. Er umarmte mich wieder auf seine beiläufige Weise, dann bemerkte er Georg.

»Das ist Georg, Jonas' Vater – Georg, das ist Morlens Vater Jan«, stellte ich die zwei einander vor.

Sie schüttelten sich die Hände und musterten sich dabei. Spannend, dachte ich. Väter unter sich.

»Du reparierst also das Dach der Strandmuschel«, stellte Jan fest.

»Ja, das ist richtig.« Georg betrachtete etwas hilflos sein noch ungeöffnetes Bier.

Ich nahm ihm die Flasche aus der Hand und knackte den Kronkorken mit meinem. Jan schmunzelte. Dann stießen wir an.

»Danke, dass du die Reparatur übernimmst, das hilft uns wirklich.« Jan stellte sich noch ein bisschen breitbeiniger hin.

Ich hätte fast losgeprustet. *Uns?* Seit wann half es Jan, wenn mein Café repariert war? Aber ich kannte diese Gespräche unter Männern. Es ging darum, das eigene Revier abzustecken. Für Jan waren Morlen und ich Familie, und irgendwie fand ich das süß. Auch wenn Simon deswegen nicht so gut auf Jan zu sprechen war. Es war sicher nicht leicht für ihn, wenn dreimal im Jahr ein gut aussehender Kerl in zu engen Shirts auftauchte und sich in seinem Zuhause aufbaute, als gehörte das alles eigentlich ihm und Simon hätte netterweise die Vertretung übernommen.

»Welches Material verwendest du zum Dämmen?« Jan nahm geräuschvoll einen weiteren Schluck aus seiner Flasche.

Das war mein Stichwort, auf dieses Gespräch hatte ich keine Lust. Zwei Bauingenieure unter sich. Georg sah mir hinterher, als wolle er mich unbedingt in ihre Unterhaltung integrieren, aber ich war schon unterwegs zum Feuer.

Morlen und Jonas quetschten sich dicht nebeneinander auf einen Sitzsack und steckten Marshmallows auf angespitzte Stöcke. Ich setzte mich auf eine Bank neben ihnen und nahm mir ebenfalls ein Stück Mäusespeck. Gemeinsam hielten wir die Stöcke über die Glut.

Ich musste wieder an jenen Abend vor dreieinhalb Jahren denken. Daran, wie Simon mich in jenem Winter angequatscht hatte. Er hatte mich mit Marshmallows versorgt, als wisse er genau, dass man Frauen wie mich am besten mit Zuckerhaltigem für sich gewinnt. Sie hatten Fäden gezogen, die überall kleben blieben, und wir hatten versucht, sie ohne Sauerei vom Stock zu knabbern. Vergebens, alles war voll gewesen von dem pappigen weißen Zeug. Ich weiß noch, wie wir Tränen lachten. Und wie süß ich sein Lachen fand. So echt, so ausgelassen. Er hielt sich den Bauch, eine klebrige Hand auf meinem Arm. Später gingen wir ein Stück vom Feuer weg, am Surfbecken entlang, wo es dunkel war und man die Sterne sehen konnte. Ich hatte bereits Sternenhimmel über Australien, Afrika und Mittelamerika gesehen, aber ich musste zugeben: Der über Norderney war mindestens genauso schön. Auch weil Simon irgendwann meine eiskalte Hand nahm. Weil er mich an sich zog und behauptete, ich hätte da noch etwas Zucker am Kinn. Als er mich küsste, flogen tausend Sternschnuppen durch meinen Bauch, und ich weiß noch, wie überrascht ich darüber war. So hatte sich lange kein Kuss angefühlt. Wenn es passt, dann weiß man es eben meistens sofort.

»Wo bist du denn in Gedanken?« Toni rutschte neben mich auf die Bank.

»Hey.«

»Hey. Das ist schon ziemlich knusprig.« Sie wies mit dem Kopf in Richtung meines Stocks, an dessen Ende ein schwarzes Etwas klebte.

Ich lachte. Morlen und Jonas knabberten an ihren Marshmallows, die außen nur leicht gebräunt waren. Sie zogen herrliche Fäden.

»Ich musste gerade an Simon denken. Daran, dass ich ihn bei einem Fest hier kennengelernt habe.«

Toni rutschte ein Stück von mir weg und starrte ins Feuer, das sich in ihren Augen spiegelte. »War das gleich ernst zwischen euch?«

»Nein.« Ich legte den Stock mit dem verbrannten Mäusespeck unter die Bank. »Erst war es nur ein Spiel, eine starke Anziehung. Ich hab mir lange nicht eingestehen wollen, wie verknallt ich bin.«

Sie spielte mit den Bommeln an ihrem großen Halstuch. »Und er?«

»Liebe auf den ersten Blick, behauptet er. Aber ich hatte ihm verschwiegen, dass es Morlen gibt. Als er das herausfand, war er ziemlich verletzt.«

Toni seufzte neben mir. »*Karma is a bitch.*«

Ich sah sie ratlos an. »Was meinst du?«

»Ach.« Sie wich meinem Blick aus. »Es ist nur … Er war echt ein Player. Dass der sich mal an eine Frau bindet, hätte ich nicht gedacht. Aber egal.« Sie rieb sich über die Schultern. »Dein Jan ist ja übrigens echt ein

Hübscher. So in etwa hab ich ihn mir immer vorgestellt.«

Das Feuer ließ mein Gesicht glühen. »Ich hab ihn übrigens nach dir gefragt.«

Toni sah mich ratlos an. »Jan?«

»Nee, Simon.«

Jetzt machte sie große Augen.

»Keine Sorge, ich wollte nur sichergehen, dass es keine Probleme gibt, wenn er wiederkommt. Er war da zuversichtlich. Er sagt, aus seiner Sicht sei zwischen euch alles okay.«

Toni lachte spöttisch. »Na, dann ist es ja gut.«

»Du bist ihm noch böse, oder?«

»Ach ...« Toni verschränkte ihre schlanken Beine so miteinander, dass es wie ein komplizierter Knoten aussah. »Das ist alles lange her. Aber ... Hat dich mal jemand so verletzt, dass du dir geschworen hast, ihm niemals so ganz zu verzeihen? Einfach weil man nie vergisst, wie scheiße weh es getan hat?«

Ich blickte über das Feuer hinweg zu Georg und Jan. Irre, dachte ich. Sie waren sich ganz schön ähnlich. Beide groß, sportlich und auf eine schnörkellose Art gut aussehend. Georgs ohnehin schon rosarote Stirn leuchtete jetzt fast in der Dämmerung. Jan erklärte ihm gerade etwas mit lässigen Gesten, als ständen sie auf dem Schulhof und es gälte herauszufinden, wer von beiden der Coolere war.

»Ja«, sagte ich und wandte mich wieder Toni zu. »Das kenne ich.«

»So ist das bei mir.« Toni nahm sich einen Stock und einen von den Marshmallows, die Lars gerade mit seiner üblichen Seelenruhe in die Runde reichte. Sie musterte interessiert sein übergroßes Shirt und die nassen langen Haare, die er mit einem Haargummi zusammengebunden hatte. »Aber jetzt Schluss damit! Das soll echt nicht dein Problem sein. Ich fühl mich kacke, weil ich dir das gesagt habe.«

Das Feuer knisterte. Ich stieß sanft mit meiner Schulter gegen ihre. »Gib mir was von deinem Marshmallow ab, dann ist alles gut.«

Auf dem Heimweg war ich allein. Toni war noch geblieben, sie hatte sich auffällig angeregt mit Lars unterhalten, der dabei nervös an seinen langen Fingern herumgeknibbelt hatte. Morlen hatte darauf bestanden, bei Jan im Doppelbett in der Pension Renate zu schlafen. Sie vergötterte ihren Papa, und heute, so hatte ich beschlossen, sollte es mir egal sein, dass sie nicht einmal eine Zahnbürste dabeihatte. Ich nahm den Umweg durch die Dünen, obwohl es bereits ziemlich dunkel war. Aber es war so friedlich hier, so ruhig. Nur ein paar Kaninchen raschelten im Gebüsch. Außerdem leuchtete der Mond so hell, dass ich den Weg vor mir gut erkennen konnte. Kurz blieb ich stehen und reckte das Gesicht nach oben. Meine Insel, dachte ich. Wie schön du bist. Und Mama, wenn du irgendwo da oben sein solltest: Mach dir keine Sorgen! Ich kriege das alles irgendwie hin.

August 1986

Mein Mädchen,
jetzt bist du schon zwei Jahre alt. Unglaublich, wie die Zeit vergeht. Du rennst wild herum, und du isst mit großem Genuss. Was für eine Freude für eine Mutter, die gerne kocht und backt. Was auch immer ich dir vorsetze, du strahlst mich an und stopfst es dir in deine kleinen runden Backen. Wenn du lachst, geht die Sonne auf. Jeder sagt das. Seit einem halben Jahr nehme ich dich mit in den Kindergarten, wo ich als Erzieherin arbeite. Du machst das ganz wunderbar und liebst es, dass dort immer etwas los ist. Die anderen Kinder sind zwar älter als du, aber für sie bist du ein wichtiger Bestandteil der Gruppe. Sie streiten darum, wer dich füttern oder mir beim Wickeln helfen darf. Es ist eine Freude zu sehen, wie dir die Sympathien zufliegen. Du musst nicht viel dafür tun, ein Lächeln genügt.

Wie schon im vergangenen Eintrag möchte ich die Chance nutzen, dir mehr von mir und Hannes zu schreiben. Weil du vielleicht eines Tages fragen wirst: Warum habe ich keinen Papa wie andere Kinder? Warum sind wir keine normale Familie? Die Geschichte ist etwas länger, etwas komplizierter, daher werde ich nach und nach versuchen, sie dir zu erzählen.

Hannes und ich, wir hatten es gut auf Baltrum. Und doch fehlte etwas, und ich meine nicht Autos oder Läden mit akzeptablen Klamotten in meiner Größe. Nein, ich meine: ein Kind. Ehrlich gesagt wollte ich mehrere. Drei, vier traute ich uns zu. Du wirst mittlerweile wissen, wie sehr ich Kinder liebe, wie gern ich mich mit ihnen umgebe. Ich brauche nicht viel für mein Glück – aber eigene Kinder, die wollte ich haben, die musste ich haben, anders konnte ich mir mein Leben nicht vorstellen. Und Hannes ging es ähnlich. Er strahlte jedes Kind an, das ihm über den Weg lief, und an gesprächigen Abenden schilderte er mir, wie er uns vor sich sah – wir beide in dreißig Jahren am Kamin, die Enkelkinder auf dem Schoß.

Obwohl wir uns noch immer nicht einig waren, wie und wann geheiratet werden sollte, probierten wir also, ein Kind zu bekommen. Anfangs war ich aufgeregt und voller Hoffnung. Doch mit jedem Monat, der verstrich, ohne dass ich schwanger wurde, wuchs meine Verzweiflung. Hannes wollte mit mir über dieses Thema nicht sprechen. Ich habe ja schon einmal erwähnt, dass er kein Freund großer Worte war. Und irgendwann stellte er das Sprechen komplett ein. Tagsüber war er fast nur noch in der Werkstatt, nachts bei seinem Teleskop unterm Dach. Selbst zum Boule-Spielen ging er nicht mehr mit. Manchmal fuhr er mit seinem Boot raus und kam so lange nicht wieder, bis ich halb krank vor Sorge am Hafen wartete und nach ihm Ausschau hielt. Ich wünschte, ich wüsste, was genau in ihm vorging.

Ich wünschte, er hätte es mit mir geteilt. Ich denke, wir hätten eine Chance gehabt. So aber litten wir beide. Hannes schweigend. Ich lautstark, aber ohne von ihm gehört zu werden.

8

Jan stand am nächsten Morgen etwas verschlafen im Café und schob die T-Shirt-Ärmel höher. Ein halber Tag am Meer hatte genügt, um ihm diesen karamellfarbenen Hautton zu verleihen, der mir auch nach einem ganzen Sommer hier nicht vergönnt sein würde.

»So, Morlen ist am Stall, wo kann ich anpacken?«

»Guten Morgen.« Ich blickte auf seinen spärlichen Drei-Tage-Bart und musste grinsen. »Was meinst du? Willst du Schinkenbrote belegen?«

Er rieb sich über die hellen Stoppeln am Kinn. »Nee, ich dachte eher, der George braucht ein bisschen Unterstützung.« Er sprach »George« englisch aus.

Oje, dachte ich, ob der begeistert sein wird?

»Ach du, ich glaube, der macht das ganz gut«, wehrte ich ab, um meinen Helfer vor besserwisserischen Übergriffen zu retten. »Willst du nicht erst mal frühstücken?«

»Ich hatte bei Renate etwas Kaffeeähnliches und ein Marmeladenbrötchen, ich bin startklar.«

»Du hattest bei Renate einen Kaffee?« Ich sagte das wohl etwas zu laut, denn einige Gäste drehten ruckartig die Köpfe in unsere Richtung. Deutlich leiser fügte ich hinzu: »Du bist ein Mann ohne Furcht.«

Jan grinste schief. »Ich wollte dir nicht noch mehr Arbeit machen, sondern dir welche abnehmen.«

Ich schüttelte lachend den Kopf. »Georg ist hinten, sei nett zu ihm.«

Jan reckte feixend den Daumen nach oben. »Dem zeig ich jetzt mal, wie man ein Dach repariert.«

Ich warf ihm einen gespielt strengen Blick zu und widmete mich den Schinkenbroten.

Etwa zwei Stunden später brachte ich den beiden welche nach hinten. Georg sägte gerade an einem der Holzbalken herum, Jan stand auf der Leiter und murmelte etwas vor sich hin, was ich nicht verstand, weil er zur Hälfte im Dach steckte. Georgs verbrannte Stirn war dick mit Sunblocker eingeschmiert.

Ich wies auf Jan. »Das ist hoffentlich okay«, flüsterte ich. »War nicht meine Idee.«

Aber da hatte Jan mich auch schon bemerkt. »Futter, sehr gut!« Er kletterte energisch die Leiter runter. »Ist vegan, oder?«

»Haha.«

»Nee, im Ernst, ich versuche gerade, weniger tierisches Eiweiß zu essen.«

Georg stöhnte neben mir auf.

Ich schüttelte ungläubig den Kopf. »Du hast eine Midlife-Crisis, richtig? Ich dachte mir schon so was.«

Jan lachte verlegen. »Quatsch, ich gucke gerade viele Dokus zu dem Thema. Es ist schlicht gesünder, für einen selbst und für die Umwelt sowieso.« Er rieb sich über seinen kleinen Bauchansatz. »Und für die Waage hoffentlich auch.«

Ich unterdrückte ein Grinsen. »Also ich hab hier Schinkenbrote, ich kann aber auch noch eins mit Hummus machen.«

»Ach was, hier verkommt nichts.« Und schnapp, hatte Jan sich das größere der beiden Brote von meinem Schneidebrett genommen.

Ich reichte Georg das andere. »Wenn ihr Nachschub braucht, gebt Bescheid.«

Georg grummelte etwas Unverständliches in sich hinein, Jan sagte kauend: »Ich geh übrigens mit Morlen Minigolf spielen heute Abend. Sie schläft wieder bei mir.«

»Nur wenn ihr vorher eine Zahnbürste und frische Unterwäsche holt.«

Jan verdrehte die Augen, grinste aber dabei. »Wird gemacht, Chefin.«

Georg hüstelte. »Tja, einer muss an die unangenehmen Dinge denken.«

Jan suchte meinen Blick. »Stimmt, und an Sonnencreme denke ich morgen auch.«

Georg hatte die Anspielung offensichtlich verstanden, denn er wurde nun auch im restlichen Gesicht rot.

Ehe wir das Thema vertiefen konnten, kletterte Jan bereits wieder die Leiter hoch. Vom Dach aus hörte ich ihn noch rufen: »Superlecker! Aber deinen Hummus würde ich auch gern noch probieren.«

Am frühen Nachmittag beschloss ich, eine Stunde Pause zu machen und Mamas Haus weiter auszumisten. Ich radelte die Strandpromenade entlang und betrachtete den Himmel. Noch war er strahlend blau, aber am Horizont türmten sich schmutzig violette Wolken auf. Vermutlich würde es später Regen geben.

Am Haus angekommen, stieg ich gebückt in den niedrigen Keller hinunter und stellte die restlichen Weckgläser in den Korb, den ich mitgebracht hatte. Außerdem legte ich das nächste Tagebuch dazu, damit mir der Lesestoff nicht ausging. Danach machte ich mich auf den Weg nach oben zum Bücherregal im Wohnzimmer, das ich mir für heute vorgenommen hatte. Buch für Buch packte ich in einen Umzugskarton. Beim nächsten Besuch auf dem Festland würde ich ihn der Stadtbibliothek in Norden vorbeibringen. Meine Mutter hatte am liebsten Krimis gelesen, die von der ganz dicken Sorte, und mein Rücken tat mir beim Anblick der vollen Kisten jetzt schon leid.

Im untersten Fach des Regals standen keine Bücher, sondern Fotoalben. Ich nahm eins mit speckigem dunkelgrünem Ledereinband heraus und blätterte darin. Auf den Fotos war fast immer nur ich zu sehen, im Alter von zwei, drei Jahren, mit runden Bäckchen, wie Hannah sie hatte. Allerdings waren meine Haut und mein Haar deutlich heller, denn Hannah hatte beides von Simon geerbt. Ab und an hatte jemand Iris mit mir fotografiert. Ich war jedes Mal aufs Neue überrascht, wie ähnlich ihre Körperhaltung und Mimik meiner gewesen waren. Auf einer der Seiten hielt ich inne. Ich kannte die Bilder. Eines zeigte Mama und mich mit den Füßen im Wasser am Meer. Auf einem anderen schaufelte ich angestrengt nassen Sand in einen kleinen Eimer. Darüber stand: *Baltrum, 1987*.

Ich stutzte. Wir waren also noch einmal gemeinsam auf Baltrum gewesen? Ich hatte leider keine Erinnerung an diesen Urlaub, schließlich war ich erst drei Jahre alt gewesen. Hatten wir Hannes gesehen? Ich blätterte weiter, doch es gab keine Urlaubsbilder mehr. Und auf keinem der Fotos entdeckte ich einen Mann.

Ich stellte das Album zurück ins Regal und beschloss, bei Gelegenheit noch einmal alle Alben durchzuschauen. Mama musste doch ein Foto von ihm gehabt haben. Ich kannte zwar alle diese Alben, hatte sie unzählige Male angesehen, aber vielleicht war mir etwas entgangen. Vielleicht sah ich sie mir jetzt mit anderen Augen an, genau wie die Aufnahmen von Baltrum, die für mich bisher keine tiefere Bedeutung gehabt hatten.

Ich öffnete die Terrassentür und schaute mich um. Der Garten war nach den vergangenen warmen Tagen ziemlich trocken, doch angesichts der dunklen Wolken am Himmel sparte ich mir das Gießen. Die Früchte an den dichten Brombeersträuchern waren bereits helllila. Wenn Hannah zurück war, würden wir sie gemeinsam direkt vom Strauch naschen können. Mein Blick fiel auf den Holunderbusch, der üppig blühte. Ein paar Hummeln summten darin. Mir fiel das Rezept ein, das

Mama neben den gepressten Zweig in ihr Tagebuch geschrieben hatte. Kurzerhand holte ich einen Stoffbeutel aus der Küche und füllte ihn bis obenhin mit den weißen Blüten.

Auf dem Rückweg hielt ich auf der Dünenkuppe kurz an und betrachtete mein Café aus der Ferne. Jan und Georg würden das Dach reparieren. Für dieses Mal waren wir davongekommen. Doch das änderte nichts daran, dass die Strandmuschel zu wenig abwarf, um auf Dauer Rücklagen zu bilden. Die Pacht und die Personalkosten erlaubten mir gerade so, ein bisschen was zur Seite zu legen. Beim nächsten Sturmschaden oder der nächsten kaputten Kaffeemaschine würde ich wieder vor einem Problem stehen. Und ich konnte mich nicht auf Dauer auf die Freundlichkeit und Großzügigkeit anderer verlassen.

Ich blickte auf die Weckgläser und den Stoffbeutel mit den Holunderblüten im Korb des Lastenfahrrads. Plötzlich hatte ich eine Idee. Ich würde nicht kampflos aufgeben. Das durfte ich nicht. In diesem Café steckte mein ganzes Herzblut, es war das erste Projekt, das ich zu Ende gebracht hatte, auf das ich wirklich stolz war. Ich würde die Stimmen in mir zum Schweigen bringen, die unkten, ich würde auch dieses Vorhaben wieder gegen die Wand fahren. Die mutmaßten, ich würde niemals sesshaft werden. Die sagten, ich würde nicht länger als drei Sommer durchhalten. Die behaupteten, ohne Mama bekäme ich ohnehin nichts hin.

Da Morlen mit Jan unterwegs war, blieb ich abends länger in der Strandmuschel. Ich stand am Herd hinter der Theke, wo ich normalerweise Spiegeleier briet oder Toast in warmer Butter schwenkte. Jetzt hatte ich einen großen Topf aufgesetzt. Darin blubberten Wasser, Wein und Zucker vor sich hin, wie in Mamas Rezept angegeben.

Toni war ebenfalls noch im Café. Sie saß mit ihrer Gitarre am Boden und spielte, umgeben von Kissen. Draußen schoben sich dramatische Wolken vor die untergehende Sonne, sodass es kurz so aussah, als stünden sie in Flammen. Ich rührte den Zuckersirup um und hörte Toni zu. Irgendwann begann sie, mit ihrer klaren Stimme zu singen.

»Wenn wir geboren werden,
Können wir alle fliegen,
Bis das Leben uns
Die Flügel abmontiert.

Sie ausrangiert
Und bei eBay verscherbelt.
So 'nen Unsinn braucht man nicht in dieser Welt,
Sagt ihr.

Doch heimlich, ganz ohne eure Erlaubnis,
Hab ich meine klein gefaltet
In einer Kiste verstaut.
Verstaubt.

An Sonnentagen hab ich sie rausgeholt,
Sie leise poliert,
Gestaunt, wie sie glitzern.
Keiner nimmt mir, was mir gehört.«

Ich schnitt Zitronen in Scheiben und holte die Holunderblüten aus dem Lagerraum. Spontan griff ich nach der Minze, die neben dem Fenster in einem Tontopf wild vor sich hin wucherte. Vielleicht war es der Übermut, den Tonis Lied in mir auslöste. Jedenfalls nahm ich ein paar Blätter und gab sie zusammen mit der Zitrone und dem Holunder in den Topf mit dem Zuckersirup. Wer sagte denn, dass man das Rezept nicht etwas zeitgeistig abwandeln konnte?

Während Toni sang, kam mir eine weitere Idee: Ich könnte die Jeansschürzen mit Logo nachnähen lassen und zum Verkauf anbieten, wir wurden oft danach gefragt. Sie könnten genau wie dieser Sirup zu einem kleinen Sortiment gehören, das ich nebenbei verkaufte. Vielleicht konnte ich die Einnahmen so etwas steigern. Ich musste unbedingt Anni davon erzählen, bestimmt hatte sie auch noch ein paar Ideen. Schließlich verkaufte ich ihre Postkarten und Prints schon seit einiger Zeit in meinem Café.

Ich stellte den Topf mit dem Holundergemisch zum Einweichen in den Lagerraum und nahm mein Handy. Eine neue Nachricht, von einer unbekannten Nummer. Mein Herz schlug etwas schneller.

Meine Süße, es kam, wie es kommen musste: Der alte Knochen ist hin. Schreibe dies vom Handy eines anderen Campers. Du kannst mich also aktuell nur per Mail erreichen, ich versuche, da ab und an reinzuschauen, wenn jemand einen Laptop hat.

Dann noch eine zweite Nachricht, wenige Minuten später abgeschickt:

Vielleicht sollte es so sein. Vielleicht ist das mal ganz gut so. Keine Sorge, Hannah geht es bestens. Gestern hat sie zum ersten Mal Papa gesagt.

Fassungslos starrte ich die Nachricht an. Sie hatte »Papa« gesagt. Und ich war nicht dabei gewesen. Der Gedanke versetzte mir einen Stich. Simon schrieb das, als sei es keine große Nummer, als ahne er nicht im Geringsten, dass er mit dieser Neuigkeit mein Mama-Herz brach. So langsam strapazierte er meine Geduld über. Kein Kuss zum Ende der Nachricht. Kein »Ich liebe dich«, kein »Ich vermisse dich«, kein »Ich melde mich bald wieder«, nicht mal ein »Schade, dass du nicht dabei warst«. Hätte ich gewusst, dass er sich mit Hannah aus dem Staub machen und nicht erreichbar sein würde, hätte ich ihn nicht fahren lassen.

Toni spielte noch immer völlig versunken Gitarre und sang herzzerreißend schön dazu.

»Könnten wir uns alle erinnern,
Wer wir an unserem ersten Tag mal waren,
Dann wären wir wieder Engel.
Komm, wir fangen noch mal an,
Ganz von vorne an.«

Mein Blick fiel auf meinen Neoprenanzug am Bügel in der Ecke des Lagerraums. Er hing immer hier, damit ich schnell loskonnte, wenn die Wellen mich riefen. Wie jetzt. Entschlossen begann ich mich auszuziehen. Ich hatte nicht mal gecheckt, wie die Tide stand. Es war mir auch egal. Ich musste jetzt ins Wasser, das wusste ich sicher.

Der Nachteil an Neoprenanzügen war, dass sie im Grunde alle für Menschen ohne Po gemacht waren. Menschen wie Lars und Sven, die mit langen, dünnen Armen und Beinen auf ihren Brettern hingen. Dabei gab es auch Menschen wie mich, mit ordentlich Fleisch an den Knochen, die gern surften und die sich jedes Mal angestrengt in die schwarze Hülle quetschen mussten. Simon liebte mich im Neoprenanzug, weil er fand, dass ich darin aussah wie Catwoman. Der Gedanke an ihn schmerzte. Warum ließ er mich so im Ungewissen? Er musste doch wissen, dass ich litt.

Nebenan hatte Toni aufgehört zu spielen. Sie kam gerade in den Raum, als ich die erste Schulter im Anzug hatte.

»Hey, hast du mal rausgeguckt?« Sie sah mich irritiert an.

»Nicht wirklich, wieso?«

»Ganz schön hoch und wild heute, und Regen kommt auch noch, glaube ich.«

Ich erinnerte mich an die violetten Wolkenberge von heute Mittag. »Macht nix, ich muss nass werden, zumindest kurz.« Ich schob ächzend die zweite Schulter in den Anzug und reckte mich, um den dicken Neoprenstoff zurechtzuzerren.

Toni zog mir den Reißverschluss im Rücken zu. »Ist es wegen des Fotos, das Simon gepostet hat?«

Ich hatte keine Ahnung, was sie meinte, ließ mir meine Verwirrung aber nicht anmerken. Ich wollte das alles nicht mit Toni besprechen, es würde ihren Eindruck von Simon nur weiter trüben. Noch glaubte ich fest daran, dass wir bald alle zusammen nach Feierabend draußen auf der Mauer sitzen, Alsterwasser trinken und lachend aufs Meer blicken würden. Hannah würde mit wackligen Beinchen über die Strandpromenade laufen und glucksen, weil Morlen einhändig Räder schlug. Und alles, was einmal zwischen Simon und Toni gestanden hatte, wäre vergessen. Denn meinen Simon, den musste man einfach mögen.

»Nee«, sagte ich deswegen schnell. »Ich bin etwas angespannt wegen der erhöhten Pacht, aber ich arbeite an einer Lösung. Und die besten Ideen kommen mir da draußen.«

Toni warf mir einen skeptischen Blick zu. Dann ging sie zurück ins Café. »Bis morgen«, hörte ich sie noch rufen. »Und paddle nicht zu weit raus, du Wahnsinnige!«

Fieberhaft griff ich wieder nach meinem Handy, während Toni nebenan weiter Gitarre spielte. Ich hatte kein gutes Netz hier hinten, deshalb dauerte es ewig, bis Instagram aufging. Ich wählte Simons Account aus. Ein neues Foto war dazugekommen. Es war bereits anderthalb Tage alt. Darunter stand:

Bin mal raus, Leute. Ich kümmere mich jetzt um die Dinge und die Menschen, die wirklich zählen. #brekkiewithaview

Das dazugehörige Foto zeigte seinen Campingtisch, der auf einer hohen Düne aufgebaut war. Dahinter war nichts zu sehen als das Meer, das im Licht der Morgensonne glitzerte. Wahrlich ein »Frühstück mit Ausblick«. Auf dem Tisch erkannte ich eine silberne Thermoskanne und einen Karton O-Saft mit spanischer Beschriftung, sie waren also bereits im nächsten Land. Daneben standen Schüsseln mit Müsli und jeder Menge Obst. Ich wollte das Handy bereits weglegen, als ich noch einmal genauer hinsah.

Dort auf dem Tisch standen drei Schalen.

Ich trug mein Surfbrett ins knietiefe Wasser und schob es ein Stück weiter raus. Sofort bemerkte ich, wie stark die Strömung an uns zog – an mir und an meinem Brett. Nach ein paar Metern hechtete ich bäuchlings auf das Board und begann hinauszupaddeln. Was schwierig war, denn die Wellen, die mir entgegenrollten, waren so, wie Toni gesagt hatte: hoch und wild. Kraftvoll spülten sie mich immer wieder ein Stück zurück. Aber die Wut in meinem Bauch verlieh mir Kraft. Energisch paddelte ich weiter. Am Horizont sah ich die flitzenden Schirme zweier Kite-Surfer. Wenn die draußen waren, war es für gewöhnlich zu windig für uns Wellenreiter. Aber mir war heute alles egal.

Irgendwann hatte ich es über das Weißwasser geschafft und saß draußen in der ungestüm schaukelnden Brandung. Der schwarz glänzende Kopf einer Robbe tauchte einige Meter von mir entfernt auf und gleich wieder ab. Als wollte auch sie sagen: Mädel, was machst du bei den Bedingungen hier draußen?

Ich versuchte, eine Welle zu nehmen, aber sie schleuderte mich unsanft vom Brett und begrub mich unter sich. Erneut kletterte ich aufs Board und paddelte wieder hinaus. Nächster Versuch. Diese Welle trieb mich meterweit in Richtung Strand. Ich paddelte zurück. Der Himmel wirkte jetzt bedrohlich dunkel, ein paar dicke schwarze Wolken türmten sich direkt über mir auf.

Beim dritten Versuch, einen der riesigen Brecher zu erwischen, war ich erfolgreich. Ein stummer Schrei löste sich aus meiner Kehle, als ich auf meinem Brett stand und realisierte, wie groß die Welle war. Ihre Gischt schlug mir ins Gesicht. In einem Wahnsinnstempo raste ich auf die Stelle zu, an der sie jeden Moment in sich zusammenstürzen würde. Geschickt bremste ich im letzten Moment ab und wendete.

In dieser Sekunde hörte ich vom Ufer her eine Stimme. Jemand stand am Strand und winkte. Als ich nicht reagierte, begann er sich hastig auszuziehen. Dann rannte er nur in Shorts aufs Wasser zu. Jetzt erkannte ich ihn: Es war Georg.

»Hey!«, brüllte er zu mir rüber, wieder wild winkend. Er schrie noch etwas, aber ich verstand es nicht, weil die Wellen so peitschten. Er zeigte zum Himmel, und da hörte ich es auch: Donner. »Gewitter«, schrie er offenbar, ich konnte es nun an seinen Lippen ablesen.

Ich reckte den Daumen nach oben und begann ruhig, in Richtung Strand zu paddeln. Die erste Welle, die mich dabei erwischte, beförderte mich erneut vom Brett, das mir schmerzhaft in die Seite schlug. Sekundenlang war ich unter Wasser, bis ich nach der nächsten Welle wieder an die Oberfläche kam und erneut hinaufkletterte. Über mir donnerte es so laut, dass ich nun doch etwas nervös wurde. Georg stand noch immer wild gestikulierend bis zur Hüfte in der Brandung.

Ich paddelte stur die nächste Welle an. In dem Moment, in dem ich sie bekam, zuckte der erste Blitz über den Himmel. Während ich auf der Welle stand, die mich an Land bringen würde oder zumindest in die Nähe, teilte der Blitz den Himmel in zwei Hälften und erleuchtete den Strand wie ein riesiger Scheinwerfer. Und mich durchfuhr ebenso gleißend hell ein Gedanke. Er lautete: Es reicht.

Japsend schob ich mein Brett die letzten Meter bis

zum Strand und zog es in den nassen Sand, wo ich mich heftig atmend auf den Po fallen ließ.

Georg hastete auf mich zu. »Bist du verletzt?«

Ich schüttelte den Kopf, noch unfähig zu sprechen.

»Wahnsinnig bist du auf jeden Fall.« Er klang nicht amüsiert. »Willst du dich umbringen, oder was?«

Ich rieb mir übers Gesicht. »Nein, ich hab die Bedingungen wohl etwas unterschätzt. Aber glaub mir, ich mache das schon lange, ich kann damit umgehen. Hast du doch gesehen.«

Georg brummte nur. Sein nackter Brustkorb hob und senkte sich, die nassen Shorts klebten an seinen schlanken Beinen. Das Nackteste an ihm war jedoch sein Gesicht. Ohne die kantige Brille wirkte es jünger und weicher.

»Toni meinte, du wolltest noch raus, und da hab ich nach dir geschaut und das Gewitter kommen sehen. Ich finde das unverantwortlich.« Ein weiterer Blitz zuckte über den Himmel, um einiges weniger imposant als der erste. Georg zog den Kopf ein. »Schnell, wir müssen uns irgendwo unterstellen.«

Aber ich hielt ihn am Arm fest. »Schau mal, das Gewitter zieht schon weiter.« Ich wies mit dem Kopf nach oben. Über uns teilten sich bereits die Wolken, durch ein kleines Loch kämpften sich die ersten Sonnenstrahlen. »Das geht hier schneller als anderswo.«

Georg setzte sich erschöpft neben mich in den Sand. »Völlig verrückt.« Er klang ehrlich sauer.

»Entschuldige, ich wollte nicht, dass du dir Sorgen

machst.« Ich hielt noch immer seinen Unterarm, der sich fest und kalt anfühlte.

»Schon okay.«

Nach einer Weile war kein Donner mehr zu hören. Dafür hatte sich das Sonnenloch wieder geschlossen, und es begann zu regnen. Schweigend saßen wir nebeneinander im nassen Sand und ließen den Regen auf uns niederprasseln.

»Nicht einfach, diese ganze Familienkiste«, sagte Georg nach einiger Zeit mit zittriger Stimme, als wüsste er genau, warum ich bei Gewitter in Fünf-Meter-Wellen gepaddelt war.

»Nein.« Ich knetete meine kalten Hände. Dann legte ich sie wie eine Schale zusammen, als wollte ich den Regen damit auffangen. Nach einer Weile sagte ich: »Bevor du dich aufwärmen gehst… Darf ich dich was fragen?«

»Klar.«

»Warum ist es bei euch schiefgegangen? Zwischen dir und deiner Frau?«

Georg rieb sich fröstelnd die nassen Oberarme. »Ich hab sie vernachlässigt. Hab ihr nicht genug Beachtung geschenkt, mich nicht mehr genug bemüht. Sie sagt, ich sei mit meinem Job verheiratet. Und dann tauchte am Reitstall dieser Neue auf. Der hat sie hofiert, ihr jeden Wunsch von den Augen abgelesen. Und ehe ich es kapiert hatte, hat sie mich gegen ihn ausgetauscht. Ich habe noch ein bisschen gekämpft, aber da war es längst zu spät.«

Ich betrachtete ihn von der Seite. »Vermisst du sie?«

Er blies Luft zwischen seine nassen, schrumpeligen Finger, dann sah er mich ernst an. »Ja.«

Ich schluckte.

»Und du?« Sein Blick ruhte immer noch auf mir. »Vermisst du Jan?«

Ich sah aufs Meer hinaus, wo die Wellen sich beruhigt hatten, wie häufig, wenn der Regen kam. In gleichmäßigen, glasigen Wogen schwappten sie auf uns zu. Ob ich ihn noch vermisste? Nein. Ich hatte mein halbes Leben damit zugebracht, jemanden zu lieben und zu vermissen, für den ich nur eine gute Freundin war. Jetzt vermisste ich Simon. Aber das sagte ich nicht laut.

Stattdessen antwortete ich: »Nein, schon lange nicht mehr. Ich bin froh, dass wir gut miteinander auskommen.«

Georg rieb die Handflächen aneinander. »Wer weiß, vielleicht kommen meine Exfrau und ich auch noch an diesen Punkt. Ich fände es schön.«

Der Regen prasselte auf uns hernieder, schwer und kalt. Plötzlich hatte ich eine Idee. »Ich muss da noch mal kurz rein. Geh du dich ruhig anziehen, du zitterst ja schon richtig.«

Georg sah besorgt zum Himmel.

»Keine Angst.« Ich lächelte ihn aufmunternd an. »Das Gewitter ist längst überm Festland.«

Er zog die Schultern hoch. »Jetzt bin ich eh schon nass, da kann ich auch mitkommen.«

Ich ließ mein Brett am Strand liegen, und gemeinsam wateten wir ins Wasser. Als es tief genug war, schwammen wir ein Stück. Der Regen prasselte zwischen uns auf die nun sanfter wogende Oberfläche. Als eine Welle auf mich zugerollt kam, tauchte ich unter ihr hindurch. Erleichterung durchströmte mich. Als ich auftauchte, dümpelte Georg etwas ratlos neben mir im Wasser.

Ich reckte lächelnd das Gesicht in den Regen. »Meine Mutter hat immer gesagt, wenn ich traurig bin, soll ich mir vorstellen, wie der Regen unter Wasser aussieht.«

Erneut tauchte ich unter und öffnete die Augen. Über mir schäumte das Meer. Dort, wo sich das Süßwasser mit dem Salzwasser vermischte, drehten sich Tausende kleine Strudel. Neben mir sah ich Georg mit den Armen rudern.

Kurz nach mir tauchte auch er wieder auf. »Sieht wirklich hübsch aus.«

Ich strahlte ihn an. »Es sieht aus, als würde das Meer Pirouetten tanzen.«

Ein letztes Mal schaute ich mir das Spektakel an und fasste einen Entschluss: Ich hatte mich noch nie von dem beeinflussen lassen, was Männer taten oder nicht taten. Simon würde zurückkommen. Er würde eine Erklärung für sein merkwürdiges Verhalten haben. Und wir würden es hinbekommen, schon Hannah zuliebe. Aber bis dahin wollte ich nicht mehr darüber nachdenken, wollte aufhören, mir Sorgen zu machen, denn das entsprach so gar nicht meiner Art. Meine Art war es, zu tanzen wie das Meer bei Regen – und genau das würde ich ab sofort wieder tun.

Als ich kurze Zeit später mit Georg aus dem Wasser stieg und in Richtung Strandmuschel zurücklief, fühlte ich mich leichter. Ich sah Jan und Morlen mit den Rädern über die Strandpromenade fahren. Jan hatte einen seltsam ernsten Ausdruck im Gesicht. Als er uns bemerkte, hob er nur kurz die Hand und fuhr weiter.

Zu Hause im Bett schlug ich das Tagebuch auf, das ich aus Mamas Haus mitgenommen hatte. Ich musste ein deutlich späteres erwischt haben, denn seit dem letzten Eintrag waren Jahre vergangen. Ich würde bald noch einmal in den Keller gehen und die fehlenden Tagebücher suchen müssen. Bis dahin würde ich erst mal in diesem lesen, denn ich freute mich schon den ganzen Tag darauf.

Auch in diesem Notizbuch befanden sich jede Menge Postkarten, Zweige, gepresste Blüten und Rezepte. Neben dem ersten Eintrag klebte ein getrockneter Zweig, darunter stand: *Lavendel aus unserem Garten, 1995*. An den Rand hatte Mama ein Rezept für Lavendellimonade notiert. Auch eine gute Idee für die Strandmuschel, dachte ich.

August 1995

Mein kleines Mädchen,

jetzt bist du schon elf. Wie schnell die Zeit vergeht. Gestern waren sechs Mädchen und ein Junge hier, und ihr seid in Badesachen unter dem Rasensprenger hindurchgesprungen und habt Unmengen Donauwellen und selbst gemachte Schokocrossies gegessen. Ich glaube, es war der letzte Kindergeburtstag, den wir so feiern. Nächstes Jahr werdet ihr vermutlich in dem kleinen Raum neben dem Waschkeller, in dem noch deine Eisenbahn aufgebaut ist, eine Party steigen lassen. Dann wird dort schummriges Licht sein und laute Musik, und ihr werdet linkisch tanzen und euch verstohlene Blicke zuwerfen, wie man sie sich mit zwölf so zuwirft. Ob ich finde, dass das zu früh ist? Natürlich finde ich das. Aber ich wehre mich nicht gegen den Lauf der Dinge.

Wenn ich mir deine beste Freundin Anni ansehe, denke ich, dass sie auch im nächsten Jahr gern noch unterm Rasensprenger toben wird. Sie ist klein und zierlich, könnte locker für acht durchgehen. Nur ihre messerscharfen Kommentare erinnern einen daran, dass auch aus ihr bald eine junge Frau werden wird. Du bist anders. Du warst immer schon groß, genau wie ich. Und schon jetzt deutet sich an, dass du auch meine Kurven geerbt hast. Wenn du dies liest, wirst du schmunzeln. Kurven ist aber ein netter Aus-

druck, Mama, wirst du vielleicht sagen. Nun ja, ich gebe zu, ich bin ziemlich rundlich geworden über die Jahre. Eine ungünstige Mischung aus Leidenschaft für gutes Essen und genetischer Veranlagung.

Du sagst mir fast täglich, wie hübsch du mich findest, und das rührt mich jedes Mal. Vermutlich kannst du dir trotzdem nicht vorstellen, dass ich einst eine Frau war, nach der sich die Männer umgedreht haben. Aber das war ich. So eine wirst du auch, ich sehe es schon jetzt. Und verzeih, wenn ich es mir von der Seele schreibe, aber: Das bereitet mir schon jetzt Kummer. Ich weiß, wie es ist, als Mädchen früh weiblich zu wirken. Ich weiß, wie es ist, wenn die Jungs von dir träumen – und auch Männer, die eigentlich viel zu alt für dich sind. Deine Freundinnen werden dich irgendwann beneiden um deinen Körper, der die Kerle anziehen wird wie das Licht die Motten. Vielleicht wirst du es genießen, diese Macht über sie zu haben. Aber glaube mir, deine Schönheit ist leider auch eine Bürde. Denn unsere Attraktivität ist keine zarte, leise, die erst auf den zweiten Blick sichtbar wird. Für manche ist sie geradezu beleidigend laut. Es wird oft heißen, du hättest Dinge erreicht, nur weil du schön bist. Und es wird Männer geben, die dich wie eine Trophäe behandeln. Andere werden dir deine Schönheit ankreiden, sie gegen dich verwenden, als könntest du etwas dafür, als sei sie ein Makel, den du dir ausgesucht hast.

Von seiner Mutter kann man sich so etwas nicht

gut vorstellen, aber ich war mal diese Frau, Maria. Mir sind einst die Männer nachgelaufen, wie sie dir nachlaufen werden. Und ehe ich auch nur einem einzigen von ihnen nachgegeben hatte, hieß es bereits, ich sei leicht zu haben. Allein deshalb, weil eine Frau, die so aussieht, doch leicht zu haben sein muss.

Ich wünschte, ich könnte dir das ersparen. Ich tue alles dafür, dich zu einem selbstbewussten Menschen zu erziehen. Du sollst dich so annehmen, wie du bist, ohne Wenn und Aber, und du sollst deine Stärken erkennen, genau wie deine Schwächen. Du sollst zäh genug sein, um den Kurs zu ändern, wenn du spürst, dass du den falschen Weg eingeschlagen hast. Damit dir niemals passiert, was mir mit deinem Vater passiert ist.

9

»**Was schreiben wir denn nun** auf die Plakate?«

Ich saß auf einem von Mamas Gartensesseln und beugte mich über den Zettel auf meinem Schoß. Toni hatte es sich mir gegenüber auf einem weiteren Sessel bequem gemacht und ließ die Beine über die Armlehne baumeln. Wir waren nach Feierabend gemeinsam hierhergekommen, weil Toni mir angeboten hatte, beim Rasenmähen zu helfen. Zu zweit waren wir tatsächlich schnell fertig gewesen.

Toni sah mich etwas verschlafen an. Gestern hatte ich ihr noch meine Stammkneipe gezeigt, und wir waren länger geblieben als geplant. Ich musste es schließlich ausnutzen, dass ich abends mal unbegrenzt losziehen konnte, ohne am nächsten Morgen mit einem Schulkind aufstehen zu müssen. Es hatte gutgetan, so richtig ausgelassen zu tanzen und die aufgestaute Anspannung der vergangenen Tage rauszulassen. Und irgendwann hatte Toni laut gerufen: »Wir sollten auch eine Party feiern, in der Strandmuschel!«

Und so saßen wir nun nach unserem gemeinsamen Arbeitstag im Garten und entwarfen etwas erschöpft den Text für die Ankündigung.

»Lass uns eine ›Sundowner-Strandparty‹ feiern«, sagte Toni und gähnte in ihren Ellenbogen. »Mit hausgemachten Drinks …« Ich schrieb fleißig mit. »… und Livemusik.«

»Livemusik?«

Toni schmunzelte. »Wenn du mich lässt.«

»Wie cool, auf jeden Fall!« *Mit Livemusik,* kritzelte ich mit dem stumpfen Bleistift, den ich in einer von Mamas Küchenschubladen gefunden hatte, auf den Zettel.

Toni hatte die Augen geschlossen und summte vor sich hin. Über ihrem wirren Dutt flatterte ein Schmetterling. Dahinter erhob sich der Birnbaum, unter dem wir eines unserer letzten Familienfotos mit Mama geschossen hatten, zusammen mit Jan, seiner Frau Alex und deren Tochter Lou. Neben Morlens Bett stand ein Rahmen mit diesem Bild.

Wie sehr Mama ihren Garten geliebt hatte. Auch wenn ich mich nicht so für die Gartenarbeit begeistern konnte wie sie, verstand ich diese Liebe durchaus, denn dieser Ort war wie eine grüne Oase, abgeschnitten vom Rest der Welt. Der Schmetterling flatterte weiter, und ich folgte mit den Augen seinem Flug. Er ließ sich auf ein paar kleinen lilafarbenen Blüten nieder. Lavendel, schoss es mir durch den Kopf. Ich stand auf und beugte mich über Mamas Kräuterbeet. Ich entdeckte Basilikum, Minze, Rosmarin, Liebstöckel, Thymian. Überall auf den Halmen und Blüten und Blättchen summten Bienen und Hummeln. Vom Lavendel pflückte ich einige Zweige, um für unser Fest Mamas Lavendellimonade nachzukochen.

Toni summte noch immer vor sich hin. »Ich freue mich so auf unsere Party«, sagte sie.

Zwei Tage später fuhr ich mit dem Rad über die Insel. Ich hatte die fertigen Poster dabei, deren Entwurf Anni gestern geschickt hatte. Seit dem lustigen Tanzabend mit Toni bereitete ich fieberhaft das Fest vor.

Der Holunderblütensirup war inzwischen fertig, ich hatte ihn bereits in Flaschen abgefüllt und Drinks für die Feier damit getestet. Besonders gut schmeckte er gemischt mit dem Gin aus Simons Brennerei und Tonic Water. Die erste Ladung Sirup für die Lavendellimonade hatte ich ebenfalls schon eingekocht, mit dem Lavendel aus Mamas Garten. Außerdem hatte ich noch etwas von ihrem Rosmarin hinzugefügt, was hervorragend passte. Ich hatte auch Jeansschürzen bestellt, die mit dem Schriftzug der Strandmuschel bestickt waren, und wartete täglich auf die Lieferung. Der dünne Sven von der Surfschule hatte zugesagt, als DJ aufzulegen.

Das wird ein tolles Fest, dachte ich, als ich gegen den Wind in Richtung Hafen strampelte. Und die Planung lenkte mich ganz gut ab – von meinen Sorgen um Simon, seiner Abwesenheit und Morlens Stimmungsschwankungen. Vielleicht würde mein kleiner Shop zusätzliche Urlauber anziehen, und wenn es gut lief, konnte ich die Produkte womöglich auch in anderen Läden auf der Insel verkaufen. Ich hängte zwei Poster direkt am Fähranleger auf. Eins im Yachthafen, zwei an der Surfschule.

Von dort aus fuhr ich in Richtung Leuchtturm, wo ich an zwei Ausflugslokalen ebenfalls Poster anbringen wollte. Dabei nahm ich den sogenannten Planetenweg durch die Dünen an der Wattseite. Hier hatten einige Insulaner vor ein paar Jahren das Planetensystem nachgebaut, im Maßstab eins zu einer Milliarde. Man konnte mit Kindern daran entlangradeln oder -wandern und ihnen zeigen: »Schau, so groß ist die Sonne und so klein die Erde im Vergleich. Und so weit liegen sie im Weltall auseinander.«

Meine Mutter hatte damals mitgeholfen und war über Monate hinweg mehrmals in der Woche zu Treffen gegangen, bei denen geplant und später auch gemeinsam gebaut wurde. Ich passierte die große gelbe Sonne und musste lächeln. Mama hatte dieses Projekt geliebt und viel davon gesprochen. Ich fragte mich plötzlich, ob das auch etwas mit Hannes zu tun gehabt hatte. Er hatte dieses Teleskop besessen und ihr viel über unser Sonnensystem beigebracht.

Ich fuhr an Merkur und Erde vorbei, beide winzig klein im Vergleich zur großen Sonne. Rechts davon lagen zwischen dem Wattenmeer und den Dünen ein paar Süßwassertümpel, umgeben von mannshohem Schilf. Die Schreie der Wasservögel, die darin schwammen, erfüllten die Luft. Vor mir erhob sich der Leuchtturm, eingebettet in die weiß-grün-braune Dünenlandschaft. Als Nächstes kam Neptun, mein Lieblingsplanet, weil er nach dem Gott des Meeres benannt war. Doch über dem Schild mit den Informationen, wo er eigentlich stecken sollte, ragte nur ein leerer Stab in den Himmel. Die kleine Kugel war weg. Jemand hatte Neptun entwendet.

Enttäuscht stieg ich vom Fahrrad. Betrachtete die Stelle, an der einst der tiefblau gemaserte Planet gesteckt hatte. Wie schade, dachte ich. Wer macht denn so was?

Als ich auch am Leuchtturm und den zwei Lokalen in der Nähe Plakate aufgehängt hatte, radelte ich am Flugplatz vorbei zurück zur Strandmuschel. Aus der Ferne sah ich Georg, der seinen kleinen roten Flieger mit einem Lappen polierte. Ich zögerte, entschied dann jedoch, ihm kurz Hallo zu sagen.

Georg strahlte, als er mich entdeckte. Er hatte seine Hemdsärmel hochgekrempelt und wirkte ein bisschen außer Atem vom Flugzeugpolieren. »Hey, Maria, was machst du denn hier?«

»Ich hänge Plakate auf.« Ich zog eines aus meiner Umhängetasche, entrollte es und reichte es ihm.

Er las aufmerksam und blickte dann auf. »Das klingt spannend.« Neben ihm auf der Wiese pickten ein paar Austernfischer mit ihren orangeroten Schnäbeln im kurz gemähten Gras.

»Ja. Ich bin dir superdankbar, dass du das mit dem Dach für mich erledigst. Aber es werden weitere Kosten auf mich zukommen. Und ich muss mir jetzt etwas einfallen lassen, damit auf Dauer mehr Geld reinkommt und ich etwas zurücklegen kann.«

Georg betrachtete erneut mein Plakat. Er murmelte etwas in sich hinein, was ich erst verstand, als er es auf meine Bitte hin wiederholte. »Eine Partyreihe.«

»Wie bitte?«

»Na, so was könntest du regelmäßig machen. Neben dem Shop und dem Café. Verschiedene Veranstaltungen, die die Leute anlocken. Du weißt ja, Geld verdient man mit den Getränken.« Er rückte seine Brille zurecht.

»Ein Bingo-Abend«, entfuhr es mir. »Oder Poker. Oder Poetry Slam.«

»Tanztee.« Georg nickte begeistert. »Ein Kniffel-Turnier. Die jungen Leute stehen auf so Retrosachen.«

Ich strahlte ihn an. »Danke für die Inspiration!«

Er grinste leicht verlegen. »Gern geschehen. Ich bin ja quasi vom Fach.«

Neben uns stellte ein Pilot sein Triebwerk an, und über das Dröhnen des Propellers hinweg rief ich: »Ach?«

»Na ja.« Georg wand sich ein bisschen. »Einige der Immobilien, in die meine Firma investiert, beherbergen Gastrobetriebe, da ist man schon involviert.«

»Ah.«

Ich wollte nachfragen, um welche Art von Gastrobetrieben es genau ging, aber die Maschine nebenan heulte schrill auf. Als sie sich in Richtung Rollfeld entfernt hatte, sagte Georg: »Ich wollte da schon länger mal mit dir drüber sprechen, dir ein bisschen unternehmerischen Input geben. Natürlich nur, wenn du magst.«

Ich rollte das Plakat wieder zusammen und verstaute es in meiner Tasche. »Oh ja, gerne, du hast bestimmt gute Tipps.«

»Vielleicht setzen wir uns demnächst mal zusammen und reden in Ruhe?«

»Dich hat der Himmel geschickt!«

Georg wurde rot, was ich niedlich fand bei einem Mann seines Alters. »Apropos Himmel.« Er drehte sich um sich selbst und sah nach oben. »Ich wollte gerade eine Runde fliegen, perfekte Sicht heute. Hast du Lust, noch mal mitzukommen?«

Minuten später hob die Cessna von der Startbahn ab und flog über die Dünen und Süßwassertümpel in Richtung Westen. Wieder hatte ich dieses leichte Gefühl. Der Himmel war heute strahlend blau mit winzigen Wattewolken, die an Sahnehäubchen erinnerten. Unter uns wand sich der Hafen zu einer hübschen Schnecke. Ich konnte verstehen, dass Georg das Fliegen liebte. Von hier oben sah sogar die Baugrube neben dem Klärwerk hübsch aus, wie eine Burg mit unterirdischen Gängen, von Kinderhand geschaufelt.

Ich erspähte unter uns den Reiterhof und die Weide. Einer der kleinen Punkte da unten war bestimmt Nalu mit Morlen auf dem Rücken. Meine Tochter ritt das ganze Jahr über, und trotzdem hatte sie darauf bestanden, dass ich sie für diese Ferienfreizeit anmeldete. Für sie war es das Größte, den ganzen Tag auf dem Hof bei den Tieren zu verbringen, und mir war es als Mädchen nicht anders ergangen. Dass Jonas als Junge ritt, fand ich bemerkenswert.

»Wie kommt Jonas zum Reiten?« Ich zeigte hinunter auf die Wiese, die langsam unter uns verschwand.

»Seine Mutter«, brummte Georg durch den Kopfhörer. »Er vergöttert sie und alles, was sie tut. Leidenschaftliche Reiterin, hat eigene Pferde.«

Sicher, dachte ich. Sie hat wohl einen ähnlichen Lebensstil wie er. Plötzlich wurde mir etwas schmerzlich bewusst: Ich hatte Morlen vor Jahren in einem übermütigen Moment versprochen, dass wir Nalu seiner Besitzerin eines Tages abkaufen würden, wenn ich mit der Strandmuschel genug Geld verdient hatte. Schon kurz darauf war mir klar geworden, dass ich dieses Versprechen niemals würde einlösen können. Ein eigenes Pferd war für Menschen mit normalem Einkommen nicht finanzierbar. Die Stallmiete, das Futter, der Tierarzt, der Hufschmied – das alles kostete monatlich so viel, dass mir ganz schwindelig wurde, wenn ich darüber nachdachte. Tatsächlich hatte Morlen schon länger nicht mehr nachgefragt, wann ihr größter Wunsch endlich in Erfüllung gehen würde.

Wir flogen nun über den Nordstrand. Von oben sahen die Wellen aus wie mit dem Rechen gezogen. Georg lenkte die Maschine tiefer, und ich glaubte, Toni auf ihrem spitzen, bunt gemusterten Shortboard zu erkennen. Sie hatte heute frei und wollte surfen gehen.

Ich winkte, auch wenn sie mich natürlich nicht sehen konnte. Georg machte eine Kurve und flog über die Strandmuschel. Man konnte von hier aus erkennen, dass der dunkle Fleck am Dach sich bereits verändert hatte. Das Loch war kleiner geworden und mit neuen, hellen Holzbalken ausgekleidet.

»Hoffentlich regnet es in den nächsten Tagen nicht zu viel«, sagte Georg. »Dann schaffen wir es auf jeden Fall bis zum Fest.«

Eine Zeit lang sahen wir beide hinaus, und ich entdeckte ein Stück unter uns winzig klein die Umrisse einiger Möwen, die über den Himmel segelten. Irgendwann fragte ich: »Nach deiner Frau, warst du da je wieder verliebt?«

Georg sah zu mir herüber und grinste verlegen, wie es typisch für ihn war. »Ich bin eigentlich immer verliebt.« Er sah wieder aus dem Fenster. »Zumindest ins Leben.«

Wir flogen weiter in Richtung Osten. Nach einer Weile fügte er hinzu: »Und du?«

»Ich auch.« Ich tastete nach dem Gurt um meinen Bauch. »Gerade bin ich ziemlich verliebt in den Mann, der irgendwo in Südeuropa mit unserem gemeinsamen Kind herumfährt und sich nicht mehr meldet.«

Georg setzte an, etwas zu sagen, schluckte es jedoch herunter. Unter uns tauchte das Wrack auf, dann die Meerenge am Ostende. Diesmal machte er nicht kehrt. Diesmal flogen wir über Baltrum. Interessiert sah ich hinunter. Die Insel war kleiner als Norderney und weniger eng besiedelt. Hier hat Mama mit Hannes gelebt, dachte ich. Hier haben sie sich geliebt. Bin ich hier entstanden? Ich wünschte, ich hätte die Chance gehabt, sie danach zu fragen.

Plötzlich kam mir ein Gedanke. »Hat Baltrum einen Flugplatz?«

Georg lachte. »Na ja, es gibt eine Landebahn, die sie so nennen. Wieso?«

Kurz darauf hoppelte der Flieger über eine betonierte Rollbahn mitten in einer Wiese. Links und rechts davon weideten ein paar Ponys, die gelangweilt den Kopf hoben, als Georg die Cessna bremste. Er parkte am Rand der Betonfläche neben einem anderen Flugzeug, das auf mich ziemlich in die Jahre gekommen wirkte.

»Und jetzt?«, fragte Georg und nahm die Kopfhörer ab.

»Kommt drauf an.« Ich hängte meine in die Halterung. »Bis wann hast du Zeit?«

»Bis um sechs, dann muss ich Jonas vom Reitstall abholen.« Er sah auf seine feingliedrige Armbanduhr. »Jetzt ist es drei. In etwa zwei Stunden müssen wir wieder los.«

»Dann würde ich mich gern etwas mit dir hier umsehen, okay?«

Es dauerte ein bisschen, bis wir es geschafft hatten, einen Kutscher am Wegesrand anzuhalten. Doch dann saßen wir uns in einem kleinen Planwagen gegenüber und schaukelten gemütlich hin und her. Der Kutscher telefonierte währenddessen mit seinem alten Klapphandy und beachtete uns nicht weiter. Am Wegesrand blühten Dünenrosen, und man hätte meinen können, dies wäre nichts als ein kleiner Ausflug. Doch natürlich hatte ich eine Mission. Wir baten den Kutscher, uns anderthalb Stunden später wieder abzuholen, und liefen durch das beschauliche Dorf.

Im Vergleich zu Norderney mit seinen stattlichen Hotels und Kuranlagen wirkte Baltrum wie eine aufgeräumte Puppenstube. Alles war kleiner, bescheidener, ruhiger. Nichts als Backsteinhäuschen mit großen Blumenkübeln vor den Sprossenfenstern und ein paar wenige Souvenirläden. Obwohl Hauptsaison war, hatten fast alle Geschäfte um die Mittagszeit geschlossen, und auch Urlauber fuhren nur wenige auf ihren Rädern an uns vorbei. Ich sprach jeden an, der einheimisch aussah. Die Dame, die vor dem Kiosk die Postkartenständer sortierte. Den Herrn, der gerade Kisten mit ordentlich aufgereihten Rosinenschnecken in die kleine Konditorei trug. Die Fischer, die am Hafen ihre Netze reparierten und zwischendurch dampfenden Kaffee aus der Thermoskanne in ihre Becher gossen. Aber niemand kannte Hannes. Niemand hatte je von ihm gehört. Geschweige denn von einer Iris. Vielleicht lag es daran, dass sie alle recht jung waren. Zumindest deutlich jünger, als meine Mutter gewesen war.

Und dann war unsere Zeit auch schon um. Schweigend saß ich neben Georg in der Kutsche und lauschte dem gleichmäßigen Getrappel der Pferde auf dem Pflaster.

»Mach dir nichts draus«, sagte Georg. »Wir kommen noch mal wieder.«

»Ja. Irgendwen muss es schließlich geben, der Hannes noch gekannt hat.«

»Hannes?«, fragte der Kutscher von vorne. Er hatte bisher kaum ein Wort mit uns gesprochen und nur seinen Pferden in regelmäßigen Abständen »Hü« oder »Hüa« zugerufen. Jetzt drehte er sich steif zu uns um. Er trug eine Lederjacke, die am Kragen so abgewetzt war, dass große Fetzen herunterhingen. Wieso war ich nicht eher darauf gekommen? Der war alt genug.

»Ja«, sagte ich. »Er ist hier geboren, muss so in den Fünfzigerjahren gewesen sein. Er war Tischler, und er …«

»Richtig.« Der Kutscher drehte sich wieder nach vorne und lenkte die massigen Tiere mit den langen Zügeln um eine Kurve. »Uns' Hannes, kein leichter Charakter, aber immer zuverlässig.«

Ich sah Georg mit aufgerissenen Augen an. Ich traute mich kaum, diese Frage zu stellen, tat es dann aber doch: »Lebt er noch hier?«

Ich spürte den Puls an meinem Hals, als der Kutscher die Pferde anhalten ließ und behäbig von seinem Bock kletterte. Georg und ich stiegen aus, und er sah unauffällig auf seine Uhr. Ich wusste, dass wir zurückmussten. Beinahe hätte ich ihn gebeten, mich hierzulassen.

Der Kutscher sah mich mit einem Mal skeptisch an. »Warum wollen Sie das eigentlich wissen?«

Instinktiv entschied ich, auf volles Risiko zu gehen. »Wissen Sie, das klingt vielleicht etwas merkwürdig, aber ich frage mich, ob er mein Vater sein könnte.«

Der Kutscher pfiff durch eine Zahnlücke, dann schüttelte er bedächtig den Kopf. »Nee, du, der hat keine Kinder. Aber falls du ihn fragen willst … Hier ist er nicht mehr. Ist schon vor Jahrzehnten von der Insel weg.«

Ich zog mein Portemonnaie aus der Tasche und reichte ihm unter Georgs Protest sein Fahrtgeld. »Danke. Fürs Kutschieren und die Informationen.«

Georg bereitete die Maschine für den Abflug vor, während ich noch rasch einige der zartrosa Blüten von den Dünenrosen am Wegesrand pflückte. In Mamas Tagebuch hatte ich ein Rezept für Rosenzucker gefunden, das ich unbedingt ausprobieren wollte. Es musste doch auch mit Dünenrosen wunderbar funktionieren.

Da hörte ich den Kutscher hinter mir plötzlich erneut durch die Zähne pfeifen. Er kam auf mich zu. »Weiß nicht, ob es wichtig ist.« Schwer atmend machte er vor mir Halt. »Aber …« Seine kleinen trüben Augen musterten mich. »Ich hab mal gehört, dass er nicht weit gekommen ist, der Hannes. Angeblich wohnt er jetzt auf der Nachbarinsel. Auf Norderney.«

Als Georg die Cessna auf der Rollbahn beschleunigte und in die Luft zog, klopfte mein Herz noch immer bis zum Hals. Hannes lebte auf Norderney?

Konnte das stimmen? Hatte der Kutscher die Wahrheit gesagt, oder war es nur eine Legende, die man sich erzählte? Und wenn es stimmte, hatte Mama davon gewusst? Aber natürlich, dachte ich, sie muss davon gewusst haben.

Meine Gedanken flatterten wild durcheinander, als ich Georgs verzerrte Stimme hörte. »Wenn du noch mal Hilfe in der Sache brauchst …«

»Danke! Ist lieb, dass du diese verrückte Aktion mitgemacht hast.«

»Gerne.«

Unter uns tauchte der Hafen von Baltrum auf, dahinter die Meerenge, und schon waren wir wieder über Norderney. Hannes war also nur eine Insel weitergezogen? Und wieso?

»Willst du mal?« Georgs Stimme riss mich aus meinen Gedanken.

Ich blickte zu ihm hinüber. »Was denn?«

Er nahm meine Hand und legte sie an das Steuerhorn. »Fliegen.«

Abrupt nahm ich die Hand wieder runter. »Haha.«

»Im Ernst, ich behalte meine Hände am Steuer. Aber du kannst es mal probieren, macht Spaß.«

Er griff erneut nach meiner Hand, und diesmal wehrte ich mich nicht. Ich legte auch die zweite an das schwarze Plastik. Ich hatte immer schon mal ein Flugzeug fliegen wollen.

In meinen Kopfhörern knackte es. »Ich sage jetzt einen Satz, den wir in der Fliegerei so sagen, und schalte deine Steuerung frei. Alles, was du tun musst, ist geradeaus zu halten und auf meine Anweisungen zu hören.«

Ich nickte begeistert.

Georg sagte: »*You have control.*«

Konzentriert hielt ich das Steuer gerade. Nichts geschah, wir flogen weiter.

»Jetzt probieren wir eine Kurve«, sagte Georg. »Kippe das Steuerhorn ganz leicht nach links.«

Vorsichtig lenkte ich nach links, und tatsächlich, das Flugzeug folgte sanft meiner Bewegung. Es war ein tolles Gefühl, genau wie Georg gesagt hatte.

»Noch ein bisschen weiter.«

Ich tat, was er sagte.

Wir ließen Norderney rechts von uns und sahen unter uns die Sandbänke des Wattenmeers. Die schwarzen Punkte darauf waren eindeutig Kegelrobben. Etwas weiter hinterließ eine Fähre weiße Schaumspuren im Wasser. Die Erde ist schön, dachte ich. Und Hannes – die große Liebe meiner Mutter, der Mann, der vielleicht mein Vater ist –, lebt angeblich auf Norderney.

Georg ließ mich eine weitere Kurve lenken. Unter uns tauchten Dünen auf, Salzwiesen, Höfe, ein Campingplatz. Von Weitem sah ich bereits die Landebahn.

Georg lachte neben mir in sein Headset. »Ich wusste, dass das etwas für dich ist.«

Ich lachte mit. »Ich auch.«

»Landen muss ich leider selbst.«

Ich schmollte gespielt.

»*I have control*«, sagte er.

Zwei Minuten später rollte die Cessna butterweich über Inselboden.

Ich nahm die Kopfhörer ab und strich meine Haare zurück. »Das war toll, danke!«

Georg schmunzelte mich an. »Danke für die Begleitung!«

Vielleicht, dachte ich, während wir beide aus dem Flugzeug stiegen, vielleicht flirtet er doch mit mir. Und vielleicht gefiel mir das gerade ganz gut.

Auf dem Rückweg fielen mir am Straßenrand erneut Dünenrosensträucher auf. Ich hielt an und pflückte noch ein paar Blüten. Nachdenklich legte ich sie zu denen von Baltrum in meinen Beutel. Noch während ich pflückte, klingelte mein Handy. Es war Anni.

»Schneckchen!«, begrüßte ich sie.

»Süße, ich habe eine Idee!« Sie klang aufgeregt.

»Oh, schieß los!«

»Na, es geht um Iris' Tagebücher und die Rezepte mit den eingeklebten Zweigen und Blüten.«

»Ja?« Ich betrachtete eine zartrosa Blüte in meiner Hand, bevor ich sie ebenfalls in den Beutel gleiten ließ.

»Nun, das hat mich irgendwie inspiriert. Ich hab angefangen, Zweige zu zeichnen, Blüten, Blätter.«

»Das klingt toll. Machst du Karten daraus?«

»Vielleicht, aber es hat vor allem etwas mit dir zu tun.«

»Hat es?« Im Dünenrosenstrauch vor mir raschelte es. Bestimmt ein Kaninchen.

»Ja, ich dachte, du könntest sie für dein Sortiment verwenden. Für die Etiketten. Soll ich mal welche entwerfen?«

»Oh, das klingt großartig.« Ich zupfte mit meiner freien Hand eine weitere Blüte vom Strauch, wobei ich mich an einer der Dornen piekte.

»Ja, und wir könnten noch weiter gehen. Sie zum Beispiel auf Shirts drucken. Stilisierte Blumen sind gerade total angesagt. Ich hab einfach schon mal ein paar bestellt, damit wir das bis zu deiner Party hinbekommen. Ich hoffe, das war okay?«

Ich wischte über den winzigen Blutfleck an meinem Daumen und grinste ins Handy. »Super Idee! Was würde ich bloß ohne dich tun?«

Anni lachte herzlich. »Du wärst heillos verloren.«

Mit einem prall gefüllten Beutel voller Rosenblüten und einem breiten Lächeln im Gesicht radelte ich nach Hause.

Morlen blieb weiterhin bei Jan, obwohl das Zimmer in der Pension Renate auf Dauer nicht gemacht war für zwei Gäste, die sich beide viel bewegten, sowohl tagsüber als auch im Schlaf. Meistens sah ich die beiden abends am Strand sitzen, zwischen sich eine Tüte mit Fischbrötchen, die Jan mit den Armen vor den Möwen abschirmte. Es war schön zu sehen, wie sie Zeit miteinander verbrachten, aber ich betrachtete sie nicht ohne Neid. Jan bekam stets das Sahnestück, die Ferien, die Fischbrötchen am Strand. Er musste Morlen nie morgens für die Schule wecken, sie daran erinnern, dass sie einen Zahnarzttermin hatte, oder ermahnen, weil sie mal wieder ihre Jacke verlegt hatte.

Während die zwei sich vergnügten, bereitete ich mein Fest weiter vor. In jeder freien Minute kochte ich Lavendel- und Holunderblütensirup. Auch Mamas Rosenzucker hatte ich mittlerweile ausprobiert, die Dünenrosen eigneten sich wunderbar dafür. Wenn die Sachen sich gut verkauften, würde ich die Produktion auslagern müssen. Vorerst aber rührte ich nach Feierabend in riesigen Töpfen voller Holunder- und Lavendelblüten. Es entspannte mich, die Zutaten in Mamas Garten oder in den Dünen zu pflücken. Und es machte mir überraschend viel Spaß, beim Einkochen in die dickflüssigen Blasen zu schauen und mich darüber zu freuen, wie herrlich das Ergebnis schmeckte.

Toni saß währenddessen meist in einer Ecke des Cafés und probte für ihren Auftritt. Wir würden noch eine kleine Bühne für sie und DJ Sven brauchen, die Jan und Georg mir versprochen hatten, sobald das Dach fertig war. Wir wollten sie vor der Strandmuschel auf der Promenade aufstellen, sodass niemand sie übersehen konnte. Leider regnete es seit ein paar Tagen immer mal wieder, und Georg kam nicht so schnell voran, wie er gehofft hatte.

Wenn ich nicht gerade Sirup einkochte, Rosenblüten im Mörser zerrieb oder Gäste bediente, suchte ich nach Hannes. Diverse Internet-Suchmaschinen und das Telefonbuch hatten mich nicht weitergebracht, und Mona von der Stadtverwaltung hatte nur mit den Schultern gezuckt. Umso mehr freute ich mich, als zwei Tage nach unserem Baltrum-Ausflug Wiebke von der nahe gelegenen Fischbude ins Café schlenderte und sich einen Milchkaffee zum Mitnehmen holte. Sie war eine von hier, durch und durch. Als sie ein paar Monate nach der Eröffnung das erste Mal in meinem Laden gestanden und sich anerkennend umgesehen hatte, wusste ich, dass ich ein gutes Stück Arbeit geschafft hatte. Seitdem kam sie regelmäßig, holte sich einen Kaffee und gab den neuesten Inseltratsch zum Besten. Heute lamentierte sie mal wieder über einen großen Hotelkomplex, der aktuell gebaut wurde.

Ich traute mich, sie zu unterbrechen: »Sag mal, Wiebke, ich suche einen Hannes, der Iris kannte. Lange Geschichte, ich wüsste nur gern: Kennst du einen Hannes auf der Insel?«

Wiebke verschränkte die braun gebrannten Arme vor der schlanken Brust und schüttelte den Kopf. Ihr kurzes, aschblondes Haar wippte. »Hannes, Hannes … Nö, kenne ich keinen über zehn.«

Ich stellte einen bis obenhin gefüllten Becher vor sie hin. »Also, wenn du ihn nicht kennst, weiß ich es auch nicht. Dann muss er wieder weggezogen sein. Ist angeblich vor Jahrzehnten von Baltrum hergekommen.«

Wiebke zog die von der Sonne ausgeblichenen Augenbrauen hoch. »Er war ein Freund von Iris?«

»Zumindest kannten sie sich gut.«

Sie musterte den metallenen Becher mit der Gummihaube, in den ich ihren Kaffee gegossen hatte. Er war Teil meines neuen Plans: Coffee-to-go-Becher mit Pfand, um weniger Müll zu produzieren.

Dann sah sie plötzlich auf. »Meinst du vielleicht den alten Jo?« Ihr Mund verzog sich zu einem süffisanten Lächeln. »Der heißt, glaube ich, eigentlich Johannes. Den kennst du doch, der trägt bei jedem Wetter gelbe Gummistiefel und hat einen Hof im Osten.«

Ich grübelte angestrengt, aber mir fiel nicht ein, wen sie meinen könnte.

»Wobei«, fuhr sie fort. »In dein Café kommt der wohl kaum. Der versorgt sich fast autark, hat Schafe, Hühner, Gemüsebeete und geht nur selten mal ins Dorf. Ein ganz Netter, aber etwas seltsam.«

Noch immer sah ich Wiebke ratlos an, und so langsam wurde sie ungeduldig. »Mensch, Maria! Der muss dir doch aufgefallen sein, wenn du ausgeritten bist. Hat Iris dir den nie vorgestellt? Der hat auf seinem Hof die Sternwarte, da gehen die vom Landjugendheim immer mit den Kindern hin.«

Einen Moment hielt ich inne. Sternwarte. Natürlich. Das passte.

»Die Sternwarte kenne ich«, antwortete ich, um Fassung bemüht. »Da reite ich manchmal vorbei. Sag mal …«

Wiebke sah mich fragend an.

»Hatte der auch was mit dem Planetenweg zu tun?«

»Klar.« Sie nippte vorsichtig an ihrem Kaffee. »Den

hat der damals mit gebaut. Wie gesagt, ist echt ein Netter.«

»Danke, das hilft mir.«

Sie nahm ihren Becher und hob eine Hand. »Da nicht für. Ich muss los.«

Mit energischen Schritten marschierte sie über die Strandpromenade davon. Ich sah ihr noch eine Weile nach, während sich in meinem Kopf nach und nach ein Puzzle zusammensetzte.

10

Am gleichen Nachmittag fuhr ich mit dem Rad in Richtung Osten. Zwei Campingplätze lagen hier, eine Forschungsstation für Wasservögel, ein Golfplatz. Und hier und da ein Hof im Nirgendwo. Einer dieser Höfe gehörte jenem Jo. Johannes. Hannes? Das musste er doch sein, oder? Er betrieb die Sternwarte, er hatte den Planetenweg mit geplant, und er hatte meine Mutter gekannt – so viele Zufälle konnte es nicht geben.

Ich war schon eine ganze Weile unterwegs, als ich hinter einer schwedenblauen Schutzhütte den kleinen Holzpfeil fand, an einer Abzweigung am Wegesrand. *Sternwarte* stand darauf. Ich hatte das Schild unzählige Male gesehen, aber nie weiter beachtet.

Ich fühlte mich etwas zittrig, als ich abbog und nach einigen Metern einen Hof erreichte, eingerahmt von Dünen und Wiesen. Es handelte sich um einen roten Klinkerbau. Als ich die Auffahrt hochfuhr, kam mir ein schwanzwedelnder, wuscheliger Hund entgegen. Ich stellte mein Rad ab, kniete mich hin und kraulte ihm den weichen Hals. Dabei sah ich mich um. Auf dem Hof lagen Strohballen, daneben stand ein kleiner Traktor, einige Hühner pickten Körner vom Boden. Offensichtlich wurde hier noch Landwirtschaft betrieben, was auf der Insel unüblich war, weil der sandige Boden sich nicht dafür eignete.

Ich erhob mich und sah mich neugierig um. Der Hund folgte mir und schmiegte sich an meine Beine.

»Hallo?«, rief ich.

Keine Antwort. Ich näherte mich der Tür und suchte nach einer Klingel, aber es gab offenbar keine. Zaghaft klopfte ich an.

Wieder passierte nichts. Dann hörte ich plötzlich eine Stimme hinter mir und fuhr erschrocken herum.

»Kann ich helfen?« Ein älterer, kahlköpfiger Herr stand vor mir, in Allwetterjacke, mit langen dünnen Beinen, die in gelben Gummistiefeln endeten. In der Hand hielt er eine Mistgabel.

»Hallo, ich suche … Jo.« Ich lächelte freundlich.

Auf seinem spitzen, von der Sonne gegerbten Gesicht erschien ein herzliches Lächeln. »Steht vor Ihnen.«

Tatsächlich kam er mir entfernt bekannt vor, aber ich erinnerte mich nicht mehr, wo ich ihn schon einmal gesehen hatte. Etwas in seinem Gesicht war jung geblieben, fand ich. Ich betrachtete ihn einen Moment lang schweigend, während ich nach den richtigen Worten suchte. »Ich interessiere mich für die Sternwarte.«

Seine Augen. Er hatte junge, wache Augen. Während er mich musterte, blitzten sie interessiert. »Heute gibt es leider keine Führung.«

Ob er etwas in mir erkannte? Sah er Iris in mir,

als junge Frau? Ahnte er, dass ich seine Tochter sein könnte?

Noch immer betrachtete er mich. »Am Mittwoch gibt es wieder eine, um halb zehn geht es los.«

Ich überlegte fieberhaft, ob ich ihn noch irgendwie in ein Gespräch verwickeln könnte. Der Hund schmiegte sich weiterhin an mich. »Das klingt toll, kann ich mich gleich dafür anmelden?«

Jo blickte vom Hund zu mir. »Hiermit notiert.« Er wies mit der Mistgabel an seinem Hof vorbei in Richtung Wiese. »Wir treffen uns immer da, neben dem Stall.«

»Alles klar, ich freue mich drauf.«

Noch einmal schaute er mich mit seinen hellen Augen an, und kurz dachte ich, er wollte noch etwas sagen. Doch dann nickte er nur, und wir hoben beide zum Abschied die Hand.

Als ich durch die Dünen zurück in Richtung Stadt radelte, hatte ich ein merkwürdiges Gefühl im Bauch. Erst nach und nach begriff ich: Ich war traurig. Traurig, weil ich keinen Vater gehabt hatte und weil man die Zeit nicht zurückspulen konnte, egal, ob Jo mein Erzeuger war oder nicht. Er würde mich niemals durch die Luft wirbeln, bis mir schwindelig wurde. Mir nicht das Radfahren beibringen oder mir zeigen, wie man einen Drachen steigen lässt, mich an seiner starken Hand weder mit der Schultüte zum ersten Schultag begleiten noch in seinem besten Anzug zum Abiball. All das hatten wir für immer verpasst. Und ganz plötzlich wurde mir klar, dass ich auch deshalb wehmütig wurde, wenn ich Jan und Morlen zusammen sah: Mein Vater hatte nie mit mir Fischbrötchen am Strand gegessen. Ich hatte nie jemanden gehabt, den ich ansah wie meine Tochter ihren Papa. Wenn mein Vater der Mann war, dem ich gerade vermutlich zum ersten Mal in meinem Leben gegenübergestanden hatte – warum hatte meine Mutter mir nicht die Chance gegeben, ihn eher kennenzulernen? Und warum hatte er nie Kontakt zu mir aufgenommen? Hatte ihm denn nichts gefehlt?

Etwas später saß ich auf meinem Surfbrett in den schaukelnden Wellen und versuchte, meine Gefühle zu sortieren. Nach der Begegnung mit Jo hatte es mich raus aufs Meer gezogen. Das Wasser wirkte auf mich kälter als die Tage zuvor, eisig spritzte es mir ins Gesicht.

Toni saß neben mir auf ihrem bunten Shortboard. »Hey du, kann man dich denn gar nicht aufmuntern?«, rief sie herüber.

»Ich weiß nicht.« Ich knibbelte am Wachs auf meinem Brett herum. »Ich muss gerade an Simon denken und daran, wie gern ich das alles mit ihm besprechen würde. Die Party, das neue Sortiment, die Tagebücher … aber vor allem das mit Jo oder Hannes oder wie auch immer er heißt.«

Toni setzte einen Dackelblick auf. »Ich bin da, ich bespreche es gern mit dir.«

Ich lächelte sie dankbar an. »Okay, dann sag mir bitte, woher ich ihn kenne. Wo habe ich den schon mal gesehen?«

Sie zuckte mit den schmalen Schultern, die in einem modisch gemusterten Neoprenanzug steckten. »Bestimmt war er einfach mal im Café.«

»Ja, vielleicht.« Am Horizont sah ich Wellen heranrollen, eine schöner als die andere. »Wie ist es eigentlich gerade mit deinen Eltern?«

Toni schnaubte. »Kompliziert wie immer. Je weniger ich sie sehe, desto lieber habe ich sie.«

Ich überlegte einen Moment, traute mich dann aber zu fragen: »Und David?«

Bei der Erwähnung ihrer unglücklichen Liebe, in meinen Augen der maßgebliche Auslöser dafür, dass sie dieses Weltenbummler-Dasein führte, verspannten sich Tonis Gesichtszüge. »Dem Thema nähere ich mich nicht mehr, keine Sorge«, sagte sie leise. »Das ist endgültig durch.«

Ich lächelte erleichtert, denn ich hatte mir jahrelang Geschichten über die destruktive Beziehung der beiden angehört, wenn Toni und ich mal wieder eine Zeit lang gemeinsam gereist waren. So wie sie sich meine Geschichten über Jan.

Eine besonders schöne Welle näherte sich, und Toni paddelte bereits an. Eine Weile surften wir einträchtig nebeneinander, bis Tonis Lippen so blau wurden, dass sie aufgab und bibbernd an Land paddelte. Nicht jeder war gemacht fürs raue Nordseesurfen.

»Ich bleibe noch einen Moment«, rief ich ihr zu.

Ich saß auf meinem Brett und sah sie durch den Sand hoch zur Strandmuschel laufen, das Board unter den Arm geklemmt. So hatten wir uns kennengelernt. Damals, auf meiner ersten großen Reise nach Costa Rica. Immer nass, immer ein Surfbrett unter dem Arm. Wir hatten gemeinsam den allerersten Wellenreitkurs gemacht. Er hatte unser beider Leben für immer verändert. Dieses Gefühl von Leichtigkeit im Wasser. Die glückliche Erschöpfung danach. Wenn ich an Costa Rica dachte, sah ich Toni und mich in unserem Baumhaus, das wir uns im Surfcamp teilten, auf den flachen Strohmatratzen liegen und lachen, weil wir uns vor Muskelkater kaum bewegen konnten. Ich sah uns im Morgengrauen auf die Veranda treten, weil die Brüllaffen uns geweckt hatten. Ich sah uns Nasenbären mit Papaya füttern und Bananen direkt von den Stauden essen.

Drei Ausbildungen und ein Studium hatte ich damals bereits abgebrochen. Während Anni direkt im ersten Praktikum als Game-Designerin ihr kreatives Talent entdeckt hatte und Jan erfolgreich Bauingenieurwesen studierte, lebte ich nach wie vor bei Mama und scheiterte wieder und wieder, als gäbe es für mich nicht die richtige Aufgabe, nicht den richtigen Ort. Ich spürte Mamas Sorge, aber sie sagte immer nur: »Du wirst schon noch das Passende für dich finden.«

Doch mit jedem Jahr, das nach dem Abitur verstrich, zweifelte ich mehr daran. Mit zweiundzwanzig schließlich, als ich mal wieder in einem Café aushalf und halbherzig Bewerbungen schrieb, erzählte mir an einem trüben Januartag ein Gast von seiner Reise nach Costa Rica. Vom Ozean, der auf den Regenwald traf. Dieses Bild brachte irgendetwas in mir zum Klingen. Am nächsten Tag kratzte ich mein Erspartes zusammen und buchte einen Flug nach San José, ohne Rückflugticket.

Jene erste Reise veränderte alles für mich. Zum ersten Mal in meinem Leben traf ich auf Menschen, die fühlten wie ich. Menschen ohne Masterplan, ohne feste Zehnjahresstrategie, ohne die eine große Vision vom Glück. Menschen, die reisten, die vor Ort jobbten, um irgendwie über die Runden zu kommen, immer nur von Tag zu Tag planten. Und die verdammt zufrieden dabei wirkten. Freiheit konnte ein Lebensmodell sein, das wurde mir damals auf jener ersten großen Reise klar.

Es sollte über drei Jahre dauern, bis ich wieder nach Costa Rica flog und erneut auf Toni traf. Wir waren beide nicht mehr dieselben. Sie hatte den falschen Mann getroffen, und ich hatte ungeplant ein Kind bekommen. Aber den Wunsch nach Freiheit, den festen Glauben daran, dass das unser Weg war, trugen wir immer noch in uns. Und wir versprachen uns, wiederzukommen und glücklich zu sein. So glücklich wie beim ersten Mal.

Und jetzt war ich hier glücklich geworden, auf Norderney, genau wie ich es Toni gesagt hatte. Nur dass Simon gerade dabei war, alles durcheinanderzubringen.

Ich wollte gerade eine letzte Welle anpaddeln, als ich oben vor dem Café Toni bemerkte. Sie trug ein T-Shirt und leuchtend pinkfarbene Shorts und winkte. Vielmehr ruderte sie wild mit den Armen, als ob sie mir etwas sagen wollte, mit vollem Körpereinsatz. Dabei hielt sie etwas hoch in die Luft. Es war heute erneut bedeckt, aber die späte Nachmittagssonne drückte durch die tiefen Wolken, und ich musste die Augen zusammenkneifen, um etwas zu erkennen. Jetzt sah ich, was Toni da hochhielt. Es war mein Handy.

Mein Herz stolperte kurz. War etwas mit einem der Kinder? So schnell ich konnte, legte ich mich bäuchlings auf mein Brett und ließ mich von der nächsten Welle an Land tragen. Ich löste die Leine vom Bein, klemmte mir das Board unter den Arm und rannte durch den Sand die Böschung hinauf. Je näher ich kam, desto panischer kam mir Tonis Gesichtsausdruck vor.

Als ich sie schließlich erreichte, sagte sie aufgeregt: »Das ist Simon! Von einer Telefonzelle!«

Ich riss ihr das Handy aus der Hand und hielt es an mein nasses Ohr. »Simon?«, rief ich in den Hörer, atemlos von meinem Sprint.

»Hey, Süße, wie geht es dir?«, hörte ich ihn fröhlich fragen.

Blut stieg mir in den Kopf. Toni hatte sich schon nach drinnen verzogen, und ich entfernte mich ein Stück von der Strandmuschel, damit niemand mitbekam, was ich zu sagen hatte.

»Sag mal, spinnst du?«, fuhr ich ihn an.

»Hä?« Er klang ehrlich überrascht.

Ich atmete einmal tief durch, dann ließ ich es raus: »Was ist das eigentlich für ein Egotrip, den du da gerade durchziehst?« Ich spie die Worte förmlich aus. »Wenn du glaubst, du musst dich nicht mehr melden, bitte schön! Aber ich bin Hannahs Mama, Simon, ich erwarte, dass du zumindest alle paar Tage ein Lebenszeichen absetzt.«

Erst nach dem letzten Wort holte ich wieder Luft. Wasser tropfte aus meinen nassen Haaren an mir herab. Um mich herum hatte sich eine kleine Pfütze auf der Strandpromenade gebildet. Am anderen Ende war es still.

Irgendwann sagte Simon: »Du machst immer die Regeln, hab ich recht?«

»Was meinst du?« Ich hatte mich etwas beruhigt, die große Wut war mit dem Redeschwall entwichen.

Dafür klang seine Stimme jetzt hart. »Na, du sagst, wann du Nähe willst und wann du Raum für dich brauchst. Du schubst mich weg und holst mich wieder zurück, wie es dir gerade in den Kram passt.« Jetzt wurde er laut, und das passierte wirklich selten. »Ich hab genug davon, Maria! Ich habe auch Gefühle. Und ich lasse mir von dir nicht mehr vorschreiben, wie sie auszusehen haben.«

Ich war so baff, dass ich kurz nach Worten suchen musste. Dann sagte ich: »Wovon redest du?«

Er lachte bitter. »Oh, das weißt du! Das weißt du genau.«

»Simon …«

Er unterbrach mich wieder. »Es war abgesprochen, dass diese Zeit Hannah und mir gehört. Wenn du also nichts von uns hörst, ist das ein gutes Zeichen. Ich bringe dir Hannah pünktlich wie besprochen in zwei Wochen zurück. Was mich angeht, scheint es dir ja ziemlich egal zu sein. Wie war das noch gleich? *Wenn du glaubst, du musst dich nicht mehr melden, bitte schön!*«

Mit einem Mal war ich zornig auf mich selbst, dass ich dieses Gespräch so angefangen hatte. Ich hätte ihn wirklich erst mal zu Wort kommen lassen sollen. »Entschuldige, ich war so sauer und besorgt.« Er schwieg, also fügte ich hinzu: »Wie geht es euch?«

»Gut. Hannah sagt jetzt auch Mama.«

»Na«, entfuhr es mir. »Hauptsache, sie sagt es nicht zu einer anderen.«

Auch das bereute ich augenblicklich. Denn Simon erwiderte mit schneidender Stimme etwas, das ich ihm niemals zugetraut hätte: »Du kannst mich mal!«

Dann legte er auf.

Ich hörte nur noch das ferne Tuten. Am liebsten hätte ich das Handy weggeworfen, tief in die Dünen, so hilflos fühlte ich mich. Ich war wütend auf Simon, weil er mich so weit getrieben hatte. Aber auch auf mich selbst, denn ich hätte dieses Gespräch geschickter angehen können. Ich wusste nicht mal, wo sie gerade waren. Ich hatte nichts von ihm erfahren. Aber was hätte er mir schon sagen sollen? Wem die dritte

Müslischale gehörte? Mit wem er seine Zeit gerade lieber verbrachte als mit mir? Es war keine Eifersucht, die da in mir tobte. Es war komplettes Unverständnis dafür, dass er sich einfach so davonmachte, dass ich und meine Sorgen und Gefühle für ihn offenbar keine Rolle spielten.

Dann dachte ich noch einmal an das, was er gesagt hatte: *Ich hab genug davon, Maria! Ich habe auch Gefühle. Und ich lasse mir von dir nicht mehr vorschreiben, wie sie auszusehen haben.*

Zum ersten Mal seit Simons und Hannahs Abreise kam mir in den Sinn, dass er in einem anderen Gemütszustand gefahren war, als ich dachte. Für mich war zwischen uns alles gut gewesen, so gut, dass ich es kaum fassen konnte. Ganz offenbar hatte er das anders empfunden.

Ich schaute auf die Pfütze zu meinen Füßen, in die noch immer Wasser aus meinen Haaren tropfte. Dann hob ich den Kopf. Jan stand vor der Strandmuschel und sah zu mir herüber. Unsere Blicke trafen sich. Ich schaffte es nicht zu lächeln, sosehr ich mich auch bemühte.

Er kam mit fragendem Gesichtsausdruck auf mich zu. »Alles okay? Ich wollte dir gerade sagen, dass wir wahrscheinlich rechtzeitig fertig werden mit der Reparatur.«

»Das ist toll.« Meine Stimme zitterte.

»Was ist denn los?«

Ich wrang meine Haare aus. Noch mehr Wasser

tropfte auf den Boden. »Streit am Telefon. Die schlechteste …«

»… Art von Streit überhaupt.« Jan lächelte schief. »Weil man sich danach nicht in den Arm nehmen kann.«

Plötzlich spürte ich Tränen in meine Augen steigen. Mein Ärger war Traurigkeit gewichen. Es war doch alles gut gewesen. Was war denn nur passiert?

Und dann nahm Jan mich stellvertretend für Simon in den Arm. Obwohl ich noch den Neoprenanzug anhatte. Obwohl ich klitschnass war und er sein schönes hellblaues Polohemd trug, das so adrett an seinen trainierten Oberarmen spannte. Diesmal war es nicht flüchtig. Wir standen auf der zugigen Strandpromenade, ich nass, er mit jeder Sekunde nasser, und ich ließ mich von ihm halten. Er roch vertraut nach meinem Jan, und ich spürte, wie seine Wärme sich ein bisschen auf meinen kalten Körper übertrug.

Nach einer halben Ewigkeit löste ich mich von ihm. In seinen hübschen Augen lag Mitgefühl, was ich nicht gut aushalten konnte. Mitleid hatte ich noch nie gewollt. Sein Poloshirt zierte ein nasser dunkler Fleck, der beim Trocknen weiße Salzränder hinterlassen würde.

»Danke«, sagte ich leise.

Er strich mir sanft eine nasse Haarsträhne aus dem Gesicht.

Da bemerkte ich Morlen. Sie stand vor der Strandmuschel, wie versteinert, und betrachtete uns. Auf ihrem Gesicht lag Überraschung, gepaart mit ein wenig Empörung. Dann begann sie zu strahlen. Ich liebte diesen Gesichtsausdruck an ihr. Anni sagte, in ihrem breiten Lächeln erkenne sie mich wieder.

Morlen rannte auf ihren Vater zu und wirkte dabei ausnahmsweise tatsächlich wie ein elfjähriges Mädchen. Sie sprang an ihm hoch, wie sie das schon immer gemacht hatte. »Iii, du bist nass!«, kreischte sie.

Jan begann, sie durchzukitzeln. Es war schön, die beiden miteinander zu sehen. Und es war gut, dass Jan hier war.

»Wir gehen wieder Minigolf spielen«, sagte Morlen zu mir, ohne mich anzusehen. »Kommst du diesmal mit, Mama?«

Das kam überraschend. Ich überlegte noch, als Jan sagte: »Ich glaube, Mama muss sich erst mal abtrocknen und ein bisschen aufwärmen. Aber ich wollte euch Mädels ohnehin fragen, ob ihr Lust habt, morgen eine Runde mit mir zu segeln, ein Kumpel leiht mir sein Boot.«

Nachdem wir uns für den nächsten Vormittag verabredet hatten, ging ich mir trockene Unterwäsche anziehen und wickelte mir ein Handtuch um den Kopf und ein weiteres um den Körper. Als ich aus dem Lagerraum trat, fand ich Toni über ein Paket gebeugt am Boden sitzen.

»Da bist du ja«, sprudelte sie los. »Schau, die ersten T-Shirts sind gekommen.« Mit einer Schere versuchte sie, den Karton etwas umständlich an der Seite aufzuschneiden.

Ich nahm ihr beides aus der Hand und schlitzte den Karton blitzschnell auf. »Ich bin echt gespannt, wie sie geworden sind. Bio-Baumwolle klingt ja immer gut, hoffentlich sehen sie auch so aus …«

Toni rieb sich voller Vorfreude die Hände, während ich die erste Papiertüte aus dem Paket zog. Wunderbar, schon mal einigermaßen nachhaltig verpackt, dachte ich. Ich öffnete sie vorsichtig. Zum Vorschein kam ein hellgrau melierter, samtweicher Stoff, den ich behutsam entfaltete. Ein richtig schönes T-Shirt, auf das vorne ein feingliedriger Lavendelzweig gedruckt war. Darunter stand in zarter Schreibschrift: *Strandmuschel*.

»Wie hübsch!« Toni klatschte aufgeregt in die Hände. »Zieh mal an!«

»Das ist M, das ist mir wahrscheinlich zu klein«, protestierte ich noch, da hatte Toni mir bereits die Handtücher weggenommen und mir das Shirt über den Kopf gezogen. Ich stand auf und drehte mich im Kreis. »Und?«

»Hammer!« Toni strahlte.

Jemand hustete hinter mir. Ich drehte mich um und entdeckte Georg in der Tür zum Lagerraum. Seine Haare standen verwuschelt vom Kopf ab, ein Brillenglas wirkte verstaubt.

»Entschuldigt bitte.« Ich merkte ihm an, dass er nicht genau wusste, wo er hingucken sollte angesichts der Tatsache, dass mein T-Shirt an einigen Körperteilen ziemlich spannte und ich nur einen Slip dazu trug.

»Ich wollte dich vorhin schon erwischen, Maria, aber da warst du gerade mit Jan … Jedenfalls wollte ich dir sagen, dass wir es wohl schaffen, mit dem Dach bis Freitag fertig zu werden.«

»Denkt Jan auch, das sind super Nachrichten.« Ich warf die Arme in die Luft, wobei das Shirt über meinen blanken Bauch nach oben rutschte.

Georg wandte sich verlegen grinsend ab. Im Gehen murmelte er: »Wirklich Hammer, also, das T-Shirt.«

Als er die Tür hinter sich geschlossen hatte, kicherten Toni und ich. Sie boxte mir leicht gegen den Oberarm. »Manometer, der steht echt auf dich.«

»Meinst du?« Behutsam zog ich das Shirt wieder aus und legte es zusammen. »Anfangs dachte ich das auch, aber jetzt glaube ich eher, es ist Sympathie.«

Toni prustete los. »Sympathie! Du bist echt naiv, meine Liebe. Der ist verknallt in dich, lass es dir gesagt sein.«

Ich kniete mich wieder hin, wickelte das Handtuch um mich, holte die restlichen T-Shirts aus dem Karton und begann sie durchzuzählen, als ich merkte, dass Toni mich skeptisch musterte.

»Alles okay?«, fragte ich.

Sie fummelte an ihren Armbändern herum. »Das wollte ich dich fragen. War das Telefonat in Ordnung? Es klang irgendwie nicht so.«

Ich blickte betreten auf den T-Shirt-Stapel in meinem Schoß. »Ich wollte dich da raushalten, aber … irgendwas stimmt nicht. Wir haben uns richtig schlimm gestritten, und es ist die Hölle, dass wir nicht darüber sprechen können, weil er sich entzieht.«

Toni lachte bitter auf.

Ich sah sie fragend an. »Was ist?«

Sie überkreuzte die Beine und massierte ihre Füße, die absurderweise noch ein bisschen brauner geworden waren, seit sie hier aufgetaucht war. »Ach, ich fühle mich in der Zwickmühle. Wenn ich nichts sage, bin ich dir keine gute Freundin. Und gleichzeitig will ich nicht schlecht über den Mann reden, mit dem du zusammen bist. Aber ich habe irgendwie das Gefühl, dich beschützen zu müssen.«

Ich überlegte einen Moment. »Meistens sind wir doch ganz gut damit gefahren, über alles zu reden. Also, immer raus damit!«

»Meinst du?«

»Meine ich.« Ich setzte mich aufrecht hin und legte die Shirts zurück in den Karton.

»Also gut.« Toni spielte erneut mit ihren Armbändern. »Ich hab dir doch erzählt, dass Simon und ich mal zusammen waren, damals in Marokko. Warum warst du damals eigentlich nicht dabei?«

Ich überlegte. »Ich schätze, das war meine Zeit auf dem Kreuzfahrtschiff, als Animateurin.«

»Stimmt, auf den Job hatte ich keine Lust. Jedenfalls … Simon war der Erste nach der Sache mit David, mit dem ich wieder richtig zusammen war.«

Ich erinnerte mich an die Geschichten über David, in den sie einmal furchtbar verliebt gewesen war. Und wie sehr sie diese unglückliche Beziehung damals verändert hatte.

Toni schloss kurz die Augen, als müsse sie sich für das, was sie sagen wollte, innerlich wappnen. »Anfangs war es zwischen Simon und mir nur Spaß, wie es halt so ist, wenn junge Menschen irgendwo im Süden lange auf engem Raum wohnen.« Sie öffnete die Augen, blickte jedoch ins Leere, während sie mit leiser Stimme weitersprach. »Ich hab dir damals auch von ihm erzählt, da bin ich sicher.«

»Bestimmt«, sagte ich. »Wahrscheinlich habe ich es nicht ernst genug genommen.

»Ich wusste, dass er echt noch jung ist«, fuhr sie fort. »Und wie er drauf ist. Er hatte vor mir schon mit dem halben Camp rumgemacht.«

Jetzt suchte sie meinen Blick, wie um sich zu vergewissern, ob ich wirklich noch mehr hören wollte. Ich lächelte sie tapfer an, und sie fuhr fort: »Jedenfalls war er in diesen sieben Monaten nur mit mir zusammen. Er war süß zu mir, wir hatten eine echt gute Zeit, und irgendwie hab ich Gefühle entwickelt. Ich hätte schwören können, dass er auch etwas für mich empfindet.« Sie zupfte an ihrer Nasenspitze, und ich spürte, wie sie mit den Tränen kämpfte. »Man denkt ja immer, dass Menschen so was nicht spielen können, dass man es sich nicht einbilden kann. Ich wollte mich nicht verlieben, aber dann ist es doch passiert. Und sobald ich angefangen habe, es ihm zu zeigen, ist er mir plötzlich aus dem Weg gegangen. Hat getan, als wäre nie etwas zwischen uns gewesen. Hat mit seinen Freunden über mich gelacht, wenn ich in den Raum kam. Und keine zwei Wochen später war er fort, hat das Camp und Marokko verlassen und offenbar auch mich.« Ein paar Tränen liefen jetzt ihre zarten Wangen herunter. »Nur dass er mir das nie gesagt hat. Ich habe mehrmals versucht, mit ihm zu sprechen, aber er hat alles abgeblockt. Als ich schließlich von jemand anderem erfuhr, dass er weg ist, hab ich versucht, ihn zu erreichen. Aber auf meine Anrufe und Nachrichten hat er nie mehr reagiert. Als ich dann dieses Foto von euch im Wohnwagen gefunden habe, war es ein Schock. Ich weiß, es ist fünf Jahre her. Seitdem habe ich nichts von ihm gehört, und ich hatte das Ganze abgehakt. Aber dass er jetzt dein Freund ist… Das kann doch alles nicht wahr sein.«

Ich spürte einen dicken Kloß im Hals. Toni sprach leise weiter: »Ich fühle mich so doof dir gegenüber. Ich denke, für Simon war das zwischen uns nie ernst, ich hab mir da wohl etwas vorgemacht. Aber was mir nachträglich zu denken gegeben hat, ist die Tatsache, dass ich es nicht gemerkt habe. Er hat mir wirklich das Gefühl gegeben, ich würde ihm etwas bedeuten. Ich frage mich seitdem bei jedem Mann, der sich für mich interessiert, ob alles nur gespielt ist. Ob ich vielleicht einfach keine Antennen für so etwas habe. Du weißt ja, dass ich nicht zum ersten Mal schlechte Erfahrungen gemacht habe.« Sie sah jetzt auf, mit tränennassem Gesicht. »Ich hoffe nur, Simon tut dir nicht auch so weh.«

Ich beugte mich vor und nahm Toni in den Arm. Strich ihr sanft über den Rücken, wobei ich ihre Rippen durch das Trägertop spüren konnte. »Tut mir so leid«, sagte ich in ihr feines Haar hinein.

»Mir tut es leid«, entgegnete sie schniefend.

Ich drückte sie noch ein bisschen fester. »Nein, es ist gut, dass du mir alles erzählt hast. Mach dir keine Sorgen! Erst recht nicht um mich.«

In jener Nacht lag ich lange wach. Ich dachte an meine Begegnung mit Hannes. Dachte noch einmal über das nach, was Toni erzählt hatte. Unglaublich, dass Simons Version und ihre sich so voneinander unterschieden. Am meisten aber beschäftigte mich mein Streit mit Simon. Was war nur passiert? Und warum gerade jetzt? Es fühlte sich an, als hätte das Schicksal mich erst in Sicherheit gewiegt, um dann hinterrücks zuzuschlagen. Ich wollte so gern mit ihm sprechen, alles klären, ihm sagen, dass er bitte nach Hause kommen solle.

Die Luft, die durch das geöffnete Fenster hereinströmte, war angenehm warm. Morgen versprach ein schöner Tag zu werden. Hoffentlich würde das Wetter bis zu meinem Fest halten. Könnte Simon doch nur dabei sein!

Ich musste an den Winter denken, in dem ich ihn kennengelernt hatte. Er war ähnlich durchwachsen gewesen wie dieser Sommer. Nach unserem ersten Kuss an der Surfschule hatte ich einige Tage nichts von Simon gehört. Dann waren wir uns zufällig begegnet, beim Einkaufen im Supermarkt. Sein Gesicht hatte sich aufgehellt, als er mich sah.

»Wie gut, dass ich dich hier treffe«, sagte er. »Ich kaufe gerade ein, weil ich für dich kochen wollte. Du magst doch Spaghetti mit selbst gemachtem Mandelpesto?«

»Ach so.« Ich grinste breit. »Du kaufst also gerade für mich ein?«

»Ja, ich war mir nur noch nicht sicher, wie ich dich finde. Aber ich glaube an Schicksal. Ich dachte mir, ich bereite alles vor, dann wird es dich schon zu mir schicken.« Er lachte. »Außerdem ist diese Insel zu klein, um sich aus dem Weg zu gehen.« Seine funkelnden Augen mit den dichten Wimpern strahlten mich an. »Um acht Uhr bei mir?«

»Und das wäre wo?«, fragte ich.

»Campingplatz zur Düne, ich hole dich am Eingang ab.«

Und das tat er. Wie gut er aussieht, dachte ich, als ich mich warm eingepackt mit dem Rad dem Eingang des Campingplatzes näherte, wo er bereits auf einem Pfahl saß und mit den Beinen baumelte. Dabei war er eigentlich gar nicht mein Typ. Zu jung, zu unkonventionell, zu verspielt. Aber irgendetwas an ihm hatte mich von der ersten Minute an gereizt. Da war diese ansteckende gute Laune, die von ihm ausging. Die Tatsache, dass er sich nicht im Geringsten dafür schämte, in einem ausgebauten Wohnwagen zu hausen. Überhaupt, dieses atemberaubende Selbstbewusstsein. Simon schien sich vor nichts zu fürchten, schon gar nicht vor mir.

Wir aßen in seinem Wohnwagen. Wir knutschten stundenlang in seiner Schlafnische. Wir schliefen miteinander, gleich beim ersten Date. Ich weiß noch, wie ich dachte, dass es damit besiegelt war. Dass aus uns nichts Ernsthaftes werden konnte bei dem Tempo, das wir vorlegten. Aber das hatte ich auch nicht erwartet. Simon war süß, er hatte weiche hellbraune Haut und sehnige Muskeln, er war ein Surfer, er lebte in jeden Tag hinein, als wäre es sein letzter – Typen wie ihn hatte man nie lange, erst recht nicht für sich allein.

Und doch kam alles anders. Wir verbrachten viel Zeit miteinander in jenem verregneten Winter. Morlen war auf Jans Antrag von der Schule freigestellt und sechs Wochen mit ihm und seiner Familie auf einem Segelboot in der Karibik unterwegs, und wir verkrochen uns in Simons Wohnwagen und kuschelten unter seiner Decke, bis mein Kinn wundgeküsst war. Es war, als ob wir sonst nichts bräuchten. Simon zauberte wunderbare Mahlzeiten aus seinen spärlichen Vorräten, und wir aßen im Wohnwagen, während der Regen aufs Dach tropfte. Es hätte ewig so weitergehen können.

In jenen Wochen entdeckte Mama den alten Strandkiosk. Ich stand mit Simon an der Hand darin und konnte mein Glück kaum fassen. Und Simon sagte: »Ich kenne Leute, die uns dabei helfen, das kriegen wir zusammen hin, das wird wunderschön.«

Er behielt recht. Und wenn wir nicht hämmerten und sägten und strichen und schliffen, kuschelten wir weiter, als gäbe es kein Morgen.

Aber der Morgen kam.

Jenen Morgen hatte Simon am Telefon gemeint, als er sagte, ich schubse ihn weg und hole ihn wieder zurück, wie es mir passe. Er hatte auch diesmal recht. Ich wusste genau, was er damit gemeint hatte.

11

Vor unserem Segeltrip sah ich noch in Mamas Garten nach dem Rechten. Ich mähte den Rasen, wässerte den Rhododendron und sammelte heruntergefallenes Obst auf. Immer wieder musste ich dabei an den Streit mit Simon denken. War es am Ende doch ein Problem, dass er einige Jahre jünger war als ich? Bisher hatte ich es nie so empfunden. Er war ein toller Papa, er übernahm so viel Verantwortung. Bis zu jenem Tag, als er seine Sachen packte und mit Hannah losfuhr, hatte ich jeden ausgelacht, der mich warnte, er sei nicht reif genug für unser Familienleben und das, was es einem abverlangte. Wie es ihm wohl gerade geht, fragte ich mich, als ich eine heruntergefallene Birne auf den Kompost warf. Ob er auch so leidet wie ich? Spontan stellte ich die Gießkanne ab und griff nach meinem Handy. Ich öffnete das Mailprogramm und schrieb:

Lieber Simon,
wenn du dies hier liest: Bitte melde dich! Wir müssen noch mal reden. Es tut mir leid, dass wir uns gestritten haben.
Deine Maria

Dann verstaute ich das Handy wieder in meiner Tasche. Ich hoffte, die Nachricht würde ihn erreichen, wenn er am Laptop eines anderen Campers seine Mails checkte, wie er gesagt hatte.

Als ich mit der Gartenarbeit fertig war, setzte ich mich noch ein paar Minuten in Mamas Korbsessel. Über mir im Pflaumenbaum sang eine Familie Rotkehlchen um die Wette. Ich holte eine Brotdose aus meiner Tasche, in der eine Schnitte mit Mamas Pflaumenmus lag. Aus einem der Gläser, die ich noch im Keller gefunden hatte. Ich fand, heute war ein guter Tag, um mir etwas davon zu gönnen.

Es schmeckte so herrlich vertraut, dass ich Mama kurz wieder vor mir sah, in einem wallenden Kleid, die große dunkle Brille auf der Nase, die langen bernsteinfarben gefärbten Haare zu einem dicken Zopf gebunden, in einer Hand eine Harke, in der anderen irgendwelche Kräuter, aus denen sie uns gleich etwas Phantastisches zaubern würde. Ehe der Schmerz mich übermannen konnte, leckte ich mir die Marmeladenfinger ab und suchte nach Mamas Tagebuch. Neben dem nächsten Eintrag klebte das gepresste Blatt einer Kastanie. *Aufgesammelt bei einem Waldspaziergang, 1998* stand daneben. Seufzend begann ich zu lesen.

August 1998

Ich habe mich getäuscht. Du bist anders, als ich dachte. Du bist anders als ich. Und ich könnte nicht glücklicher darüber sein. Jetzt bist du schon vierzehn Jahre alt. Und du bist noch hübscher, als ich befürchtet hatte. Du hast langes, gewelltes, goldblondes Haar, das dem deines Vaters gleicht. Auch die elfenbeinfarbene Haut hast du von ihm. Die Extraportion Weiblichkeit habe ich dir mitgegeben. Im Gegensatz zu mir fühlst du dich pudelwohl in deinem Körper. Du versteckst ihn nicht, du zeigst ihn stolz, und wenn jemand dich offen anstarrt, lachst du ihm frech ins Gesicht. Ich bin so froh, dass dieses Selbstbewusstsein in dir gewachsen ist.

Ich würde gerne sagen, dass es mein Werk ist, meine gute Erziehung, meine liebevolle Fürsorge, aber ich weiß, dass das nur ein Teil der Wahrheit ist. Es sind auch die Gene deines Vaters. Er hat dir offenbar eine wichtige Eigenschaft mitgegeben: Er hat sich nie geschämt, für nichts. Jeder Raum, den er betrat, war seine Bühne. Man konnte sicher sein, dass alle Augen auf ihn gerichtet waren, wenn er sprach. So bist auch du. Du bist noch so jung, und doch sehe ich es, wenn du mit deinen Freunden zusammen bist: Du bist eine Anführerin. Die Jungs mögen dich, weil du wild und draufgängerisch bist und niemals zickig. Und natürlich, weil du so hübsch bist. Die Mädchen würden dich gern hassen dafür, aber sie können nicht anders, als sich von deinem lauten Lachen anstecken zu lassen. Wer Zeit mit dir verbringt, hat Spaß, das wissen sie.

Ich glaube, du wirst meinen Rat beherzigen und

einige Prinzen küssen, wenn es so weit ist, bis du weißt, wer es wert ist und wer eher nicht. Was Freundinnen angeht, bist du wählerischer. Du hast deine beste Freundin Anni schon seit Jahren. Anni ist für mich wie eine eigene Tochter geworden, und mein Herz geht auf, wenn ich euch zusammen sehe. Sie ist ganz anders als du, klein, zart, zurückhaltend. Doch sie ist schlau und lustig und hat einen so feinen Charme, dass man sie einfach gernhaben muss. Anni hat genug Selbstbewusstsein, um sich neben dir zu behaupten. Ihr seid das perfekte Team, weil ihr euch gemeinsam noch stärker fühlt. Ich habe dir immer eine Freundin wie sie gewünscht. Eine, an deren Seite alles ein kleines bisschen leichter ist. Gemeinsam fühlt ihr euch so unwiderstehlich wie die Spice Girls. So heißen die doch, oder? Jedenfalls sehe ich dich und Anni gerade ständig diese Choreografie nachtanzen. Anni sieht lieb und harmlos aus, aber wenn ihr tanzt, dann merke ich, dass sie durchaus Feuer hat. Und wenn ihr euch miteinander kaputtlacht, denke ich: Ich brauche mich nicht zu grämen, dir keine Schwester geschenkt zu haben.

Ich bin gespannt, was die nächsten Jahre bringen. Ich bin gespannt, wer von euch beiden den ersten Liebeskummer hat, wer den ersten Freund, welcher junge Mann eure Freundschaft auf die Probe stellen wird. Mein Gefühl sagt mir, dass ihr es mir erzählen werdet.

Ich dachte noch immer über die Worte meiner Mutter nach, als das Segelboot aus dem Becken des Yachthafens fuhr. Das Wasser lag schimmernd und klar vor uns, wie flüssiges Silber wogte es auf und ab, und ich hielt beseelt die Nase in den sanften Wind. Jan war schwer beschäftigt, setzte die Segel, rief Morlen Anweisungen zu und irgendwann auch mir.

»Hol mal die Großschot dicht.« Er balancierte geschickt an mir vorbei und legte mir dabei eine Leine in die Hand.

»Was soll ich machen?« Ich betrachtete ratlos das Seil.

»Dicht holen!«

»Vielleicht hättest du uns vorher einen kleinen Anfängerkurs geben sollen!«, rief ich zu ihm hinüber.

»Ich hatte den.« Morlen kam von hinten angesprungen. »Gib mal her.«

Ruckzuck zog sie an der Leine, und auf ein weiteres Kommando von Jan hin befestigte sie sie mit einem geübten Handgriff an einer Öse.

Ich sah den beiden fasziniert zu. Sie waren ein gutes Team. Kein Wunder eigentlich. Jan hatte Morlen bei seinen Besuchen auf Norderney schon von klein auf mit an Bord genommen, und in den Ferien unternahmen sie oft längere Törns.

Seine Frau Alex war ebenfalls Seglerin. Sie und ich hatten uns gleich gemocht, und ich war froh, dass auch Morlen eine so gute Beziehung zu ihr hatte. Zum Glück hatte Jan sich schließlich für diese Powerfrau entschieden, und nicht für einen seiner unzähligen Flirts, die er gerne rein nach optischen Kriterien auswählte.

Als das Segelboot Fahrt aufgenommen hatte und Jan sich kurz neben mich setzte, nutzte ich die Gelegenheit. »Wie geht es Alex?«

»Gut.« Er wandte sich ab und justierte irgendetwas am Segel nach. »Hat gerade viele wichtige Projekte, sie ist befördert worden.«

»Wie hast du nur so eine coole Frau abbekommen?« Ich schloss die Augen, hielt mein Gesicht in die Sonne und hörte Jan heiser grummeln. Als er nichts erwiderte, fragte ich: »Und was macht die Kleine?«

»Fußballferiencamp.«

»So cool wie die Mama.« Ich öffnete die Augen und betrachtete ihn. Er wirkte hochkonzentriert und irgendwie ernst. »Wann genau kommen sie, nächsten Sonntag?«

Er wich meinem Blick aus. »Ist noch nicht ganz klar.«

»Aber ihr habt doch Schweden gebucht.«

Jan stand auf und ging zu Morlen, um eine Leine nachzuziehen. Dann half er ihr vorne ins Sicherheitsnetz, von wo sie fröhlich winkte.

Als er zurückkam, setzte er sich wieder neben mich. »Wir wollten spontan schauen, vielleicht wird es dieses Jahr nichts.«

Ich horchte auf. »Weiß Morlen das?«

»Klar. Ich hab ihr versprochen, in dem Fall hierzubleiben und ganz viel mit ihr zu unternehmen.«

»Aber ihr bekommt doch so schnell keine Unterkunft mehr, und du willst Alex wohl nicht Pension Renate zumuten.«

Ich lachte, aber Jan wandte sich genervt ab. »Können wir jetzt einfach mal die Aussicht genießen?«

Klar, das konnten wir. Wir segelten gerade am Weststrand der Insel vorbei. Ich verließ Norderney nur wenige Tage im Jahr, und es war ein sonderbares Gefühl, vom Wasser aus darauf zu schauen. Ich sah, wie viele Menschen sich über die Strandpromenade schoben. Wie lang die Schlange der Kinder an den Trampolinen war. Wie viele Drachen sich in den leicht bewölkten Himmel erhoben. Die Hauptsaison war gekommen. Beste Voraussetzungen für mein Fest am Freitag.

Ich beugte mich über die Reling und hielt die Fingerspitzen in die Gischt. Sie spritzte bis zu meiner Schulter hoch. Jan grinste mich an.

»Warum hast du mich noch nie mitgenommen?«, fragte ich.

Er überlegte. »Ich wusste nicht, dass du Lust dazu hast.«

Ich zwinkerte ihm zu. »Du weißt doch, dass ich für Abenteuer immer zu haben bin.«

Er zog eine Augenbraue hoch, und ich musste laut lachen. »Oh Mann, du weißt, wie ich das gemeint habe.«

Ich schlug ihm auf die Schulter, und er hielt meine Hand fest. Er geht mit mir um wie mit Morlen, dachte ich. Wie ein großer Junge. Manchmal fragte ich mich, wie Alex das aushielt. Ob sie nicht genervt davon war, dass er nur dann Verantwortung übernahm, wenn es ihm gerade passte. Dass er jeder Kritik aus dem Weg ging wie ein verwöhnter Zwölfjähriger.

»Segeln steht dir«, sagte er, und in seinen Augen spiegelte sich das Meer.

Komplimente verteilen, das kann er gut, dachte ich.

Jan hielt immer noch meine Hand fest und sah zu Morlen, die im Bugnetz saß und vor sich hin summte. Erstmals seit langer Zeit huschte eine Frage durch meinen Kopf. Eine, die ich mir stets verboten hatte, weil sie zu nichts führte und ich es ohnehin hasste, dieses »Hätte, hätte Fahrradkette«. Und doch, hier auf dem Boot, Morlen so entspannt und meine Hand in Jans, ertappte ich mich bei dem Gedanken: Was wäre, wenn? Wie wären wir gewesen, als Familie? Hätten wir es geschafft? Jahrelang hatte ich damit gehadert, dass wir es nie probiert hatten. Vielleicht wäre scheitern besser gewesen, als es nie versucht zu haben.

Als könnte Jan meine Gedanken lesen, sagte er: »Das ist schön so. Wir drei zusammen.«

Ich nickte vorsichtig. »Das finde ich auch.«

»Vielleicht sollten wir das öfter machen. Ich glaube, …« Er zögerte. »Ich glaube, es würde Morlen viel bedeuten.«

In diesem Moment drehte sie sich zu uns um. Die Sonne ließ ihr Haar glänzen. Sie strahlte von einem Ohr bis zum anderen.

»Ich bin dabei«, sagte ich. Dann löste ich behutsam meine Hand aus Jans.

Abends schlief Morlen erstmals wieder zu Hause. Jan wollte eine Runde joggen gehen, und Morlen sagte, sie vermisse ihr eigenes Bett. Ich machte uns Bratkartoffeln mit Speck, während sie Besteck auf den Tisch legte.

»Wie war es bisher mit Papa?«, fragte ich sie.

»Cool.« Sie rannte durch die Küche und spielte mit dem Softball, wie neulich Jan.

»Und die Reitfreizeit?« Ich köpfte ein Ei über der brutzelnden Pfanne.

»Gut.« Morlen stibitzte im Vorübergehen ein Stück Speck.

Ich lud die Bratkartoffeln auf zwei Teller und stellte sie auf den Tisch. Morlen setzte sich und begann sofort zu essen, wobei sie sich Luft in den Mund fächern musste, weil es noch zu heiß war. Ich setzte mich ihr gegenüber und betrachtete sie. Durch das viele Reiten an der frischen Luft hatte sie einen fast schmutzig wirkenden Karamellteint bekommen. Ihre Haare waren viel heller als sonst, und ihre hübsche Nase zierten Sommersprossen.

Ich musste an Hannah denken. Sie hatte dank ihrer marokkanischen Großmutter einen viel dunkleren Teint, genau wie Simon. Und im Sommer wurden die zwei noch brauner. Wie tiefbraun sie jetzt wohl waren? Hannahs Speckfältchen blieben immer weiß, und ich musste jedes Mal darüber lachen, wie groß der Unterschied war. Jetzt versetzte dieser Gedanke mir einen Stich.

Ich stocherte in meinen Kartoffeln. »Ich vermisse Simon und Hannah. Du auch?«

Morlen schob sich eine weitere Gabel in den Mund. Irgendwann, dachte ich, muss ich mich um ihre Tischmanieren kümmern. Allerdings nicht heute.

»Ich nicht«, sagte sie mit vollem Mund.

»Wirklich nicht?« Ich nahm jetzt auch eine Gabel.

»Nö.«

»Bist du ihnen böse?«

»Nein, jetzt hab ich endlich mal Zeit mit dir und Papa allein.«

»Ja, du hast recht, das ist schön. Du warst übrigens lange nicht mehr mit mir surfen.«

»Keinen Bock ohne Simon.« Morlen riss die Augen auf, als sei sie selbst erschrocken über das, was ihr da rausgerutscht war. Er fehlte ihr wohl doch.

Als ich Simon damals kennenlernte, hatte ich meine Tochter nicht erwähnt. Er war der Surferboy, der mir diesen trüben Winter versüßen würde, mehr nicht, und Morlen war das Kostbarste, was ich hatte. Ich sah keinen Grund, ihm von ihr zu erzählen, und ich wollte sie und mich schützen. Nach wochenlangem Herumschmusen und Café-Renovieren hatte ich Simon immer noch nichts von Morlen gesagt. Und so langsam ahnte ich, dass dies ein Fehler sein könnte. Manchmal verpasst man den richtigen Zeitpunkt, Dinge laut auszusprechen. Mehrmals setzte ich an und ließ es dann doch bleiben. Wie sagt man jemandem, mit dem man seit Wochen Tag und Nacht zusammenklebt: »Du, übrigens hab ich ganz vergessen zu erwähnen, dass ich eine achtjährige Tochter habe«?

Als Morlen im Frühjahr von ihrer Reise mit Jan zurückkam, erfand ich Ausreden, warum ich nicht mehr bei Simon übernachtete. Warum ich nicht mehr so viel Zeit hatte. Aber nach wenigen Tagen nahm das Schicksal mir die Offenbarung ab.

Morlen erzählte nach der Schule von einem spontanen Ausflug zur Surfschule. Sie strahlte meine Mutter und mich an. »Der Surflehrer war so cool, den will ich heiraten, wenn ich groß bin.«

Ich wurde kreidebleich. »Wie heißt er denn?«

»Simon.« Meine Knie wurden weich, während sie munter weiterplapperte: »Ich hab ihm erzählt, dass meine Mama wellenreiten kann, und er sagt, er glaubt, er kennt dich.«

Ich schwang mich sofort aufs Fahrrad. Ich klopfte an die Tür seines Wohnwagens. Und als er mich hereinließ, versuchte ich, ihm alles zu erklären. Aber es war zu spät. Niemals werde ich den Ausdruck auf seinem Gesicht vergessen. Diese grenzenlose Enttäuschung.

»Ich dachte, das zwischen uns sei mehr«, sagte er. »Für dich war es wohl nur ein Spiel. Und ich bin es nicht wert, deine Tochter kennenzulernen.«

Ich stand da, völlig verdattert, und dachte über die richtige Antwort nach. Was war es für mich? Ich konnte es nicht sicher sagen. Nicht nur ein Spiel, Simon bedeutete mir etwas. Aber was? Wie viel?

Also sagte ich nur: »Es tut mir leid.« Und ging.

Ich lächelte traurig, als ich an jenen Sommer zurückdachte – und an alles, was danach gekommen war. »Geht mir auch so, ohne Simon macht das Surfen nicht halb so viel Spaß«, sagte ich zu Morlen. »Aber ich würde mich freuen, wenn du trotzdem mitkommst.«

»Mal sehen.« Sie kratzte ihren Teller leer und stand auf, um sich Nachschub zu holen. »Dann ist Papa allein.«

»Ach du, der ist ja schon groß.«

»Ja, aber es geht ihm nicht so gut.«

»Ach. Wieso denn nicht?«

Morlen schaute stur auf ihren vollen Teller, als sie sich wieder setzte. »Keine Ahnung, musst du ihn selbst fragen.«

Ich nahm mir fest vor, genau das zu tun, während ich meine Tochter eine weitere Portion Bratkartoffeln verdrücken sah.

Am nächsten Tag wurde es so warm, dass kaum Leute in die Strandmuschel kamen. Die meisten verbrachten ihre Zeit lieber im Wasser oder im Schatten ihrer Strandkörbe. An der Nordsee wusste man nie, wann das Wetter wieder umschlug, da genoss man die Wärme am besten, solange sie hielt. Ich hatte Toni bereits freigegeben, nachdem sie eine halbe Stunde lang genörgelt hatte, wie gern sie jetzt zur Surfschule fahren und stand-up-paddeln würde. Als auch um die Mittagszeit kaum Gäste hereinkamen und ich bereits dreißig neue Gläser Rosenzucker abgefüllt hatte, bat ich Nele, allein im Café zu bleiben. Kurz überlegte ich, ebenfalls paddeln oder schwimmen zu gehen. Doch dann entschied ich, ausnahmsweise vernünftig zu sein und die geschenkte Zeit zu nutzen, um in Mamas Haus weiterzukommen.

Als ich in die angenehm kühle Diele trat, hatte ich kurz das Gefühl, dass jemand hier gewesen war. Die Umzugskisten, die ich zusammengefaltet an eine Wand gelehnt hatte, standen ein bisschen weiter hinten, und eine davon war umgefallen. Wahrscheinlich war es Frau Fisser von nebenan gewesen, die sie beim Saubermachen beiseitegeschoben hatte.

Die Kleider und Bücher hatte Wiebke von der Fischbude für mich mit zum Festland genommen und dem Roten Kreuz gebracht. Nun widmete ich mich Mamas Geschirrsammlung. Ich fand drei vollständige, kostbare Service und beschloss, zwei auf die Flohmarktseite der Insulaner zu stellen und eines im Café zu benutzen. Während ich die Teller in Noppenfolie wickelte und in Kisten packte, fragte ich mich, was ich mit den Möbeln machen sollte. Sie waren aus dunklem Mahagoni, ziemlich altmodisch, aber wahrscheinlich einmal teuer gewesen. Es fühlte sich nicht richtig an, sie zu verschenken.

Mein Blick fiel auf die Anrichte, die ich zu großen Teilen bereits leergeräumt hatte. Darauf stand ein Foto von mir, Anni und Jan als Teenager. Lange hatte ich gedacht, ich wäre ein schlechter Mensch. Ich würde

Unglück bringen. Bis zu dem Sommer vor zwei Jahren, als Anni hierherkam. Als wir das kitten konnten, was zwischen uns zerbrochen war. Und ich endlich glaubte, alle Probleme lösen zu können.

Mir fiel ein, dass ich nach dem Tagebuch suchen wollte, das an das erste anschloss. Als ich mich im Keller vor das Regal hockte, fiel mein Blick auf die Obstkisten daneben. Die würde ich später mit dem Lastenfahrrad holen. Sie eigneten sich bestens, um darin meine Waren im Café zu präsentieren. Ich griff nach der Kiste mit den Tagebüchern und nahm eine in Stoff gebundene Kladde nach der anderen in die Hand. Ein paar davon waren nur mit Stichpunkten und Zitaten gefüllt, in anderen entdeckte ich weitere Rezepte mit getrockneten Blüten und Gräsern. Das Buch, das ich suchte, fand ich nicht. Hatte Mama es herausgenommen, weil es darin um Hannes ging und darum, wie ihre gemeinsame Geschichte endete? Das konnte ich mir beim besten Willen nicht vorstellen. Irgendwo musste es doch sein. Wahrscheinlich wird es mir beim weiteren Ausmisten in die Hände fallen, dachte ich, und beschloss, die ganze Kiste mit nach Hause zu nehmen.

In diesem Moment sah ich den Fleck. Hinter dem Regal breitete er sich aus, über die ganze Wand. Ich legte meine Hand darauf und spürte Kälte in mir aufsteigen. Meine Finger waren nass. Einen Moment blieb ich stehen und blickte auf das dunkle Unheil. Dann nahm ich die Kiste mit den Büchern und ging.

Schließlich war der Mittwoch da, und ich parkte mein Fahrrad auf dem Hof von Jo. An Sommerabenden wie heute war es um diese Uhrzeit noch taghell. Das warme Abendlicht tauchte den Platz in orangefarbenen Schein. Vom Stall her stürmte der kleine Hund heran und begrüßte mich überschwänglich. Nachdem ich ihn ausführlich gekrault hatte, begleitete er mich schwanzwedelnd zur angrenzenden Wiese, wo laut Jo die Führung beginnen sollte. Ich war offenbar die erste Teilnehmerin, denn ich sah niemanden sonst. Nur die Hühner pickten wieder Körner vom Boden. Etwas ratlos schaute ich mich um, eine Hand im Fell des Hundes vergraben, der genussvolle Seufzer von sich gab. Ein Teil der Wiese war mit einem Gatter eingezäunt. Dahinter entdeckte ich zwei Schafe, eine Ziege und ganz weit hinten ein Shetlandpony. Es kam behäbig zum Zaun getrabt, als es mich bemerkte.

Ich streckte die Hand aus und kraulte es hinter den Ohren. »Hey du! Ich hab leider nichts zu essen für dich mitgebracht.«

»Die hab ich vorm Schlachter bewahrt.« Etwas erschrocken drehte ich mich um, ich hatte Jo nicht kommen hören. »Molly war nicht mehr fit genug fürs Ponyreiten auf dem Reiterhof, jetzt lebt sie hier.« Jo lächelte mich freundlich an. Er trug heute einen Ringelpulli und eine Latzhose und an den Füßen trotz des schönen Wetters wieder seine Gummistiefel. »Fiete hat offenbar einen Narren an Ihnen gefressen.« Er wies mit dem Kopf auf den Hund, dessen pelzige Pfoten auf meinem Oberschenkel ruhten und dort staubige Flecken hinterließen. »Toller Wachhund, oder?« Wir lachten beide. »Er bellt immer nur bei den Leuten, die er nicht mag.« Jo kratzte sich grinsend am Kopf. »Wollten Sie zu meinem Hund, oder wie kann ich Ihnen helfen?«

Ich legte den Kopf schief. »Zu dem auch. Und zur Führung in der Sternwarte. Sie sagten doch heute um halb zehn ...?«

»Ach, nee!« Er schlug sich mit der Hand gegen die Stirn. »Die fällt aus. Hatte ich auch im Veranstaltungskalender gestrichen. Nächste Woche wird es neue Termine geben, die trage ich noch ein. Tut mir leid, dass Sie umsonst gekommen sind.«

»Oh, schade.« Irgendwie stand das mit uns im wahrsten Sinne des Wortes unter keinem guten Stern.

Schulterzuckend streichelte ich noch einmal Fiete, als Jo sagte: »Wissen Sie was? Ich habe noch einen Moment Zeit, soll ich sie Ihnen kurz zeigen, die Sternwarte? Sterne sind allerdings keine zu sehen, dazu ist es noch zu hell.«

»Ja, das wäre nett.« Wieder lächelten wir uns an.

Er lief vor mir her, gefolgt von Fiete, einmal um den Stall herum, am Gatter vorbei. Links von uns entdeckte ich einen üppigen Gemüsegarten, in dem Zucchini, Kürbisse, Tomaten und jede Menge Kräuter wuchsen. Das hatte Wiebke wohl gemeint, als sie Jo als Selbstversorger bezeichnet hatte.

»Wächst hier alles, was Sie zum Leben brauchen?«,

fragte ich. Jeder unserer Schritte wirbelte Staub auf dem Weg auf.

»Fast alles. Aus der Schafs- und Ziegenmilch mache ich Käse und Butter, das ganze Gemüse und die Kartoffeln lagere ich für den Winter ein. Nur Getreide zum Brotbacken muss ich kaufen, das gedeiht bei dem Boden hier zu schlecht.«

Hinter ein paar Heuballen tauchte ein rundes Etwas auf, ein bisschen höher und breiter als der Stall.

»Da ist das Schmuckstück«, sagte Jo.

Die Sternwarte bestand aus einem Holzfuß und einer runden Kuppel, die darauf befestigt war. Eine Treppe, augenscheinlich aus Treibholz gebaut, führte nach oben.

»An dem Ding arbeite ich seit drei Jahrzehnten«, sagte Jo und zeigte zur Kuppel hinauf. »Sie ist komplett aus Holzstücken gebaut, die ich am Strand aufgelesen habe. Immer mal wieder muss ich etwas nachbessern oder austauschen.« Er wies auf die Treppenstufen vor sich. »Nach Ihnen.«

Vorsichtig stieg ich hinauf. Bei jedem Schritt knarzte das Holz. Oben gelangte ich an eine niedrige Tür. Jo trat neben mich und öffnete sie. Von drinnen schlug uns warme, nach Holz duftende Luft entgegen. Der runde Raum war leer, bis auf ein Teleskop unter der kunstvoll gebogenen Kuppel. Jenes Teleskop, von dem Mama in ihren Tagebüchern geschrieben hatte? Es war so groß wie ein Motorroller und strahlte frisch poliert. Jo reckte sich und schob einen Riegel am Dach zur

Seite. Dann öffnete er eine große Klappe. Über uns erschien der Himmel. Es dämmerte inzwischen, und durch die mächtigen Wolken zog sich ein rötlicher Schimmer.

»Da hinten sieht man es«, sagte Jo und zeigte nach oben. »Da kommt nachher ein Gewitter. Und bei Gewitter gibt es um diese Jahreszeit oft Meeresleuchten. Deswegen hab ich die Führung abgesagt.«

»Verstehe.«

Fasziniert betrachtete ich den Raum. Man sah, dass Jo gelernter Tischler war, denn diese Kuppel war ein wahres Kunstwerk. In einer Ecke lag eine Wolldecke, auf der Fiete sich zusammenrollte. Mein Blick blieb an Jo hängen. Er war groß, wie ich, das passte. Er hatte helle Augen, wie Mama geschrieben hatte. Nur die blonden Locken, die waren ihm wohl vor langer Zeit abhandengekommen. Auch das Selbstbewusstsein, das jeden Raum füllte, spürte ich nicht mehr. Er wirkte auf mich wie ein gutmütiger älterer Herr, der im Grunde ganz gern seine Ruhe hatte.

Plötzlich fiel mir ein, wo ich ihn schon einmal gesehen hatte. Beim Boule-Spielen am Kurplatz musste es gewesen sein. Ich sah vor mir, wie Mama neben ihm und weiteren Herren im Schatten der hohen Ulmen stand und er mir kurz die knochige Hand reichte. Das musste Jahre her sein.

Jo bemerkte, dass ich ihn musterte, und rieb sich etwas verlegen über den kahlen Kopf. »Ist meine Leidenschaft, die Sternwarte. Verstehen wenige, warum ich stundenlang nachts in den Himmel starre und nach bestimmten Planeten oder Sternbildern oder Nebeln suche. Während andere schlafen.«

Ich fuhr über das glatte Holz der Kuppel. »Für mich klingt es spannend.«

Er knibbelte mit dem Daumennagel etwas Dreck von einem Balken ab. »So, jetzt muss ich Sie aber rausschmeißen, ich muss zum Strand. Vorbereitet sein, wenn das Meeresleuchten losgeht.«

Mir kam eine Idee, und noch ehe ich richtig darüber nachgedacht hatte, ob sie besonders gut war, sprach ich sie auch schon laut aus: »Kann ich vielleicht mitkommen?«

Er stockte kurz, und ich wollte schon abwinken, aber da sagte er: »Nun, warum nicht?«

Jo holte alles Mögliche aus seinem Haus und packte es für seine Expedition in einen Bollerwagen: Folien, Zeltstangen, eine große Kamera, Stative, einen Korb mit Proviant, einen Notizblock und eine Decke. Dann zogen wir gemeinsam über den Dünenweg los. Die Sonne ging gerade unter und färbte die imposanten Gewitterwolken über uns dunkelrot. Fiete trabte fröhlich neben mir her.

»Sind Sie hier je einsam?«, fragte ich, während ich den Blick über die kargen Büsche der Dünenlandschaft schweifen ließ. Von hier aus sah man keine anderen Gebäude. Nur der Leuchtturm sendete in regelmäßigen Abständen sein helles Signal.

»Ach, ich habe meine Tiere.« Jo ging schwer atmend

neben mir. »Und manchmal bekomme ich Besuch aus der Stadt.«

Fiete hatte ein paar Kaninchen bemerkt, die er bellend in ihre Bauten jagte. Der Sand stob unter seinen Pfoten auseinander.

»Wie lange wohnen Sie denn schon hier?«, fragte ich.

Er pfiff durch die Zähne, und Fiete kam sofort angeflitzt, schuldbewusst winselnd. »Mein halbes Leben.«

Und die andere Hälfte, fügte ich innerlich hinzu. Doch bevor ich weiter nachhaken konnte, teilten sich die Dünen vor uns. Dahinter begann der feine weiße Sandstrand. Einige Meter weiter tauchte das Meer auf, auf dem eine tiefrote Wolkenschicht schwamm.

Jo zog den Bollerwagen an den Strand und begann, vor sich hin murmelnd, sein Basislager aufzubauen. Er breitete die Decke aus, darüber die Folie, die er an zwei Zeltstangen befestigte. Dann nahm er den Picknickkorb und setzte sich. »Bitte schön, ich hab genug für uns beide.«

Ich krabbelte zu ihm unter das Folienzelt. Schweigend reichte er mir eine belegte Schnitte. Der erste Bissen blieb mir beinahe im Hals stecken. Der Käse, die Butter, die Kruste, alles schmeckte so frisch und würzig, so hausgemacht. So ein gutes Brot hatte ich nicht mehr gegessen seit … seit Mama nicht mehr da war.

Jo neben mir bemerkte offenbar nicht, dass ich mit den Tränen kämpfte. Er kaute vor sich hin und beobachtete konzentriert den Himmel, der immer dunkler wurde. Die Umrisse immer größerer, dickerer Wolken zeichneten sich ab. Weit entfernt sah man das Licht der Stadt, das sich an einer Seite wie ein Gürtel um die Insel schmiegte.

»Nicht böse sein, wenn ich nicht mit Ihnen spreche«, sagte Jo kauend. »Kurz bevor das Gewitter losgeht, muss ich hellwach sein, damit ich gute Bilder vom Meeresleuchten schießen kann. Es entsteht durch winzig kleine Lebewesen, die bei bestimmten Wetterverhältnissen Lichtreflexe senden. Ich bin mir sicher, dass es heute passiert.«

Er wischte sich die Finger an der Latzhose ab und begann, die Kamera einzustellen, die er sich an einem Band um den Hals hängte. Dabei murmelte er unaufhörlich vor sich hin. Irgendetwas von Blenden und Verschlusszeiten.

Eine ganze Zeit lang saßen wir schweigend da, und ich beobachtete Fiete, der in den Prielen Krebse fing und dann empört wieder ausspuckte. Die Luft war schwer vor Feuchtigkeit, es war mittlerweile richtig dunkel.

Plötzlich bemerkte ich etwas. Fietes Pfoten zogen von einem Moment auf den nächsten Spuren durch den Priel. Überrascht rannte er davon, als wäre jemand hinter ihm her. Jo sprang neben mir auf. Ich erhob mich ebenfalls und folgte ihm, als er in Richtung Wasser eilte, überraschend flink. Er lief über den Sand und mit den Gummistiefeln in die flache Brandung hinein. Und dann sah ich es. Seine Schritte im flachen Wasser hinterließen Spuren. Leuchtende Spuren. Es war, als hätte jemand im Meer winzig kleine Lichterketten angeschaltet, die nun mit den Sternen am Himmel um die Wette funkelten.

»Haahaahaa!« Völlig selbstvergessen stapfte Hannes im Wasser herum wie ein Kleinkind in einer Pfütze, was die winzigen Lebewesen mehr und mehr aufwirbelte, und schoss Fotos davon. Fiete rannte um seine Beine, um immer wieder erschrocken zu fliehen, wenn es hinter ihm glitzerte. Wie angewurzelt stand ich an der Wasserkante und sah den beiden zu. Ich konnte nur noch ihre schwarzen Umrisse erkennen und hören, wie sie da in der Dunkelheit planschten, während das Leuchten des Meeres vor meinen Augen immer heller wurde.

Und dann schaffte ich es nicht länger, mich zusammenzureißen. Ich musste jetzt etwas sagen, sonst würde ich platzen. Während Jo weiter durchs Wasser stampfte und sich juchzend über seine leuchtenden Spuren freute, rief ich mit gebrochener Stimme: »Hannes?«

Er hielt mitten in der Bewegung inne. Da stand er, in einer schimmernden Pfütze, und sah in meine Richtung. Auch er konnte wohl nur Umrisse von mir sehen. Ob er in mir dennoch meine Mutter erkannte? Ob ihm in diesem Moment einfiel, an wen ich ihn erinnerte?

Was auch immer in jenem Augenblick in ihm vorging, er kam langsam auf mich zu. Von den Sohlen seiner Gummistiefel tropfte leuchtendes Wasser, bis er kurz vor mir auf dem Trockenen stehen blieb. Mondlicht fiel jetzt in seine Augen, die mich ernst musterten.

Mehrmals öffnete er den Mund, bis irgendwann ein Satz herauskam. »So hat mich lange niemand genannt.«

»Niemand auf Norderney?«, fragte ich mit zitternder Stimme.

Er sah mich an, ratlos, fast ein bisschen ängstlich.

Ich sagte mit fester Stimme: »Ich heiße Maria. Ich bin die Tochter von Iris.«

In diesem Moment blitzte es. Hannes zog mich am Arm über den Strand bis unter die Folie. Ich setzte mich neben ihn auf die Decke, wo Fiete auf meinen Schoß sprang. Er war nass und zitterte ein bisschen. Hannes saß nur da, er machte keine Fotos mehr, obwohl die Blitze über den Nachthimmel zuckten wie von Künstlerhand gezeichnet.

Irgendwann sagte er: »Nur Iris hat mich noch Hannes genannt.« Fast erschrocken schaute er mich an. »Ich dachte doch gleich, dass du mir bekannt vorkommst. Warum bist du hier?«

Ich streichelte über Fietes Rücken. »Ich habe die Tagebücher meiner Mutter gefunden und mich gefragt, warum sie mir nie von … dir erzählt hat. Ich würde gern mit dir reden …«

Aber da war Hannes schon aufgesprungen. Er beachtete das Naturschauspiel nicht mehr, sondern begann, seine Sachen hektisch in den Bollerwagen zu laden. »Lass deine Mutter in Frieden ruhen«, sagte er dabei außer Atem. »Das alles ist lange her.«

»Aber …« Ich stand auf. »Warum hat Mama mir nie von dir erzählt? Ich hatte gehofft, das könntest du mir sagen?«

»Oh nein.« Zornig zog er die Decke unter mir hervor. »Wieso nur hast du ihre Tagebücher gelesen?«

Er knüllte die Decke zusammen und zog den gepackten Bollerwagen schwungvoll in Richtung Dünen. Die ersten schweren Regentropfen fielen auf uns herab.

»Ich denke, sie wollte, dass ich sie lese«, sagte ich, während ich hinter ihm hereilte.

Hannes schnaubte nur. »Das steht doch niemandem zu.«

»Aber …« Ich lief schneller, um ihn einzuholen. »Sie hat sie an mich adressiert.«

»Wie meinst du das?« Zwischen den Dünen vor uns zeichneten sich die Umrisse seines Hofes ab. Es regnete mittlerweile heftig.

»Sie schreibt darin an mich«, sagte ich.

Jetzt erst sah er mich wieder an. »Und warum bist du dann hier, wenn du doch alles aus den Tagebüchern weißt?«

»Weil das entscheidende Buch fehlt.«

Er schnaubte wieder. »Sag ich doch. Dafür gibt es dann wohl gute Gründe. Und jetzt lassen wir die ganze Sache auf sich beruhen.« Stur zog er den Bollerwagen auf den Hof unter einen Dachvorsprung, öffnete eine Tür, scheuchte Fiete hinein und schloss diese hinter sich, ohne einen weiteren Gruß.

Wie gelähmt blieb ich auf dem Hof stehen. Mit einem Mal fühlte ich mich unfassbar einsam. Mama war gegangen, Simon war fort, und mein Vater wollte mich nicht. Eine ganze Weile stand ich so im Regen und starrte auf die geschlossene Tür. Dann nahm ich mein Rad und schob es auf den Dünenweg. Langsam fuhr ich auf die Lichter der Stadt zu. Während mir das Regenwasser übers Gesicht rann, dachte ich: Was muss Mama Hannes angetan haben, dass er so kalt zu mir ist?

12

»Wir hatten Glück, die Abdeckung hat gehalten.« Georg kam die Leiter hinter der Strandmuschel herunter und wischte sich ein paar Wassertropfen von der Windjacke.

Ich reckte mich in Richtung des fast fertig reparierten Daches, über das eine Folie gespannt war, auf der sich durch das Gewitter heute Nacht eine tiefe Wasserlache gebildet hatte. »Puh! Aber morgen Abend …«

»… ist das erledigt, verlass dich drauf.«

Ich drehte die Handflächen nach oben. »Bis dahin muss es nur aufhören zu regnen.«

»Sag mal …« Georg zog an der Folie, und ein riesiger Wasserschwall klatschte neben uns aufs Pflaster. Wir sprangen beide ein Stück zurück. »Ich bin wie besprochen deine Bilanzen durchgegangen. Magst du das heute noch besprechen oder erst nach dem Fest?«

Ich sah auf die Uhr. Es war acht, und das Café öffnete erst um neun. »Ich hab noch einen Moment, vielleicht fangen wir schon mal an.«

Ich schloss die Hintertür der Strandmuschel auf. Georg schrubbte mit seinen cognacfarbenen Lederschuhen ausgiebig über die Fußmatte und folgte mir hinein.

»Morlen und Jonas haben es gut«, sagte ich lachend.

Heute war der letzte Tag beim Reitcamp, und die Kids würden abends eine kleine Fete am Stall feiern. »Zwei Partys direkt nacheinander.«

Georg setzte sich an einen der Tische und legte meinen Ordner vor sich. »Nicht für Jonas, den bringe ich morgen zur Fähre. Er fliegt mit seiner Mutter nach Florida.«

Ich stockte. »Oh nein! Da wird Morlen traurig sein.«

Georg machte ein schuldbewusstes Gesicht. »Er kommt im Herbst wieder.« Mit angespannter Miene blätterte er in meinen Steuerunterlagen.

Vergebens versuchte ich, auf meinem Stuhl eine bequeme Position zu finden. »Ich weiß, es muss mehr reinkommen«, sagte ich kleinlaut.

Er ließ die Spange des Ordners auf und zu schnappen. »Leider ja. Weißt du, im Grunde stimmen deine Einnahmen, aber die Kosten sind zu hoch. Vor allem fürs Personal…« Er rückte seine Brille zurecht. »Ich weiß, du hast die Kinder, das Haus, viele Hobbys, aber… brauchst du wirklich drei Saisonkräfte auf einmal? Der Laden ist doch nicht so groß.«

»Na ja.« Ich setzte mich etwas aufrechter hin. »Toni wird hauptsächlich in Kost und Logis bezahlt, und zwei Mädels brauche ich schon, sonst…«

»… kannst du weniger surfen und reiten?« Ich machte große Augen, und Georg hob sofort abwehrend die Hände. »Entschuldige, aber du wolltest meinen Rat. Selbstständigkeit ist eben mit verdammt viel Arbeit verbunden und…«

»Das ist mir schon klar.« Ich atmete tief ein. »Es ist nicht so, als hätte ich nie hart gearbeitet. Anfangs habe ich echt jeden Tag acht Stunden und mehr im Laden gestanden, aber dann ist Mama gestorben. Und dann kam Hannah. Und diesen Sommer hatte ich plötzlich das Gefühl, ich könnte, ich müsste …« Von einem Moment auf den anderen brach meine Stimme.

»Du müsstest auch mal wieder etwas für dich tun?« Georg rückte seinen Stuhl ein Stück näher an mich heran und legte eine Hand auf meine Schulter.

Ich nickte. »Entschuldige.«

»Da gibt es nichts zu entschuldigen. Ich verstehe das gut. Ich denke nur … Ich denke, da müsste man in Zukunft eine andere Lösung finden.«

»Ja, den Shop, die Partyreihe.«

»Das hat alles Potenzial, das wird die Einnahmen sicher erhöhen, aber ich frage mich …« Seine linke Hand lag noch immer auf meiner Schulter, mit der rechten strich er das Papier glatt. »Ob es mehr braucht, ob …« Er brach ab, als hinter uns eine Tür knallte.

»Wer hat hier eine Bühne bestellt?« Jan war durch den Lagerraum in die Strandmuschel getreten und schaute aufmerksam von mir zu Georgs Hand auf meiner Schulter.

»Ich!« Ich sprang auf, lief zu ihm und begrüßte ihn mit einem Wangenkuss.

Georg und Jan nickten sich knapp zu. Ich drehte mich zu Georg um und sagte: »Bevor ihr loslegt, hättest du noch einen kurzen Moment für mich?«

Georg sah überrascht auf. »Klar.«

Jans Blick wanderte erneut zwischen mir und ihm hin und her, dann sagte er tonlos: »Ich fang schon mal an.«

Etwa zehn Minuten später führte ich Georg durch Mamas Flur.

Er spähte interessiert ins Wohnzimmer. »Tolles Objekt.« Er ruckelte sachte an den alten Fußleisten.

Ich öffnete die Kellertür und knipste das Licht an. »Ja, stimmt. Vorsicht, hier ist es niedrig.«

Ich stieg hinunter, und er folgte mir. Im Keller angekommen, hockte er sich hin, da er bei seiner Körpergröße auch gebückt kaum laufen konnte.

»Da. Was sagst du dazu?« Ich zeigte auf den nassen Fleck an der Wand. War er größer geworden? Fast sah es für mich so aus.

Georg robbte näher heran und fasste an die Wand, klopfte gegen den Fleck und rieb über die Oberfläche. Nervös beobachtete ich ihn, bis er schließlich sagte: »Das ist eine ältere Sache, wenn du mich fragst, wahrscheinlich über Jahre entstanden. Man müsste die Wand aufbrechen, um Genaueres zu sagen.«

»Aber ...«

Er sah mich mit festem Blick an und sagte: »Es wird wahrscheinlich teuer, ja.«

Gepresst atmete ich aus. Ich hatte gewusst, dass etwas kommen würde, was meinen auf Kante genähten finanziellen Rahmen sprengen würde. Ich hatte gewusst, dass ich auf Dauer kein ausreichendes Polster hatte, um entspannt durch den Alltag zu kommen. Aber ich hatte ehrlich gesagt gehofft, es würde nicht ganz so schnell gehen.

Als wir die Treppe wieder hinaufgestiegen waren, sah Georg sich noch einmal um. »Das Haus ist trotzdem noch ein Vermögen wert.« Er klopfte an eine Wand im Flur und überprüfte einen der Türrahmen. »Wenn die Party rum ist, machen wir einen Plan, wie du das Geld für die Reparatur zusammenbekommst.«

»Oder wie ich das Haus trotz Wasserschaden bestmöglich verkauft bekomme.« Ich bemühte mich um ein Lächeln.

Georg richtete sich etwas verlegen auf. »Morgen ist die Party. Danach sehen wir weiter. Jetzt bauen wir erst mal eine Bühne.«

Und das taten er und Jan. Den ganzen Tag hämmerten und sägten sie hinter dem Café. Wenn ich in den Lagerraum ging, um neue Milch zu holen, hörte ich sie lautstark miteinander diskutieren. Und wenn ich ihnen Kaffee und Kuchen brachte, sah ich den Schweiß an ihren Schläfen herunterrinnen. Ab und an nieselte es heute noch, aber der große Wolkenbruch war wohl vorüber. Ich kontrollierte stündlich verschiedene Wetter-Apps, die alle etwas anderes voraussagten. Mal sollte es bis kurz vor Partybeginn regnen, mal war es den ganzen Tag über bewölkt, aber trocken, mal sollte es Dauerregen geben. Es wird schon, ermutigte ich mich. Sonst feiern wir halt eine Regenparty.

Während die Jungs draußen vor sich hin werkelten, strichen Toni und ich die Obstkisten aus Mamas Keller taubengrau an, wobei sie leise ein neues Lied sang. Als alles in einheitlichem Grau erstrahlte, stellten wir die Kisten zum Trocknen unter das Vordach. Dann packten wir die schönen Schürzen aus, die glücklicherweise noch rechtzeitig eingetroffen waren. Weiter kamen wir nicht. Ausgerechnet heute waren so viele Gäste im Café, dass ich den Rest der Vorbereitungen auf heute Abend und morgen verschieben musste, wenn der Laden tagsüber geschlossen bleiben würde.

Um kurz nach sechs schloss Toni die Cafétür von innen.

»Meinst du, wir können die Kisten schon zusammenschrauben?« Sie nahm die Schürze ab und kam zu mir hinter die Theke, die ich gerade abwischte.

»Nee, die müssen über Nacht trocknen«, antwortete ich. »Aber lass sie uns reinholen, draußen ist es so feucht.«

Hinterm Café hörten wir Jan noch immer hämmern, während wir eine Kiste nach der anderen reintrugen und auf Zeitungspapier auf den Boden stellten. Georg hatte sich bereits verabschiedet, weil er Jonas' Sachen für die Abreise morgen früh zusammenpacken musste.

Als Toni die letzte Kiste abgestellt hatte, fragte sie: »Hast du noch mal was von Simon gehört?«

Ich seufzte. »Nein. Ich hab ihm eine kurze Mail geschrieben, aber bisher hat er nicht geantwortet.«

Toni trat neben mich und legte einen Arm um meine Schultern. »So ein Mist.«

»Ja, wirklich.« Ich lächelte sie dankbar an. »Aber weißt du, was? Ich konzentriere mich jetzt auf die Party, da gibt es noch genug zu tun.«

»Kann ich dir etwas abnehmen?« Toni holte ihre Regenjacke aus dem Lagerraum und zog sie über.

Ich wusch den Lappen in der Spüle aus. »Ja, du könntest die Ballons für morgen abholen, aus dem Deko-Geschäft an der Ecke, kennst du das?«

»Klar, wird erledigt.« Toni drückte mir einen Kuss auf die Wange und machte sich auf den Weg.

Ich beschloss, nach Jan zu sehen. Doch als ich durch den Hintereingang hinausgehen wollte, kam er mir bereits entgegen.

»Noch nicht!« Er schob mich sanft wieder zurück. »Ich will dich überraschen. Gib mir noch zehn Minuten.« Ich hörte ihn in seiner Werkzeugkiste kramen, dann fiel die Tür wieder ins Schloss.

Ich überlegte, für morgen schon mal ein paar Gläser auf Tabletts zu stellen, entschied mich aber dagegen. Ich brauchte eine Pause. Also setzte ich mich auf einen der kleinen Sessel, stellte die nackten Füße auf einen Stuhl und zog Mamas Tagebuch aus der Tasche. Neben dem nächsten Eintrag befand sich ein getrockneter Rosmarinzweig, mit einem Rezept für Rosmarinpesto daneben. *Aus meinem Kräuterbeet,* hatte sie notiert.

August 2000

Ach, Maria!

Du bist zum ersten Mal verliebt. Du hast schon einige Prinzen geküsst, aber jetzt hat es dich so richtig erwischt. Du hast es mir nicht verraten, aber eine Mutter sieht so etwas. Ich merke, dass du oft abwesend bist. Wie du ins Leere schaust und vor deinem inneren Auge Dinge passieren, die nur für dich bestimmt sind. Und vor allem habe ich bemerkt, wie du ihn ansiehst. Und weißt du was, mein Kind? Ich leide mit dir. Ich bete und hoffe, dass es nur eine Phase ist. Dass du dich schnell in den Nächsten verliebst, dass du bald über ihn hinweg bist und wegen eines anderen ins Leere starrst. Ich hoffe, du hast mein unglückliches Händchen in Sachen Liebe nicht geerbt.

Im Moment könnte man das leider meinen. Warum ausgerechnet Jan, der erste feste Freund von Anni? Ich weiß, dass du dir das nicht ausgesucht hast. Ich weiß, dass es dich hinterrücks erwischt hat, und trotzdem frage ich mich, ob darin ein Muster liegt. Natürlich ist Jan ein feiner Kerl, hübsch und charmant und smart. Aber er ist nicht erreichbar, nicht für dich. Wie dein Vater, die große Leerstelle deines Lebens. Ich habe einmal gelesen, dass man als Frau, die von ihrem Vater nie Liebe erfahren hat, oft an verschlossene Türen klopft, weil man gelernt hat, dass dort die Liebe wohnen muss. Ich hoffe und bete, dass es dir anders ergehen wird. Ich hoffe und bete, du wirst diese Tür nicht mit Gewalt eintreten, sondern eines Tages jemanden lieben, der für dich alle Türen weit aufreißt.

Auf das Buch in meinem Schoß tropfte eine Träne. Hatte sie recht? War es das gewesen, was mich an Jan gereizt hatte? Dass er für mich nicht erreichbar war? Ich hatte Mamas Hoffnung enttäuscht. Ich hatte die Tür mit Gewalt eingetreten. Und doch hatte ich Jahre später jemanden lieben gelernt, der seine Türen weit für mich aufgerissen hatte. Doch nun fühlte es sich ganz danach an, als wäre er im Begriff, sie wieder zu schließen. Oder hatte er das bereits getan? Vielleicht lag es an mir. Wahrscheinlich lag es an mir. Aber woran genau?

»Hey.« Jan stand in der Tür. »Ich wäre so weit.«

Ertappt klappte ich das Buch zu. »Okay.«

Er kam auf mich zu. »Was ist los?«

Ich wich seinem Blick aus. »Später. Lenk mich besser ab und zeig mir, was ihr gebaut habt.«

Jan wirkte nicht ganz überzeugt, lief dann aber vor mir her nach draußen. Unter dem Vordach des Cafés stand ein Podest aus Holz, mit Füßen aus Europaletten. Groß genug für Toni und ihre Gitarre, groß genug für das DJ-Pult von Sven. Links und rechts hatte Jan Wunderkerzen ins Holz gesteckt, die knisternd herunterbrannten.

Ich musste an Annis Karte denken. »Manchmal sagt

eine Wunderkerze mehr als tausend Feuerwerke«, sagte ich laut und drehte mich zu Jan. »Danke für deine Hilfe!«

»Die übersieht niemand, wenn sie mitten auf der Strandpromenade steht.« Er lächelte, und irgendetwas an diesem Lächeln kam mir traurig vor.

Ich kletterte auf die Bühne, nahm in jede Hand eine der Wunderkerzen und malte damit Leuchtmuster in die Luft. »Meine Damen und Herren«, sagte ich übertrieben laut. »Ich begrüße Sie hiermit herzlich zu unserer allerersten Strandmuschel-Party.«

Ich strahlte Jan an und sah, dass er vergeblich versuchte zurückzustrahlen. In seinen Augen schimmerten Tränen. Noch bevor ich von der Bühne hinunterklettern konnte, sagte er: »Alex hat sich von mir getrennt.«

Der Regen prasselte auf das Vordach über der Europaletten-Bühne, wo Jan und ich nebeneinandersaßen, mit dem Rücken an die Backsteinwand der Strandmuschel gelehnt. Zwischen uns stand eine Flasche Wein, die ich aus dem Lager geholt hatte und aus der wir abwechselnd tranken. Vor allem jedoch Jan. Zuerst hatte er den Kopf auf die Arme gelegt und wie ein Kind geweint. So langsam hatte er sich etwas gefangen und begann zu sprechen.

»Ich hätte dir das gleich sagen sollen.« Seine Stimme klang belegt. »Aber ich kam mir so bescheuert vor. Und ich wollte es auch nicht wahrhaben. Ich denke immer noch, sie kann das nicht ernst meinen. Aber vorhin am

Telefon hat sie mich wieder eiskalt abgewimmelt wie einen Fremden. Ich glaube, ich muss jetzt anfangen zu akzeptieren, dass das hier gerade wirklich passiert.«

Ich sah ihn von der Seite an. »Was ist denn eigentlich passiert?«

Er setzte mehrfach an. »Sie … sie sagt, sie ist sich plötzlich nicht mehr sicher. Sie fragt sich, ob das schon alles war. Sie will mehr … mehr …«

»Feuerwerk«, sagte ich leise.

»Ja, wahrscheinlich.« Er fuhr sich durchs Haar, das noch immer voll und glänzend war, aber dunkler als früher. »Wir sind fast zehn Jahre zusammen. Vielleicht ist das normal, vielleicht passiert das, wenn man so lange den Alltag teilt, oder?«

Ich zog die Nase kraus. »Da fragst du die Falsche. So lange hab ich es noch nie geschafft.«

Er nahm einen kräftigen Schluck aus der Weinflasche. »Ich bin so verwirrt, ich fühle mich so mies, so … so aussortiert, so wertlos.«

»Mhm«, machte ich. »Das kenne ich. Das beschissenste Gefühl überhaupt.«

»Allerdings. Ich wünschte, ich könnte sie irgendwie erreichen. Manchmal bin ich auch schrecklich wütend und male mir aus, dass sie angekrochen kommt und mich zurückhaben will und dass ich dann längst weitergezogen bin und sie nicht mehr brauche. Und dann tut es wieder so weh, auch körperlich, dass ich mit dem Kopf gegen die Wand rennen könnte.«

»Die Phasen des Trennungsschmerzes«, erwiderte

ich mit einem bitteren Lachen. »Kenne ich alle. Nur du musstest erst sechsunddreißig werden, um sie zum ersten Mal durchzumachen.«

»Na ja.« Jan wischte sich mit dem Ärmel übers Gesicht. »Ist ja nicht so, dass ich nie zuvor Liebeskummer hatte.«

»Ach, komm schon.« Ich boxte ihm freundschaftlich in die Seite. »Du warst immer der, der verlassen hat. Nenn mir eine Frau, die dir je das Herz gebrochen hat!«

Er sah mich lange und intensiv an, und ich konnte erkennen, dass er mit sich kämpfte. Dann sagte er: »Vielleicht ist es auch so, dass es sich immer wieder genau gleich beschissen anfühlt, ganz gleich, wie alt man ist.«

»Wahrscheinlich.« Ich biss mir auf die Unterlippe, an der schon lange kein Lippenstift mehr haftete. »Das ist wohl leider wahr.«

Eine Zeit lang schauten wir beide dem Regen zu, dann fragte ich: »Was hast du jetzt vor? Wirst du um sie kämpfen?«

Jan sah mich an, als wäre er niemals auf diesen Gedanken gekommen. »Sie hat mich verlassen.«

»Ja, aber wenn du sie noch willst, dann solltest du ihr das sagen.«

Die Empörung auf seinem Gesicht hatte etwas Kindliches. »Entschuldige mal! Sie sagt, sie weiß nicht, ob sie noch genug für mich empfindet.«

Ich unterdrückte ein Schmunzeln. »Ja, aber die Frage ist doch: Empfindest *du* noch genug für *sie*?«

Jan rieb sich über das unrasierte Kinn. »Ich weiß es nicht. Gerade weiß ich gar nichts mehr.«

Ich legte meinen Arm um ihn und ließ meinen Kopf auf seine Schulter sinken. Es war komisch, ihn so nah neben mir zu spüren. Wir gingen locker miteinander um, aber wir hielten immer einen gewissen Sicherheitsabstand. Den hatte ich soeben zum zweiten Mal in wenigen Tagen durchbrochen, und ich fragte mich gerade, wie ich ihn unauffällig wiederherstellen könnte, als ich ein Schluchzen hörte.

Es kam von Morlen, die durch den Regen auf uns zu gerannt kam. Kurz vor der Bühne machte sie halt, blieb vor uns stehen, mit schmerzverzerrtem Gesicht, und schnappte nach Luft. Jan und ich sprangen gleichzeitig auf und nahmen sie in den Arm, von beiden Seiten.

»Bist du nicht bei der Party?«, fragte Jan.

Ihr kleiner Körper bebte. »Jonas«, sagte sie, von rhythmischen Schluchzern begleitet. »Er fährt morgen.«

Wir halfen ihr auf die Bühne, wo sie sich in Embryonalstellung über uns legte. Auf Jans Schoß lagen Rumpf und Beine, auf meinem ihr Kopf. Wir streichelten sie und hielten es zusammen aus. Uns und unseren Liebeskummer.

»Er kommt bald wieder«, flüsterte Jan ihr ins Ohr.

»Ja, aber es fühlt sich so, so schlimm an.« Morlens Atem hatte sich ein bisschen beruhigt.

»Ich weiß.« Ich strich ihr sanft über den Kopf.

Die Gefühle seiner Kinder, dachte ich, fühlt man

wie unter einem Brennglas, tausendfach vergrößert. Morlens Schmerz vermischte sich mit meinem, und ich dachte: Ich muss Simon noch einmal schreiben. Ich muss es zumindest versuchen.

Morlen war völlig erschöpft vom vielen Weinen eingeschlafen, als ich mich an den Küchentisch setzte, meinen Laptop aufklappte und drauflos tippte.

Mein lieber Simon,

jetzt noch einmal ausführlicher. Ich weiß nicht, ob meine Mails dich erreichen. Aber du hast geschrieben, dass du ab und zu auf den Laptops anderer Camper nachschauen würdest, und ich versuche jetzt einfach mal mein Glück. Es tut mir leid. Es tut mir leid, dass ich dich am Telefon so angefahren habe, das war nicht okay. Ich war einfach so verzweifelt, weil ich nicht kapiere, warum du dich nicht meldest, warum du plötzlich so weit weg bist, in jeder Hinsicht. Zwischen uns war doch alles gut, oder? Wir gehören doch zusammen. Du fehlst mir so, ich drehe fast durch. Und es gibt so vieles, worüber ich mit dir reden möchte.

Morlen hat ihren ersten Liebeskummer. Jan ist von Alex verlassen worden und völlig fertig. Mamas Keller hat einen Wasserschaden. Und die Strandmuschel… ich gebe mir solche Mühe, aber ich weiß nicht, ob wir sie halten können. Ich brauche dich hier, und ich kann den Tag nicht erwarten, an dem ihr zurückkommt. Dass Hannah nicht hier ist, fühlt sich so merkwürdig an. Ich vermisse die kleine Maus so sehr, und ich zähle die Tage, bis du sie mir zurückbringst.

Ich liebe dich. Verzeih, dass ich es frage, aber ich bin gerade wirklich unsicher: Liebst du mich noch?

Deine Maria

Bevor ich die Mail losschickte, öffnete ich erneut Simons Instagram-Account, wo ich wie erwartet keine neuen Einträge fand. Dann suchte ich nach seinem Namen als Hashtag. Gleich darauf bereute ich es, denn ich fand neue Bilder. Einige davon stammten von ein paar Holländern, die stylishe Fotos von ihren alten VW-Bussen und Surfbrettern posteten. Auf einem sah ich Simon im Hintergrund ein Bier trinken. Auf einem anderen posierte er mit den Jungs vor seinem Bus. Darunter stand: *With our bro' Simon.*

Über die Seite der Jungs wiederum gelangte ich auf die einer Französin. Einer Surferin. Die meisten ihrer Bilder zeigten sie in den knappen Klamotten einer Modelinie, für die sie offenbar arbeitete. Doch auf einem der Fotos saß sie auf einem Surfbrett im Wasser, und auf dem Brett daneben erkannte ich Simon. Auf einem anderen hielt sie braun gebrannte Kinderfüße ins schäumende Meer – Füße, die ich unter Tausenden von Füßen erkannt hätte. Und das letzte Foto kannte ich bereits aus anderer Perspektive. Da standen sie, die drei Müslischalen. Und dahinter saßen mein Kind, mein Freund – und sie.

Ich konnte im Nachhinein nicht sagen, wann ich eingeschlafen war. Ich dachte, ich würde es nie schaffen. Um mich abzulenken, las ich stundenlang in Mamas Tagebüchern, in denen es viel um unser Leben in Westfalen ging, um mein Schuleschwänzen als Teenager und meine verzweifelte Suche nach der richtigen Ausbildung oder dem richtigen Studium, bis ich schließlich zu jener Weltenbummlerin wurde, die überall und nirgends zu Hause war.

Kurz bevor ich an einen entscheidenden Punkt in unserer gemeinsamen Geschichte gekommen war, musste ich doch eingeschlafen sein, denn am nächsten Morgen rüttelte Morlen an mir. Ich sah, dass es draußen noch nicht ganz hell war. Tiefe Wolken hingen am Himmel vor meinem Fenster.

»Mama!« Morlen rüttelte fester. »Komm, wir verabschieden Jonas.«

Ich streckte mich matt.

»Papa ist schon da.«

Sie zog mich hoch, und ich schlurfte mit halb geschlossenen Augen in den Flur. Dort stand Jan in Regenjacke und trat unruhig von einem Bein aufs andere. Er sah mich etwas verlegen an. Erst jetzt wurde mir bewusst, dass ich mein ziemlich durchsichtiges Spitzennachthemd trug.

»Nichts, was du nicht kennst«, sagte ich mit belegter Stimme.

Er grinste verstohlen. »Heißt nicht, dass es mich nicht immer noch nervös macht.«

Ich verschwand heiser lachend im Bad.

Minuten später radelten wir durch die kühle Morgenluft in Richtung Hafen. Meine Augenlider fühlten sich so schwer an wie mein Kopf, und ich fragte mich, wie ich diese Party heute Abend durchstehen sollte. Wir sprachen kein Wort, hingen alle unseren Gedanken nach.

Ich hatte die Mail gestern Abend nicht abgeschickt. Stattdessen hatte ich Simons Camping-Bekanntschaft gestalkt. Sie war Ende zwanzig, kam aus Paris, arbeitete für eine Öko-Modemarke und reiste offenbar mit ihrem eigenen Bus herum. Sie erinnerte mich vom Typ her an Toni. Klein, schmal, immer barfuß und in lässigen Surferklamotten. Allerdings war Virginie, so hieß sie zu allem Überfluss, die Pariser Version von meiner süßen Toni. Heißt: Sie war zum Kotzen schön.

Und zum Kotzen war mir seither auch zumute. Obwohl ich nicht zur Eifersucht neigte: Die Vorstellung, dass Simon gerade mit diesem Instagram-Model herumreiste, fühlte sich an wie Gift, das durch meine Adern langsam in Richtung Herzen wanderte. Wie hatte er sie kennengelernt? Was machten die zwei miteinander? Warum hielt sie mein Kind, und was hatte sie mit meinem Freund zu schaffen? Ich versuchte vergebens, die Gedanken an diese Fotos zu verdrängen –

immer wieder schoben sie sich in mein Blickfeld wie lästige Störbilder.

Schließlich waren wir am Hafen angelangt und lehnten die Räder an eine trockengelegte Boje. Morlen und Jan stiegen auf das Segelboot von neulich, das Jan offenbar erneut von seinem Bekannten geliehen hatte, und winkten mich hektisch herbei.

»Ich komme ja schon.« Ich zog den Reißverschluss meines Parkas höher.

Als wir ablegten, fragte ich grummelnd: »Hätten wir nicht einfach zum Hafen fahren und uns verabschieden können?«

»Das kann jeder.« Jan blinzelte mich milde an. Seine Augenlider wirkten ebenfalls geschwollen.

Die See war heute ruppiger, und das Boot neigte sich im Wind tief zur Seite, was meinem leeren Magen gar nicht gefiel. Schließlich kam die Fähre in unser Blickfeld. Sie hatte gerade abgelegt und steuerte an der Westseite der Insel entlang. Oben an Deck saßen kaum Menschen, zum einen, weil dies die Sieben-Uhr-Fähre war, die nur Einheimische oder einige Stau fürchtende Senioren nahmen. Zum anderen war es ungemütlich heute, und ich hätte mich an Stelle der Passagiere auch in den Bauch des Schiffes verzogen und mir ein trockenes Käsebrötchen und einen wässrigen Filterkaffee bestellt. Stattdessen saß ich nur eine Armeslänge von den schäumenden Wellen entfernt, und die kalte Gischt spritzte mir ins Gesicht. Jan und Morlen riefen sich Segelbefehle zu, während ich schon genug damit beschäftigt war, mich festzuhalten und mich nicht zu übergeben.

Irgendwann fuhren wir Seite an Seite mit der Fähre. Ich hielt Ausschau, doch ich konnte Jonas nicht entdecken. Die Scheiben waren verspiegelt, sodass man nicht ins Innere der Fähre schauen konnte. Ich sah, wie Morlen mit fieberhaftem Blick alles absuchte.

Dann plötzlich entdeckte ich ihn, oben an Deck. Ein einzelner Junge, mit tief ins Gesicht gezogener Kapuze, lehnte vorne über der Reling und drehte uns den Rücken zu. Er blickte, offenbar in Gedanken versunken, zur Insel zurück. Ich zeigte in seine Richtung.

»Jonas!«, schrie ich.

»Jonas!«, schrie auch Morlen, doch es war vergebens, der Wind blies unsere Rufe übers Meer davon.

Ich sah Tränen in Morlens Augen aufsteigen. Jan rief ihr einen Befehl zu, den ich nicht verstand. Und dann änderte das Segelboot abrupt die Richtung. Ich klammerte mich fest und versuchte, ruhig in den Bauch zu atmen.

Wir fuhren nun direkt hinter der Fähre her, die sich in majestätischem Weiß über uns erhob. In den Wellen, die die Schiffsschraube hinter sich herzog, schaukelten wir so heftig, dass ich kurz dachte, wir würden kentern. Dann fuhren wir an der Inselseite an der Fähre vorbei. Direkt auf die Stelle zu, an der eben noch Jonas gelehnt hatte. Doch da lehnte niemand mehr. Verzweifelt hielten wir Ausschau, bis plötzlich erneut ein Kopf an der Reling erschien.

»Jonas!«, brüllte ich.

Und da entdeckte er uns. Was mit seinem Gesicht geschah, als sein Blick auf den von Morlen traf, werde ich nie vergessen. Seine Augen wurden kugelrund, darin lag ein Ausdruck irgendwo zwischen Schmerz und Freude, den nur Menschen deuten können, die schon einmal verliebt waren.

Morlen riss beide Arme in die Höhe und winkte. Und Jonas winkte zurück. Erst ganz leicht, dann so fest er konnte. Und während die Fähre Richtung Festland abbog und wir unseren Kurs hielten, entdeckte ich etwas in seiner kleiner werdenden Hand. Etwas Rundes, Glänzendes, eine Kugel …

Morlen warf sich neben mir schluchzend in Jans Arme, und Jonas verschwand endgültig aus unserem Blickfeld. Da kapierte ich: Das da in Jonas' Hand, das war Neptun. Der fehlende Neptun vom Planetenweg.

13

August 2007

Ach, mein Kind!

Ich habe viele Dinge mit dir durchgemacht, die nicht leicht für mein Mutterherz waren. Als du die Schule schmeißen wolltest. Als du zu diesen Unterwäschefotos überredet wurdest, die danach überall im Dorf die Runde machten. Als du immer wieder Ausbildungen und auch dein Studium abgebrochen hast. Als du in Costa Rica warst, mich nur sporadisch angerufen und eine Karte geschickt hast, auf der stand, ab jetzt sei Reisen dein Beruf.

Ich habe mich in den vergangenen Jahren oft gefragt, ob ich dir doch zu viel Freiheit gelassen habe. Ob ich strenger mit dir hätte sein sollen. Aber nein. Du bist genau die geworden, die du werden solltest und wolltest. Und auch wenn es vielleicht nicht immer so klingt: Ich bin stolz auf dich! Ich gebe zu, ich sorge mich oft, aber ich weiß auch, dass du sieben Leben hast, wie eine Katze. Du landest immer wieder auf den Füßen und lässt dir immer wieder etwas Neues einfallen. Bis jetzt.

Denn jetzt bin ich ehrlich gesagt ratlos. Du hast mich einmal gefragt, was ich mir für dich wünsche. Wie dein Weg aussehen könnte, wenn du erwachsen bist. Ich habe damals gesagt: Ich wünsche mir, dass du immer du selbst sein kannst. Und dass du glücklich damit bist, wer du bist. Das stimmt noch immer, ich habe es genau so gemeint. Doch insgeheim habe ich mir noch etwas mehr gewünscht: dass du es einmal leichter haben würdest als ich. Jetzt weiß ich, dass dieser Wunsch nicht in Erfüllung gehen wird. Denn wenn du ganz du bist, nimmst du eben nicht den einfachen, schnurgeraden Weg. Wenn du du bist, gehört dazu eine ganze Menge Drama.

Gerade jetzt, meine Maria, hast du einen Weg eingeschlagen, der den Verlauf deines restlichen Lebens für immer verändern wird. Ich wusste seit Langem, dass du Annis langjährigen Freund Jan liebst. Und glaube mir, ich weiß auch schon länger, dass er deine Gefühle erwidert. Ich habe diese Katastrophe kommen sehen, aber ich habe gehofft, wenn ich ganz still abwarte, wird sie vielleicht nicht eintreten. Doch das ist sie, wie Katastrophen es im Allgemeinen zu tun pflegen.

Heute hast du vor mir gesessen, mit rot geheulten Augen. Zum ersten Mal hast du mir etwas verheimlicht. Monatelang. Aus Scham. Nach deiner Rückkehr aus Costa Rica hattest du eine Affäre mit Jan. Und jetzt bist du von ihm schwanger. Mit Anfang zwanzig, ohne Job, ohne Perspektive. Und Jan, so sagst du, hat schon die Nächste.

Ich wünschte, ich könnte dir den Rat geben, um ihn zu kämpfen. Denn ich glaube, dass Jan dich noch immer liebt. Aber du wirst diesen Rat nie annehmen können, aus Schuldgefühlen Anni gegenüber. Es bricht mir das Herz, euch so zu sehen und nichts tun zu können. Es bricht mir das Herz für Anni, die für mich wie eine eigene Tochter ist. Es bricht mir das Herz für Jan und dich, denn es könnte so leicht sein, wenn es nur um euch beide ginge. Aber es bricht mir auch das Herz für mein ungeborenes Enkelkind. Ich hätte ihm gewünscht, dass es den Fluch beenden kann, der mit mir begonnen hat. Dass es nicht mit einer Mutter aufwächst, die die große Liebe schon hinter sich hat. Dass es einen liebevollen Vater bekommt.

PS: Ich habe Post von Hannes bekommen. Ich konnte es erst selbst nicht glauben, aber er hat mir tatsächlich geschrieben, nach vierundzwanzig Jahren. Stell dir vor, er lebt jetzt auf einer anderen ostfriesischen Insel, direkt neben Baltrum. Auf Norderney. Und er hat sich bereit erklärt, noch einmal mit mir zu reden.

Ich saß im leeren Café auf dem Boden, um mich herum Kisten mit T-Shirts und Schürzen, Körbe voller Weckgläser, daneben die Tüten mit den Ballons, die Toni gestern noch abgeholt hatte. Sie hatte angeboten, mir beim Endspurt heute zu helfen, aber ich hatte ihr bis nachmittags freigegeben, damit sie noch einmal in Ruhe für ihren Auftritt nachher proben konnte. Eigentlich hatte ich so viel zu tun, aber ich hockte nur auf einem Kissen und las in Mamas Tagebuch. Dabei hätte ich lieber nicht erfahren, wie es ihr damals ergangen war, als ich die Affäre mit Jan hatte. Als mich erst Anni verließ. Und dann er.

Ich dachte ungern an diese Zeit zurück. Anni war für ihren ersten Job nach Bremen gezogen. Jan und ich blieben zurück, wir vermissten sie, wir trösteten uns. Bis dahin waren wir immer zu dritt gewesen, und als eine fehlte, geriet alles aus dem Gleichgewicht. Es war, als würde sich plötzlich ein Stromkreis schließen, als wäre Anni die Sicherung gewesen, die verhindert hatte, dass wir unaufhörlich auf den Kurzschluss zusteuerten. Ich hatte Jan seit Jahren geliebt, ich hatte die zwei miteinander gesehen und gedacht: Ich will das auch, genau so, einen wie Jan, aber für mich allein.

Dann flog ich nach Costa Rica und kam als eine andere zurück. Jan hatte in der Zwischenzeit sein Studium beendet und war für den ersten Job nach Düsseldorf gezogen. Ich wollte nur einen kurzen Zwischenstopp in Deutschland einlegen, ein paar Dinge erledigen, dann weiter nach Australien oder Südamerika, ganz sicher war ich noch nicht. Ich besuchte ihn in seiner neuen Wohnung. Und als ich ihn jetzt traf, mit meinem neuen glücklichen Ich, das wusste, wer es war, gab es kein Halten mehr. Kurz fühlte es sich gut an. In den Momenten, in denen Jan und ich zusammen waren. Wilde, verbotene Monate, in denen mein schlechtes Gewissen mich auffraß, sobald er nicht mehr in der Nähe war. Ich wusste: Was ich tat, konnte man nicht verzeihen. Meine beste Freundin nicht und ich selbst erst recht nicht.

Irgendwann stand Anni vor Jans Tür, wollte ihn überraschen und fand mich. Danach stürzte ich im Traum wochenlang Hochhäuser hinunter. Ich fiel und fiel und fiel, und nichts konnte mich auffangen. Jan konnte mit meinem Kummer nicht umgehen, er kämpfte gegen seine eigenen Dämonen, schließlich war er zehn Jahre lang mit Anni zusammen gewesen. Sie war seine erste große Liebe, Teil seiner Familie. Unser Unglück war zu groß, er verließ mich nach wenigen Monaten für irgendeine Kommilitonin. Tage später stellte ich fest, dass ich schwanger war.

Mama hatte recht: Viel mehr Drama ging wohl nicht. Ich hatte mich damals immer gefragt, wie es werden würde, wenn unser Baby geboren war. Wie wir sie regeln würden, die Routine als getrenntes – na, was eigentlich, Paar? Ein richtiges Paar waren wir nie gewesen. Aber irgendwie hatten wir es hinbekommen, trotzdem Eltern zu sein. Auch dank Mama.

Während ich noch grübelte und wie gelähmt am Boden saß, hörte ich ein vorsichtiges Klopfen. Ich blickte auf und sah eine schmale Silhouette im Jumpsuit am Fenster stehen, die ich sofort erkannte. Ich ließ das Buch sinken und stand auf, eilte zur Tür, riss sie auf und schloss Anni in die Arme.

»Du hast es geschafft«, sagte ich in ihren Pagenkopf hinein, dann lehnte ich mich zurück, um sie betrachten zu können. Anni strahlte mich an. Wie immer um diese Jahreszeit zierten Sommersprossen ihre feine Nase. »Du bist echt gekommen.«

»Natürlich.« Sie lächelte, was sie immer noch ein bisschen aussehen ließ wie den Teenager auf Mamas Foto. »Wie könnte ich dein Fest verpassen?«

»Wo ist dein Koffer?« Ich sah mich suchend um. »Und wo ist Thies?«

Sie machte ein zerknirschtes Gesicht. »Er musste in Berlin bleiben, hat so viel zu tun gerade. Und ich muss nachher die letzte Fähre nehmen und noch zurück nach Bremen. Wegen des Konzerts am Kurplatz geht zum Glück noch eine um Mitternacht. Ich wollte wenigstens für ein paar Stunden kommen.« Sie drückte mich erneut an sich. Dann sah sie sich im Raum hinter mir um. »Oha! Ich glaube, du kannst etwas Hilfe gebrauchen, oder?«

Ich seufzte. »Ja, vor allem brauche ich jemanden zum Reden.«

Und schon kniete Anni am Boden. »Schau mal«, sagte sie und zog etwas aus ihrem Rucksack.

Ich erkannte sofort, was es war: Etiketten für meine Flaschen und Weckgläser, mit den von Anni gezeichneten Zweigen und Blüten darauf. Neben einem Lavendelzweig stand *Omis Gartenbrause,* neben einem blühenden Holunderzweig *Holunderblütensirup à la Iris,* neben einer Rosenblüte *Dünenrosenzucker*. Ich fiel

Anni erneut um den Hals. Sie drückte mich fest an sich, und mein Herz fühlte sich seit Langem mal wieder ganz an.

In den folgenden Stunden klebten wir gemeinsam die Etiketten auf die Zuckergläser und Fläschchen. Nagelten die lackierten Obstkisten übereinander und sortierten die Produkte hinein. Hängten Schürzen und T-Shirts auf Bügel und versahen sie mit Preisschildern. Dann schmückten wir das Café, verteilten Schalen mit Kräckern auf den Tischen und stellten Gläser für die Drinks bereit. Währenddessen redeten wir ununterbrochen.

Anni erzählte, dass sie gerade kaum noch Computerspiele entwarf und ihr Geld überwiegend mit den Illustrationen verdiente, die sie in ihrem kleinen Atelier in Bremen entwarf. Gerade war sie schwer beschäftigt mit zwei verschiedenen Kinderbuchprojekten. Ihre Quasi-Schwiegermutter Mo steckte in einer On-Off-Beziehung mit Annis Vermieter Herrn Jensen, einem Imker, und wohnte zeitweilig in direkter Nachbarschaft, was manchmal ganz schön anstrengend war. Thies und Anni wollten ab Herbst ein Sabbatical nehmen und mit dem Rucksack durch Kanada reisen. Für die Zeit danach überlegten sie, doch wieder in eine gemeinsame Stadt zu ziehen, weil sie sich während der Woche vermissten, wenn Thies für seinen Job nach Berlin musste.

Ich erzählte von Simons Reise. Von unserem furchtbaren Streit. Von Morlens Liebeskummer. Von meinen finanziellen Sorgen. Als ich zu Jans Trennung von Alex kam, hörte Anni auf, die Ränder der Cocktailgläser mit Dünenrosenzucker zu verzieren.

Sie starrte mich an. »Das gibt es nicht!« Ihre Augen waren weit aufgerissen. »Ist er jetzt auch mal verlassen worden?« Sie sagte das ohne Häme, voller Erstaunen. »Wie nimmt er es?«

»Gar nicht gut«, vernahmen wir von der Tür her.

Wir drehten beide gleichzeitig den Kopf. Da war er, der Mann, der uns einst entzweit hatte. Anni stand auf und ging auf ihn zu. Wenn ich heute sah, wie die zwei sich umarmten, kamen sie mir wie Bruder und Schwester vor. Bruder und Schwester, die nicht besonders eng miteinander waren.

Und dann setzte Jan sich zu uns auf den Boden. Er half uns zu verzieren, zu kleben und Luftballons aufzupusten. Nach einiger Zeit wussten wir alle wieder übereinander Bescheid und betrachteten erschöpft unser Werk.

Gerade als wir mit den Vorbereitungen fertig waren und ich entschied, Morlen vom Stall abzuholen, damit wir uns vor der Feier noch hübsch machen konnten, stand ein weiterer Überraschungsgast in der Tür.

»Bin ich zu früh? Wann geht das denn hier los?« Annis Quasi-Schwiegermutter Mo, durch und durch eine Künstlerin, hatte sich bereits in Schale geschmissen. Sie trug ein leuchtend pinkfarbenes Kleid und dazu passenden Lidschatten, Nagellack und Lippenstift.

Anni sah mich mit einem Gesichtsausdruck an, der sagte: Ich hatte keine Ahnung.

Mo konnte ihn ebenfalls lesen. »Ich weiß, ich habe euch nicht Bescheid gesagt. Aber ich habe dein Event bei Facebook gesehen, da bin ich jetzt sehr aktiv. Meine Seite heißt ›Mos Kreativuniversum‹, musst du dir unbedingt mal ansehen. Jedenfalls dachte ich, ich muss sowieso nach Iris' Garten sehen, ich hab mal wieder Lust zu tanzen, in Worpswede feiern wir viel zu selten, da geh ich hin.«

Wir starrten sie ungläubig an.

»Mein Bekannter lässt sich entschuldigen, seine Bienen, immer ist was mit den Bienen.« An Mos Arm baumelte eine ebenfalls pink glänzende Lacktasche, neben ihr auf dem Boden stand ein Hackenporsche mit Zebraprint. »Ein Zimmer hab ich allerdings keins mehr bekommen, ärgerlich.«

Während ich schon die Hände ringen wollte, sagte Jan: »Sie können meins haben. Ich schlafe heute Nacht ausnahmsweise bei Morlen im Zimmer. Ist das okay, Maria?«

Anni warf mir einen merkwürdigen Blick zu, aber ich wusste nicht, was dagegensprechen sollte. Und so brachen wir alle auf. Jan zog Mos Rollkoffer zur Pension Renate, Anni kam mit zu mir.

Um kurz vor sechs gingen wir gemeinsam zur Strandmuschel. Es nieselte wieder, die Wolken hingen tief, und wir schauten abwechselnd in Richtung Himmel. Morlen hatte entschieden, dass sie heute kein Kleid tragen wollte, sondern ihre Leggings mit Loch und das Metallica-Shirt, das Anni ihr zu Weihnachten geschenkt hatte. Anni hatte sich gar nicht umgezogen, in Jumpsuit und Sneakers schlenderte sie lässig neben mir her. Ich hatte lange überlegt, was ich anziehen sollte, und mich am Ende für mein Lieblings-Blümchen-Wickelkleid entschieden. Die Haare fielen mir offen über die Schultern, die Lippen hatte ich kirschrot geschminkt. An den Füßen trug ich seit Langem mal wieder Sandalen, Anni hatte zu Recht gesagt, dass sonst das Risiko zu groß sei, dass ich in Scherben treten könnte.

Vor der Strandmuschel stand bereits Toni mit ihrer Gitarrentasche, ohne Schuhe, dafür mit frisch geföhntem offenen Haar, das auf die Spaghettiträger ihres schwarzen Tops fiel. Hinter ihr wartete Georg in einem ordentlich gebügelten Hemd, mit angespanntem Gesichtsausdruck. Daneben Jan im obligatorischen Poloshirt, offenbar endlich frisch rasiert, noch mit einem Rest Creme am Kinn.

Alle blickten mich erwartungsvoll an.

Ich lachte und zeigte nach oben. »Leute, das hört gleich auf, glaubt es mir.«

Georg scharrte mit seinen rahmengenähten Schnürschuhen einen Sandhaufen zusammen. »Wenn du meinst. Also die Bühne ins Freie?«

»Die Bühne ins Freie!«, rief ich und schloss die Tür auf.

Alle packten mit an. Anni und Toni verschwanden sofort hinter der Theke und bereiteten die Drinks vor. Yasmin und Nele drapierten im Lagerraum die Häppchen auf silberne Tabletts aus Mamas Fundus. Georg und Jan trugen die Bühne mitten auf die Strandpromenade. Das DJ-Pult konnten sie nicht aufstellen, da es immer noch nieselte. Daher räumten sie erst mal die Stehtische nach draußen und hängten silberne Luftballons an die Regenrinne. Sven kam dazu, noch in Boardshorts und Hawaiihemd, und schloss unter dem Vordach alle Boxen und den Verstärker an.

Um sieben sollte es losgehen. Zwei Minuten vorher waren wir fertig. Ich trat auf die Strandpromenade. Die Luft war schwer vor Feuchtigkeit. Ein paar Spaziergänger liefen an der Wasserkante entlang. Ansonsten war alles still. Die Wolkendecke war geschlossen, kein Lüftchen wehte, sogar die Möwen schrien leiser als sonst. Ein Gefühl der Enttäuschung wollte in mir aufkeimen, doch ich entschied mich bewusst dagegen. Dieser Abend würde gut werden, weil ich es wollte.

»Soll ich einfach mal anfangen?« Toni war hinter mich getreten, ihre Gitarre im Arm.

Erst jetzt spürte ich dieses aufgeregte Flimmern in meinem Bauch. »Oh ja, bitte!«

Sven, der die Boardshorts inzwischen gegen eine ausgewaschene Jeans getauscht hatte, justierte mit einem besorgten Blick nach oben das Mikro auf der Bühne. Etwas unbeholfen kletterte Toni hinauf und stellte sich in die Mitte. Ein letzter Blick zu mir, dann begann sie zu spielen. Es war faszinierend zu sehen, was dabei mit ihr geschah. Dort oben kehrte sie ihre Verletzlichkeit nach außen, doch ihre Musik war wie ein Schutzpanzer, der sie von der Welt abschirmte.

Als Toni die ersten Worte sang, flackerte die Aufregung in meinem Bauch noch einmal kurz auf und erlosch dann. Mit einem Mal war ich ganz ruhig. Und dann spürte ich ihn: den Wind. Er wehte ganz sanft um meine Beine und ließ den Saum meines Kleides schwingen. Er strich mir durchs Haar, er berührte sacht meine Nasenspitze.

»Denn auch der kleinste
Unserer Fehler
Macht uns besonders,
Zu Geschichtenerzählern.
Wir lernen aus dem Schwachsinn,
Können schon bald drüber lachen,
Auch wenn wir…
Wenn wir es heute vergeigt haben,
Können wir morgen schon gewinnen.
Es dreht sich, es dreht sich.
Es ist nicht so schlimm.
Auch wenn wir mal schwach sind,
Unser Wille bleibt stählern.
Komm wir machen ab morgen,
Ab morgen, ab morgen, ab morgen
Bessere Fehler…«

Zuerst sah ich sie auf Tonis frisch geföhnten Haaren, deren feine Spitzen golden schimmerten, ganz kurz, eine winzige Reflexion. Dann streiften sie mich, und ich wusste, dass ich mich nicht getäuscht hatte: Sonnenstrahlen. Durch die Wolkendecke brach Licht, gleißend hell wie ein Scheinwerfer beleuchtete es Toni auf ihrer Bühne, die Strandmuschel, die Ballons an der Regenrinne, das frisch geflickte Dach, das Publikum, das stetig wuchs. Noch bevor Toni den Song zu Ende gespielt hatte, hatte der Wind das Loch in den Wolken weit aufgerissen. Und keine zehn Minuten später lag der ganze Strand im Sonnenschein da.

So schnell wie die Sonne kamen die Gäste. Anfangs hörten sie Toni gebannt zu und tranken dabei Holunderblüten-Gin-Tonic, Caipirinha mit Rosenblütenzucker oder Lavendellimo mit Blick aufs glänzende Meer. Als Toni eine Pause machte und wir die Musik vom Band laut aufdrehten, stürmten sie das Café. Sie erkundigten sich interessiert nach unseren neuen Drinks und kauften begeistert die Obstkistenregale leer.

Gegen neun wollte Yasmin sie erneut auffüllen und kam panisch zu mir. »Alles weg!«, rief sie über die wummernden Beats hinweg. Eine besonders wilde Rastalocke stand senkrecht von ihrem Kopf ab. »Die Schürzen auch, T-Shirts haben wir nur noch in XS.«

Lachend ballte ich eine Siegerfaust. »Das ist doch großartig!«

Ich schlängelte mich zwischen den Gästen hindurch, die mir gratulierten, Fragen zu den Rezepturen stellten oder ein Schwätzchen halten wollten. Aus den Augenwinkeln sah ich, wie Morlen ein Silbertablett voller

Matjeshäppchen durch die Menge trug, wie Sven hinterm DJ-Pult mit dem Kopf wippte, Jan und Georg hinter der Bar Gläser polierten und Toni selbst produzierte CDs signierte. Ich sah den langen Lars, der an einer Wand lehnte und Toni auf eine Art betrachtete, die ich noch nie bei ihm bemerkt hatte. Ich sah die Sonne, die ohne jede Wolke im Meer versank und alles in goldenes Licht tauchte.

Etwas hüpfte in mir auf und ab, und ich versuchte, es festzuhalten, denn ich wusste, dass es Glück war. Doch das Gefühl entwischte mir, so schnell es gekommen war, und ich dachte: Ich wünschte, Simon könnte das sehen. Er wäre so stolz auf den Laden, den er mit mir zusammen aufgebaut hatte. Egal, was die Zukunft brachte. Egal, wie ich meine Schulden bezahlen würde. Heute war auch ich stolz auf mich.

Gegen elf geriet alles endgültig außer Kontrolle. Die ganze Strandpromenade vor dem Café war voller tanzender Menschen. Jan zapfte drinnen das zehnte Fass Bier an. Alle anderen Getränke waren aus, und Yasmin war mit meinem Lastenfahrrad unterwegs, um noch zwei Kisten Softdrinks und ein paar Flaschen Gin aus dem Lager von Lars' Bar zu holen. Die Luft war noch immer so mild, dass alle Gäste nur T-Shirts oder Sommerkleider trugen. Mein Hals war trocken vom vielen Reden, und ich drängelte mich hinter die Theke, wo ich hastig ein großes Glas Leitungswasser trank.

Als ich mich wieder umdrehte, stand Georg vor mir. Sein Haar stand verwegen nach oben, und ich hätte schwören können, dass er hinter seinen kantigen Brillengläsern ein bisschen schielte.

»Was hast du getrunken?«, rief ich ihm zu.

Aber er antwortete nicht, sondern zog mich mit sich durch die lärmende, tanzende, schwitzende Menge, hinaus auf die Strandpromenade, wo er anfing, ausgelassen auf und ab zu hüpfen.

»Du sollst jetzt auch mal mitfeiern!«, rief er. Von irgendwo zog er eine Flasche Sekt hervor, trank daraus und reichte sie mir. »Auf deine super Idee und den Beginn einer erfolgreichen Partyreihe!«

Ich prostete ihm zu und nahm ebenfalls einen Schluck aus der Flasche. Und dann tanzten wir. DJ Sven legte einen Hit nach dem anderen auf, und Georg entpuppte sich als echte Tanzmaus. Ich bemerkte, dass er dabei meine Nähe suchte, mich scheinbar zufällig berührte oder die Arme um mich legte. Ich ließ es geschehen. Ich wollte heute nicht nachdenken über richtig oder falsch, ich wollte Spaß haben.

Irgendwann tanzte Toni neben mir, eine Hand immer irgendwo an Lars' schmaler Hüfte. Sie blinzelte mich etwas unkoordiniert an und zog mich zu sich heran. »Von wegen solide geworden«, raunte sie mir schmerzhaft laut ins Ohr. »Sag ich doch, mit dem schönen Georg geht was.«

Etwas an diesem Kommentar kränkte mich. Ich betrachtete Georg, der mit leuchtenden Augen um mich herumwirbelte. In meinem alten Leben wäre die Regieanweisung für diesen Abend von dem Moment an klar gewesen, in dem er mich hinter der Theke hervorgezogen hatte. Er war nett, charmant, er hatte mein Dach repariert, und ich mochte ihn. Er war auf eine ähnlich solide Art gut aussehend wie Jan, wie so viele meiner Eroberungen nach ihm. Die einzige offene Frage wäre gewesen, *wo* wir die Nacht verbringen würden, nicht wie. Ich gehörte nicht zu den Frauen, die das Gefühl brauchten, sie wären für jemanden die große Liebe, um Spaß zu haben. Ich konnte auch Spaß mit jemandem haben, für den ich ebenfalls nur Spaß war. Vielleicht ist es immer nur Selbstschutz gewesen, dachte ich, und blickte mit zusammengekniffenen Augen in die Scheinwerfer am DJ-Pult. Spaß haben tat nicht so weh wie echte Gefühle.

Sven spielte ein langsameres Stück, und Georg zog mich forsch an sich heran. Er roch sogar angetrunken noch gut, und es war erleichternd, dass er hier gerade die Entscheidungen traf, während ich mich treiben lassen konnte. So langsam verschwamm alles in einem Nebel aus Erschöpfung und Sekt. Bis mir eine Hand bestimmt auf die Schulter klopfte. Ich drehte mich um.

Anni stand vor mir und musterte mich amüsiert. »Ich will auch noch einen Tanz mit dir, bevor ich losmuss.«

Ich drehte mich zurück zu Georg, der andeutete, er würde mal eben verschwinden. Anni nahm meine Hände in ihre, zog mich ein gutes Stück von der Menge weg und drehte sich im Kreis, als würden wir Ringelreihen spielen. Dabei sah sie mir liebevoll in die Augen.

»Tu nichts Falsches aus Enttäuschung«, sagte sie dicht vor meinem Gesicht.

Ich sah sie trotzig an. »Vielleicht kann ich nur das, Anni. Chaos anrichten, weiterziehen, mehr Chaos anrichten.«

»Das stimmt nicht.« Sie schüttelte sanft den Kopf. »Du hast das hier alles aufgebaut. Das Café, deine Freundschaften, deine Familie. Mach es nicht kaputt, nur weil du wütend bist.«

Ich hörte auf zu tanzen und kaute auf meiner Unterlippe, die nach Lippenstift schmeckte. »Glaubst du, er ist auf und davon? Glaubst du, er hat eine Neue? Glaubst du, ich hab ihn vertrieben?«

Zu meiner Überraschung lachte sie auf. »Niemals! Simon ist verrückt nach dir. Er ist dir vielleicht nur ein wenig zu ähnlich. Statt dir mal die Meinung zu geigen, zieht er los und tut so, als wärst du ihm egal.«

Sie drückte mich jetzt an sich. Ihr vertrauter Geruch stieg mir in die Nase. Ich hätte sie ewig so halten können, meine liebste Freundin.

»Ich muss die letzte Fähre erwischen«, flüsterte sie in meinen Nacken.

»Jetzt noch?« Ich drehte mich zur Standuhr auf der Strandpromenade um.

»Ja, wie gesagt, Sonderfähre wegen eines Konzerts am Kurplatz, ich hab es gecheckt.«

Ich nickte traurig. »Schade.«

»Ich komm bald wieder, okay?«

Anni löste sich von mir und wies mit dem Kopf

in Richtung Mo, die gerade wild zu einem Song von Beyoncé die Hüften kreiste. »Ich hab Jan schon gebeten, ein Auge auf sie zu haben. Sie neigt auch dazu, ihren Mann zu vergessen.«

Wir kicherten beide, dann machte Anni sich auf den Weg. Ich sah ihr nach, wie sie über die Strandpromenade davonschlenderte. Von hinten sah sie immer noch aus wie das coole vierzehnjährige Mädchen in übergroßen Sweatshirts, mit dem ich die Choreografien der Spice Girls nachgetanzt hatte.

Als sie aus meinem Blickfeld verschwunden war, lehnte ich mich für einen Moment an die Wand der Strandmuschel und beobachtete die Szenerie. Über dem Meer war der Mond aufgegangen. Die Strandpromenade war noch immer voller feiernder Gäste, die Luft noch immer angenehm mild. Die Stimmung war noch besser, als ich es mir erhofft hatte. Sven war zu deutschem HipHop übergegangen, und ich entdeckte Georg, der zwischen den Tanzenden auf und ab hüpfte und »Nordisch … uh uh uh« grölte.

»Na?« Das war Lars. Er hatte ein Bierglas in der Hand und lehnte sich mit seinem schlaksigen Körper neben mich an die Wand. »Gratulation zur tollen Party!«

»Danke!«

Er reichte mir sein Glas, und ich trank daraus, obwohl mir Bier eigentlich nicht so gut schmeckte. Lars nahm es wieder an sich. Seine Nase pellte sich mal wieder von einem Sonnenbrand. »Willst du trotzdem noch verkaufen?«

Verwirrt sah ich ihn an. »Was meinst du?«

Er stellte einen langen Fuß gegen die Wand. »Na, man erzählt sich das im Dorf.«

»Dass ich das Haus meiner Mutter verkaufen will?« Aus den Augenwinkeln sah ich Mo, die am Rand der Tanzfläche mit einem der Kneipenwirte in einen Engtanz verwickelt war.

»Nein.« Lars trank einen Schluck Bier. »Die Strandmuschel.«

Ich lachte. »So ein Quatsch! Wer sagt denn so was?«

»Na ja.« Lars kämmte mit den langen Fingern sein Surferhaar nach hinten. »Dem guten Herrn Zauner gehört doch mittlerweile die halbe Insel, der übernimmt nach und nach alle Betriebe. Und wo ihr so oft miteinander rumhängt …«

»Wer?« Ich sollte aufhören zu trinken, dachte ich, ich kann Lars nicht mehr folgen.

»Na, Georg. Dem gehört doch schon die halbe Insel.«

Erstaunt riss ich die Augen auf.

Lars zuckte mit den schmalen Schultern. »Dünenstube, Beach Loft, Sonnendeck – alles seins. Mir hat er für meinen Laden auch ein Angebot gemacht, aber ich hab abgelehnt, lieber bin ich arm, als dessen Kohle zu nehmen.«

Lars plapperte munter weiter, aber ich hörte nicht mehr richtig zu. Über die Tanzenden hinweg sah ich Georg, der sich weit weniger enthusiastisch bewegte als vorhin noch. Er wirkte inzwischen ziemlich angetrunken. Am liebsten hätte ich mir mit der flachen

Hand vor die Stirn geschlagen. Wieso hatte ich nie nachgefragt, was das für eine Firma war, für die er arbeitete? Wie naiv war ich gewesen zu glauben, er hätte einfach so mein Dach repariert, nur weil er mich nett fand!

»Warum hat mich denn keiner gewarnt?«, fragte ich Lars ungläubig.

Der hob die schmalen Schultern nun fast bis zu den Ohren. »Ich dachte, du weißt das, und die anderen dachten das bestimmt auch. Alle glauben, du brauchst das Geld. Verurteilt dich ja keiner deswegen. Schade wäre es, aber wenn es nicht anders geht …«

Ich entdeckte Toni, die sich durch die Menge in unsere Richtung schlängelte. Lars' Gesichtsausdruck wurde weich, als sie auf ihn zukam und ihre Arme um seinen drahtigen Bauch schlang. Ihr Kopf lag kurz unterhalb seiner Brust, so viel kleiner war sie. Die hatte wohl auch schon den ein oder anderen Holunderblüten-Gin-Tonic zu viel, dachte ich. Sie zog Lars mit sich, der das nur allzu gern geschehen ließ.

Mo tanzte auf mich zu, Jan im Schlepptau. »Dieser junge Mann sagt, dass er mich jetzt in die Pension bringt«, protestierte sie. »Dabei habe ich gerade so viel Spaß.«

Ich grinste Jan an, der mir zuzwinkerte.

»Aber bitte, wenn ihr meint. Dann rufe ich jetzt noch mein Bärchen an.« Mo beugte sich zu mir vor und drückte mir einen schmatzenden Kuss auf die Wange. »Ich komme morgen früh vorbei und helfe dir aufräumen. Um acht?«

»Halb zehn«, sagte ich schnell.

Mo spitzte die Lippen. »Jaja, macht nicht zu lange heute.«

Während sie schon abdrehte, flüsterte Jan mir zu: »Wenn dir das mit Georg zu viel wird, sag Bescheid.«

Ich schnaubte empört. »Hab ich je Hilfe wegen aufdringlicher Männer gebraucht?«

Grinsend schob er Mo vor sich her.

In den nächsten Stunden wurde mein Sommerfest immer wilder. Manche der Männer schwitzten beim Tanzen so sehr, dass sie ihre T-Shirts auszogen und oben ohne weitermachten. Einige Gäste mussten das Fest gestützt verlassen, weil Yasmin und Nele es im Stress bei einigen Drinks mit dem Gin ein wenig zu gut gemeint hatten. Gegen ein Uhr waren alle unsere Produkte restlos ausverkauft, und wir hatten keinen Krümel mehr zu essen und nichts mehr zu trinken, außer Leitungswasser und etwas Cola. Ich tanzte einfach mit, ich ließ mich treiben und genoss die Freude der anderen. Georg war von einem Moment auf den anderen verschwunden, was mich angesichts von Lars' Enthüllung erleichterte.

Und dann war es plötzlich nach zwei, und die meisten Gäste waren gegangen. Yasmin und Nele trugen mit müden Gesichtern die Silbertabletts zurück in den Lagerraum. Sven und Lars halfen dabei, das Leergut und die Gläser einzusammeln. Ein paar wenige Gäste waren noch da und unterhielten sich oder schunkelten zu der nun leiser gedrehten Musik. Irgendwann stellte sie jemand aus, und Toni stieg noch einmal auf den Podest auf der Strandpromenade. Diesmal setzte sie sich darauf und ließ die Beine baumeln. Die Gitarre lag in ihrem Schoß.

»Guten Abend noch mal«, sagte sie mit schwerer Zunge. Das einst frisch geföhnte Haar klebte jetzt verfilzt an ihrem Kopf, ihre nackten Fußsohlen waren schwarz getanzt. »Ich hab den Abend eröffnet, und ich schließe ihn jetzt auch.«

Erstaunlicherweise konnte sie auch in diesem Zustand noch einwandfrei Gitarre spielen. Schon die ersten Takte von Nenas *Leuchtturm* verursachten mir eine Gänsehaut.

In diesem Moment legte jemand seinen Arm um mich. Es war Jan. Ich drehte mich zur Seite und sah in sein müdes Gesicht. Er lächelte sanft und zog mich an sich.

»Was für ein Abend«, sagte ich.

Er legte auch den anderen Arm um mich. »Der letzte Tanz gehört mir.«

Toni begann zu singen, und die Erde drehte sich für einen Augenblick etwas langsamer. Jan zog mich fest an sich. Ich legte den Kopf an seine Schulter und ließ es geschehen. Und dann tanzten wir, eng umschlungen, auf der Strandpromenade vor meinem Café. Ich blinzelte und sah, dass keine Wolke mehr am Himmel war. Hell leuchteten die Sterne auf uns herab. Was wohl Mama dazu sagt, falls sie auf uns heruntersieht, fragte ich mich.

Ich traute mich kaum, richtig Luft zu holen, um den Moment nicht zu zerstören. Auch als Tonis letzter Ton verklang und die noch anwesenden Gäste um uns herum klatschten, blieben Jan und ich einfach stehen. Ich hörte Gläserklirren aus der Küche, das sanfte Murmeln der anderen, ich hörte den Wind, die Wellen, Jans Atmen an meinem Ohr. Keiner von uns rührte sich.

Bis Jan plötzlich fragte: »Wo ist eigentlich Morlen?«

14

Unsere Tochter war nicht in der Strandmuschel. Sie befand sich weder im Café noch im Lagerraum, und sie lag auch nicht zusammengerollt auf einer Decke hinter dem Haus. Zunächst dachten wir, wir würden sie jeden Moment finden, weit weg konnte sie ja nicht sein. Doch mit jeder Minute, die verstrich, wurde ich unruhiger.

»Wie kann es sein, dass wir sie beide aus den Augen verloren haben?«, fragte ich Jan, während ich zum dritten Mal unter jeder Bank nachsah, falls sie sich doch irgendwo verkrochen hatte und eingeschlafen war.

»Ich kapier das auch nicht. Vorhin hat sie doch noch in der Küche geholfen, und dann habe ich sie tanzen sehen, mit den Mädels vom Beach Loft.« Er sah erneut hinter der Theke nach, aber dort waren auch diesmal nur Geschirr und Gläser und kein Kind.

Yasmin trat neben uns. »Sie hat uns nur bis etwa elf geholfen, würde ich sagen.«

»Gegen Mitternacht hat sie mit den anderen getanzt«, fügte Nele hinzu.

»Ich glaube, ich hab sie danach noch gesehen«, sagte Lars, der gerade mit Toni hereingeschlendert kam. »Da war es schon richtig dunkel. Sie ist mit ein paar anderen Kindern runter zum Strand gerannt.«

Mir wurde schlecht. Wie hatte ich vergessen können, auf meine Tochter zu achten?

»Ich gucke am Strand nach«, rief ich. »Jan, fährst du nach Hause und schaust da?« Ich fädelte einen einzelnen Schlüssel von meinem Schlüsselbund und reichte ihm die restlichen. »Toni, fährst du bitte zum Wohnwagen, und Yasmin und Nele, würdet ihr in Mamas Haus nachsehen?« Ich reichte Nele den einzelnen Schlüssel.

»Sven und ich radeln in Richtung Reiterhof«, sagte Lars und klang dabei gewohnt tiefenentspannt.

Alle machten sich auf den Weg, ich ging runter zum Wasser. Meine Beine waren müde, aber mein Kopf fühlte sich seltsam leicht an. Bestimmt war Morlen einfach schlafen gegangen, dachte ich. Gleich würde Jan anrufen und mir mitteilen, dass sie zu Hause in ihrem Bett lag und träumte. Auf der Insel gehen keine Kinder verloren, hatte Mama immer gesagt.

Der Strand war menschenleer. Nur der Mond spiegelte sich im Meer. Noch immer war es so warm, dass ich in meinem Kleid nicht fror. Weit und breit war niemand zu sehen. Ich drehte mich um mich selbst, bis ich die beleuchtete Strandmuschel sehen konnte. Wo war Morlen nur hingegangen? Alle anderen Eltern waren längst zu Hause mit ihren Kindern. Wenn irgendjemand Morlen mit zu sich genommen hatte, hätte er mir oder Jan doch Bescheid gesagt, oder?

Das Handy brummte in meiner Tasche. Als ich es hervorzog, leuchtete eine Nachricht nach der anderen auf dem Display auf.

Nix am Reiterhof.

Keiner am Wohnwagen.

Niemand bei Iris zu Hause.

Dann rief Jan an.

»Und?«, fragte ich atemlos in den Hörer.

»Sie ist nicht hier«, sagte er schnaufend.

»Scheiße! Die anderen haben sie auch nicht gefunden.«

»Komm hierher.« Er klang erstaunlich entspannt. »Wenn sie irgendwo hinkommt, dann nach Hause. Sie taucht bestimmt gleich auf.«

Mittlerweile war es drei Uhr nachts. Jan saß still auf meiner Küchenbank und starrte ins Leere. Ich lief wie ein eingesperrter Tiger durch die Wohnung. Ich hatte Morlens Plüschkatze aus ihrem Bett geholt und trug sie wie ein Baby auf und ab, als könnte sie mir in dieser Situation irgendwie helfen.

»Ich fahre noch mal mit dem Rad durch die Dünen«, beschloss ich schließlich. »Vielleicht haben sie eine Nachtwanderung gemacht.«

Jan massierte sich den Kiefer. Es war mir ein Rätsel, wie er so ruhig bleiben konnte. »Nein, lass mich das machen. Bleib du hier, falls sie auftaucht.«

»Auch gut.«

Er zog los, und ich blieb ratlos in der Küche zurück.

Ich konnte doch nicht nichts tun. Irgendwann hatte ich alle Leute benachrichtigt, die mir einfielen. Aber natürlich schliefen die meisten längst, und ich bekam keine Antworten mehr. Nur Toni schrieb, ich solle mich nicht verrückt machen, Morlen sei bestimmt bei einer Freundin, und das Ganze wäre im Trubel der Feier untergegangen. Sie musste doch irgendwo stecken. Nur wo?

Ich nahm mir etwas zu trinken aus dem Kühlschrank und setzte mich damit an den Küchentisch. Meine Gedanken überschlugen sich. Wie hatte das passieren können? Wie hatte ich meine Tochter derart aus den Augen verlieren können? Das wäre meiner Mutter nie passiert.

Ich griff nach meinem Handy und öffnete das Mailprogramm. Noch immer keine Antwort von Simon. Ich zögerte, schrieb dann aber erneut eine Nachricht.

Lieber Simon, bekommst du meine Mails? Bitte, bitte melde dich, ich muss mit dir reden! Es ist wichtig!

Ich betrachtete die Mail und spürte, wie Wut in mir aufstieg. Nein, dachte ich, ich werde nicht um seine Aufmerksamkeit betteln. Ich hatte Simon bereits die Hand gereicht, jetzt war er am Zug. Entschlossen löschte ich die Mail und legte das Handy beiseite. Dann bückte ich mich und zog die Kiste mit den Tagebüchern hervor. Ich musste mich ablenken. Also griff ich nach dem obersten Buch und klappte es auf.

Dort klebten zwei gepresste Lilien mit der Beschriftung: *Aus dem Schrebergarten einer Freundin, als Symbol der Hoffnung.* Ich begann mit Morlens Plüschkatze auf dem Schoß zu lesen.

August 2011

Liebe Maria,

anderthalb Jahre lang habe ich zugesehen. Anderthalb Jahre, in denen du meine Enkelin durch halb Europa geschleppt hast, mit ihr im Tragetuch auf Berge gestiegen bist und sie auf Campingplätzen Kollegen anvertraut hast, die dich zum Stillen mitten in der Surfstunde aus dem Wasser gewinkt haben. Aber bei deinem letzten Besuch habe ich es nicht mehr ausgehalten. Die Ringe unter deinen Augen. Das müde Schreien von Morlen.

»Ein Kind braucht Ruhe«, habe ich zu dir gesagt. »Es braucht ein Zuhause, eine sichere Basis.«

Du hast weinend auf meinem Sofa gesessen. »Aber was wird aus mir?«, hast du gefragt. »Das Reisen, die Jobs im Ausland, das ist meine Welt. Endlich habe ich gefunden, was ich will, und jetzt muss ich es aufgeben? Was nur soll ich mit meinem Leben anfangen, wenn nicht das?«

Wir haben gemeinsam hin und her überlegt. Du hast darüber nachgedacht, eine Zeit lang zu mir zu ziehen. Dir hier eine Stelle zu suchen, deinem Kind zuliebe. Aber schon der Gedanke daran hat uns beide bekümmert. Ich war schon immer eine Exotin in dieser Gemeinde, alleinerziehend, ohne Mann. Und jetzt sollte meine Tochter in meine Fußstapfen treten, und die Blicke und das Gemurmel würden von Neuem losgehen. Wir brauchen eine Lösung für uns alle, habe ich gedacht.

Erinnerst du dich, dass ich dir von Hannes' Brief berichtet habe, im vergangenen Jahr? Nun, ein paarmal haben wir uns geschrieben – dann hat er zugestimmt, mich zu treffen. Ich wünschte, ich hätte es dir gleich erzählen können, aber Hannes hat mich darum gebeten, es erst mal für mich zu behalten.

So stand ich also seit langer Zeit wieder auf einer Fähre, den Wind im Haar, und in mir startete ein Film. Er lief vor meinem inneren Auge ab, ganz deutlich sah ich den Moment vor mir, als ich Hannes zum ersten Mal traf. Ich sah uns Hand in Hand im Watt spazieren, gemeinsam am Küchentisch des alten Fischerhäuschens sitzen, auf seinem Dachboden in den Sternenhimmel schauen. Und dann stand er dort, am Hafen – alt geworden, aber immer noch mein Hannes. Als ich ihn in die Arme schloss, spürte ich: Diese Verbindung zwischen uns ist immer noch da. Du hast mich oft gefragt, warum ich nie wieder einen Partner hatte. In diesem Augenblick wusste ich es: weil ich den einen Mann in meinem Leben längst gefunden hatte. Drei Tage blieb ich. Drei Tage, in denen wir uns anfangs vorsichtig annäherten. Und dann irgendwann begannen uns richtig auszusprechen. Ich verliebte mich neu in Hannes, neu in die Nordsee, neu in Norderney.

Seitdem war ich zwei weitere Male auf der Insel. Am meisten hat es mich beruhigt zu sehen, dass Hannes dort zufrieden ist. Er hat einen Hof mit Tieren, versorgt sich selbst und bietet Schulklassen und Urlaubern Führungen in der Sternwarte an, die er selbst gebaut hat. Bei unseren Spaziergängen über die Insel habe ich gedacht: Vielleicht könnte auch ich hier glücklich sein, Morlen ganz sicher, und vielleicht sogar du.

Bei meinem letzten Besuch habe ich mich umgesehen: Es gibt eine frei stehende Immobilie mit Garten, die ich mit meinem Ersparten kaufen könnte. Es wäre mein gesamtes Geld, ich könnte dir nicht mehr vererben als dieses Haus. Doch irgendwie sagt mir mein Gefühl, dass es mehr wert wäre als alles andere. Ich werde es daher wagen. Ich werde zum zweiten Mal in meinem Leben alles hinter mir lassen und auf einer Insel neu anfangen. Diesmal nicht nur für einen Mann. Diesmal auch für meine Tochter und meine Enkelin, für dich und Morlen. Diesmal auf Norderney.

Ein Schlüssel im Türschloss ließ mich hochschrecken. Ich sprang auf und sah, dass es Jan war, der durch die Tür kam. In seinem ernsten Gesicht las ich, dass er Morlen nicht gefunden hatte.

»Und jetzt?«, fragte ich mit belegter Stimme. »Sollen wir die Polizei anrufen?«

»Ja.« Jan traktierte wieder seinen Kiefer. »Ich hatte gehofft, das nicht tun zu müssen, aber so langsam wird mir doch mulmig.«

Ich hatte schon das Handy in der Hand, als etwas im Flur klingelte. Ich begriff es erst gar nicht, denn dieser Klingelton ertönte nur noch selten. Er gehörte zu unserem Festnetztelefon. Es klingelte, morgens um halb vier.

Jan war schneller, er erwachte aus seiner Schockstarre, rannte in den Flur und nahm ab. Ich folgte ihm und beobachtete jede Regung auf seinem Gesicht mit weit aufgerissenen Augen.

»Hallo?«

»Ja.«

»Wo?«

Die Sekunden verstrichen so langsam, dass ich Jan am liebsten geschüttelt hätte vor Anspannung.

»Gott sei Dank.« Er griff nach meiner Hand, und Tränen schossen in meine Augen. »Vielen Dank! Wo … Okay, wir holen sie.«

Er legte auf und fiel mir in die Arme. »Sie ist okay.«

»Wo ist sie?«, fragte ich schluchzend in seine Schulter hinein.

Er löste sich von mir und sah mich nachdenklich an. »Das ist wirklich merkwürdig.« Er rieb sich über die Augen. »Das war ein Hannes. Ich soll dir ausrichten, deine Tochter schlafe in seiner Sternwarte.«

Mein erster Gedanke war, dass ich allein zu Hannes musste. Aber Jan bestand darauf, mitzukommen und Morlen mit dem Lastenfahrrad nach Hause zu bringen. Schweigend fuhren wir nebeneinanderher durch die vom Mond beschienenen Dünen. Der Weg zur Sternwarte kam mir heute vor, als führte er bis ans Ende der Welt. Niemand war um diese Zeit auf den Beinen, erst recht nicht im Osten der Insel. Hier waren nur wir und der Leuchtturm, der in regelmäßigen Abständen tapfer sein gleißendes Signal sendete.

Zwischendurch war ich mir sicher, dass wir uns verfahren hatten, denn alles sah gleich aus um diese Uhrzeit mitten im Nirgendwo. Nur die kleine schwedenblaue Hütte, die um diese Zeit genauso grau wirkte wie alles andere, zeigte mir, dass wir richtig sein mussten. Und wirklich: Irgendwann streifte meine Fahrradlampe das Schild, das den Weg zur Sternwarte wies.

Endlich tauchte der dunkle Hof vor uns auf. Hinter einem der Fenster brannte Licht. Wir legten die Räder auf den Boden. Noch bevor wir klopfen konnten, öffnete Hannes die Tür. Er trug bereits seine Arbeitshose und die üblichen Gummistiefel. Wahrscheinlich stand er regelmäßig um diese Zeit auf, um sich um die Tiere zu kümmern.

Er erklärte uns, dass er aufgewacht war und Fiete nicht finden konnte. Mit einer Taschenlampe führte er uns durch die Dunkelheit. Hinter dem Gatter zeichnete sich die Kuppel der Sternwarte vor dem Nachthimmel ab. Morlens Fahrrad lehnte am Zaun davor. Wir stiegen die knarzenden Holztreppen hinauf, und Hannes öffnete vorsichtig die Tür. Er winkte uns näher heran und ließ das Licht der Taschenlampe durch den Raum gleiten. Und tatsächlich: Neben dem Teleskop lag Morlen, friedlich eingerollt, auf dem blanken Holzboden. Fietes Wolldecke hatte sie halb über sich gezogen, und der kleine Hund hatte sich dicht an sie gekuschelt.

»Glücklicherweise stehst du im Telefonbuch«, sagte Hannes leise.

Ich hielt mich am Treppengeländer fest. »Und woher wusstest du, dass Morlen meine Tochter ist?«

Hannes sah von mir zu Jan und wieder zurück. »Darüber würde ich gern kurz mit dir allein sprechen.«

Jan zog fragend die Augenbrauen hoch, hockte sich dann aber auf die oberste Stufe der Holztreppe. »Ich warte hier.«

Hannes ging vor mir her und leuchtete uns den Weg an der Weide und dem Stall vorbei bis zum Haus. Sogar im dunklen Flur ließ er die Taschenlampe an, bis wir in seinem spärlich beleuchteten Wohnzimmer standen. Eine einzige Stehlampe brannte neben einem speckigen Ledersessel. Ansonsten gab es nicht viele Möbel: ein schmales Sofa, einen Tisch mit zwei Stühlen, eine Vitrine mit Goldrandgeschirr und ein paar verschnörkelte Bilderrahmen mit Schwarz-Weiß-Aufnahmen darin. Kein Fernseher, keine Musikanlage, nur ein alter Plattenspieler, der nicht so aussah, als ob er noch benutzt wurde.

Hannes wies mit dem Kopf auf das Sofa, auf dessen

Kante ich mich setzte. Er zog sich einen Stuhl heran und nahm mir gegenüber Platz. Die Stille im Raum war so laut, dass ich es fast nicht aushielt.

Irgendwann sagte er: »Sie kommt seit einigen Wochen hierher.« Ich spürte, wie schwer es ihm fiel, mir in die Augen zu sehen. Mein Gehirn war vor Müdigkeit und Erschöpfung so langsam, dass er seine Worte wiederholen musste: »Deine Tochter, sie kommt seit einigen Wochen hierher.«

Ich rückte noch etwas weiter auf die Kante des Sofas vor. »Aber … ich habe …«

»… nichts davon mitbekommen, das dachte ich mir.« Er knetete seine großen Hände.

»Warum hast du denn nichts gesagt?«

»Oh, ich wusste ja anfangs nicht, wer sie ist. Sie kam einfach her, wollte sich mit mir unterhalten, die Tiere füttern, auf Molly reiten. Manchmal haben wir etwas zusammen gegessen. Sie ist nie lange geblieben, weil sie immer zu dieser Ferienfreizeit am Reitstall musste. Sie sagte, ihre Eltern wüssten, dass sie hier ist. Trotzdem wurde ich nach und nach misstrauisch, weil sie so viele Fragen stellte. Als du dann diese Woche hier aufgetaucht bist, hatte ich plötzlich einen Geistesblitz. Wie du gelacht hast, das kam mir bekannt vor. Und natürlich wusste ich, dass Iris eine Enkelin in dem Alter hatte. Dass ich nicht eher darauf gekommen bin!«

Ich versuchte, die Informationen zu verarbeiten. Ich hatte so viele Fragen, dass ich gar nicht wusste, welche ich zuerst stellen sollte.

Hannes spürte das offenbar und sprach ungerührt weiter. »Ich hab Morlen also zur Rede gestellt. Sie hat geweint und gesagt, dass sie mich nicht anlügen wollte, aber Angst hatte, dass ich sie wegschicke.« Er wischte mit der Hand eine Fluse von der Sofalehne. »Ich glaube, sie vermisst Iris sehr. Sie kommt hierher, weil sie denkt, etwas von ihr hier zu finden.«

»Aber …« Ich betrachtete ihn skeptisch. »Woher wusste sie denn überhaupt, dass du meine Mutter kanntest?«

»Aus dem gleichen Grund wie du.« Er legte die Handflächen ineinander und atmete tief ein. »Sie hat die Tagebücher gelesen.«

Auf meinen fragenden Blick hin deutete Hannes auf einen niedrigen Tisch neben mir. Darauf standen ein paar silberne Kerzenständer, die ziemlich angelaufen waren, eine halbvolle Tontasse mit Tee – und daneben lag ein in Stoff eingebundenes Notizbuch.

Hannes strich sich über den kahlen Kopf. »Offenbar hat sie die Tagebücher vor dir entdeckt. Auch das eine, nach dem du gesucht hast. Ich habe ihr gesagt, dass ich nicht gern über diese Zeit spreche. Und da hat sie es mir mitgebracht, damit du es nicht findest. Sie meinte, nun sei es an mir, den Zeitpunkt zu bestimmen. Oder eben nicht.«

Meine Gedanken überschlugen sich. Morlen war hier gewesen, mehrmals. Sie hatte die Tagebücher im Keller gefunden. Sie wusste, was mit Hannes und Iris geschehen war. Sie hatte gemeinsam mit Hannes entschieden, dass ich es nicht erfahren sollte. Und ich hatte von alldem nichts mitbekommen.

Mein Gefühlschaos stand mir offenbar ins Gesicht geschrieben, denn Hannes sagte: »Sie hat das nicht nur für mich getan, sondern vor allem für dich. Sie hatte Angst, dass es zu schmerzhaft sein könnte. Sie wollte uns alle beschützen.«

Ein paar Minuten schwiegen wir. Dann fuhr Hannes fort: »Heute, als ich Morlen in der Sternwarte gefunden habe, wurde mir klar, in welcher Sorge du sein musst. Ich habe Morlen versprochen, nichts von ihren Besuchen zu erzählen. Aber so kann es nicht weitergehen. Nimm das Tagebuch. Nimm dein Kind.«

Er stand auf, nahm das Buch vom Tisch und drückte es mir in die Hand. Dann verließ er ohne ein weiteres Wort das Zimmer. Ich folgte ihm durch den düsteren Flur.

Draußen schlug uns frische Morgenluft entgegen. Ein matter Schimmer zog sich über den Horizont, bald würde die Sonne aufgehen. Jan wartete auf dem Hof. Morlen hing wie ein Kleinkind über seiner Schulter. Nur ihre langen Arme und Beine passten nicht ins Bild. Das Metallica-Shirt war ihr über den Bauch gerutscht. Jan hievte sie umständlich in den Korb des Lastenfahrrads, wo sie sich, ohne die Augen zu öffnen, sofort wieder zusammenrollte.

»Ihr Fahrrad hole ich morgen«, sagte er und stieg auf.

Ich blickte auf das Tagebuch in meiner Hand, dann zu Hannes. Er nickte mir zu, und wieder einmal fiel mir auf, was für freundliche Augen er doch hatte, selbst in diesem Moment. Ich ließ die Kladde in meine Tasche gleiten, und dann fuhren Jan und ich mit Morlen im Korb davon.

Jan trug unsere Tochter die Treppe rauf, wuchtete sie, so wie sie war, ins Himmelbett und legte sich daneben. Sie lagen Kopf an Kopf da. Beide hatten sie den gleichen karamellfarbenen Hautton, beide die gleichen strubbeligen dunkelblonden Haare, beide die gleichen zarten Gesichtszüge.

Ich war hundemüde, aber ich würde nicht schlafen können, ehe ich erfuhr, was Morlen herausgefunden hatte und wovor sie mich hatte beschützen wollen. Ich ließ die beiden schlafen, schlich in die Küche, setzte mich auf den kalten Boden, den Rücken an den Kühlschrank gelehnt, und klappte das Tagebuch auf. Neben dem fehlenden Puzzlestück klebte ein gepresster Strandflieder, daneben stand: *Eine Erinnerung an Baltrum aus dem Jahr 1984.*

August 1987

Ich habe lange überlegt, ob ich dir überhaupt erzählen soll, was im Herbst vor deiner Geburt passiert ist. Ich kämpfe noch immer mit mir, und ich weiß nicht, ob ich es schaffen werde, es aufzuschreiben. Du verdienst eine Erklärung, und gleichzeitig will ich dich beschützen, dich – und mich.

Hannes begann in jenem Jahr, sich mehr und mehr zurückzuziehen. Ich weiß, dass es vor allem mit unserem unerfüllten Kinderwunsch zu tun hatte, aber er wollte einfach nicht mit mir darüber sprechen. Ich fühlte mich immer einsamer und fragte mich, ob ich in seinem Leben überhaupt noch erwünscht war. Wir wohnten unverheiratet unter einem Dach, auf einer winzigen Insel, deren Einwohner uns argwöhnisch beäugten, weil wir anders waren als sie. In ihren Augen musste an uns irgendetwas faul sein. Und wer weiß, vielleicht stimmte das sogar. Jedenfalls wurde in den Herbstferien ein neues Kind zu uns in die Ferienbetreuung gebracht, wo ich seinerzeit arbeitete. Ein kleiner Junge aus Hamburg, und schon an seinen Klamotten konnte ich sehen: Seine Eltern waren wohlhabend.

Sein Vater Michael kam immer allein. Er war vermutlich der schönste Mann, den ich je gesehen hatte. Stattlich, mit gewelltem goldblondem Haar und einer lauten, tiefen Stimme. Ich hörte ihn immer schon im Flur, wenn er seinem Sohn die Hausschuhe anzog, und ich musste mir eingestehen, dass ich mich auf ihn freute. Denn dieser Mann erhellte jeden Raum, den er betrat. Ich sah ihn gern an, ich hörte ihm gern zu, und ich freute mich, wenn er seine unwiderstehliche Aufmerksamkeit auf mich richtete. Er begrüßte mich stets persönlich und berührte dabei sanft meinen Arm. Er suchte immer meinen Blick und strahlte mich an, offen und voller Begeisterung. Ich fühlte mich geschmeichelt, dass jemand wie er sich für die Erzieherin seines Sohnes interessierte. Einmal brachte er mir Blumen mit, weil ich mich so lieb um Alexander kümmerte, ein anderes Mal einen Krimi, den er ausgelesen hatte. Er sagte, er wolle unbedingt meine Meinung zu dem Buch wissen. Ich war so ausgehungert nach menschlichem Kontakt und guten Gesprächen, dass ich jede Gelegenheit wahrnahm, mich mit ihm zu unterhalten.

Eines Tages bat Michael mich, abends auf seinen Sohn aufzupassen, er habe einen Termin. Normalerweise war uns privates Babysitten nicht gestattet, aber ich wollte und konnte nicht Nein sagen, und so saß ich bald mehrmals in der Woche abends in einem Ferienhaus mit kostbarem Echtholzboden vor dem Kamin und las, während Alexander nebenan schlief. Wenn sein Vater nach Hause kam, gesellte er sich zu mir, und wir redeten. Manchmal stundenlang. Ich erwähnte Hannes nie, und auch er hat nie eine Frau erwähnt, aber ich bemerkte die Bilder an den Wänden von einer schlanken, eleganten Dame, die ganz eindeutig Alexanders Mutter war. Michaels Gesellschaft ließ mich aufblühen und gab mir etwas, worauf ich mich freute.

Ich sagte Hannes nicht, warum ich so lange beim Babysitten blieb. Auch wenn er es längst ahnte. Einmal warnte er mich sogar, ich solle mir nicht die Finger an Michael verbrennen, er sei bekannt auf der Insel, ein reicher Reedersohn, der sich hier eingekauft habe und glaube, er könne sich nehmen, was ihm nicht zustand. Hannes war nicht dumm, er merkte, wie ich mich zurechtmachte an jenen Abenden, wie ich von innen heraus strahlte.

Eines Tages war Michael allein, als ich zum Babysitten kam. Er begrüßte mich im Flur mit einem vielsagenden Lächeln. Ich wusste, dass das, was wir dann taten, ein Fehler war. Ich wusste es, aber der Teil von mir, der es unbedingt wollte, war stärker. War unsere gemeinsame Nacht das Drama wert, das ich damit heraufbeschwor? Nein, sie war nicht annähernd so aufregend, wie ich sie mir in meinen Träumen ausgemalt hatte. Und doch bereue ich sie nicht, denn sonst gäbe es dich heute nicht.

Ich besuchte Michael danach nie wieder. Anfangs versuchte er noch ein paarmal, mit mir Kontakt aufzunehmen, doch ich sagte ihm klipp und klar, dass es ein Fehler gewesen war und nie wieder etwas zwischen uns passieren würde. Daraufhin wurde er sehr kühl und herablassend. Er brachte seinen Sohn nicht mehr in die Ferienbetreuung. Ich sah ihn noch manchmal von Weitem am Strand mit Alexander, einmal war jene elegante Dame von den Bildern dabei. Der Kleine winkte mir dann, doch Michael sah durch mich hindurch, als wäre ich von einem Moment auf den anderen unsichtbar geworden.

Ich weiß nicht, ob du diese Zeilen je lesen und wie alt du dann sein wirst. Aber ich hoffe, du verstehst, warum ich nie über Michael sprechen wollte. Jedes Kind möchte ein gutes Bild von seinem Vater haben. Und von seiner Mutter. Doch was wir getan haben, war Betrug, und ich schäme mich bis heute dafür. Ich habe lange überlegt, ob ich Michael von dir erzählen soll. Aber er war danach so kalt, so abweisend zu mir, dass ich fürchtete, er könnte auch dich ablehnen. Außerdem hatte ich bereits Schuld auf mich geladen – ich musste nicht auch noch Alexanders Familie zerstören. Und ja, ich gebe es offen zu: Ich war auch zu stolz. Ich wollte keinen monatlichen Scheck von ihm, keine Almosen. Ich wusste, wir beide schaffen es auch allein.

Ich habe seitdem nie mehr mit Michael gesprochen. Wer weiß, vielleicht tue ich ihm Unrecht, und er wäre herzlicher zu dir gewesen, als ich befürchtete. Aber das Risiko konnte und wollte ich nicht eingehen. Denn auch wenn ich einen großen Fehler begangen habe, ist das, was dabei herausgekommen ist, das Beste, was mir je passiert ist: Du. Und ich wollte dich um jeden Preis beschützen.

Mit brennenden Augen klappte ich das Tagebuch zu und verstaute es wieder in meiner Tasche. Meine Glieder fühlten sich eingerostet an, als ich vorsichtig aufstand. Morgensonne schien durchs Fenster. Die Digitaluhr des Backofens zeigte 05:54 Uhr an. Ich ging wie ferngesteuert ins Schlafzimmer, durch dessen Vorhänge Licht auf Jans und Morlens schlafende Umrisse fiel. Ich legte mich zu ihnen. Und Sekunden später schlief auch ich ein.

Als ich erwachte, hörte ich Stimmen aus der Küche. Ich sah mich um. Es war taghell, ich lag auf meinem Bett, in meinem Sommerkleid von gestern Abend, und neben mir atmete gleichmäßig Jan. Er hatte seinen Arm um meine Taille geschlungen und schlief offenbar noch tief und fest. Ich hörte Morlen etwas sagen. Wer war bei ihr? Ich erkannte Mos Stimme, aber da war noch jemand. Eine Kinderstimme, hell und piepsig.

Abrupt setzte ich mich auf, schob Jans schweren Arm beiseite und kletterte aus dem Bett. Mein Kopf schmerzte, und mir war so schwindelig, dass ich mich an der Wand entlang zur Tür tasten musste. Ich öffnete sie, setzte im Flur konzentriert einen Fuß vor den anderen und schob mit der flachen Hand die Küchentür auf. Das Bild, das sich mir bot, war zu unerwartet, um es auf einen Blick zu erfassen: An einem üppig gedeckten Frühstückstisch saß Mo, daneben Morlen, noch immer in ihrem Metallica-T-Shirt, und auf ihrem Schoß balancierte sie – ihre kleine Schwester Hannah. Dabei sollten Simon und sie erst in einer Woche zurück sein.

Ich quiekte auf und stürmte auf sie zu, nahm Hannah hoch und drückte sie an mich. Zu meiner Erleichterung quiekte auch die Kleine vor Freude, sie strahlte übers ganze Gesicht und griff nach meinen zerzausten Haaren. Nur ein paar Wochen hatte ich sie nicht gesehen, doch alles an ihr kam mir größer vor, die Wimpern noch dichter, die Locken noch länger, und hinter ihren vollen Lippen ragte eine winzige Zahnspitze hervor.

»Meine Hannah!«, rief ich und küsste ihr Gesicht ab, ihre speckigen tiefbraunen Arme, ihre Haare, die nass geschwitzt waren vom Toben mit ihrer großen Schwester. Hannah gluckste und erwiderte meine Liebkosungen mit weit geöffnetem Mund, der nach dem Pflaumenmus ihrer Oma roch, das sie offenbar soeben gegessen hatte.

Nach einer Weile blickte ich in die Runde. Mo und Morlen sahen mich seltsam betreten an. Mein Herz stolperte.

»Wo ist Simon?«, fragte ich.

Morlen sah hilfesuchend zu Mo, die sich etwas gerader hinsetzte. Ihre Augenlider waren geschwollen, und ihre kurzen Haare lagen platt am Kopf. Nur auf den Perlmuttlippenstift hatte sie auch heute Morgen nicht verzichtet.

»Nun.« Sie atmete abgehackt aus. »Er hat mir nur die Kleine in den Arm gedrückt und ist wieder los.«

Ich sah sie fragend an. »Wie jetzt?«

Morlen knibbelte an ihren Nägeln. »Ich hab noch geschlafen, bin durch Hannahs Gebrabbel aufgewacht.«

»Wo ist er?«, wiederholte ich, diesmal dringlicher.

Mo fuhr sich mit der Zunge über die Zähne. »Er hat nur das Gepäck abgestellt und gesagt, ich soll dir ausrichten, dass er bald zurück ist. Er bräuchte noch etwas Zeit für sich.«

Ich ließ Hannah auf meiner Hüfte auf und ab wippen und spürte, dass mir speiübel wurde. »Was soll das heißen? Ich versteh das nicht.«

»Er wollte dir deine Tochter wiederbringen, etwas eher als versprochen. Er sagt, du sollst sie nicht länger vermissen.« Mo fuhr mit einem pinkfarben lackierten Fingernagel über ihren Tellerrand. »Er möchte noch etwas allein weiterreisen.«

»Wie lange ist das her?« Ich blickte zur Digitalanzeige am Herd. 11:52 Uhr.

»Etwa eine Stunde«, sagte Mo. »Ich wollte euch wecken, aber Simon hat mich eindringlich gebeten, das nicht zu tun.«

»Hat er …« Ich sah von Mo zu Morlen und dann in Richtung Schlafzimmertür. »Hat er …«

Mo senkte pikiert den Blick und nickte leicht. Ein heißes Gefühl fuhr mir in den Magen. Dass Simon ins Schlafzimmer geschaut hatte, konnte seinen überstürzten Aufbruch erklären. Was musste er bloß gedacht haben, als er Jan und mich zusammen im Bett gesehen hatte?

Ich stürzte hektisch ein Glas Wasser herunter, das auf dem Tisch stand. »Ich muss mit ihm sprechen.« Ich küsste Hannah erneut aufs Haar und setzte sie auf Morlens Schoß. »Ich komme gleich wieder«, sagte ich sanft zu beiden.

»Mama?« Morlen drückte ihre kleine Schwester an sich. In ihrem Blick lag das Schuldgefühl wochenlanger Lügen. Dieses Gespräch würde warten müssen, das wussten wir beide. Sie konnte mir kaum in die Augen sehen. Leise sagte sie: »Vielleicht ist er noch zum Campingplatz.«

»Stimmt, gute Idee. Danke, Maus!« Ich küsste auch Morlen aufs Haar, schnappte mir von der Garderobe im Flur eine Jacke und meinen Fahrradschlüssel und rannte barfuß die Treppe hinunter.

Schon von Weitem sah ich Toni vor Simons Wohnwagen sitzen. Sie hockte im Schneidersitz im Gras, nur in T-Shirt und Boxershorts, den Blick weit in die Ferne gerichtet. Erst als sie mich auf dem Fahrrad heranrasen sah, rührte sie sich. Ich warf das Rad ins Gras und rannte zu ihr.

»Wo ist er?« Mein Atem rasselte, so sehr hatte ich mich beeilt.

»Es tut mir leid.« Toni senkte die Augenlider.

»Wo ist er?« Ich hörte selbst, wie schrill meine Stimme klang.

»Nicht so laut, Lars schläft noch.« Toni wies auf die angelehnte Wohnwagentür. Ehe ich noch einmal fragen konnte, sagte sie: »Auf der Fähre.«

»Auf welcher?«

Ich wollte schon wieder aufs Rad steigen, als Toni nach meinem Handgelenk griff. »Auf der, die vor wenigen Minuten abgelegt hat. Er ist von hier aus direkt mit dem Camper hingefahren.«

»Wieso hast du mich nicht angerufen?«

»Es ging alles so schnell. Er kam rein, hat ein paar Sachen zusammengepackt, und als ich aus der Schlafnische gekrabbelt bin, hat er mich angestarrt, als wäre ich ein Geist. Wir sind raus, haben zehn Minuten geredet, und dann ist er los. Danach hab ich dich direkt angerufen, aber du bist nicht drangegangen.«

Ich tastete die Jackentaschen ab. Da war mein Handy, noch auf lautlos geschaltet, zwölf Anrufe in Abwesenheit. »Was hat er gesagt?«

Tonis Schultern sackten herab. »Ich soll dir sagen, dass er sich meldet. Er braucht noch Zeit für sich. Um irgendetwas Wichtiges herauszufinden.«

Ich ließ das Handy wieder in die Tasche gleiten. »Hat er auch gesagt, was er Wichtiges herausfinden will?«

»Nein.« Toni sah schuldbewusst aus. »Ich hab gar nicht so schnell geschaltet, als er da plötzlich vor mir stand – ich war noch total verpennt und halb betrunken von gestern.«

Ich sah noch einmal hilflos zu meinem Fahrrad.

Toni zog mich zu sich hinunter. »Jetzt setz dich erst mal, die Fähre ist weg. Er wird sich sicher bald melden, schon wegen Hannah.«

Ich ließ mich ins Gras plumpsen, das leicht feucht war. »Du sagtest, ihr habt zehn Minuten geredet.« Ich rieb mir über die brennenden Augen. »Da muss er doch noch irgendwas gesagt haben.«

Toni spielte mit ihren Armbändern. »Ja, hat er, aber wir haben über etwas anderes geredet.«

»Über was?« Ich sprach schon wieder zu laut, woraufhin Toni sich erneut besorgt zur Tür umdrehte. »Über was?«, wiederholte ich deutlich leiser.

Toni seufzte tief. »Über uns.« Sie zupfte ein paar Grashalme aus. »Er hat sich bei mir entschuldigt. Er sagt, er weiß, dass er sich verhalten hat wie der letzte Arsch. Er hätte mich durchaus gemocht, aber mein Tempo hat ihm Angst gemacht. Er sagt, er hätte damals noch gar nicht gewusst, wie das ist. Verliebt zu sein. Jetzt kann er nachvollziehen, wie sehr er mir wehgetan hat.« Toni machte Knoten in die ausgerissenen Grashalme. »Er klang aufrichtig, und ich glaube, es tut ihm wirklich leid.«

Erst jetzt spürte ich, wie trocken meine Kehle war. Ich musste dringend etwas trinken. »Wie ging es dir dabei?«

Sie betrachtete die Grashalmknoten in ihrer Hand. »Es hat gutgetan, das zu hören.«

Ich ließ den Blick über den Campingplatz schweifen. Einige Meter weiter deckte eine Familie gerade klappernd den Tisch fürs Mittagessen vor ihrem Zelt. Die Sonne stand hoch am Himmel und blendete mich.

»Und Lars und du?«

Toni lächelte scheu. »Weiß nicht. Er ist süß, oder?«

»Total.« Ich lächelte matt zurück. »Dann kriech mal wieder zu ihm unter die Decke. Ich düse zurück zu den Kids und zu Mo.« Ich stand auf und klopfte ein paar Grashalme von meinem Kleid. »Ich melde mich.«

»Ach, und Maria?« Toni sah mit großen Augen zu mir hoch.

»Ja?«

»Er hat dich damit gemeint.«

»Was meinst du?«

»Simon. Er hat von dir gesprochen, als er sagte, er kann jetzt nachvollziehen, wie es ist, verliebt zu sein.«

»Hat er das gesagt? Dass er mich meint?«

Toni pustete sich eine Strähne aus dem Gesicht. »Nein, aber ich weiß es. Er hat nicht viel mitgenommen aus dem Wohnwagen. Ein paar Klamotten, glaube ich. Und das Bild von euch, das Familienfoto. Das ist weg.«

Zurück in der Wohnung, informierte ich kurz alle Insulaner, denen ich heute Nacht geschrieben hatte, dass Morlen wieder aufgetaucht war. Dann schickte ich doch erneut eine kurze E-Mail an Simon:

Bitte melde dich, sobald du kannst! Ich muss mit dir reden!

Anschließend legte ich mich mit Hannah ins Bett. »Was hast du alles erlebt?«, fragte ich sie. »Wie war es mit Papa?«

Sie gluckste, strahlte mich an und griff nach meinen Händen. Und irgendwann nickte sie ein, einfach so, mitten im Glucksen.

Ich hörte Mo in der Küche mit Morlen reden und im Bad das Wasser der Dusche laufen, unter der Jan stand. In mir kämpften so viele Gefühle miteinander. Rührung über Hannahs kleine Hand, die noch immer meinen Finger festhielt. Verwirrung darüber, dass Simon nur unser Kind dagelassen hatte und gleich wieder abgehauen war. Angst, dass er die falschen Schlüsse gezogen hatte, als er Jan und mich im Schlafzimmer entdeckt hatte. Betroffenheit wegen Mamas Tagebucheintrag. Sorge um Morlen, die ihn ebenfalls gelesen hatte.

Hannah löste zuckend ihren Griff, und ich drehte mich vorsichtig zum Nachttisch, wo meine Tasche stand. Ich nahm das Tagebuch heraus und blätterte an die Stelle, wo ich heute Nacht aufgehört hatte zu lesen. Dort klebte die gepresste Rispe eines Dünengrashalms. *Von einer Wattwanderung mit Hannes vor einigen Jahren,* hatte Mama daneben geschrieben.

August 1988

Mein Kind,
nun weißt du, wie du entstanden bist. Aber ich schulde dir noch den Teil der Geschichte, der für mich am bittersten ist. Den mit Hannes.

Als ich einige Wochen nach meiner Nacht mit Michael herausfand, dass ich schwanger war, wusste ich nicht mehr weiter. Ich dachte, das war es, jetzt ist alles aus, nur weil ich so dumm war, auf jemanden reinzufallen, der meiner Eitelkeit geschmeichelt hat. Gleichzeitig war mir klar, dass ich dich bekommen wollte. Auch wenn ich die Sache mit Michael bereute, habe ich dich immer gewollt, von der ersten Sekunde an, in der ich von dir erfuhr.

Nun, da ich von meiner Schwangerschaft wusste, kämpften zwei Stimmen in mir. Die eine sagte: Du musst Hannes alles erzählen, das bist du ihm schuldig. Die andere, und dafür schäme ich mich bis heute, sagte: Ihr habt euch so sehr ein Kind gewünscht, und nun bekommst du eines. Vielleicht ist es Schicksal, vielleicht ist es eure einzige Chance.

Keine Ahnung, was mich damals geritten hat, aber ich hörte auf diese zweite Stimme. Nie werde ich Hannes' Gesicht vergessen, als ich ihm eines Abends am Abendbrottisch sagte, dass ich schwanger sei. Der Ausdruck in seinen Augen, in die sofort Tränen stiegen. Ich habe ihn nie zuvor und nie danach glücklicher gesehen.

Von jenem Tag an war Hannes wie ausgewechselt. Er kümmerte sich rührend um mich, kam stets pünktlich von der Arbeit, und manchmal hörte ich ihn oben an seinem Teleskop beschwingt vor sich hin summen. Ich habe das Richtige getan, sagte ich mir, wenn er mich anstrahlte. Es ist für uns beide das Beste, redete ich mir ein, wenn er abends im Bett entzückt über meinen wachsenden Bauch strich.

Doch Baltrum war zu klein für mein Geheimnis. Man erzählte sich auf der Insel von meiner Affäre mit Michael. Man hatte mich mehrmals nachts aus seinem Ferienhaus kommen sehen. Und nun trug ich diesen Schwangerschaftsbauch vor mir her. Ich war nie dabei, wenn jemand Hannes darauf ansprach, aber ich bin mir sicher, dass ihm mehrmals vorgeworfen wurde, er habe sich von dieser Zugezogenen Hörner aufsetzen lassen. Lange Zeit sagte er nichts dazu. Ich glaube, er wollte selbst so gern an unser kleines Wunder glauben, dass er mit aller Kraft versuchte, seine Zweifel zu ignorieren.

Doch eines Tages musste er zum Arzt ans Festland, irgendein »Männerproblem«. Was genau er hatte, verriet er mir nicht, so war mein Hannes, ich wunderte mich längst nicht mehr. Doch als er abends wiederkam, war nichts mehr wie zuvor. Er sah mich an, mit einer solchen Enttäuschung im Blick, dass mir eiskalt wurde.

»Ich kann keine Kinder zeugen«, sagte er. Ich eilte zu ihm, wollte ihn in den Arm nehmen, ihm alles erklären, doch er schüttelte mich nur ab und bat mich: »Pack deine Sachen und geh.«

Ich verstehe, warum er das getan hat. Ich verstehe es, denn wie hätte er noch sein Gesicht wahren können, auf dieser Insel, deren Bewohner ihn meinetwegen sowieso schon kritisch beäugten? Ich kann nur ahnen, was es mit ihm machte, dass ich von einem anderen schwanger war, nachdem wir uns vergebens ein gemeinsames Kind gewünscht hatten. Wie groß seine Enttäuschung sein musste, nachdem er ein halbes Jahr lang voller Vorfreude meinen wachsenden Bauch gehätschelt hatte. Wie wütend er auf mich war, dass ich dazu imstande gewesen wäre, ihm ein Kuckuckskind unterzujubeln.

Und so packte ich meine Sachen und ging. Ich zog hierher, nach Ostwestfalen, wo mich niemand kannte. Ich baute uns etwas Neues auf, und ich finde, das ist mir ganz gut gelungen. Du bist jetzt ein richtiges Kindergartenkind, und du liebst es, mit mir durch die Wiesen zu stromern, in den Maisfeldern Verstecken zu spielen und in unserem Garten im Sandkasten zu buddeln. Wir haben hier alles, was wir brauchen.

Trotzdem vermisse ich Hannes noch. Die Schuld, die ich mit meinem Betrug und mit meiner Lüge auf mich geladen habe, werde ich immer mit mir herumtragen. Er hat mich gebeten, die Insel nie wieder zu betreten. Und doch habe ich es getan, in diesem Sommer war ich mit dir dort. Ich wollte noch einmal mit ihm sprechen, ihm alles erklären, ihn fragen, warum er nie auf meine Briefe reagiert hat. Doch in seinem Haus lebt nun eine andere Familie. Ich habe überall nach ihm gesucht, bis ich einen alten Kollegen von ihm am Hafen fand, der mir sagte: Hannes hat sein Haus verkauft und ist von der Insel verschwunden. Noch im gleichen Sommer, in dem ich ging. Seitdem hat ihn niemand mehr gesehen. Ich kann nicht fassen, dass ich ihn aus seiner Heimat vertrieben habe. Er wäre ein guter Vater für dich gewesen, das denke ich so oft. Aber das war nicht möglich, ich weiß es, er hätte mir niemals verzeihen und dich als seine Tochter annehmen können.

Ich hoffe, du verstehst, dass ich Michael nie kontaktiert habe. Ich kenne seine Adresse in Hamburg, aber ich will sein Geld nicht. Und ich finde, er hat dich nicht verdient. Wir beide, wir schaffen das alleine. Und ich glaube, wir schaffen es ziemlich gut.

Ich war so versunken in die Lektüre, dass ich gar nicht hörte, wie Morlen hereinkam. Sie kletterte zu mir auf die Bettkante, und ich setzte mich auf.

Mit großen, traurigen Augen sah sie mich an. »Es tut mir leid, Mama.«

Ich legte den Arm um sie und zog sie dicht an mich. »Mir auch.«

»Ihr habt euch Sorgen gemacht.«

Ich drückte sie noch ein wenig fester. »Ich wünschte, du hättest mit mir gesprochen.«

»Ich hatte Angst, dass dich das zu traurig macht.«

Ich küsste sie auf die Stirn. »Du musst mich nicht beschützen, meine Maus. Ich muss dich beschützen, ich bin deine Mutter.« Ich nahm ihre Hand in meine und strich mit dem Daumen über ihre weiche Haut.

Sie verschränkte ihre warmen Finger mit meinen. »Bist du traurig?«

»Warum?«

Sie setzte mehrmals an. »Weil Hannes nicht dein Papa ist?«

Ich überlegte. »Ein bisschen vielleicht. Aber ich hatte die beste Mama der Welt.«

Morlen vergrub ihr Gesicht an meiner Brust. Eine Zeit lang saßen wir einfach da und hörten Hannah beim sanften Schnarchen zu.

Irgendwann sagte Morlen: »Hannes will nicht mehr, dass ich ihn besuche, oder?«

Etwas in mir wurde schwer. »Ich glaube, er braucht gerade ein bisschen Zeit für sich.«

»Schade.« Morlen hob den Kopf. »Er ist vielleicht nicht mein Opa, aber…« Sie atmete tief ein und aus. »Ich hab ihn irgendwie lieb.«

Ich spürte Tränen in meine Augen steigen und schluckte sie herunter. »Und ich habe dich sehr lieb«, sagte ich leise.

In diesem Moment kicherte Hannah hinter uns. Wir drehten uns zu ihr um. Sie war aufgewacht, setzte sich auf und strahlte uns an. »Moa«, sagte sie und zeigte auf ihre große Schwester. Dann zeigte sie auf mich: »Mama.«

15

Am späten Nachmittag gingen wir alle zusammen zur Strandmuschel, die heute geschlossen blieb. Jan spielte mit Morlen und Hannah am Strand. Mo, Toni, Yasmin, Nele und Lars halfen mir beim Aufräumen. Wir füllten Spülmaschine um Spülmaschine mit Gläsern. Wischten die Stehtische ab und verstauten sie wieder im Lager. Knoteten die Ballons von der Regenrinne und schenkten sie vorbeilaufenden Kindern. Trugen die Bühne hinters Haus, wo sie, mit einer Plane abgedeckt, auf das nächste rauschende Fest warten sollte.

Ich fegte gerade mit einem großen Besen ein paar Scherben auf der Strandpromenade zusammen, als plötzlich Georg vor mir stand. Er sah genauso müde aus wie alle anderen, aber er roch besser.

»Hallo«, sagte er verlegen.

»Hallo.« Ich versuchte nicht zu überspielen, dass ich keine große Lust auf dieses Gespräch hatte.

»Tut mir leid, dass ich gestern ohne Vorwarnung abgehauen bin.« Seiner Stimme war das laute Mitsingen anzuhören. »Ich hatte einen zu viel von diesen Rosenzucker-Drinks.«

Ungerührt fegte ich weiter.

»Aber es war eine tolle Party, Gratulation! Besser hätte es wohl nicht laufen können.«

Ich hielt inne und stützte mich auf den Besen. Mit zusammengekniffenen Augen musterte ich ihn. »Was wolltest du mir eigentlich vorschlagen?«

»Was meinst du?«

»Na, für die Strandmuschel, wie ich das finanziell in Zukunft besser hinkriege.«

»Willst du wirklich jetzt darüber reden?«

»Kommt drauf an, wie hoch dein Angebot ist.«

Georg rückte seine Brille zurecht, wie immer, wenn er nervös war. »Wovon sprichst du?«

»Na ja, du wolltest mir doch sicher ein Angebot machen? Man munkelt, dass du mein Café übernehmen willst.«

Er stand da wie ein Schuljunge, den man bei einem Streich erwischt hatte. Ich konnte seinen Kehlkopf beim Schlucken beobachten. »Also… Ich weiß gar nicht, was ich dazu sagen soll.«

Ich lachte bitter. »Okay, dann hör mir erst mal zu. Ich hab heute Mittag noch mal in meine Ordner gesehen. Wusstest du, dass der Besitzer dieses Gebäudes kürzlich gewechselt hat?« Ich nickte mit dem Kopf in Richtung Strandmuschel.

Georgs Gesicht hatte einen noch ungesünderen Farbton angenommen.

»Ein gewisser Herr Zauner hat es gekauft«, fuhr ich fort. »Und erst mal schön die Pacht erhöht. Es hat ein bisschen gedauert, aber endlich ist auch zu mir durchgesickert, dass das deine Taktik ist: Immobilien kaufen, die Pacht erhöhen, die Betreiber in die Ecke drängen, bis sie irgendwann aufgeben und du den Laden ganz übernehmen kannst. Also, was willst du mir für Möbel und Einrichtung zahlen?«

Georg öffnete den Mund und schloss ihn direkt wieder.

»Ist mir ehrlich gesagt auch egal.« Energisch ging ich an ihm vorbei. »Ich verhandle nicht mit Leuten, denen ich nicht vertrauen kann.«

»Ich habe dich nie angelogen.« Er klang aufrichtig zerknirscht.

»Nein, aber du hast mir verschwiegen, wer du bist. Du hast so getan, als würdest du das Dach aus reiner Nächstenliebe reparieren.« Ich traktierte schon zum dritten Mal eine Stelle am Boden, die bereits blitzblank war.

»So war es auch. Wenn ich dich in den finanziellen Ruin hätte treiben wollen, hätte ich dich wohl eher mit dem Debakel allein gelassen.«

»Wirklich?« Ich hielt wieder kurz inne. »Oder wolltest du mich milde stimmen, damit du die Küchenmaschinen zu einem besseren Preis bekommst?«

»Also ehrlich!« Georg stemmte die Hände in die Hüften, aber er klang eher erschöpft als wütend. »Du hörst irgendwelche Gerüchte, und sofort glaubst du sie.«

»Bist du jetzt der neue Besitzer, der mehr Geld von mir will, oder nicht?«

»Ja, aber …«

»Nichts aber.« Ich wandte mich von ihm ab. »Ich hab hier noch zu tun.«

Einen Moment blieb er stumm. Dann hörte ich ihn sagen: »Alles klar. Ich geh dann mal.«

»Ach, und Georg?«, rief ich ihm nach. »Das Geld fürs Dach bekommst du wieder. Ich bezahle dir die Materialien für die Reparatur, und wenn es das Letzte ist, was ich tue.«

Während er sich kopfschüttelnd entfernte, kniete sich Toni mit einem Kehrblech neben mich und zischte: »Wie war das noch mal mit Dummheit und Stolz?«

Hannah schlief an diesem Abend in meinem Arm ein, und auch Morlen kroch zu mir ins Bett. Ich lauschte dem gleichmäßigen Atmen der beiden und spürte, dass auch meine Lider schwer wurden. Aber ich musste noch einmal raus und in Ruhe meine Gedanken sortieren. Behutsam zog ich meine Gliedmaßen unter meinen Kindern hervor und ging in die Küche, wo Mo gerade mit einer großen Schere einen Bogen Tonpapier zerschnitt.

»Hey, was bastelst du da?«, fragte ich.

Sie sah mich nur kurz an und machte weiter. »Schlafen die Mäuse?«

»Ja, tun sie.«

Sie schnitt weiter, wobei farbige Schnipsel auf den Boden rieselten. »Ich will mit den Kindern morgen Pappkisten bauen.«

»Kisten?«

»Ja, vielleicht können wir hier ein bisschen Ordnung schaffen.« Sie wies mit dem Kopf in Richtung Arbeitsplatte, auf der sich ungeöffnete Post, Zeitschriften und Kinderbücher stapelten. »Wir malen sie mit Fingerfarben an.«

Für mich klang das eher nach noch mehr Chaos, aber ich war froh, dass Mo hier war, und sagte nichts dazu. »Das heißt, du bleibst noch?«

»Ich hatte noch gar keine Zeit für Iris' Garten und … überhaupt. In der Pension ist zwar noch ein Zimmer frei, aber ich habe mich gefragt …« Jetzt sah sie von ihrem Papier hoch. »Meinst du, ich könnte …«

Ich strich mir eine zerzauste Haarsträhne hinters Ohr. »In Mamas Haus schlafen?«, vervollständigte ich ihre Frage.

Mo legte die Schere beiseite und nickte. »Ich weiß, du willst nichts verändern … aber es wäre praktisch. Ich könnte dir beim Ausmisten helfen und nach dem Rechten sehen.«

»Stimmt«, sagte ich leise. »Lass uns morgen zusammen hinfahren und Mamas Gästebett beziehen.«

Ich rieb mir über die verspannten Schultern. Sie hatte vollkommen recht. Das Haus stand seit einem Jahr leer, es grenzte an Wahnsinn, es nicht wenigstens bis zum Verkauf zu nutzen. Das Leben ging weiter, auch ich musste das endlich akzeptieren.

Mo musterte mich, als versuche sie, meine Gedanken zu lesen. Dann nickte sie und begann, kleine Töpfchen mit Kleister und Farbe auf dem Tisch zu verteilen.

»Morlen geht ja morgen nicht mehr reiten, da machen wir uns einen schönen Tag.« Sie rührte mit dem Zeigefinger in einem der Töpfe. »Ich teste schon mal alles.« Die ganze Küche roch bereits nach Klebstoff.

Ich streckte mich. »Ist es okay, wenn ich noch mal kurz rausgehe? Wird nicht lange dauern.«

Sie zog den jetzt lilafarbenen Finger aus dem Becher. »Was für eine Frage. Bis später.«

Ich fuhr mit dem Rad zu einem Strandaufgang in den Dünen, an dem abends nicht viel los war. Es war bereits nach neun, aber noch immer warm, und an den Hauptstränden lagen bestimmt noch viele Leute auf Decken und warteten auf den vermutlich perfekten Sonnenuntergang. Hier dagegen war der Strand verwaist bis auf eine Gruppe Teenager, wahrscheinlich aus der Jugendherberge in der Nähe. Ein paar von ihnen rannten gerade übermütig kreischend zum Wasser, um noch einmal baden zu gehen.

Ich ließ mich ein gutes Stück von ihnen entfernt in den Sand plumpsen, nah an der Brandung, und blickte aufs glitzernde Meer.

Was für ein Tag! Erst waren beide Kinder weg, und jetzt hatte ich sogar meine Hannah wieder, und zwar eher als erhofft. Warum hatte Simon sie schon anderthalb Wochen früher zurückgebracht? Weil ich ihm leidtat? Weil er dachte, ich würde sie zu sehr vermissen? Ich hatte sie vermisst, aber ich hätte es auch noch ein paar Tage länger ausgehalten. Was ich nicht mehr aushielt, war, nichts von Simon zu hören. Wo er wohl hingefahren war? Die Instagram-Seite der Französin war inzwischen wieder voll mit Selfies in verschiedenen Bikinis und Strandkleidern, meinen Freund hatte ich darauf nicht entdeckt. Kein Wunder, er war ja auch auf dem Weg nach Norderney gewesen.

In ein paar Wochen würde Hannah ein Jahr alt werden. Spätestens dann würde Simon wohl wieder hier sein. Aber wie sollte es weitergehen mit uns?

Ich musste an die Zeit denken, in der wir nicht miteinander gesprochen hatten, damals, nachdem Simon herausgefunden hatte, dass ich ihm Morlen verschwiegen hatte. Er war mir aus dem Weg gegangen, so gut es auf dieser Insel eben ging. Nur nach dem Surfen kam er manchmal in die Strandmuschel und bestellte sich etwas zu trinken. Er flirtete dann offensiv mit meinen Saisonkräften, und ich wusste genau, dass er das tat, um mich zu verletzen. Ich konnte ihn sogar verstehen, denn auch ich hatte ihm offenbar wehgetan. Ich zeigte ihm nicht, wie sehr sein Verhalten mich traf. Stattdessen lenkte ich mich auf meine altbewährte Art ab. Bei einer Party an der Surfschule bandelte ich mit einem Kumpel von Lars an, als Morlen übers Wochenende bei Jan war. Ein smarter, flächendeckend tätowierter Windsurfer mit affektiertem Münchner Akzent. Ich mochte ihn nicht mal besonders, und bis heute schmerzte mich der Blick, den Simon uns hinterherwarf, als wir Hand in Hand über den Weg durch die Sanddornbüsche davonschlenderten.

Etwa ein halbes Jahr nachdem wir uns getrennt hatten, ging es Mama schlechter. Sie musste zu vielen Arztterminen ans Festland, und nach und nach bekamen auch die Insulaner mit, dass sie diesen Kampf nicht gewinnen konnte. Irgendwann im Herbst stand Simon wieder in meinem Café. Er lächelte mich an, traurig und so vertraut, dass mir ganz flau im Magen wurde, und sagte nur einen Satz: »Wenn du mich brauchst, weißt du ja, wo du mich findest.«

Und eines Abends, als Morlen bei meiner Mutter übernachtete und ich vor Sorge und Kummer nicht einschlafen konnte, fuhr ich durch die Dunkelheit mit dem Rad zu ihm. Ich klopfte nicht an, ich öffnete einfach die Tür des Wohnwagens und kroch zu ihm in die Schlafnische. Er fragte nicht nach, zog mich nur an sich und küsste mich. Als wäre nichts gewesen. Dann schlang er seine Arme um mich und hielt mich fest, wie ein Kind. Und so schlief ich schließlich ein, zum ersten Mal seit langer Zeit ohne böse Träume.

Von diesem Tag an waren wir wieder unzertrennlich. Wir sprachen nie groß darüber, wir machten einfach da weiter, wo wir aufgehört hatten. Mit dem Unterschied, dass ich ihn Morlen als meinen Freund vorstellte. Und meiner Mutter.

Mama schloss ihn schnell ins Herz. Er war der erste Mann, der sich in unsere Familie einfügte, der kein Störfaktor unter uns Frauen war, der dazugehörte und dessen Anwesenheit alles noch ein bisschen schöner machte. Er stand mir bei in jenen letzten harten Monaten. Er brachte mich trotz all der Tränen immer wieder zum Lachen. Er hielt am Grab meiner Mutter meine Hand und nahm mich jeden Abend in den Arm, bis ich einnickte.

Dieses erste Jahr ohne Mama, das war auch deswegen irgendwie erträglich gewesen, weil Simon an meiner Seite war. Wir hatten uns zusammen etwas aufgebaut. Und nun hatte ich ihn vertrieben, und ich wusste nicht mal, womit.

Ich hörte Schritte im Sand, die mich zurück in die Gegenwart holten. Jan ließ sich neben mir nieder, mit ernstem Gesichtsausdruck.

»Wo warst du vorhin?«, fragte ich ihn. »Morlen hat ihren Gute-Nacht-Kuss vermisst.«

»Spazieren.« Er fuhr sich durch die Haare. Er sah in etwa so kaputt aus, wie ich mich fühlte. »Wollte dir etwas Raum mit den Mädels allein geben. Bist du auch so fertig?«

Ich nickte zustimmend. Die Sonne stand so tief, dass wir die Augen zusammenkneifen mussten. Dennoch bemerkte ich, dass er mit etwas kämpfte.

Er legte den Kopf auf seine Knie. »Ich weiß nicht, wo ich anfangen soll.«

»Womit?«, fragte ich ratlos.

Er sah mich auf eine Weise an, die mich unruhig machte.

»Was ist los?«

Jan taxierte mich immer noch. »Ich weiß nicht, was ich tun soll.«

»Du machst mich echt nervös. Was auch immer es ist, sag es bitte.«

Etwas in seinem Blick flackerte. Plötzlich war sein Gesicht nah vor meinem. Und dann küsste er mich. Ich war so perplex, dass ich es geschehen ließ, sein warmer Mund auf meinem. Etwa zwölf Jahre lang hatte ich ihn nicht geküsst. Es fühlte sich gleichzeitig vertraut und doch unglaublich fremd an.

Er löste sich von mir und sah in mein entsetztes Gesicht. »Nicht gut?« Seine Wangen leuchteten tiefrot.

»Was war das denn?« Ich rückte ein Stück weg.

Jetzt lief sein gesamtes Gesicht rot an. »Na, ich dachte, ich mache da weiter, wo wir gestern unterbrochen wurden.«

Ich schnappte nach Luft. »Wurden wir unterbrochen? Wo war ich, was habe ich verpasst?«

»Wir haben doch getanzt und die Nacht miteinander verbracht… Ich werde nie lernen, dich zu lesen.« Er klang jetzt ehrlich verzweifelt.

»Das gibt es doch nicht!« Ich fasste mir an die heiße Stirn. »Jan, ich bin erschöpft neben dir und Morlen zusammengebrochen, mehr nicht. Ich bin in einer Beziehung, und du machst gerade offenbar eine Phase durch, in der du dich verzweifelt irgendwelchen Ex-Freundinnen an den Hals wirfst. Ich finde, das habe ich nicht verdient.«

Er riss die Augen auf. »Du bist nicht irgendeine Ex-Freundin.«

»Stimmt, ich bin nicht mal das.«

»Was meinst du denn damit?«

»Na, wir hatten eine Affäre, wir waren nicht mal richtig zusammen.« Ich fühlte mich mittlerweile, als hätte ich einen Fiebertraum.

Auch Jans Gesicht glühte. »Weil du es nicht wolltest, deshalb.«

»Weil ich es nicht wollte? Sag mal, spinnst du? Du hast mir damals das Herz gebrochen, mich mit allem allein gelassen. Was fällt dir ein?« Ich sagte das so laut, dass einige der Jugendlichen nebenan interessiert die Köpfe in unsere Richtung drehten, aber das störte mich nicht. Sollten doch alle hören, was ich Jan zu sagen hatte. »Jahrelang habe ich dir nachgetrauert. Du hattest doch direkt die Nächste!«

Er grummelte verächtlich. »Ach, komm schon, ich habe mich nur getröstet. Ich wollte eigentlich nur dich. Aber du hast uns ja keine Chance gegeben. Du hast mir ganz klar gesagt, dass es für dich nicht geht, wegen Anni. Ich habe dir das Herz gebrochen? Verdammt, Maria! Du bist nicht das Opfer in der Geschichte, *du* hast *mir* das Herz gebrochen.«

Ich starrte ihn ungläubig an und war kurz davor, richtig sauer zu werden, aber mir fehlte die Kraft dazu. Stattdessen ließ ich mich rücklings in den Sand fallen und starrte in den wolkenlosen Abendhimmel.

Einige Minuten sagte keiner von uns ein Wort.

»Mama wusste, dass du mich noch liebst«, brach ich irgendwann das Schweigen. »Das hat sie in ihr Tagebuch geschrieben. Und dass sie traurig ist, weil Morlen nie eine heile Familie haben wird. Weil wir es nie probieren werden, wegen meines schlechten Gewissens. Schätze, du hast recht. Ich bin die Schuldige.«

»Quatsch!« Jan rückte wieder etwas näher an mich heran und legte sich ebenfalls in den Sand. »So hab ich das nicht gemeint.«

Ich schnaufte ungläubig. »Ich habe wirklich nicht gewusst, was du für mich empfindest.« Über uns färbte sich der Himmel zartrosa, ausgerechnet. »Und ich war zu stolz, um um dich zu kämpfen.«

Seine Hand suchte im kühlen Sand nach meiner. »Ich hätte nie gedacht, dass du noch jahrelang ... Du hast es dir nie anmerken lassen.«

»Du warst ja nie alleine. Und du kennst mich doch ...«

In diesem Moment klingelte mein Telefon. Ich löste meine Hand aus Jans und setzte mich auf.

Es war Mo. »Hannah ist wach geworden, sie ruft nach ihrem Papa.«

»Alles klar, ich bin unterwegs.«

Ich rappelte mich auf und klopfte mir den Sand von den Klamotten. »Sorry, die Kleine, ich muss nach Hause.«

Jan stand ebenfalls auf und schaute mich unsicher an. »Ich könnte mitkommen.« Ich hörte, wie schwer es ihm fiel, das zu sagen.

Ich sah ihn traurig an und schüttelte sanft den Kopf. »Das wäre keine gute Idee.«

Am nächsten Morgen startete Mo mit Hannah und Morlen ihre Bastelaktion. Die Mädchen falteten, klebten und malten emsig, und bald waren alle drei über und über mit Farbklecksen versehen. Ich versuchte vergebens, entspannt zwischen ihnen zu frühstücken, denn ständig landete ein Schnipsel in meiner Obstschale, oder Hannah fasste mit ihren bunten Händen nach meinem Kleid.

Mit der leisen Sorge, dass ich heute Abend die Küche renovieren müsste, machte ich mich auf den Weg ins Café. Trotz allem war ich dankbar, dass die Kinder beschäftigt waren und ich mich mit Arbeit ablenken konnte. Ich bereitete Kaffee und Obstsalat zu, balancierte Teller mit riesigen Stücken Apfelkuchen und kochte nebenbei neuen Sirup ein. Mehrere Gäste hatten heute schon gefragt, wann es die tollen Sachen von der Party wieder zu kaufen gebe.

Meine Gedanken kreisten um die Ereignisse von gestern Abend. Es wurde immer verrückter. Jan hatte mich geküsst. Ich wusste gar nicht, wie ich das Anni beibringen sollte. Er könne mich nicht lesen, hatte er behauptet. Hatte ich ihm wirklich Anlass gegeben zu glauben, er hätte noch eine Chance bei mir?

Toni stupste mich mit der Hüfte an. »Da ist ein Gast, der sagt, er trinkt nur deinen Flat White.«

Ich blickte von dem Topf mit Lavendelsirup auf, in dem ich gerade rührte. Sie zog die Schultern hoch und wies mit dem heute besonders unordentlichen Haarknoten auf ihrem Kopf zum hintersten Tisch. Georg saß steif auf der Kante eines Sessels und sah fragend zu mir herüber.

Widerwillig trat ich an die Kaffeemaschine, bereitete zwei Flat Whites zu und trug die vollen Tassen zu Georgs Tisch. Ich reichte ihm eine und setzte mich ihm gegenüber.

Georg sah mich ernst an, unter seinen Augen lagen tiefe Schatten. Ich selbst sah wohl nicht besser aus.

Er räusperte sich. »Ich wollte dir nur Bescheid geben: Ich reise heute ab.« Er klang immer noch etwas heiser.

Ich schaute ihn regungslos an. »Und?«

Er musterte seinen Kaffee, als traue er sich nicht, ihn anzurühren. »Ich möchte dir noch etwas sagen, auch wenn es mir schwerfällt.«

Ich trank einen Schluck Kaffee. »Da bin ich gespannt.«

Er drehte sich etwas hilflos zu den anderen Tischen um, als wolle er sichergehen, dass uns niemand zuhörte. Dann lehnte er sich ein Stück vor und murmelte: »Ich wollte dein Café nie übernehmen. Ehrlich gesagt habe ich das nie in Betracht gezogen, weil es für mich finanziell … nun ja … nicht wirklich interessant ist.«

»Oh.« Ich nahm einen weiteren Schluck Kaffee.

Georg lehnte sich noch ein Stückchen vor. »Als ich das Gebäude gekauft und die Pacht erhöht habe, da kannte ich dich doch noch gar nicht.« Er hob abwehrend beide Hände. »Hör mir bitte erst zu, bevor du etwas dazu sagst.« Ich verzog keine Miene. »Im Ernst, die Preise auf Norderney haben sich in den vergangenen Jahren nun mal so entwickelt. Und ja, ich habe bei einigen meiner Immobilien tatsächlich auch das Geschäft übernommen, das ist das Konzept meiner Firma.«

»Du hast dich damit auf der Insel nicht gerade beliebt gemacht.«

Er nickte resigniert. »Ich weiß. Aber im Ernst, die Läden, die ich übernommen habe, laufen alle super. Und sie sind gut für die Gästezahlen, da kannst du sagen, was du willst. Davon profitieren am Ende auch die anderen Insulaner.«

»Wenn du es so sehen willst.«

Eine Zeit lang starrten wir beide konzentriert auf unsere Hände. Dann sagte Georg: »Was die Strandmuschel angeht, habe ich meine Meinung geändert. Jetzt, wo ich dich kenne, würde ich dir gern doch ein Angebot unterbreiten.« Erneut hob er abwehrend die Hände, und ich ließ ihn weiterreden. »Du zahlst keine Pacht mehr, bleibst aber Geschäftsführerin und wirst an den Gewinnen beteiligt. Das löst nicht nur deine finanziellen Sorgen, sondern wäre auch strategisch klug. Ich helfe dir dabei, deine neuen Produkte in einem Online-Shop anzubieten, in anderen Geschäften auf der Insel und vielleicht sogar darüber hinaus. Ich habe gute Kontakte. Ich glaube, mit deinem neuen Konzept könnte die Strandmuschel zu einer richtigen Marke werden.« Er lehnte sich ein kleines Stück zurück. »Sag jetzt am besten noch nichts dazu, denk in Ruhe darüber nach.«

»Aber der Chef…«, erwiderte ich ruhig, »… der wärst dann du.«

»Nein.« Er justierte seine Brille. »Ich wäre lediglich der Investor, im täglichen Geschäft wäre alles wie immer.

Nur bei den großen strategischen Entscheidungen würden wir uns natürlich zusammensetzen, als Team. Ich glaube, du könntest von meiner Erfahrung profitieren. Du triffst Entscheidungen ja manchmal eher … impulsiv.«

Ich zog die Augenbrauen hoch.

»Das sollte ein Kompliment sein. Einer der Gründe, warum der Laden läuft, ist deine Persönlichkeit.«

»Danke.« Ich musste schmunzeln, und nun endlich entspannten sich auch seine Gesichtszüge. Seinen Kaffee hatte er noch immer nicht angerührt. »Ich werde über dein Angebot nachdenken.« Ich zwinkerte ihm zu. »Aber sag mal, wenn du mein Café nicht übernehmen wolltest, warum hast du dann mein Dach repariert?«

Georg drehte sich erneut zu den Nachbartischen um. An einem davon reichte eine Dame ihrem Zwergpudel gerade eine Schale mit Wasser. »Ach.« Er lächelte mich an und wurde zu meiner Überraschung rot. »Was tut man nicht alles, wenn man eine Frau mag?«

Verblüfft starrte ich ihn an.

Georg winkte ab. »Sag nichts dazu, ich weiß ja, dass dein Herz einem anderen gehört. Ich werde schon darüber hinwegkommen.«

Ich legte amüsiert den Kopf schief. »Da bin ich aber erleichtert.«

»Vor allem jetzt, wo noch ein Bewerber im Spiel ist.«

»Wen meinst du?«

»Na ja, Morlen hat mir neulich erzählt, dass Jan es gern noch einmal mit dir versuchen würde.«

Ich atmete tief ein, sagte aber nichts dazu.

»Wie auch immer. Ich wusste von Anfang an, dass ich keine Chance habe. Aber ich mag dich eben, und allein aus dem Grund habe ich dir geholfen.« Georg lächelte unsicher.

Ich lächelte zurück. »Danke. Und natürlich gibt es auch weiterhin Kaffee und Essen für dich und Jonas umsonst, ganz gleich, was geschäftlich aus uns wird. Entschuldige bitte, dass ich so … impulsiv reagiert habe.«

Endlich nahm er seine Tasse hoch. »Puh, danke! Ohne deinen Kaffee ist es auf der Insel nur halb so schön.«

Nach Feierabend richteten Mo und ich das Bett in Mamas Gästezimmer her. Hannah lachte sich kaputt, als ich die Bettdecke über ihr ausschüttelte, während Mo das Spannbettlaken über die Matratze zog. In diesem kleinen Raum hatte ich früher geschlafen, wenn ich auf der Insel war. Bevor ich die Wohnung für mich und Morlen fand. Jetzt standen darin nur noch ein schlichtes Bett und ein alter Schminktisch mit Spiegel, den Mama von meiner Großmutter geerbt hatte. Morlen hatte früher gern davorgesessen und meine Lippenstifte getestet. Jetzt war es hier so kalt und einsam, wie es nur in verlassenen Wohnungen ist. Das Haus hat etwas Besseres verdient, dachte ich.

Mo sah immer wieder zu mir herüber, während sie das Bettlaken glattstrich. »Ist das wirklich okay für dich, Maria?«

Ich nickte energisch. Es wurde Zeit, dass wieder Leben in diese Räume einzog.

Ich ließ Hannah bei Mo und fuhr mit dem Rad ins Inselinnere. Auf einer großen Wiese wurde jeden Sommer die Kirmes aufgebaut. Groß und Klein stürmten dorthin, und ich hörte bereits die wummernden Bässe, als ich mein Rad anschloss und das Gelände betrat. Ich kam an einem Schießstand mit riesigen rosa Plüschteddys vorbei und an einer Bude mit Lebkuchenherzen, Zuckerwatte und anderen süßen Leckereien, die den ganzen Platz in Popcornduft tauchte. Morlen konnte ich weder auf dem Kettenkarussell noch auf der Schiffsschaukel entdecken. Ich drehte eine Runde bis zum Autoskooter ganz am Rand. Und da sah ich sie. Jan lehnte an einer der Säulen, wippte mit dem Kopf zur Musik und beobachtete, wie Morlen eines der Autos über die glatte Fahrfläche lenkte.

Ich stellte mich neben ihn. »Hey.«

Er sah mich unsicher an. »Hey.«

»Keine Lust mitzufahren?«

Er schüttelte den Kopf. »Ich bin schon dreimal, brauche eine Pause.«

Morlen bemerkte mich und winkte erfreut. Im gleichen Moment donnerte sie seitlich gegen das Auto eines anderen Fahrers, was er und sie äußerst lustig fanden. Die Musik war so laut, dass ich sie in meinem Magen spüren konnte.

Ich drehte mich zu Jan und schrie: »Können wir ein Stück weggehen?«

Wir entfernten uns ein paar Meter vom Autoskooter und blieben mitten auf dem Kirmesplatz stehen. Jan verschränkte die Arme.

Ich blickte zu Morlen rüber, die sich gerade in rasender Geschwindigkeit um sich selbst drehte. »Sag mal, glaubt Morlen, dass wir beide noch eine Chance haben?«

Der Song endete, und für einen Moment war es erholsam still. Jan sah ebenfalls zu unserer Tochter. Sie kam angerannt, schnappte sich eine gelbe Plastikmünze aus seiner Hand und düste damit zurück zu den Autos.

Jan sah mich an. »Sie hat mich danach gefragt, als ich ihr von der Trennung von Alex erzählt habe. ›Dann bist du ja jetzt endlich frei für Mama‹, hat sie gesagt.«

Mein Magen rutschte eine Etage tiefer. »Was hast du ihr geantwortet?«

Ein neuer Song begann. *My Heart Will Go On*, der *Titanic*-Titelsong, ausgerechnet. Ich musste lachen. Dieses Lied verband ich mit Jan und Anni, weil wir damals gemeinsam im Kino gewesen waren und die zwei die ganze Zeit neben mir geknutscht hatten. Zum Glück gab der Film genug Anlass zum Heulen, sodass niemand meine Tränen verdächtig gefunden hatte.

Jan biss sich ebenfalls lachend auf die Lippe, aber es war eher ein trauriges Lachen. »Ich habe gesagt, dass du wohl nicht frei für mich bist. Aber dass ich es herausfinden will.«

»Oh Jan!« Ich ließ die Schultern sinken. »Sei doch mal ehrlich zu dir. Willst du das wirklich? Ist es nicht nur Nostalgie?«

Er trat unruhig von einem Bein aufs andere. »Ich glaube nicht. Ich glaube, es wäre einen Versuch wert. Ich habe immer noch Gefühle für dich.«

»Ich weiß, was du meinst. Ich habe auch welche für dich. Aber für dich als Morlens Vater, als Teil meiner Familie. Mein Herz gehört Simon.«

Er sah auf den platt getretenen Rasen zu unseren Füßen hinunter. Zwischen den schlaffen Grashalmen lag Popcornmais. »Wer weiß, was das mit euch wird.«

»Egal, was aus uns wird – es ändert nichts an meinen Gefühlen.« Ich sah ihn betrübt an, während Céline Dion das Finale schmetterte. »Und ich finde es auch viel zu früh, Alex aufzugeben. Ihr beide habt jahrelang glücklich zusammengelebt, ihr seid verheiratet. Und ganz ehrlich, Jan, selbst wenn ich noch so für dich empfinden würde wie früher: Im Grunde sind wir doch viel zu verschieden, das würde nie was werden mit uns.«

Die letzten Töne verklangen. Jan biss wieder auf seiner Lippe herum. »Ich hätte es gern probiert.«

»Was probiert?« Morlen stand direkt neben uns und schaute uns neugierig an.

Ich spürte, wie Jan nach Worten rang, doch Morlen kam ihm zuvor. Mit kalter Stimme sagte sie: »Mama will nicht, oder?«

Ich trat auf sie zu und legte ihr eine Hand auf die Schulter, doch sie schüttelte sie ab. »Morlen, du weißt doch, dass ich mit Simon zusammen bin.«

Sie schrie auf wie ein verwundetes Tier. So hatte

sie früher gebrüllt, wenn sie vom Fahrrad gefallen war oder ein anderes Kind ihr die Puppe weggenommen hatte. Ich hatte sie lange nicht mehr so kreischen hören. Aus dem Schrei wurden Worte.

»Es war mein allergrößter Wunsch.« Sie schrie es so laut über die wummernden Beats des neuen Songs hinweg, dass von überallher Leute zu uns herübersahen. »Immer machst du alles kaputt!« Damit rannte sie über den Platz in Richtung Schiffsschaukel davon.

Morlen verbrachte diese Nacht wieder bei Jan. Ich wälzte mich neben Hannah hin und her und dachte nach. Wie gut ich den Wunsch nach einer ganz normalen Familie mit Vater, Mutter, Kind nachvollziehen konnte. Es war immer auch meiner gewesen, und es brach mir das Herz, dass nun ausgerechnet ich es war, die Morlens Traum platzen lassen musste. Ich hätte so ziemlich alles für sie getan. Aber diesen Wunsch konnte ich ihr nicht erfüllen – egal, wie es mit Simon und mir weitergehen würde.

Beim Gedanken an Simon griff ich nach meinem Handy und öffnete das Mail-Programm. Und endlich, da war sie, seine lang ersehnte Antwort. Fieberhaft öffnete ich die Mail und las.

Liebe Maria,

ich weiß, dass das gerade keine einfache Zeit für dich ist. Und es tut mir leid. Aber ich muss mich im

Moment um mich selbst kümmern, mir über einiges klar werden. Der Fokus in unserer Beziehung liegt meistens auf dir oder den Kindern, auf euren Bedürfnissen. Nach meinen hat lange niemand mehr gefragt. Wenn ich wiederkomme, können wir über alles in Ruhe reden. Aber noch brauche ich etwas Raum für mich. Und ich weiß, du brauchst Raum für dich, selbst wenn es dir vielleicht nicht bewusst ist. Bitte antworte mir nicht, gib mir diese Zeit.

Grüß meine Mädchen von mir.
Simon

Immer wieder las ich seine Zeilen. Ich brauche keine Zeit für mich, widersprach ich ihm in Gedanken, ich brauche dich hier. Aber ansonsten hatte er recht. Es war in der Vergangenheit in unserer Beziehung viel um die Bedürfnisse der Kinder gegangen – und um meine. Meine Bedürfnisse als Existenzgründerin, als arbeitende Mama, als Tochter einer todkranken Mutter. Immer hatte Simon mir zur Seite gestanden, immer hatte er mich, so gut es ging, unterstützt. Er war stets so unkompliziert und fröhlich gewesen, dass ich nie auf die Idee gekommen war, dass er vielleicht auch mal eine starke Schulter zum Anlehnen gebraucht hätte. Der Gedanke machte mich traurig.

Ich werde ja doch nicht schlafen können, dachte ich irgendwann und griff nach einem von Mamas Tagebüchern. Den nächsten Eintrag schmückte ein gepresster Tannenzweig. *Von unserem Weihnachtsbaum*, stand daneben.

Dezember 2016

Liebe Maria,

jetzt lebe ich schon sechs Jahre mit Morlen auf Norderney. Das Haus zu kaufen und diese Insel zu unserer Heimat zu machen war die beste Entscheidung überhaupt. Wenn ich sehe, wie Morlen den ganzen Tag am Meer tobt und abends mit Sand zwischen den Zehen einschläft, bin ich sicher, sie könnte keine schönere Kindheit haben. Und auch ich liebe es hier. Ich gehe stundenlang am Strand spazieren, fahre mit dem Rad durch die Dünen und schwimme, sooft ich kann, in der Nordsee. Auch der Garten macht mir große Freude, genau wie die Arbeit im Landjugendheim. Ich singe mit den Inselfrauen in einem Chor im Argonnerwäldchen, ich habe eine Skatrunde, gehe regelmäßig Boule spielen und helfe dabei, einen Planetenweg in den Dünen aufzubauen. Das war Hannes' Idee. Wir treffen uns mindestens einmal in der Woche auf seinem Hof und reden natürlich nicht nur über dieses Projekt, sondern eigentlich über alles, was uns bewegt. Wir sind uns nach all der Zeit wieder nahgekommen. Und ich fühle mich so wohl in seiner Nähe, als wäre es nie anders gewesen.

Du kommst regelmäßig auf die Insel, eine Woche

im Monat bist du mindestens hier und verbringst Zeit mit Morlen. Sie ist mittlerweile ziemlich fixiert auf mich, aber ich weiß, dass sie auf diese Wochen mit dir hinlebt.

In den letzten Jahren hat es das Leben gut mit uns gemeint, doch bald wird sich etwas ändern müssen. Vorhin habe ich dich angerufen. Es war kein leichtes Gespräch. Ich habe dir von meiner Krebserkrankung erzählt. Ich muss ab sofort regelmäßig zur Bestrahlung aufs Festland, und die Ärzte machen mir wenig Hoffnung. Du wirst nach Hause kommen müssen, Maria, nicht nur wie geplant über Weihnachten. Du wirst dich um dein Kind kümmern müssen, so richtig. Einen Flug hast du schon gebucht. Zunächst wirst du bei mir wohnen, bis wir eine Wohnung für dich und Morlen gefunden haben. Ich hoffe so sehr, dass du hier vielleicht auch ein Zuhause findest. Und dass das Band zwischen Morlen und dir stark genug ist, dass sie dir verzeihen wird, dass du erst dich selbst finden musstest, um richtig für sie da zu sein.

Am nächsten Tag fuhr ich mittags erneut zu Mamas Haus. Mo hatte mir geschrieben, dass sie mit Hannah zum Spielplatz am Weststrand unterwegs war, und ich wollte die Ruhe nutzen. Während ich in die kleine Stichstraße mit den blühenden Verkehrsinseln einbog, dachte ich mal wieder darüber nach, wie es weitergehen sollte. Ich hatte inzwischen fast alles ausgemistet. Nur für die Möbel suchte ich noch eine

Lösung. Der Termin mit dem Gutachter für den Keller war nächste Woche. Und dann konnte ich beginnen, nach einem Käufer zu suchen. Denn ganz gleich, ob ich Georgs Angebot für die Strandmuschel annahm – Mamas Haus würde ich wohl nicht halten können. Der feuchte Keller war nur der Anfang. Nach und nach würden weitere Reparaturen anstehen, die ich nicht bezahlen konnte.

Ich lehnte mein Rad an den Gartenzaun und betrachtete die Brombeerbüsche. Noch ein, zwei Tage, dann könnte ich mit Hannah die Beeren ernten. Früher hatte Mama das jedes Jahr mit Morlen gemacht, und sie hatte dabei so viele Früchte genascht, dass ihr kleines Gesicht lila verfärbt war. Aus dem, was sie übrig ließ, kochte Mama die weltbeste Brombeermarmelade. Auch dabei half ihr Morlen. Ich sah sie wieder vor mir, wie sie mit ihrer Kinderschürze auf einem Schemel neben Mama in der Küche stand und mit dem größten aller Holzlöffel in einem Topf rührte. Wie ich diese Zeiten vermisste! Jetzt hatte das kleine Mädchen von damals keine Lust mehr zum Brombeerenpflücken.

Wehmütig ging ich über den Steinweg zur Eingangstür. Zu meiner Überraschung stand sie offen. War Mo doch noch zu Hause?

Vorsichtig trat ich in den Flur. Alles war still.

»Hallo?«, rief ich.

»Hallo«, kam die Antwort mit etwas Verzögerung aus dem Wohnzimmer.

Ich öffnete die verglaste Tür und fand Morlen am

Boden sitzend. Sie schaute nicht einmal auf, als ich eintrat. Um sie herum waren Fotoalben ausgebreitet.

Ich setzte mich zu ihr. »Ich dachte, du bist mit Papa unterwegs.«

Sie machte keinen Hehl daraus, dass sie eigentlich nicht antworten wollte, ließ sich dann aber doch dazu herab. »Ich hab ihm gesagt, dass ich allein sein will.«

Ich nahm eines der Alben vom Boden und blätterte darin. Es stammte aus der Zeit, in der Mama mit Morlen auf Norderney gelebt hatte, während ich um die Welt reiste. Eines der Fotos zeigte meine Tochter, klein und schmal, mit mausartigen Milchzähnen und übermütigem Grinsen. Sie hockte im Garten am Boden, vor sich einen Eimer voller Muscheln. Die Obstbäume und Sträucher waren kleiner und weniger dicht als heute. Auf dem nächsten Bild goss Mama gerade den noch lichten Vorgarten. Wie jung und stattlich sie aussah.

Morlen blätterte neben mir in einem anderen, offenbar deutlich älteren Album.

»Meine Maus.« Ich wollte so gern nach ihrer Hand greifen, bremste mich aber. »Ich habe gestern lange wach gelegen und nachgedacht.«

Sie blätterte weiter, ohne ein Wort zu sagen, ohne mich anzuschauen.

Ich beschloss, trotzdem weiterzureden. »Ich verstehe deinen Wunsch so gut.« Meine Worte hallten leicht, weil die Schränke leer waren und nicht mal mehr Vorhänge an den Fenstern hingen. »Aber weißt du, ich habe einfach nicht mehr diese Gefühle für Jan.

Stell dir vor, ich würde dir sagen, du musst Ivo lieben, weil ich es mir wünsche.«

Morlen entfuhr ein lang gezogenes »Iii«. Beim Gedanken an ihren Klassenkameraden schüttelte es sie.

»Verstehe ich«, sagte ich schmunzelnd. »Dein Herz will Jonas, da kann man nichts machen. Weißt du, was ich meine?«

Jetzt sah sie mich doch an. »Und deins will Simon?«

»Genau.«

Sie schlug die nächste Seite auf. »Ich habe alle durchgesehen.« Auf dem Nagel ihres linken Zeigefingers war immer noch ein winziger Rest von meinem Chanel-Nagellack. »Und schau, was ich gefunden habe.«

Sie hielt mir eine Seite hin, auf der meine Mutter zu sehen war, in der Küche beim Backen, umgeben von Blechen voller Plätzchen. Sie trug ein Tweed-Kostüm und einen feschen Kurzhaarschnitt, dazu eine große Brille, wie sie sie bis zuletzt gehabt hatte. Sie sah fantastisch aus, aber das war es nicht, was mich fesselte. Hinter dem Foto klemmte ein weiteres. Es zeigte einen großen, schlanken Mann mit wirren Haaren, hellen Augen und einem spitzen, freundlichen Gesicht. Er stand vor einem Boot und lächelte in die Kamera. Seine Füße steckten in gelben Gummistiefeln.

»Hannes.« Morlens Finger verdeckte seine Arbeitshose. »Das ist das einzige Bild, das ich von ihm gefunden habe.«

Ich nahm es heraus und betrachtete es eingehend.

»Ich verstehe Oma.« Morlen nahm mir das Foto wieder aus der Hand. »Er sah cool aus.«

Ich lächelte. »Das finde ich auch. Bist du deswegen hergekommen? Um nach einem Foto von ihm zu suchen?«

Etwas in Morlens Gesicht fror ein. Sie klemmte das Bild wieder an seine ursprüngliche Stelle. »Ich habe das mit dem Wasserschaden mitbekommen. Du musst das Haus doch verkaufen, oder? Wir werden niemals hier einziehen.«

»Ich fürchte, du hast recht. Ich weiß nicht, wie ich die Reparatur bezahlen soll.«

Tränen schimmerten in Morlens Augen. »Dachte ich mir. Ich wollte herkommen und mir etwas aussuchen, was mich an Oma erinnert, was mir niemand mehr nehmen kann. Aber irgendwie finde ich nichts.«

Ich griff nach ihrer Hand und legte sie auf ihr Herz, was sie widerwillig geschehen ließ. »Da ist alles drin, was du brauchst, um dich an Oma zu erinnern. Das kann dir niemand nehmen. Kein doofer Krebs, keine blöde Mama, keine Zeit.«

Sie zog die Hand weg. »Ja, aber ich hätte gern etwas mitgenommen, wenn ich … wenn ich gehe.«

Ich lächelte sie an. »Wo willst du denn hingehen?«

Ihr Blick ruhte ernst auf mir. Und plötzlich wusste ich, dass ich die Antwort nicht wissen wollte, aber da sprach sie die entscheidenden Worte schon aus. Langsam und deutlich. »Ich ziehe zu Papa.«

16

Einige Tage ging es hin und her. Ich sprach mit Morlen, ich sprach mit Jan, wir diskutierten alle zusammen. Ich telefonierte mit Alex, die ebenfalls mit Morlen redete. Aber meine Tochter hatte ihre Entscheidung längst getroffen. Sie wollte zu ihrem Vater ziehen. Seit sie sprechen konnte, war das immer mal wieder Thema gewesen. Aber bisher hatte es stets etwas gegeben, was ihr die Trennung von Norderney unmöglich machte. Ihre Oma, ihre Freunde, ihr Pflegepferd. Jetzt war ihre Oma nicht mehr da, und alles andere war offenbar nicht wichtig genug, um sie aufzuhalten.

»Es war nicht meine Idee«, versicherte Jan mir mehrmals. »Sie hat damit angefangen, aber können wir es ihr ernsthaft verweigern? Du kannst dir vorstellen, wie ungünstig der Zeitpunkt für mich ist.«

Jan und ich waren uns einig, dass wir über eine Elfjährige nicht einfach bestimmen konnten. Dass wir Morlen nicht zum Bleiben zwingen wollten. Also versuchten wir, sie mit Argumenten zu überzeugen. Ich sprach mit ihr über ihre Freunde hier auf der Insel, über das Meer, das sie so liebte, über Nalu, ihre kleine Schwester Hannah und darüber, wie schwierig es sein konnte, woanders neu anzufangen. Aber es half nichts. Sie unterbrach mich jedes Mal und sagte: »Ich will es aber trotzdem.«

Anni bestärkte mich am Telefon in meinem Gefühl, dass ich im Grunde keine Chance mehr hatte. »Maria, ich glaube, wenn du dich jetzt gegen sie stellst, wird sie dir das nie verzeihen«, sagte sie.

Ich weinte in den Hörer und wischte mir mit dem Ärmel über die laufende Nase, während meine Freundin auf der anderen Seite tief ein- und ausatmete. »Du hast schon recht, sie kann eine so wichtige Entscheidung eigentlich noch nicht allein treffen. Aber vielleicht geht es einfach darum, sie zu unterstützen. Weißt du, was ich meine?«

»Ich denke schon.« Meine Stimme war belegt vom Weinen.

»Was würde Simon sagen, was glaubst du?«

Beim Gedanken daran, dass ich diese Diskussion nicht mit ihm persönlich führen konnte, schüttelten mich erneut Schluchzer. Er war doch Teil dieser Familie, er musste doch auch etwas zu der ganzen Sache sagen.

»Schreib ihm noch dieses eine Mal«, riet mir Anni. »Er ist für Morlen eine wichtige Bezugsperson, er hat ein Recht auf eine Meinung. Und vielleicht hat er eine zündende Idee.«

Als wir aufgelegt hatten, schilderte ich Simon in einer Mail kurz und knapp die Situation und bat ihn um seine Einschätzung. Und gerade, als ich das Handy wieder weglegen und nach Morlen sehen wollte, die sich in ihrem Zimmer verschanzt hatte, piepte es.

Simon hatte mir sofort geantwortet.

Maria, du kannst dir vorstellen, wie ich auf Jan zu sprechen bin. Glaub mir, am liebsten hätte ich den alten Schleimer an seinem Poloshirt gepackt und aus unserem Bett gezerrt. Aber hier geht es nicht um dich oder mich, sondern um Morlen. Ich möchte, dass sie glücklich ist. Und ich finde, sie sollte selbst herausfinden dürfen, wo sie es ist.

Ich ließ das Handy sinken und sah aus dem Küchenfenster. Draußen fuhren Urlauber auf ihren Fahrrädern vorbei, der Postbote unterhielt sich an der Straßenlaterne mit unserem Inselpolizisten, und ein paar Möwen stritten sich um die Reste eines Käsebrötchens, die ein Kind aus dem Bollerwagen hatte fallen lassen. Die Welt drehte sich einfach weiter, auch wenn sie für mich gerade mal wieder die Richtung gewechselt hatte.

Ich lief in den Flur und klopfte an Morlens Zimmertür.

»Ja?«, hörte ich sie sagen und trat ein.

Sie lag auf dem Boden und las ein Buch, von dem sie unsicher aufsah.

»Ich bin einverstanden«, sagte ich mit zitternder Stimme. »Wenn du wirklich zu Jan ziehen willst, unterstütze ich dich.«

Sie machte kreisrunde Augen und nickte. Dann verließ ich die Wohnung, damit sie nicht noch mehr von meinen Tränen sah.

Ich wollte mich in Mamas Garten im Korbsessel unter dem Birnbaum verkriechen, als ich Mo entdeckte. Sie stand barfuß in einem Blumenbeet, das sie offenbar komplett umgegraben hatte. Überall lagen herausgerissene Pflanzen, Erdhaufen und Wurzeln herum. An einer davon nuckelte Hannah, die freudig gluckste, als sie mich bemerkte. Aus ihrem Mund tropfte bräunlicher Speichel. Mo, deren Hände so erdfarben wie ihre Füße waren, blickte mir besorgt entgegen. Dann nahm sie mich in den Arm, schmutzig, wie sie war, und ich ließ es geschehen.

»Du tust das Richtige«, flüsterte sie mir mit ihrer rauen Stimme ins Ohr.

Als ich mich etwas beruhigt hatte, fügte sie hinzu: »Hol dir eine Schaufel, du kannst mir helfen.«

Und so gruben wir den halben Garten um. Hannah krabbelte zwischen den Beeten hin und her und musste zwischendurch davon abgehalten werden, Blumenzwiebeln zu essen. Und während auch meine Hände immer verkrusteter und meine Fußsohlen immer schwärzer wurden, spürte ich, dass ich langsam losließ.

Irgendwann wischte Mo sich über die schweißnasse Stirn und lehnte sich gegen den Stamm des Birnbaums. »Es gibt etwas, das ich dir noch nicht gesagt habe.«

Ich kniete gerade halb unter dem Trompetenbaum und jätete Unkraut. »Was denn?«

»Iris hat mir etwas anvertraut, bevor sie gestorben ist.«

Ich kroch unter dem Baum hervor und richtete mich auf.

Mo machte ein schuldbewusstes Gesicht. »Und ich fürchte, ich habe nicht besonders gut darauf aufgepasst.«

Sie wich meinem neugierigen Blick aus, und plötzlich wusste ich, wovon sie sprach. »Die Tagebücher!«

Sie nickte zerknirscht. »Ich hatte sie lange bei mir in Worpswede, aber bei meinem letzten Besuch hab ich sie mitgebracht und in den Keller gestellt. Ich dachte, es wäre langsam an der Zeit. Und als ich sie jetzt heraufholen wollte, waren sie weg. Du hast sie gefunden, oder?«

»Ja, vor ein paar Wochen schon. Morlen leider auch.«

Mo entfernte ein verwelktes Blatt vom Zweig vor ihrer Nase. »Ich weiß. Wir haben beim Basteln darüber gesprochen. Ich denke, sie hat das alles ganz gut weggesteckt.« Sie ließ das Blatt in ihren Unkrauteimer fallen.

Ich betrachtete sie skeptisch. »Warum hat Mama mir die Tagebücher nicht einfach gegeben? Sie hat sie doch schließlich für mich geschrieben.«

Mo wischte sich die Hände an der gemusterten Röhrenjeans ab. »Na ja, also, dafür gab es mehrere Gründe. Du warst gerade schwanger. Sie wollte dich nicht unnötig aufregen.«

»Aber sie hatte doch jahrelang Zeit, sie hätte sie mir längst geben können.«

»Ja, aber sie hat Rücksicht auf Hannes genommen. Der wollte die Vergangenheit lieber ruhen lassen. Er hatte Angst, dass du sonst den Kontakt zu ihm suchst.«

Ich nickte. »Was berechtigt war.«

Mo zog die Schultern bis zu den Ohren hoch, die heute kleine Flamingos zierten. »Ja.«

»Aber …« Ich zögerte. »Wenn sie mir die Tagebücher aus Rücksicht auf Hannes nicht gegeben hat, warum hat sie sie dann dir anvertraut?«

Jetzt grinste Mo. »Nun, sie hat gesagt, dass ich entscheiden soll, ob und wann du sie bekommst. Sie meinte, dann sei es meine Schuld und nicht ihre.«

Zum ersten Mal an diesem Tag entfuhr mir ein Kichern. »Und sie wusste, dass es dir ziemlich egal sein würde, was Hannes über dich denkt.«

Jetzt lachte Mo ihr kerniges Lachen. »Ganz genau. Sie wusste, dass sie die richtige Frau für den Job gefunden hatte.«

In diesem Moment krähte Hannah hinter mir. Ich drehte mich um und sah meine Kleine mitten auf dem Rasen stehen, zwischen Erdhügeln und Unkrauteimern, mit einem so stolzen Grinsen im Gesicht, dass ich augenblicklich mitgrinsen musste. Und dann machte sie ein paar Schritte auf mich zu, als hätte sie das immer schon gekonnt.

Morlen begann noch am selben Tag, ihre Sachen zu packen. Jans Urlaub war fast vorbei, und sie wollte mit ihm nach Düsseldorf, noch bevor das neue Schuljahr begann. Alex hatte am Telefon versprochen, bei einer Gesamtschule in der Nähe anzufragen, und tatsächlich standen die Chancen gut, dass Morlen dort einen Platz bekam. Bislang hatte ich mich geweigert, in ihrer alten Schule anzurufen und sie abzumelden. Ich dachte immer noch, es könnte, es dürfte nicht wahr sein.

Und doch wurde mir schließlich bewusst, dass es das war. Ich beobachtete meine Mädchen zusammen, sah, wie Hannah ihre große Schwester anstrahlte wie niemand anderen. Sah, wie Morlen ihr behutsam erklärte, dass sie sie in den Ferien besuchen käme. Das alles tat mir körperlich weh. Aber Morlen hatte sich entschieden, und ich hatte versprochen, sie zu unterstützen, und nun musste ich damit zurechtkommen.

An einem unserer letzten gemeinsamen Abende fuhr ich nach der Arbeit zum Stall, weil ich Morlen dort vermutete, und tatsächlich fand ich sie bei Nalu in der Box. Sie striegelte ihn und sprach dabei mit ihm. Was genau sie sagte, verstand ich nicht, aber ich hörte, dass sie weinte. Zuerst wollte ich wieder gehen, doch dann klopfte ich vorsichtig an.

»Hallo, ihr zwei.« Ich öffnete die Tür der Box und begrüßte Nalu, der mir sofort den Kopf zuwandte. »Was macht ihr denn hier?«

Morlen legte ihre Wange an Nalus Seite. »Wir verabschieden uns.«

Ich fuhr mit den Fingern durch seine Mähne. Draußen in der Stallgasse hörte ich das Klackern von Hufen. »Seine Besitzerin wird traurig sein, dass sie eine neue

Reitbeteiligung für ihn suchen muss. Niemand wird das so toll machen wie du.«

»Hm.« Morlen wischte sich mit dem Ärmel über die Nase. Ansehen konnte sie mich nicht.

Ich verscheuchte eine Fliege, die sich auf Nalus Hals setzen wollte. »Ich werde sie fragen, ob du ihn noch ab und an reiten darfst, wenn du auf der Insel bist.«

Sie drehte ihr Gesicht zur Wand.

»Du kannst auch hierbleiben.« Ich bemühte mich, nicht verzweifelt zu klingen. »Bei Nalu und bei uns.«

»Weiß ich.« Morlen wandte sich wieder dem Pferd zu und striegelte es weiter. »Will ich aber nicht.«

Ich folgte mit dem Blick den gleichmäßigen Bewegungen ihrer Hand. »Darf ich dich umarmen?«, fragte ich.

Sie schüttelte schniefend den Kopf und striegelte stur weiter. »Ich möchte allein sein.«

Und so ging ich schließlich und ließ sie in Ruhe Abschied nehmen.

Zu Hause kuschelte ich mich ins Bett, mit einem Brot, das dick mit Mamas Pflaumenmus bestrichen war, und las einen der letzten Einträge in ihrem Tagebuch. Mo, die alte Nudel, dachte ich, und musste schmunzeln. Das hatte Mama geschickt eingefädelt, ihr die Verantwortung für diesen Schatz zu überlassen. Ich entdeckte ein getrocknetes Hibiskusblatt über einem Rezept für Hibiskusgelee. *Aus unserem Garten auf Norderney*, stand daneben.

August 2017

Schon wieder ist mehr als ein halbes Jahr vergangen seit meinem letzten Eintrag, und so vieles ist geschehen. Du wohnst jetzt hier auf Norderney, zusammen mit Morlen, und es klappt alles viel besser, als ich befürchtet hatte. Du hast ein Café aufgemacht, in einem alten Strandkiosk, den ich entdeckt und von Omis Erbe für dich gepachtet habe, und du gehst richtig in der Arbeit auf. Morlen ist heilfroh darüber, dich hierzuhaben, das merke ich deutlich. Trotzdem ist sie noch oft bei mir, und auch Jan holt sie an den Wochenenden und in den Ferien regelmäßig zu sich.

Eigentlich ist alles geklärt, beruhige ich mich, wenn die Ärzte mir prophezeien, dass ich nicht mehr lange zu leben habe. Sie können nichts mehr tun, als mir die Schmerzen zu nehmen, mir die verbleibende Zeit erträglicher zu machen.

Vor ein paar Monaten habe ich mich mit dir hingesetzt und dich überredet, Anni zu schreiben. Seit deiner Affäre mit Jan sind nun über zehn Jahre vergangen. Zehn Jahre, in denen du keinen Kontakt zu Anni hattest, und ich wusste, sie fehlt dir noch immer. Außerdem hatte ich das Gefühl, dass du niemals vollends im Hier und Jetzt glücklich sein kannst, solange sie dir nicht vergeben hat. Und du dir selbst. Und nun war Anni wirklich hier. Für fast sechs Wochen. Sie hat bei dir im Café gearbeitet, und ihr habt euch versöhnt. Ich bin so erleichtert darüber.

Erst als ich sie wiedergesehen habe, ist mir bewusst geworden, wie sehr auch ich sie vermisst hatte. Ich habe in den vergangenen Jahren so oft darüber nachgedacht, ob ich euch damals irgendwie hätte helfen können. Ob meine Rolle in dem Drama eine andere hätte sein müssen. Jetzt bin ich froh, dass ihr euch wiederhabt. Dass Anni dir beistehen kann, wenn ich nicht mehr bei dir bin. Ich weiß, du hast auch andere Freundinnen, aber keine kennt dich so wie sie.

Kurz war ich in Sorge, weil dein Exfreund Simon mit ihr geflirtet hat, aber im Grunde waren Anni und ich uns einig: Er hat es nur getan, um deine Aufmerksamkeit zu erlangen. Und Annis Herz ist ohnehin längst an Thies vergeben, den ich bei deiner Geburtstagsfeier kennengelernt habe. Was für ein wundervoller Mann!

Ich glaube, du hängst noch immer an Simon, denn du hast ungewöhnlich sensibel auf den Flirt zwischen ihm und Anni reagiert. Ich kenne ihn kaum, aber er ist ein charismatischer, interessanter Kerl, und ich verstehe, dass du dich von ihm angezogen fühlst. Er ist ganz anders als die Männer, für die du dich sonst begeisterst, jünger und viel unkonventioneller. Wer weiß, vielleicht passt ihr besser zusammen, als du vermutest. Simon ist dir ebenbürtig, und ich glaube, genau das macht dir Angst. Ich bin gespannt, wie sich die Sache zwischen euch entwickelt.

Eines liegt mir noch auf dem Herzen: Ich würde dir so gern Hannes vorstellen. Ich würde dich so gern nicht mehr anlügen müssen, dir keine Ausreden mehr auftischen, wenn ich ihn treffe. Wenn ich jetzt darüber nachdenke, wie lange wir dich schon hintergehen, wird mir ganz schwindelig. Seit meinem Umzug nach Norderney habe ich versucht, ihn dazu zu überreden, diesem Versteckspiel ein Ende zu bereiten. Doch er hat mich immer gebeten, dich da rauszuhalten. Bis vor ein paar Wochen, als er sich endlich einen Ruck gegeben hat und mit zum Boule-Spielen am Kurplatz gekommen ist. Ich wusste, dass du vorbeikommen würdest. Du hast ihm kurz die Hand geschüttelt. Wahrscheinlich wirst du dich nicht mal daran erinnern, weil du gleich weitermusstest und so viele andere Leute dabei waren.

Danach habe ich einige Tage nichts von Hannes gehört. Als wir uns wiedersahen, hat er mich gebeten, seine Entscheidung zu akzeptieren. Er wolle und könne keinen Kontakt zu dir haben. Er sagt, bei deinem Anblick sei der Schmerz von damals in ihm hochgekommen. Er musste wieder an den Moment denken, in dem er begriff, dass du nicht sein Kind bist. Das muss ich nun so hinnehmen, auch wenn es mich wirklich betrübt.

In einem anderen Punkt bin ich über meinen eigenen Schatten gesprungen. Ich habe nach vierunddreißig Jahren versucht, Kontakt zu deinem Vater aufzunehmen. Ich wollte mir nicht vorwerfen, es nie probiert zu haben. Ich habe ihm geschrieben, warum ich ihm nie von dir erzählt habe. Und dass ich es seiner Tochter nun endlich gerne ermöglichen würde, ihn zu treffen, solange ich noch etwas dazu beitragen kann. Zwei Wochen später erhielt ich einen Brief, verfasst von seiner Frau. Darin stand, es tue ihr leid, aber Michael sei vor drei Monaten verstorben.

Mein Herz brach in tausend Teile, weil ich wusste, dass ich zu lange gewartet hatte. Ich hoffe, du wirst mir eines Tages verzeihen. Denk dran, wenn du das hier liest: Warte niemals zu lange mit etwas, das dir auf der Seele brennt, denn es könnte am Ende zu spät sein.

Am Abend vor Morlens Abreise öffnete ich das Tor zum Friedhof und schritt suchend die Schotterwege ab, bis ich Mamas Grab fand. Ich kam nicht allzu oft hierher, denn ich erinnerte mich lieber an anderen Orten an sie. In den Dünen, am Meer oder in ihrem Garten. Ihre Freundinnen übernahmen die Grabpflege, so war es abgesprochen. Ich betrachtete den schlichten Grabstein mit ihrem Namen darauf und die Fleißigen Lieschen, die davor blühten. Ich hockte mich hin und zupfte mit der Hand ein paar verwelkte Blüten ab.

»Morlen zieht zu Jan«, sagte ich in die Stille hinein. »Ich verstehe das sogar. Ich habe es verdient.« Ich zerbröselte mit den Fingern einen Klumpen frische Erde. »Ach Mama, so weit wäre es nie gekommen, wenn du noch da wärst.«

Hinter mir hörte ich Schritte auf dem Schotter. Ertappt stand ich auf.

Es war Hannes. Etwas unbeholfen stand er vor mir, und das Erste, was mir auffiel, war, dass er keine Gummistiefel trug, sondern polierte Lederschuhe. In der Hand hielt er einen kleinen Strauß Dünenveilchen.

Ich lächelte ihn traurig an. »Mamas Lieblingsblumen.«

Er zögerte. »Ich wollte nicht stören.«

»Kein Problem.« Ich drehte mich wieder zum Grab. »Ich komme nicht so oft hierher, aber heute hatte ich irgendwie das Bedürfnis. Ich habe gehofft, sie würde mir eine Botschaft schicken. Mir irgendwie zeigen, was ich tun soll.«

Hannes trat neben mich. »Vielleicht hat sie mich geschickt? Vielleicht kann ich helfen?«

Ich atmete so tief ein, dass es fast wehtat. Dann erzählte ich Hannes von Morlen. Von ihrem Wunsch zu gehen. Keine Ahnung, warum ich das tat. Ich wusste nicht mal, ob es ihn interessierte. Aber als ich einmal angefangen hatte zu sprechen, floss alles aus mir heraus. Ich erzählte von Jan, von Simon, von mir.

»Und jetzt stehe ich hier und habe das Gefühl, versagt zu haben«, sagte ich schließlich.

Hannes betrachtete schweigend den Grabstein. Dann hob er das Gesicht zum Abendhimmel, über den der Wind Schäfchenwolken trieb. »Sehe ich anders.« Jetzt schaute er mich an. »Iris hat mir oft erzählt, dass du sie auch verlassen hast. Das war nicht leicht für sie, doch sie wusste, dass du wiederkommst.«

»Aber ich war nicht elf.«

»Nein, du warst älter. Trotzdem. Iris hat gesagt, sie

könne nichts anderes tun, als zu warten und darauf zu vertrauen, dass die Bindung zwischen euch stark genug ist.«

»Was, wenn sie das bei Morlen und mir nicht ist?« Tränen verschleierten meinen Blick, dennoch sah ich Hannes milde lächeln, konturlos, wie ein stark bearbeitetes Foto.

»Dann wirst du einen Weg finden, damit zurechtzukommen. Du und deine Tochter, ihr stammt von Iris ab. Und sie war die stärkste Frau, die mir je begegnet ist.«

Eine Weile standen wir still nebeneinander. Irgendwann bückte Hannes sich umständlich, stellte die Dünenveilchen in eine Vase neben dem Grabstein und goss mit einer kleinen Gießkanne Wasser hinein.

»Warum hast du mich nicht erkannt, als ich zur Sternwarte kam?«, traute ich mich zu fragen. »Mama hat uns doch einmal kurz vorgestellt.«

Er zögerte. »Schon. Aber unsere Begegnung am Kurplatz war für mich ein wenig, nun, traumatisch. Ich habe mich damals kaum getraut, dich anzuschauen.«

»Warum nicht?«

Er stellte die Gießkanne wieder neben den Grabstein und richtete sich auf. »Das ist schwer zu erklären.« Er rieb seine knochigen Hände aneinander. »Ich kann über so etwas nicht gut sprechen.«

Einen Moment stand er noch da, sah vom Grabstein zu mir und wieder zurück. Dann wandte er sich zum Gehen.

»Mach es gut, Maria!«

»Hannes?« Er drehte sich noch einmal um. »Morlen würde sich bestimmt freuen, wenn du ihr Tschüss sagst. Sie nehmen die Fähre morgen um elf.«

Ein trauriger Ausdruck trat in seine freundlichen Augen. »Ich bin nicht ihr Opa.«

Ich zögerte, dann sagte ich: »Diese Entscheidung liegt bei dir.«

Behutsam blätterte ich die letzten Seiten des Tagebuchs durch, während Hannah neben mir friedlich schlief. Mama hatte ein paar Schnipsel mit Sprüchen eingeklebt, das Rezept für einen Mürbeteig notiert, den sie bei Frau Fisser probiert hatte, und eine Karte von Anni zwischen die Seiten gesteckt. Vorne drauf stand in schönstem Handlettering:

Im Leben geht es nicht ums Gewinnen.
Es geht nur darum, so glücklich wie möglich
zu verlieren.

Dann folgte noch ein letzter Eintrag. Es war der einzige ohne Zweig oder Blüte daneben.

Mai 2018

Meine liebe Maria,

ich glaube, ich kann jetzt gehen. Ich spüre, dass meine Kräfte schwinden und ich kaum noch den Stift hal-

ten kann. Dies wird wohl mein letzter Tagebucheintrag werden. Ich habe lange darüber nachgedacht, was ich dir noch schreiben will. Ich möchte, dass du weißt, dass ich mit einem guten Gefühl gehe. Ich hatte ein schönes, ein erfülltes Leben. Ich hatte deutlich mehr glückliche als unglückliche Tage. Und ich habe das Gefühl, dich an einem guten Ort zurückzulassen. Es gab lange nur uns zwei, wir beide gegen den Rest der Welt. Aber hier auf Norderney hast du ein Zuhause gefunden. Und deine eigene Familie. Du und Morlen, ihr seid zusammengewachsen, und ich glaube, die Chancen stehen gut, dass sie dir deine anfängliche Abwesenheit nicht nachtragen wird, wenn sie älter ist.

Erstmals seit der Sache mit Jan hast du dich wieder richtig auf einen Mann eingelassen. Das ist wundervoll, denn auch ich mag deinen Simon sehr. Wie einfühlsam er mit dir und Morlen umgeht und wie viel Leichtigkeit und Spaß er in euer Leben bringt! Dass ihr beide bald ein Baby bekommt, ist für mich wie ein letztes großes Geschenk – auch wenn ich die Kleine aller Voraussicht nach nicht mehr kennenlernen werde. Ich bin sicher, dass sie ein kleiner Sonnenschein wird. Wie du, wie ihr Vater. Es gibt Menschen, an deren Seite alles das entscheidende bisschen schöner ist. Simon ist so ein Mensch, genau wie du. Ich hoffe, ihr werdet gemeinsam durchstehen, was das Schicksal euch beschert, und erkennen, dass ihr zusammen stärker seid. Du brauchst keinen Mann, hast du nie gebraucht, genau wie ich. Aber du verdienst dieses Glück, mein Kind.

Das ist es, was ich dir gern noch mit auf den Weg geben würde: Du bist gut so, wie du bist, Maria. Du hast Fehler gemacht, falsche Entscheidungen getroffen, und ja, du hast Menschen verletzt. Aber an den allermeisten Tagen deines bisherigen Lebens hast du alles genau richtig gemacht. Du machst andere glücklich und bereicherst sie.

Es gibt einiges, auf das ich stolz zurückschaue, wenn ich dieses Buch gleich schließe. Es gibt so viele besondere Momente, an die ich gerne zurückdenke. Dennoch hätte ich manches im Rückblick anders gemacht. Ich sehe mich noch heute auf der Fähre nach Norderney, ich sehe Hannes am Hafen stehen, und ich weiß, dass es einen Weg für uns gegeben hätte. Dass wir auch die vierundzwanzig Jahre dazwischen hätten zusammen sein können, mit dir, als Familie. Ich sehe einen leeren Zettel vor mir liegen, jedes Jahr im Herbst, um den Tag herum, an dem du entstanden bist. Und dann sehe ich, wie ich ihn zusammenknülle und deinem Vater doch nicht schreibe. Ich weiß, ich hätte es tun müssen.

Du hast mich immer bewundert, und ich habe das durchaus genossen. Aber jetzt weißt du, dass auch ich nicht fehlerlos war, meine Maria. Ich war alles andere als das. Und doch habe ich vieles richtig gemacht, genau wie du. Ich war gern Erzieherin, ich war gern eine gute Bäckerin, Gärtnerin, eine Freun-

din, eine Oma. Aber am allerliebsten war ich deine Mutter. Und das bleibe ich, Maria, für immer, in dir drin. Wenn du abends zum Sternenhimmel siehst, dann stell dir vor, ich sitze dort, irgendwo in der Nähe meines Lieblingsplaneten Neptun, und schaue auf dich hinab, voller Liebe.

Für immer
Deine Mama

Ich hatte Morlen nicht kommen hören. Sie stand in der Schlafzimmertür und sah mich stumm an. Ich ließ das Tagebuch sinken und klopfte auf die Matratze zwischen mir und Hannah, die sanft im Schlaf schnorchelte. Morlen krabbelte vorsichtig an ihrer Schwester vorbei und kuschelte sich in meine Armkuhle. Behutsam strich sie mir die Tränen von den Wangen.

Ich lächelte sie traurig an. »Hast du den Neptun vom Planetenweg geklaut?«

Sie nickte zögerlich. »Jonas passt darauf auf. Ich hatte Angst, dass du ihn findest und zurückbringst.«

Ich strich ihr durch das zerzauste Haar. So hatten wir lange nicht nebeneinandergelegen. Ich spürte erst jetzt, wie schmerzlich ich es vermisst hatte.

»Das wird mir fehlen.« Ich legte das Tagebuch auf meinen Nachttisch. »Das und alles andere an dir.«

Morlen schmiegte sich an mich. »Du wirst mir auch fehlen.« Dann fing sie an zu weinen. »Mama, ich gehe nicht zu Papa, weil ich dich nicht liebe.«

»Das weiß ich, Maus. Das weiß ich.«

»Ich vermisse Papa nur auch immer, und ich will es gerne mal probieren, bei ihm zu wohnen. Aber es ist schlimm. Egal, wie ich mich entscheide, irgendjemand fehlt mir.«

»Ich weiß. Das ist nicht fair. Es tut mir leid, dass Jan und ich es damals nicht anders hinbekommen haben.«

Morlen schniefte. Ich spürte ihren heißen Atem an meinem Hals. »Nicht schlimm.«

»Doch, das ist es. Und Morlen?«

»Hm.«

Ich drehte mich zu ihr, sodass sie mir direkt ins Gesicht sehen musste. »Es tut mir leid, dass ich anfangs nicht wirklich für dich da war. Du hättest es anders verdient gehabt.«

Sie schluckte hörbar. »Oma war da.«

»Ja, aber es war meine Aufgabe, ich bin deine Mama. Ich will, dass du weißt, dass ich dich immer schon über alles geliebt habe. Ich habe nur mich selbst nicht so richtig geliebt, ich musste mich erst finden. Aber du warst immer gewollt und geliebt. Du bist und bleibst das Beste, was mir je passiert ist.«

»Wirklich?«

»Ja.« Ich sah ihr fest in die Augen. »Du und Hannah. Durch euch habe ich gelernt, was Liebe wirklich bedeutet.«

Sie schaute mich an, mit großen, runden Augen, die Wimpern nass vor Tränen. »Was bedeutet sie denn?«

»Wenn man jemanden liebt, will man immer nur das Beste für ihn.«

»Und deswegen lässt du mich gehen?«

»Genau.« Ich küsste ihre Nasenspitze. »Und weil ich weiß, dass du wiederkommst.«

Sie schmiegte sich noch enger an mich. Ganz leise fragte sie in mein Nachthemd hinein: »Was ist das Beste für Simon?«

»Ich weiß es nicht. Aber ich verspreche dir, dass ich versuchen werde, es herauszufinden.«

Sie spielte mit einer Haarsträhne, die sich aus meinem Zopf gelöst hatte. »Er hat mir geschrieben.«

Ich sah sie überrascht an. »Wann?«

»Etwa zweimal die Woche, E-Mails. Er hat mir vorher einen Account eingerichtet, und ich habe die Mails bei Emilys Mama auf dem Laptop gelesen.«

»Oh. Warum nicht auf meinem?«

»Irgendwie war das ein Geheimnis zwischen Simon und mir.«

Ich wollte so gern fragen, was er geschrieben hatte, aber ich hielt mich zurück.

Doch Morlen las offenbar meine Gedanken. »Er hat immer erzählt, was er und Hannah so machen, und mich gefragt, wie es mir geht. Und gestern wollte er wissen, wie es dir und Hannah geht. Er hat geschrieben, dass er uns alle vermisst. Und ich vermisse ihn auch.« Jetzt fing sie wieder an zu weinen. »Mama, ich glaube, ich bin schuld.«

Ich strich ihr über den Kopf. »Woran?«

»Dass er nicht wiedergekommen ist. Ich habe ihm vor ein paar Wochen geschrieben, dass ich mir wünsche, dass du wieder mit Papa zusammenkommst. Und dass jetzt vielleicht die Chance besteht. Er hat mir geantwortet, er werde abwarten, ob es klappt. Weil er es sich für mich wünscht.« Sie presste ihr Gesicht an meine Brust und schluchzte. »Es tut mir so leid!«

»Meine Maus, du hast nichts falsch gemacht. Ich bin dir nicht böse.« Ich drückte sie fest an mich und wiegte sie hin und her. »Ich verstehe dich.«

Eine Weile hielt ich sie fest, dann sagte ich in die Stille hinein: »Das habe ich gemeint. Simon liebt dich. Deswegen wünscht er sich nur das Beste für dich.«

Irgendwann wurde Morlens Körper neben mir schwerer, ihre Umarmung kraftloser, ihr Atem langsamer. Ich betrachtete meine beiden schlafenden Kinder und dachte daran, wie Morlen erstmals zu mir und Simon ins Bett gekrochen war. Es war nichts Komisches daran gewesen, nichts Verkrampftes. Simon hatte sie immer behandelt wie eine eigene Tochter, er hatte sie so selbstverständlich geliebt wie mich. Dass er wieder gefahren war, weil er Jan und mir Zeit geben wollte, hieß nicht nur, dass er Morlen liebte. Es hieß wohl auch, dass ich ihm noch etwas bedeutete. Mit diesem Gedanken und meiner Tochter im Arm schlief ich ein.

Am nächsten Morgen lud ich am Hafen einen großen Koffer vom Lastenfahrrad. Morlen hatte ihren Rucksack geschultert und umklammerte ihre Stoffkatze so fest, dass ihre Knöchel weiß hervortraten. Hannah saß in ihrem Kindersitz und verpennte die nächste große Abschiedsszene. Mo hatte gesagt, sie wolle uns den Raum als Familie geben, und sich bereits in der Wohnung von Morlen verabschiedet.

»Den Rest holen wir demnächst mit dem Auto«, sagte Jan zu Morlen. Ihre Schultern zitterten leicht, auch wenn es nicht besonders kalt war. Jan kniete sich vor sie und rieb ihr über die Jackenärmel. »Wir müssen das nicht durchziehen.« Er sah sie eindringlich an. »Wenn du doch bleiben willst, ist das vollkommen okay, ich bin nicht beleidigt.«

Sie suchte meinen Blick. Dann schüttelte sie entschieden den Kopf.

Ich hatte in den vergangenen Tagen so viel geheult, dass ich mich nun wie ausgetrocknet fühlte. Morlens Schulfreundinnen Emily, Leni und Paula kamen mit den Rädern angefahren und stürmten auf sie zu. Paula brach direkt in Tränen aus, und die anderen stimmten mit ein.

Ich spürte Jans Hand auf meiner Schulter. »Es tut mir leid.«

»Es musste wohl so kommen.«

Um uns herum rollten Leute ihr Gepäck hinter sich her, zerrten Kinder und Hunde auf den Eingang des Fährterminals zu.

»Das glaube ich nicht. Ich denke immer noch, dass sie es sich anders überlegen wird. Wenn sie erst mal realisiert, dass wir in Düsseldorf keine Wellen und keine Reitkoppeln in den Dünen haben.«

»Wir werden sehen.« Ich lächelte ihn traurig an.

In Jans Blick lag so viel Mitleid, dass ich ihm kaum standhalten konnte. Er drückte meine Schulter. »Kann ich irgendetwas tun, um es für dich leichter zu machen?«

Ich beobachtete die Mädchen, die ein schluchzendes Knäuel bildeten.

»Ja, ich denke schon«, sagte ich schließlich. »Es gibt tatsächlich etwas, das du für mich tun könntest.« Ich drehte mich wieder zu Jan, der mich mit seinen schönen braunen Augen erwartungsvoll anschaute. »Kämpfe um Alex!«

Er sah mich fragend an.

Ich strich ihm eine Fluse aus der Augenbraue und legte meine Hand an seine Wange. Er griff danach und hielt sie fest. »Ich meine es ernst, Jan. Diese Frau ist das Beste, was dir je passiert ist. Besser wird es nicht. Ihr habt eine gemeinsame Tochter. Sie liebt Morlen, und Morlen liebt sie. Ihr seid eine Familie. Und ich glaube, dass du Alex auch noch liebst. Also überwinde deinen verdammten Stolz und kämpfe um sie!«

Er sah mich noch immer an, mit einer Mischung aus Abschiedsschmerz, Mitleid und Überforderung, und schließlich sagte er: »Okay, ich werde es versuchen.«

Ich schlang die Arme um ihn. Ein paar Sekunden standen wir so da, hielten uns aneinander fest, und ich spürte seinen Herzschlag.

Dann kam Morlen angelaufen und rief: »Ich glaube, wir müssen an Bord, Papa!«

Sie kniete sich vor Hannah und küsste ihr Gesicht ab, ohne dass die Kleine aufwachte. Sie zuckte nur kurz im Schlaf, und ich presste die Lippen aufeinander, weil ich fürchtete, vor Schmerz aufschreien zu müssen. Dann sah Morlen mich an, hilfesuchend.

Ich strich ihr zärtlich über den Kopf. »Wir machen das jetzt ganz schnell, okay, Maus? Um es für uns beide nicht zu schwer zu machen. Wir sehen uns bald. Kommt gut an. Ich hab dich lieb!« Ich drückte ihr einen Kuss auf jede Wange, zog sie ganz fest an mich und ließ sie wieder los.

Dann ging alles schnell. Morlen nahm Jans Hand, und sie gingen auf die Rampe der Fähre zu. Ich sah, wie ihre Tickets kontrolliert wurden, wie sie sich in den Strom der Menschen einreihten, von ihm mitgespült wurden.

Erst dann entdeckte ich Hannes. Er diskutierte mit den Ticketkontrolleuren, die ihn schließlich vorbeiließen. Ich sah, wie er Morlens Namen rief, wie er sich auf der Rampe durch die Menschen schlängelte, wie Morlen ihn schließlich hörte, sich umdrehte, gegen den Strom zurücklief und sich zu ihm durchkämpfte. Als sie sich gefunden hatten, brach in mir ein Damm. Laut schluchzend sah ich zu, wie Hannes meine Tochter umarmte, lange und fest. Er sagte etwas zu ihr, dann wies er auf Jan.

Als Morlen sich von Hannes löste, drehte sie sich

noch einmal in meine Richtung. Ihr Gesicht war tränenüberströmt, aber sie strahlte. Dieses breite Strahlen, das sie von mir geerbt hatte, würde ich noch tagelang vor mir sehen. Weinend und strahlend zugleich verließ sie die Insel, die bisher ihr Zuhause gewesen war.

Hannes kämpfte sich aus der Menge heraus und sah sich suchend um. Ich hob weinend die Hand. Er entdeckte mich und kam auf mich zu.

Wir blickten uns nur an, keiner sagte ein Wort. Er stellte sich neben mich, und wir sahen gemeinsam den anderen Passagieren beim Einsteigen zu.

»Es ist nicht deine Schuld«, sagte Hannes irgendwann.

Ich wurde noch immer von Schluchzern geschüttelt. »Da bin ich mir nicht so sicher.«

Hannes gab einen grummelnden Laut von sich. »Für dich war Iris sicher die beste Mutter der Welt, aber …« Er rieb sich über den kahlen Kopf. »… würdest du immer noch sagen, dass sie perfekt war, nachdem du ihre Tagebücher gelesen hast?«

Ich überlegte einen Moment. »Ja. Für mich war sie perfekt.«

»Genau.« Hannes hob die Hand, als er Morlen oben an Deck erspähte. »Deine Tochter hat mir viel von dir erzählt, wenn sie bei mir auf dem Hof war. Sie hat behauptet, ihre Mutter sei die coolste von allen.«

Ich drehte mich überrascht zu ihm um. »Das hat sie

gesagt?« Direkt schossen mir neue Tränen in die Augen.

Er lächelte sanft. »Jedes Mal, wenn sie von dir sprach. Sie hat gesagt, du könntest besser reiten als alle anderen Mütter, könntest besser kitzeln und surfen und Tütennudelsuppe kochen und Gute-Nacht-Lieder singen und trösten und Witze erzählen. Es war noch mehr, aber mir fällt nicht alles ein.«

Ich hielt mir die Hand vor den Mund.

»Sie verlässt dich nicht.« Hannes winkte immer noch. »Sie will nur ihren Vater richtig kennenlernen. Das verstehst du doch sicher.«

Neben uns erwachte Hannah. Sie öffnete die Augen und plinkerte mich an. Ich hob sie hoch und zeigte auf ihre große Schwester an Deck. Hannah quiekte begeistert und winkte, wie kleine Kinder es tun, indem sie die speckigen Finger zu Fäusten ballte und wieder öffnete. Morlen ruderte nun mit beiden Armen.

Ich bemerkte, dass Hannes nicht mehr zur Fähre sah, sondern meine kleine Tochter musterte. »Anfangs hat Iris Morlen mitgebracht, wenn sie zu mir kam.«

Ich drehte mich zu ihm. Sein Blick ruhte immer noch auf Hannah, die ihm ein breites Lächeln schenkte.

»Als sie klein war, war sie immer dabei. Es war nicht leicht für mich, Iris mit einem Baby zu sehen. Als Morlen größer wurde und anfing zu sprechen, habe ich Iris schließlich gebeten, sie nicht mehr mitzubringen. Deswegen haben wir einander nicht erkannt.«

»Aber warum …«

Jetzt blickte er mich an. »Weil ich dich nicht kennenlernen wollte. Ich wusste, wenn Morlen sprechen lernt, wird sie dir von mir erzählen.«

Noch bevor ich etwas dazu sagen konnte, fuhr er fort: »Ich konnte dich ja nicht einmal ansehen, damals am Kurplatz. Ich wusste, ich schaffe das nicht, auch wenn Iris es sich so gewünscht hat. Aber … Aber der größte Wunsch in meinem Leben war, dein Vater zu sein. Es tat einfach zu weh.«

Ich entdeckte Tränen in Hannes' Augen und wollte den Arm nach ihm ausstrecken, als er mir etwas in die Hand drückte. Es war rund und kalt.

»Ich habe gleich zwei gegossen«, sagte er. »Einen neuen für den Planetenweg. Und einen für dich.«

Mit einem Arm hielt ich Hannah auf meiner Hüfte, die noch immer begeistert mit den Fäustchen winkte. Hannes nahm meine andere Hand, in der ich Neptun hielt, und streckte sie nach oben. Und dann winkte ich meiner Morlen mit einem kleinen blau gemaserten Metallplaneten zu, während die Fähre kleiner und kleiner wurde.

17

Hannah schlief bereits friedlich in meinem Bett, als ich mich noch einmal aufmachte. Mo hatte beim Zumba-Kurs am Strand einen Herrn kennengelernt, der ihr angeboten hatte, mit einer Wünschelrute durch unsere Wohnung zu gehen. Sie hatte nicht verstanden, warum ich diesem Event nicht unbedingt beiwohnen wollte, mich aber schließlich entlassen. Ich fuhr mit dem Rad an den Rand der Siedlung, bis zum Kap. Über eine Treppe erreichte ich die Aussichtsplattform, auf der eines der Wahrzeichen von Norderney in den Himmel ragte: eine Bake aus Backsteinen und Holz. Als ich oben ankam, saß Toni schon auf einer Bank und blickte über die Insel.

»Hey.« Ich setzte mich neben sie, und sie legte einen Arm um mich. Ich fühlte mich, als hätte man mir den Stecker gezogen. Über uns erstreckte sich ein rosa Abendhimmel, der so gar nicht zu dem Loch in meinem Herzen passen wollte.

Toni zog mich fest an sich. »Ich verstehe jetzt, warum du hier glücklich bist.«

Ich blickte sie von der Seite an. »Wirklich?«

Sie lächelte. »Ja. Es ist zauberhaft hier. Und du hast

alles, was du zum Leben brauchst. Es ist, wie du sagst: Die Freiheit kommt von innen, nicht von außen.«

Ich lächelte matt zurück. »Heißt das, du bleibst hier?«

»Nein.« Toni schüttelte sanft den Kopf. »Ich muss noch ein bisschen nach meiner inneren Freiheit suchen.«

»Vielleicht musst du dafür gar nicht so weit weg«, sagte ich. »Vielleicht musst du dich nur endlich einigen Dingen stellen und aufhören davonzulaufen.«

Toni seufzte tief. »Ja, das mag sein. Ich werde versuchen, daran zu arbeiten.«

Eine Zeit lang ließen wir beide den Blick über die Dächer bis zum Meer schweifen. Dann fügte sie hinzu: »Aber jetzt erst mal zu dir.« Sie zog zwei Vorratsdosen hervor, die ich aus Simons Wohnwagen kannte, und reichte mir eine, gefolgt von einem Löffel. »Ich habe dir Trost-Milchreis gekocht.«

»Du bist lieb, danke!« Ich öffnete die Dose und stocherte mit dem Löffel darin herum. Es roch verlockend, aber Appetit hatte ich keinen. Toni hingegen begann direkt zu essen.

»Alle verlassen mich«, sagte ich leise.

»Ich kann es immer noch nicht glauben.« Toni kratzte Beerenkompott vom Deckel ihrer Dose. »Ich gehe fest davon aus, dass Morli es sich bald anders überlegt.«

»Ich irgendwie nicht.«

Wir saßen eine Weile still nebeneinander, Toni aß, ich stocherte. Unter uns zwischen den Kiefern flogen Schwalben ihre waghalsigen Kurven.

Irgendwann fiel mir etwas ein. »Sag mal, wie lange folgst du Simon eigentlich schon bei Instagram?«

Toni ließ den Löffel sinken, als hätte ich sie bei etwas ertappt. Sie stellte ihre halb leere Dose neben sich auf die Bank, dann antwortete sie leise: »Schon eine ganze Weile.«

»Das heißt, du wusstest, dass er auf Norderney lebt?«

Sie sah mich mit geröteten Wangen an. »Ja.«

»Dann bist du also gar nicht meinetwegen hierhergekommen?«

Die roten Flecken wanderten ihren Hals hinab. »Doch, doch. Auch.« Sie holte tief Luft. »Ich wollte beides verbinden. Ehrlich gesagt habe ich dich als Vorwand benutzt, um ihn zu finden.« Sie suchte unsicher meinen Blick. »Mann, klingt das scheiße! Wie verzweifelt kann man sein?« Etwas ruppig zerrte sie das Haargummi aus ihrer Zopfpalme. Die feinen blonden Haare fielen ihr strähnig ins Gesicht. »Ich wollte ihn unbedingt wiedersehen, dieses Kapitel unbedingt abschließen. Ich musste einfach wissen, was damals eigentlich los war mit uns. Weißt du, David kann und will ich mich nicht mehr stellen. Aber die Sache mit Simon hoffte ich, klären zu können. Und irgendwann dachte ich: Das kann kein Zufall sein, dass Maria jetzt auch auf Norderney wohnt. Ich schaffe das, ich fahre hin, und dann werde ich ihm schon über den Weg laufen und ihn zur Rede stellen. Dass er dein Freund ist, war allerdings ein Schock.«

Ich stellte meinen fast unangerührten Milchreis auf

den Boden. »Und dann hast du dich nicht mehr getraut, mir die Wahrheit zu sagen?«

Sie nickte heftig. »Genau. Ich dachte, egal, was ich jetzt sage, es wird falsch rüberkommen. Als ob ich zwischen euch Zwietracht säen wollte. Glaub mir, das wollte ich nie.« Sie griff nach meiner Hand. Ihre war deutlich dunkler als meine. »Ehrlich, Maria, als er mir letztens gegenüberstand, da ist mir bewusst geworden, dass er sich in den letzten Jahren verändert hat. Und dass das mit euch etwas Ernstes ist. Ich sah ihn und dachte: Maria hatte recht, er *ist* ein anderer als damals.«

»Ach, komm schon, du übertreibst.«

»Nee, finde ich nicht.« Sie ließ meine Hand los und stellte einen Fuß auf die Bank. Mit dem Finger zeichnete sie das Tattoo unter ihrem Knöchel nach. »Ich hab es gespürt. Keine Ahnung, schwer zu beschreiben, er hatte eine ganz andere Ausstrahlung, ich hab ihn kaum wiedererkannt.«

»Wer weiß, vielleicht hat das gar nichts mit mir zu tun«, wandte ich zögerlich ein.

»Weißt du, was ich glaube?« Toni zog ihre Knie an den Bauch und umschlang sie mit den Armen. »Er ist total verunsichert. Er weiß gar nicht, was das zwischen euch eigentlich ist.«

»Wie kommst du denn darauf?«

»Na ja, so richtig zusammengezogen seid ihr nie. Simon hat seinen halben Kram noch im Wohnwagen, in deinem Schrank hat er netterweise ein bisschen

Platz am Boden bekommen, und in deiner Küche hängen tausend Fotos, aber keins von ihm.«

Ich wollte sofort widersprechen, aber dann begann ich zu grübeln. Wir hatten tatsächlich nie wirklich darüber gesprochen. Simon hatte sich von einem Tag auf den anderen in unseren Alltag gefügt, als wäre es nie anders gewesen. Und dann war ich plötzlich schwanger geworden, und er war mehr oder weniger zu uns gezogen. Es war einfach passiert. Für mich war alles ganz klar gewesen, aber für ihn vielleicht nicht. Vielleicht hatte er nach unserer ersten Trennung immer noch Angst, dass ich es mir von heute auf morgen anders überlegen könnte. Offenbar hielt er es ja sogar für möglich, dass ich wieder mit Jan zusammenkam. Das konnte nur heißen, dass ihm nicht bewusst war, was ich für ihn empfand.

»Vielleicht hast du recht.« Ich reckte die Nase in den Himmel. »Wenn ich nur wüsste, wo er gerade ist.«

Toni zwinkerte mir zu. »Ich weiß es.«

Ich riss die Augen auf.

»Instagram«, sagte sie und zog ihr Handy aus der Tasche ihrer Baumwollshorts. »Er selbst postet gerade nichts, aber diese Pariser Bloggerin, die ist eine alte Freundin von ihm.«

»Ist sie?«

Toni verdrehte die Augen. »Ja, die kennen wir auch aus Marokko, die ist mittlerweile Influencerin und mit einem Surfklamotten-Designer verheiratet. Die haben vier Kinder, stell dir vor.«

»Man sieht nie Familie auf den Bildern.«

Toni sah mich überrascht an. »Du hast sie auch gefunden? Du alte Stalkerin!« Sie stockte. »Du hast doch nicht etwa gedacht, Simon und Virginie …?«

»Natürlich habe ich das.«

Toni lachte schallend los. »Auf keinen Fall! Die Frau erträgt er höchstens drei Tage am Stück. Die sind nur eine Weile zusammen gereist, wahrscheinlich haben die Kinder sich angefreundet.«

»Und das weißt du …?«

»Weil ich Virginie kenne und die Bilder gesehen habe. Warte … Virgie ist gerade in … Nordspanien, super Surfspot. Und da ist anscheinend auch Simon wieder angekommen.«

Sie hielt mir das Handy hin. Auf einem Foto sah man Virginie, wie sie mit wehendem Haar und extrabreitem Lächeln an ihrem Retrobus lehnte.

Hinter dem Bus waren noch zwei weitere Camper geparkt. Einer davon war der, den Simon von seinem Kumpel Thomas geliehen hatte. Ich konnte sogar das Kennzeichen von Aurich entziffern.

Seit Mo hier war, erkannte ich unsere Wohnung kaum wieder. Überall standen Fingerfarben und Becher mit Pinseln, auf sämtlichen Oberflächen stapelten sich Kartons und Tonpapier. Auf der Wäscheleine im Bad und jeder freien Fläche trockneten Kunstwerke der Kinder. Alles roch fremd. Meine Poststapel in der Küche und alle möglichen anderen Dinge waren in die selbst gebastelten Kästchen gewandert, sodass ich manches gar nicht wiederfand. Mo hatte sogar die Magneten an der Kühlschranktür von einem Großteil ihrer Last befreit. Ich entdeckte eine neue Karte von Anni:

Wer frei sein will,
muss sein Herz von der Leine lassen.

Daneben hing ein Bild, das Morlen anscheinend mit Mo gemalt hatte. Zwei Männer waren darauf zu sehen, einer dunkelblond, der andere mit schwarzen Locken. Neben ihnen standen zwei Frauen, eine drahtig mit kurzen blonden, die andere kurvig mit langen gewellten Haaren. Zwischen ihnen saßen drei Mädchen. Das größte hatte strubbeliges dunkelblondes Haar und trug ein Metallica-T-Shirt. Das daneben sah ihm sehr ähnlich, war nur ein bisschen kleiner. Auf dem Schoß des größeren Mädchens saß ein Baby mit dunklerer Haut und einem einzigen, etwas groß geratenen Zahn. Am Rand des Bildes stand ein weiterer, deutlich älter aussehender Mann. Er hatte keine Haare, dafür ein freundliches Lächeln. Und er trug gelbe Gummistiefel. Oben auf das Blatt hatte Morlen in ihrer krakeligen Schrift geschrieben: *Meine Familie*.

Gerührt betrachtete ich die Zeichnung. Man konnte uns alle erkennen. Ich griff nach meinem Handy und machte ein Foto davon.

Dann wühlte ich eine Weile in den neuen Kisten, bis ich fand, was ich suchte. Ein paar Fotos, die Sven mal von uns am Strand gemacht hatte. Darauf waren Morlen und Simon beim Surfen zu sehen. Ich sah sie durch und stieß dabei auf eines der wenigen Bilder, die es von Simon und mir gab. Ich hielt ihn fest umschlungen und strahlte in die Kamera. Sein Blick war auf mich gerichtet, so voller Zuneigung, dass mir beim Betrachten des Fotos ganz flau wurde.

Ich nahm zwei Rahmen von der Wand. Auf einem der Bilder sah man mich beim Bergwandern, auf dem anderen in einem Kajak. Ich ersetzte sie durch ein Foto von Simon und Morlen und das Bild von uns beiden. Dann machte ich mit dem Handy auch davon ein Foto und schickte es zusammen mit dem von Morlens Kunstwerk per E-Mail an Simon, ohne Text. Der Betreff der Mail lautete: *Deine Familie*.

Am nächsten Morgen nahm Mo Hannah mit zu ihrem Zumba-Kurs an den Strand. Ich wollte gerade aus dem Haus, als der Postbote klingelte. Er brachte einen großen Umschlag mit etwas, das Mo offenbar beim Teleshopping bestellt hatte, sowie einen Brief für Morlen.

Ich schickte Jan ein Foto von dem Brief und schrieb, ich würde ihn Morlen nachsenden. Als Absender war eine Hamburger Adresse angegeben, die mir nichts sagte.

Zu meiner Überraschung klingelte gleich darauf mein Handy, es war Jans Nummer.

»Lies ihn mir vor!«, hörte ich Morlen sagen.

»Hallo, Maus, wie hast du geschlafen?«

»Gut, Mama. Mach ihn auf und lies ihn mir vor, bitte!«

»Okay.« Ich klemmte mir das Telefon zwischen Ohr und Schulter und riss den Briefumschlag auf. Zum Vorschein kamen mehrere Seiten schweres cremefarbenes Briefpapier, das von Hand beschrieben war. Die Schrift sah antiquiert geschwungen aus, ein bisschen wie die meiner Mutter, aber nicht ganz so leserlich.

»Mama, jetzt mach schon!«

»Schon gut, schon gut, ich beeile mich ja.« Und so begann ich, das Handy in einer Hand, den Brief in der anderen, laut zu lesen:

Liebe Morlen,

ich danke dir für deinen Brief. Er hat mich zum Nach denken gebracht, und ich brauchte einige Tage, bis ich in der Lage war, dir zu antworten. Du schreibst, dass du glaubst, mein Mann könnte dein Opa gewesen sein. Ich weiß nicht, ob es dir bewusst ist, aber auch deine Oma hat mir vor etwa zwei Jahren geschrieben, und schon damals dachte ich: Das kann nicht sein, das hätte er mir erzählt, da kann ja jeder kommen. Aber im Gegensatz zu deiner Oma hast du ein Foto mitgeschickt. Und das hat für mich alles verändert. Immer wieder habe ich mir das Bild von dir, deiner Oma und deiner Mutter angesehen. Und ich muss sagen: Ich denke, du hast recht. Die Ähnlichkeiten sind verblüffend. Ich lege ein paar Bilder bei, damit du siehst, was ich meine.

Außerdem habe ich einmal ein Foto gefunden, in einer alten Zigarrenbox, nach Michaels Tod. Die Frau darauf war eindeutig deine Oma. Jahrzehnte jünger, aber dieselbe Frau. Ich habe auch in den alten Taschenkalendern meines Mannes nachgesehen, und tatsächlich war er in jenem Herbst ein paar Wochen auf Baltrum, genau wie deine Oma gesagt hat. Damals, als sie meinen Mann getroffen hat, kannte ich ihn noch nicht. Ich bin seine zweite Frau und habe ihn erst Jahre später kennengelernt. Aber er hat mir oft von Baltrum erzählt und von den Urlauben im Ferienhaus seiner Familie. Er hat mir sogar einmal von einer Affäre erzählt, die er angeblich mit einer schönen Insulanerin hatte, und ich vermute, dass das deine Oma war. Ich wünschte, ich könnte ihn noch einmal danach fragen.

Du möchtest von mir wissen, wie dein Opa war. Nun, er war ein erfolgreicher Mann, ehrgeizig, manchmal über ein gesundes Maß hinaus. Er konnte streng sein, mit sich und anderen. Aber wenn er sich die Zeit dafür nahm, konnte man viel Spaß mit ihm haben. Er gehörte zu den Menschen, die einen Raum betreten und alle Blicke auf sich ziehen. Er konnte sehr gut tanzen, Klavier spielen und Geschichten erzählen. Frauen mochten ihn, und er sagte, es habe eine Zeit gegeben, da hätte er das ausgenutzt. Zuletzt ist er ruhig geworden und hat es genossen, mich an seiner Seite zu haben. Denn ich habe ihn genommen, wie er war. Es war nicht immer ganz einfach mit ihm, gewiss nicht. Seine Kindheit war nicht von viel Zuneigung geprägt, und er hat sie später lange an den falschen Orten gesucht.

Als ich deinen Brief gelesen habe, wurde ich ziemlich traurig. Ich wünschte, Michael hätte dich und deine Mama noch kennengelernt. Ich glaube, er wäre dir ein guter Opa gewesen. Nicht die Sorte, die dich im Schwimmbad in die Luft schmeißt und mit dir Drachen baut. Aber er wäre hier in Hamburg mit dir ins Schifffahrtsmuseum gegangen. Er hätte dir seine U-Boot-Modelle gezeigt und dir das Klavierspielen beigebracht. Und er hätte dir viele schöne Kleider gekauft.

Du schreibst, dass deine Mama Geldsorgen hat. Dass sie das Haus deiner Oma verkaufen muss. Ich habe lange nachgedacht, wie ich dir helfen kann. Michael hat gut für mich gesorgt. Ich wohne in einer großen Villa an der Außenalster. Ich habe eine Wohnung auf Sylt und mehr Geld, als ich in der mir verbleibenden Zeit noch ausgeben kann. Auch Michaels Sohn Alexander ist gesegnet mit dem, was er ihm hinterlassen hat.

Das Ferienhaus auf Baltrum hat Michael schon Jahre vor seinem Tod allein mir überschrieben. Ich bin nie dort gewesen, weil ich schon zeit meines Lebens immer nach Sylt fahre, es war eine reine Geldanlage für uns. Vor einigen Monaten hat jemand mir ein lukratives Angebot dafür gemacht, und ich habe es verkauft. Das Geld, das ich dafür bekom-

men habe, wollte ich eigentlich reinvestieren. Weißt du, was das ist? Ein anderes Haus damit kaufen oder Aktien. Aber als dein Brief kam, habe ich mich anders entschieden. Ich werde mich mit deiner Mutter in Verbindung setzen und ihr mit dem Erlös des Hauses unter die Arme greifen. Ich bin sicher, Michael hätte das Gleiche getan. Schließlich hat er deiner Oma nie Unterhalt für das gemeinsame Kind gezahlt, sie nie in irgendeiner Form unterstützt, weil er nichts von seiner Tochter wusste. Ich bin sicher, dass wir eine Lösung finden können, um das zumindest ein wenig auszugleichen. Ich wünschte, Michael hätte mehr für euch tun können, als er noch lebte.

Zugegeben: Ein kleines bisschen bin ich auch traurig. Ich bin zwar nicht deine Oma und kann diese niemals ersetzen, aber ich hätte ein bisschen Oma spielen können, wenn du uns in Hamburg besucht hättest. Ich habe keine eigenen Kinder und habe mir immer eine Enkeltochter gewünscht. Du bist ein mutiges Mädchen, Morlen. Ich danke dir von Herzen für deinen Brief. Und solltest du je in Hamburg sein: Komm mich bitte besuchen! Ich würde mich wirklich freuen.

In tiefer Verbundenheit
Lotte

Am anderen Ende der Leitung war es still. Irgendwann fragte Morlen: »Wie sieht er aus?«

Sie musste die Frage wiederholen, bis ich begriff, was sie meinte. Mit zitternden Händen nahm ich noch einmal den Umschlag und schüttelte ihn. Heraus fielen zwei Fotos. Eines zeigte einen gut aussehenden älteren Herrn in einem opulent möblierten Altbau-Wohnzimmer, vor einigen riesigen Ölgemälden. Das zweite zeigte denselben Mann, etwa vierzig Jahre jünger. Er hatte die Hosenbeine hochgekrempelt und stand am Strand, mit den Füßen im Meer. Ein großer, stattlicher Mann mit goldblondem Haar, wachen Augen, heller Haut und ziemlich markanten Gesichtszügen. Aber es war sein Lächeln, dieses breite, strahlende Lächeln, das mich kurz die Luft anhalten ließ.

»Mama?«, Morlen klang flehend. »Wie sieht er aus?«

Ich schluckte. »Wie ich. Er sieht aus wie ich.«

18

Der Flieger schwebte ruhig über die französischen Alpen. Ich saß auf einem Fensterplatz und sah hinunter auf die zerklüftete Berglandschaft. Hier und da entdeckte ich ein Fleckchen Schnee. Hannah war kurz nach dem Start eingeschlafen, wie immer, wenn es aufregend wurde. Sie lag quer über meinem Schoß, eines ihrer Beine ruhte auf dem des Geschäftsmannes neben mir, der das zum Glück mit einem gütigen Lächeln hinnahm.

In etwa zwanzig Minuten würden wir in Bilbao landen, den Koffer vom Band nehmen und den vorbestellten Mietwagen abholen. Während das Flugzeug sanft schaukelte, fragte ich mich, wie es Morlen wohl gerade ging. Ab morgen sollte sie ihre neue Schule besuchen. Alex hatte mich heute noch einmal angerufen und gesagt, dass alles gut laufe. Derzeit lebten Jan und Morlen noch bei ihr und Lou, bis Jan eine geeignete Wohnung fand.

Mo hatte ihren Aufenthalt auf Norderney noch um eine Woche verlängert, um in unserer Wohnung und Mamas Haus nach dem Rechten zu sehen. Ich hegte den leisen Verdacht, dass ihr großzügiges Angebot auch mit ihrer Zumba-Bekanntschaft mit der Wünschelrute zu tun hatte, der uns geraten hatte, sämtliche Möbel umzustellen, aber ich verdrängte diesen Verdacht lieber. Gerade gab es wirklich Wichtigeres zu regeln.

Zumindest um die Strandmuschel musste ich mich nicht sorgen. Toni schickte seit meiner Abreise stündlich Fotos von Kuchenstücken oder Kaffeetassen vor Strandpanorama.

Ich zog mein Handy aus der Tasche, wofür ich Hannahs Arm sanft beiseiteschieben musste. Sie zuckte leicht im Schlaf, während ich Simons E-Mail öffnete, um sie zum dritten Mal an diesem Tag zu lesen.

Liebe Maria,

jetzt endlich habe ich die Zeit und Ruhe gefunden, dir richtig zu antworten. Zunächst einmal: Es tut mir leid, dass Morlen zu Jan gezogen ist. Du kannst mir glauben, dass ich in meinen Mails an sie alles versucht habe, um sie davon abzubringen. Nicht nur, weil er so ein… Ach, ich denke, du weißt, was ich von Jan halte.

Es tut mir leid für Morlen, die so sehr mit der Situation gekämpft hat. Und es tut mir leid für dich. Aber ich gebe zu, dass ich auch sauer auf dich war, weil du so spät kapiert hast, was Jan da für eine Nummer abzieht. Vielleicht verstehst du, dass ich nicht einfach bleiben und zuschauen konnte. Was hätte ich denn tun sollen? Mich mit ihm duellieren?

Das alles kam mir so absurd vor. Leider passte es für mich ins Bild.

Du hast dich gefragt, warum ich unbedingt alleine losfahren wollte, und mir selbst ist die Antwort erst unterwegs so richtig klar geworden. Du hast mal im Streit gesagt, dass ich vielleicht doch zu jung oder unreif für dich sei, und wer weiß, vielleicht ist da sogar etwas dran. Ich habe so sehr versucht, dich vom Gegenteil zu überzeugen, dass ich manchmal nicht mehr wirklich ehrlich zu dir war. Es war hart für mich, als deine Mutter starb, Maria. Zum einen, weil mir Iris in der kurzen Zeit, in der ich sie kannte, ans Herz gewachsen ist. Und zum anderen, weil es für mich kaum auszuhalten war, dich so leiden zu sehen. Aber ich wollte stark für dich sein und es nicht zeigen. Und dann kam Hannah und hat unsere Welt erneut komplett durcheinandergebracht. Für dich war es das zweite Baby, und ich weiß, dass Hannah total pflegeleicht ist. Trotzdem war es anfangs eine Grenzerfahrung für mich, mich so nach ihren Bedürfnissen zu richten, Tag und Nacht für jemanden verantwortlich zu sein, der komplett von mir abhängig ist. Ich habe versucht, dir Hannah so viel wie möglich abzunehmen, aber ich bin dabei manchmal echt an meine Grenzen gestoßen. Und auch das habe ich dir nicht gezeigt, weil ich so gern der sein wollte, den du in mir siehst. Der, den nichts aus der Ruhe bringt, der immer alles auf die Reihe kriegt. Doch der bin ich leider nicht.

Als ich Hannah eingepackt habe und losgefahren bin, war ich echt fertig. Aber ich wollte dir und mir unbedingt beweisen, dass ich das kann. Du sagst immer, mir falle alles so leicht, doch das stimmt nicht. Ich sehe dich mit Hannah und denke: Du bist die geborene Mama. Ich kämpfe mit meiner neuen Rolle als Papa, und die Zeit mit Hannah allein hat mir dabei geholfen, sie besser anzunehmen. Es hat gutgetan, alles einfach so zu machen, wie es sich für mich richtig anfühlte, ohne jemandem etwas beweisen zu müssen. Einfach mal erschöpft und ratlos sein zu dürfen. Manchmal haben Hannah und ich den ganzen Tag nur gespielt und geschlafen. Und es ging uns beiden gut damit.

Es tut mir leid, dass ich das Gefühl hatte, nicht mit dir über diese Dinge sprechen zu können. Es tut mir leid, dass ich mich dir so entzogen habe. Aber ob du es glaubst oder nicht – ich fühle mich bei dir immer ein bisschen wie auf Bewährung. Wenn es nicht läuft, dann bin ich wieder raus, ruckzuck. Weil du doch letztendlich noch nie jemanden in deinem Leben gebraucht hast, außer deiner Mutter. Ich würde gern mehr gebraucht werden, auch wenn ich nicht immer perfekt funktioniere. Weißt du, was ich meine?

In Liebe
dein Simon

Ich schloss das Mailprogramm und ließ mein Handy wieder in die Tasche der Strickjacke gleiten. Hannah drehte sich leicht, wobei sie das Bein noch weiter über dem Geschäftsmann ausstreckte. Ich lächelte ihn über seinen Laptop hinweg entschuldigend an.

Dann sah ich aus dem Fenster. Jetzt konnte ich die Häuser von Bilbao erkennen. Ein paar Autos, die Landebahn. Es war ein komisches Gefühl, wieder in einem Flieger zu sitzen. Nicht in dem von Georg, bei einem Rundflug über Norderney. Sondern in einem, der mich innerhalb von kürzester Zeit in ein anderes Land brachte, weit weg von zu Hause. Ich spürte eine alte Sehnsucht in mir aufkeimen und lächelte in mich hinein. Ich vermisste das Reisen, und es war mir bisher gar nicht aufgefallen.

Als die Reifen der Maschine spanischen Boden berührten, lehnte ich mich in meinem Sitz zurück. Dann griff ich an Hannahs Kopf vorbei in die andere Tasche meiner Strickjacke. Darin lagen Hannes' Neptun und ein Zettel, der über einen Monat alt war. Ich nahm ihn heraus, faltete ihn auseinander und las ihn ein weiteres Mal. Und wieder musste ich lächeln. *Für die schönste Frau der Insel,* hatte Simon darauf geschrieben. Ob ich das noch für ihn war?

Nach anderthalb Stunden Autofahrt hatten wir den Campingplatz erreicht, dessen Adresse Toni mir rausgesucht hatte. Hannah hatte auf der Autofahrt munter neben mir im Kindersitz vor sich hingeplappert.

Ich parkte den Mietwagen am Rand einer weiten Wiese, auf der kniehohe Gräser blühten. Auf einer Seite des Platzes standen Wohnmobile. Die andere Seite war für Zelte und Busse reserviert und spärlicher belegt. Die Abendsonne tauchte alles in weiches Licht, und ich drehte mich entzückt im Kreis. Hannah lief mit ihrem Bierkutschergang hinter mir her. Ab und an blieb sie stehen und pflückte Blümchen. Irgendwann hielt sie inne und lauschte. Dann begann sie, übers ganze Gesicht zu strahlen. Ich brauchte einen Moment, um zu verstehen, warum. Dann wurde mir klar: Sie hatte das Meer gehört. Wir folgten seinem lauten Rauschen. Die Wiese endete an einer Steilküste, und da war es.

»Da, da, da«, sagte Hannah immer wieder mit einem Staunen, zu dem nur Kleinkinder imstande sind. Treppen führten hinunter zum endlos langen Strand. Und da unten, in den Atlantikwellen, hoch und majestätisch, sah ich die Surfer. Sie waren zu weit weg, als dass ich hätte erkennen können, ob Simon unter ihnen war, aber ich war mir sicher: Sollte er noch hier sein, war er jetzt da unten.

Ich nahm Hannah auf den Arm und lief ein Stück mit ihr an den Klippen entlang. An einer Stelle, an der kaum noch Zelte und Busse standen und die blühenden Gräser mir bis zu den Knien reichten, bekam Hannahs »Da, da, da« etwas Dringlicheres. Sie begann auf meinem Arm zu zappeln, und ich ließ sie runter. Zielstrebig tapste sie auf einen Camper zu. Und tatsächlich: Dort, wenige Meter von der Steilküste entfernt, mit Blick auf den tosenden Ozean, stand Simons geliehener Bus. Hannah hatte ihn erkannt. Mein Herz machte einen kleinen Hüpfer. Im Gegensatz zu ihr hatte ich Simon wochenlang nicht gesehen und kaum mit ihm gesprochen.

Ich näherte mich dem Wagen, unter dem ich Surfbretter erkennen konnte. Daneben lag die Schutzhülle eines Brettes, mit dem Simon vermutlich gerade im Wasser war. Ich ging um den Bus herum und schirmte meine Augen ab, um etwas sehen zu können. Hannah klopfte bereits energisch gegen die Schiebetür. Ich zog am Türgriff, und tatsächlich, sie war nicht abgeschlossen. Ich zögerte einen Moment, weil ich mich wie ein Eindringling fühlte. Dann wischte ich meine Bedenken beiseite und stieg ein. Hannah kletterte behände hinter mir her und setzte sich sofort auf die Rückbank, als gehöre das alles eigentlich ihr.

Drinnen roch es so sehr nach Simon, dass ich unwillkürlich grinsen musste. In der kleinen Küchennische stand eine Spülwanne mit benutztem Geschirr. Es sah so aus, als hätte Simon sich noch kurz etwas zur Stärkung gezaubert, um dann schnell die Treppen zur Brandung hinunterzueilen, weil die Wellen ihn riefen. Auf dem kleinen Klapptisch vor der Sitzbank lag der Campingführer mit dem blassrosa Himbeerfleck. Ein Kapuzenpulli hing über der Lehne des Fahrersitzes.

Ich trug nur ein Kleid, und hier war es kühler als auf Norderney. Der Wind heulte um den Bus. Ich zog mir den Pulli über und öffnete den Kühlschrank, wo ich etwas Obst mit Joghurt und einen Rest Kichererbsen-Couscous fand. Ich suchte in den Schubladen nach einem Löffel, fütterte abwechselnd Hannah und mich direkt aus den Vorratsdosen und sah nach draußen. Die Sonne versank gerade im Meer, und ich beobachtete fasziniert die Surfer, die auf Wellen aus fließendem Gold ritten.

Als wir alles aufgegessen hatten, spürte ich plötzlich Müdigkeit in mir aufsteigen. Die letzten Tage waren so nervenaufreibend gewesen, dass ich viel zu wenig geschlafen hatte. Hannah hatte sich erst wieder an zu Hause gewöhnen müssen, und ich hatte oft wach gelegen und an Morlen gedacht. Dieser Sommer war ganz anders verlaufen, als ich vermutet hatte.

Ich nahm Hannah und stieg mit ihr auf den Fahrersitz, um sie ins Hochdach zu heben, wo eine breite Matratze lag. Dann kletterte ich hinterher. Hier roch es noch stärker nach meinem Freund. Hannah krabbelte direkt auf seinen Schlafplatz und rollte sich im Bettzeug zusammen. Ich schaute mich um. In der Ritze neben der Matratze lagen noch ein Schnuller und ein Spucktuch. Als Hannah beides entdeckte, quiekte sie erfreut auf und steckte sich den Schnuller in den Mund. Ich legte mich zu ihr. Hier hatten die beiden also wochenlang nebeneinander geschlafen. Ich sah sie vor mir, eng aneinander gekuschelt, mit verschwitzten Locken, die Decke zur Seite gestrampelt. Und plötzlich wusste ich, was Simon gemeint hatte. Hannah würde sich später nicht an diese Reise erinnern können. Und dennoch würde sie sie für immer prägen. Für den Rest ihres Lebens würde es etwas mit ihr machen, wenn sie aufwachte und den Wind heulen hörte. Wenn sie zum Rauschen der Wellen einschlief. Wenn ihre Füße in kaltes Meerwasser eintauchten. Wenn sie in einer Höhle wie dieser übernachtete, irgendwo mitten in der Natur.

Vielleicht, dachte ich, während alles an mir schwer wurde, bin ich deswegen auf einer Insel gelandet. Vielleicht hatte mir meine Mutter die Sehnsucht nach Weite und Wasser schon vor meiner Geburt mitgegeben. Kurz bevor mir die Augen zufielen, sah ich innen am Hochdach etwas kleben. Es war ein Foto. Ein Foto von Morlen, Hannah, Simon und mir. Das Foto, das er neulich aus seinem Wohnwagen auf Norderney mitgenommen hatte. Wir waren das Letzte, was er abends sah, und das Erste, wenn er morgens die Augen öffnete.

Ich musste eingeschlafen sein, denn ich erwachte von Stimmen vor dem Bus. Männer, die lachten und auf Englisch mit spanischem Akzent miteinander sprachen. Dann wurde die Schiebetür geöffnet.

Mit einem Mal war ich hellwach. Um mich herum war es stockdunkel. Hannah lag eng an meinen Rücken geschmiegt und atmete gleichmäßig. Ich hörte, wie unten jemand kramte und vor sich hin summte. Es war eindeutig Simons Stimme, und mein Herz begann zu pochen. Er machte Licht an. Plötzlich hörte ich ihn innehalten. Vielleicht hatte er meine Schuhe gesehen.

Vielleicht hatte er bemerkt, dass ich seinen Kühlschrank leer gegessen hatte. Auf jeden Fall kam er hoch. Ich konnte nur seine Silhouette sehen, als er über den Fahrersitz heraufkletterte und vorsichtig neben mich auf die Matratze kroch. Und dann lag er nur noch eine Armesbreite entfernt, und ich konnte ihn atmen hören. Ich streckte meine Hand aus und suchte seine Wange.

»Du bist hier«, sagte er leise.

»Das bin ich.« Seine Haut war kühl vom Surfen. Ich tastete nach seinen Locken, die noch nass waren. Fuhr mit dem Finger über seine Nase, seine Lippen, seine Schultern. Dann robbte ich nah an ihn heran und legte beide Arme um seinen Hals. »Du musst mir jetzt zuhören«, sagte ich in seinen köstlich duftenden Atem hinein.

»Okay.«

»Ich weiß, dass ich dir in der Vergangenheit nicht immer gezeigt habe, wie wichtig du mir bist.«

Er lag ganz still da.

»Und wir beide wissen, dass wir auch ganz gut ohneeinander klarkommen. Machen wir uns nichts vor. Du würdest herumreisen, und ich würde mein Ding machen und ab und an etwas gehörig gegen die Wand fahren. Wir hätten beide Spaß, auch ohneeinander.« Meine Augen gewöhnten sich an die Dunkelheit, und ich konnte schemenhaft sein Gesicht erkennen, nah vor meinem. »Aber du machst für mich alles das entscheidende bisschen schöner. Du bist dieser eine Mensch für mich, Simon, mit dem ich zusammen sein will.«

Ich konnte hören, wie er schluckte.

»Also«, sagte ich, »jetzt noch mal zum Mitschreiben: Ich liebe dich. So, wie du bist. Ich brauche dich. Und ich will alles mit dir: Bilder an den Wänden, Platz im Schrank, eine Familie, ein Zuhause, alles. Den ganzen Alltag und das ganze Chaos. Falls du jetzt Schiss kriegst, hast du Pech gehabt.«

Endlich bewegte sich etwas in seinem Gesicht. Er lächelte. Sein entzückendes, entwaffnendes, funkelndes Simon-Lächeln, das so hell war, dass ich es sogar im Halbdunkel erkennen konnte. Er umfasste mit beiden Händen meinen Kopf, zog mich an sich und küsste mich so stürmisch, dass ich nach Luft schnappen musste. Es fühlte sich genauso phänomenal an wie immer. Als wäre ich plötzlich so federleicht, dass der Wind mich davontragen könnte.

Als Simon sich von mir löste, stupste er zart mit seiner Nasenspitze gegen meine, dann lehnte er sich erstaunt zurück. Ich spürte Hannahs spitze Ellenbogen auf meinen Rippen. Sie stützte sich auf mir ab und rief mit leichter Empörung in der Stimme: »Papa!«

Simon griff über mich hinweg nach seiner Tochter, drückte mit einem Arm sie, mit dem anderen mich an sich und sagte: »Boah, war das langweilig ohne euch!«

Ein Jahr später

Das Willkommen zu Hause-Schild hing schief. Dabei hatten Mo und Jan sich solche Mühe gegeben, es dekorativ zwischen dem Pflaumen- und dem Birnbaum zu drapieren. Aber der Wind hatte etwas dagegen. Immer wieder schleuderte er das Schild ein Stück zurück, und mit jeder Böe rutschte es ein paar Zentimeter tiefer. Dafür sah alles andere fast so feierlich aus, als hätte meine Mutter dieses Fest vorbereitet. Auf der langen Tafel im Garten lag eine weiße Tischdecke, darauf standen Goldrandgeschirr, Kuchen, Kekse und ein großes Bowle-Glas mit Mos Spezialmischung. Lampions hingen in den Heckenrosen, Ballons an der Regenrinne, und leise Musik tönte aus den Boxen, die Sven uns geliehen hatte. Zuletzt hatten wir den Garten für Mamas Beerdigung so festlich geschmückt. Das war jetzt über zwei Jahre her. Wie viel seitdem geschehen war. Manches war anders gekommen, als sie und ich vermutet hatten.

»Wie sieht es aus, wollen wir anstoßen?« Mo stellte ein Tablett voller Kristallgläser neben mir auf den Tisch. Dann strich sie andächtig ihr türkisfarbenes Kleid aus Wildseide glatt und winkte Herrn Jensen heran, der auch an diesem Sommertag seinen typischen Norwegerpullover trug und ein weiteres Tablett mit Gläsern brachte. »Gib das mal her, Bärchen.« Mo nahm ihm das Tablett etwas unsanft aus der Hand, woraufhin er vor sich hin grummelte.

Ich lächelte beide aufmunternd an. »Anstoßen klingt gut, ich hole mal die Kinder.«

Ich lief über den warmen Rasen durch die Terrassentür ins Wohnzimmer. Die Renovierung war nun schon fast ein halbes Jahr abgeschlossen, aber jedes Mal, wenn ich Mamas altes Haus betrat, konnte ich kaum fassen, wie schön alles geworden war. Der frisch lasierte Holzboden, die neu verputzten Wände, Mamas Mahagoni-Möbel, die Hannes abgeschliffen und weiß getüncht hatte, die kuschelige neue Sofalandschaft, der Durchbruch von der Küche zum Wohnzimmer, der alles so modern und offen wirken ließ.

»Mama, gucke mal!«, rief Hannah aus ihrer Schaukel, die Simon im Türrahmen zwischen Wohnzimmer und Flur angebracht hatte. Seitdem konnte man diese Tür quasi nicht mehr benutzen und war gezwungen, den Umweg durch die Küche zu nehmen. Aber das war schon in Ordnung, denn Hannah liebte diese Schaukel, und wir liebten Hannah.

»Hannah will raus«, sagte sie nun mit bestimmter Miene. Sie streckte mir ihre kleinen Ärmchen entgegen, die zur Feier des Tages in einem Prinzessinnenkostüm steckten, das Mo ihr gekauft hatte.

Ich hob sie hoch, küsste sie auf die mittlerweile

kinnlangen Locken und ließ sie runter. Mit energischen Schritten tapste sie auf ihren nackten Füßchen über den Holzboden in Richtung Garten. Seit unserer Reise weigerte sie sich, Schuhe zu tragen. Ich verstand sie gut, dachte aber mit Sorge an die Monate, die vor uns lagen und in denen Norderney alles andere als eine Barfuß-Location sein würde.

Im Flur stand noch eine Kiste mit Sachen, die die Familie, die in den letzten Wochen hier gewohnt hatte, bei ihrer Abreise vergessen hatte. Ein einzelner Flipflop lag oben auf einer Picknickdecke neben einem ziemlich zerlesenen Thriller.

Auf dem Weg nach oben blieb ich wie häufig auf der Treppe stehen und betrachtete die Fotos, die wir hier aufgehängt hatten. Die Gestaltung dieser Ahnentafel war ein gemeinsames Projekt von Morlen und mir gewesen. In den ersten Winterferien, in denen sie nach Norderney gekommen war, war es draußen so ruppig gewesen, dass man kaum das Haus verlassen konnte. Simon hatte trotzdem unermüdlich weiterrenoviert, zusammen mit den Handwerkern, die Georg uns empfohlen hatte. Hannah hatte meistens in ihrer Schaukel gesessen. Und Morlen und ich hatten am Boden gehockt, der noch nach frisch geschliffenem Holz duftete, umgeben von Fotoalben und Kisten. Wir hatten stundenlang Tee getrunken und Bilder sortiert. Die besten Fotos aus drei Generationen.

Ich sah mir das Ergebnis jeden Tag wieder mit Freude an, wenn ich die Treppe hinaufstieg. Die Galerie begann mit Babyfotos von Iris, mir, Simon, Morlen und Hannah. Wie unterschiedlich wir alle ausgesehen hatten. Iris und ich waren kräftige Babys gewesen, Morlen zart und zäh, Hannah kugelrund, genau wie Simon. Es folgten Kinderfotos von uns allen, dann Jugendbilder von Iris, mir und Simon, dessen Fotos am lustigsten waren, weil er damals einen mächtigen Afro und viel zu enge Jeans getragen hatte. Auf einem der Fotos waren auch Anni und Jan zu sehen. Auf den späteren Bildern tauchten dann die Mädchen wieder auf. Das aktuellste ganz oben war ein Familienfoto, das wir in diesem Januar geschossen hatten.

Es war an einem jener klaren Wintertage entstanden, an denen der Himmel so blau ist, wie Kinder ihn malen. Eisschollen waren oben auf der Nordsee geschwommen und hatten sich wie Baiser-Schichten auf den Strand geschoben. Wir waren alle zusammen spazieren gegangen, die Mützen tief-, die Schals hochgezogen, die Augen fest zusammengekniffen, weil die Sonne so blendete. Jan, Alex und Lou waren übers Wochenende nach Norderney gekommen, um Morlen am Ende der Winterferien abzuholen. Dieser Spaziergang hatte sich angefühlt wie ein kostbares Stück neu gewonnene Normalität. Ich weiß noch, wie Alex Hannah an der Hand hielt, die energisch durch den Sand tappte. Wie Morlen und Lou Schnee vom Dünengras klaubten und versuchten, es Jan und Simon unter die Schals zu stopfen. Wie ich Hannes von unseren Reiseplänen berichtete und er seinen Arm um meine Schulter legte und sagte: »Komm ja nicht auf die Idee, nicht wiederzukommen.« Und wie ich seine Hand drückte und ihm versprach, dass ich immer wieder hierher zurückkommen würde.

Für das Foto hatten wir einen Rentner angesprochen, der Jans Smartphone mehrmals falsch herum oder die Finger vor die Linse hielt. Als er es endlich schaffte, uns zu fotografieren, mussten wir alle so sehr lachen, dass kein vernünftiges Bild mehr möglich war. Auf dem Foto in unserem Flur wischte sich Hannes gerade eine Lachträne aus dem Augenwinkel. Simon bog sich vor Lachen, sodass man nur seine Locken sah. Jan hatte eine Hand vor den Augen, Alex' Gesicht war zu einer Grimasse verzogen, Morlen und Lou hatten die Köpfe nach hinten geworfen und die Münder weit aufgerissen, und Hannah streckte dem Fotografen ihren runden Windelpopo entgegen, an dem gerade Fiete roch. Und mittendrin war ich. Und ich lachte so ausgelassen, dass es mich jedes Mal ergriff, mir das Foto anzuschauen. Es war kein klassisches Familienporträt. Aber wir waren auch keine klassische Familie. Wir waren wir. Und das fühlte sich ziemlich gut an.

»Na, schaust du dir schon wieder unser Foto an?« Alex kam von oben herunter.

»Ja, das ist mein Lieblingsbild.« Ich lächelte sie an.

»Meins auch«. Ihre drahtigen Arme, die unter dem abgeschnittenen Jeanshemd hervorschauten, hatten in den vergangenen Tagen etwas Farbe bekommen. »Irre, was ihr aus der Hütte gemacht habt. Ich bin jedes Mal wieder beeindruckt.«

Ich grinste stolz. »Ja, ich finde auch, dass es echt schön geworden ist.«

»Kein Wunder, dass euch die Leute für die Vermietung die Bude einrennen.« Sie wuschelte sich durch die kurzen hellblonden Haare.

Ich musste Alex immerzu anschauen, weil sie diese positive Ausstrahlung besaß, der man sich nicht entziehen konnte. Ich hatte es ernst gemeint, als ich zu Jan gesagt hatte, eine Bessere würde er nicht finden.

Alex bemerkte, dass ich sie beobachtete, und lachte, wobei sich um ihre strahlenden Augen hübsche Lachfältchen bildeten. »Wolltest du zu den Kids?«

»Ja, sind sie oben?« Ich wies mit dem Kopf hinauf. »Und darf man stören?«

Alex hielt sich verschwörerisch die Hand vor den Mund. »Ja, die machen irgendwas auf Morlens neuem Smartphone.«

Ich hob kurz die Augenbrauen. Dass meine Tochter von Jan zum Geburtstag ihr erstes Handy bekommen hatte, war ein Streitpunkt zwischen uns. Aber da sie in der neuen Schule gut zurechtkam und man in Düsseldorf mit zwölf offenbar nicht ohne Smartphone überleben konnte, hatte ich den Kampf schließlich aufgegeben.

»Ich hole sie mal«, sagte ich zu Alex. »Wir wollen alle zusammen anstoßen.«

»Ach, Maria?« Sie hielt mich sachte am Handgelenk fest. »Ich wollte mich noch bei dir bedanken.«

Ich legte fragend den Kopf schief.

Sie machte ein ungewohnt ernstes Gesicht. »Ich hätte nie gedacht, dass sich alles noch mal so fügen würde.«

Von oben hörte ich Musik aus Morlens Zimmer. »Ich bin auch froh darüber.«

Alex fuhr sich erneut durch die Haare. »Weißt du, ich hab letztes Jahr echt gedacht, Jan und ich haben es vermasselt. Er hat sich nicht mehr für mich interessiert, hat einfach so hingenommen, dass ich gehe. Erst als er von Norderney wiederkam, fing er plötzlich an zu kämpfen. Ich war so erleichtert, dass unsere Beziehung ihm offenbar doch noch etwas bedeutet. Ich weiß schon, dass du an dieser Entwicklung nicht ganz unbeteiligt warst.«

Ich setzte ein Pokerface auf. »Ich bin froh, dass die Morddrohungen Wirkung gezeigt haben.«

Sie lachte ihr raues Lachen, wurde dann aber wieder ernst. »Weißt du, es war nicht nur die Paartherapie, die uns schließlich geholfen hat. Es war irgendwie auch Morlen. Das wollte ich dir die ganze Zeit schon sagen.« Sie drehte sich kurz um, um sicherzugehen, dass niemand zuhörte. »Ich weiß, dass es für dich echt hart ist, dass sie gerade bei uns wohnt. Aber du weißt ja, dass ich an Schicksal glaube. Dass alles irgendeinen Sinn hat im Leben. Und irgendwie war Morlen für uns wie das fehlende Puzzlestück. Als sie bei uns einzog, waren wir plötzlich komplett.« Alex lauschte ihren eigenen Worten nach und sah mich dann erschrocken an. »Ist es okay, wenn ich das so sage? Verstehst du, was ich meine?«

Ich nickte heftig. »Ich weiß, was du meinst. Es tröstet mich, das zu hören.«

Sie drückte mich kurz an sich, bevor ich nach oben ging, um Morlen und Jonas zu holen. Ich klopfte an die Zimmertür, und als Morlen gelangweilt »Herein!« rief, öffnete ich sie vorsichtig.

Es verschlug mir jedes Mal wieder die Sprache, wenn ich dieses Zimmer betrat. Es war Simons und Hannes' Meisterstück. Wochenlang hatten sie gemeinsam Pläne entworfen, und es war schließlich das erste Zimmer des Hauses, das fertig wurde. Wir sprachen es nie aus, aber ich wusste, was beide hofften: Wenn das Zimmer nur schön genug wäre, würde sie zurück zu uns auf die Insel ziehen. Nie werde ich vergessen, wie sie es Morlen vergangene Weihnachten das erste Mal zeigten. Sie standen wie zwei Schuljungen nebeneinander, aufgeregt und stolz. Morlen spazierte mit offenem Mund durch den Raum, betrachtete überwältigt das Bettgerüst aus echten Baumstämmen, den aufbereiteten Schminktisch ihrer Urgroßmutter, die Bilderwand mit Fotos von Nalu, Molly und ihrem aktuellen Lieblingssurfer, die Ecke mit den Sitzkissen, den Schreibtisch, der sich rauf- und runterklappen ließ, die an Lederriemen hängenden Wandregale und den schicken Metallständer für ihre neue Gitarre. Am meisten freute sie sich über den geflochtenen Hängesessel, der in einer Ecke unter der Dachschräge hing.

Dort saß sie auch jetzt, die Gitarre auf dem Schoß, und blickte mich erwartungsvoll an. Ihre Arme und

Beine waren noch länger geworden in ihrem Jahr in Düsseldorf, ihr Gesicht spitzer. Sie trug jetzt nur noch dunkle Klamotten, und nichts an ihr war mehr rosa oder verspielt. Die Zeit, in der ich glitzernde Haarspangen aus ihrem zerzausten Haar befreien musste, war endgültig vorbei. Vor ihr auf dem Sitzkissen saß Jonas, der mir ebenfalls größer und irgendwie kantiger erschien als im letzten Sommer.

»Tonis neuer Song ist der Hammer«, sagte er mit neuerdings kieksiger Stimme.

Morlen strahlte. »Sie hat ihn uns gerade per Skype vorgespielt und mir die Akkorde gesagt.«

»Oh, ist die verrückte Nuss noch in Costa Rica?«

Morlen spielte mit ihrem neuen Armbändchen, das Toni ihr dort an einem Straßenstand gekauft hatte. »Ja, sie hat gerade einen Juan kennengelernt und will noch etwas bleiben.«

Wir mussten alle lachen.

Ich klatschte in die Hände. »Ihr Süßen, kommt ihr runter? Wir wollen anstoßen.«

Morlen schälte sich aus ihrem Hängesessel, Jonas erhob sich vom Sitzkissen, und sie schlurften hinter mir her nach unten.

Simon kam uns im Treppenhaus mit Hannah auf dem Arm entgegen. Er küsste mich und sagte mit verschwörerischem Blick: »Du musst hier noch kurz warten.« Dann drückte er mir Hannah in die Arme.

Er, Morlen und Jonas verschwanden kichernd in Richtung Garten. Ich ahnte es schon: Wir würden heute nicht nur auf unsere Rückkehr anstoßen, sondern auch Hannahs und meinen Geburtstag nachfeiern. Meiner lag erst wenige Tage zurück, und wir hatten ihn ein wenig unter den Tisch gekehrt, weil wir noch so unter dem Jetlag litten. Und weil wir ja ohnehin vorhatten, unsere Rückkehr mit einer Gartenparty zu zelebrieren. Hannahs zweiten Geburtstag hatten wir noch in Costa Rica gefeiert. Auf der Terrasse des Baumhauses, in dem wir sechs Wochen gewohnt hatten, mit zwei Kerzen im Bananenbrot und selbst geernteter Ananas.

Nachdem Morlen zu Jan gezogen war, hatte ich ein paar Wochen gebraucht, um mir darüber klar zu werden, wie es weitergehen sollte. Zunächst entschied ich, dass wir mit dem unverhofften Erbe meines Vaters Mamas Haus renovieren und hier einziehen würden. Dann hatte ich probehalber Georgs Angebot angenommen: Keine Pacht mehr, dafür wurde er jetzt an den Gewinnen beteiligt. Er hatte außerdem eine zackige Insulanerin für mich gefunden, die nun fest bei uns angestellt war. Das erlaubte es mir, nicht mehr jeden Tag im Laden zu sein. So konnte ich mich gemeinsam mit Georg um unsere Partyreihe und die Produktpalette kümmern, die es nun auch in anderen Geschäften auf der Insel und in einem Online-Shop zu kaufen gab. Weiter expandieren wollten wir erst mal nicht, denn im Moment trug sich der Laden durch den Shop und die Veranstaltungen gut.

Die neue Regelung mit der Strandmuschel ermöglichte es mir außerdem, die Insel für ein paar Wochen im Jahr zu verlassen. So hatten Simon und ich es abgemacht. Von nun an würden wir ab und an gemeinsam reisen, solange Hannah noch klein und wir flexibel waren. Das Haus vermieteten wir in der Zeit über eine Haustausch-Plattform und finanzierten davon die Reise.

Unser erster Trip hatte uns nach Costa Rica geführt. Die letzten beiden Wochen war auch Morlen zu uns gestoßen, was für mich das allergrößte Geschenk gewesen war. Jeden Morgen wurden wir von den Brüllaffen in den Bäumen um unser Haus geweckt und beobachteten beim Frühstück, wie Leguane die Stämme hinaufkrochen. Wir badeten Tag für Tag im Meer, das an den Regenwald angrenzte. Machten Mittagsschlaf in Hängematten zwischen Palmen, Hannah nur in Windel auf einem unserer nackten Bäuche, und schliefen abends zum Sound des Dschungels ein. Wir trugen sechs Wochen lang keine Schuhe. Und trotzdem: Von einem Tag auf den anderen vermisste ich Norderney. Ich vermisste die Nordsee, ich vermisste Hannes, ich vermisste mein Café. Ich vermisste die Dünen, die rauen Winde, das kalte Wasser. Und so war ich froh gewesen, als wir vergangene Woche von der Fähre stiegen und ich wieder Inselluft atmete. Das war neu. Früher hatte sich das Ende jeder Reise angefühlt wie ein Abschied. Nun war es ein Nachhausekommen.

An einem unserer letzten Abende in Costa Rica hatte Hannah in einer Hängematte neben mir geschlafen, Simon und Morlen waren surfen gegangen, und ich hatte mit Toni im Sand gesessen, ungefähr an der Stelle, an der einst unser Foto entstanden war.

»Jetzt haben wir unser Versprechen wahr gemacht. Wir sind zurück«, sagte Toni.

»Und glücklich«, fügte ich hinzu, und wir stießen mit Kokosnüssen an. Am glücklichsten machte mich in diesem Moment der Gedanke daran, bald wieder zu Hause zu sein. Mit einem Koffer voller schöner Erinnerungen.

Und jetzt waren wir wieder hier, in unserem Haus, auf unserer Insel. Hannah spielte mit meinen Haaren und summte vor sich hin. Sie summte eigentlich den ganzen Tag, wie eine lebendige, einen Meter große Jukebox. Du kleines Nomadenkind, dachte ich und küsste sie. Wo du wohl später zu Hause sein wirst?

Plötzlich grinste sie übers ganze Gesicht und zeigte die Treppe hinunter. »Opa!«, rief sie aufgeregt.

»Da ist ja mein Schätzelein!« Hannes erschien im Flur und nahm mir Hannah ab, die beide Arme nach ihm ausstreckte und vor Freude strampelte.

Wie schnell er es geschafft hatte, sie von sich zu begeistern, überraschte mich immer wieder. Seit Morlens Abreise im letzten Sommer waren die zwei unzertrennlich, und Hannes bestand darauf, auf sie aufzupassen, wenn Simon und ich arbeiteten.

»So, ihr kommt jetzt mal mit.« Er drückte Hannah einen lauten Schmatzer auf und schob mich vor sich her zur Terrassentür. Fiete kam auf uns zugerannt und sprang vor Freude winselnd an mir hoch.

Draußen waren sie bereits alle aufgereiht: Jan und Alex mit Lou, Georg und Jonas, beide in frisch gebügelten Hemden, Mo und Herr Jensen und zu meiner großen Überraschung Anni und ihr wundervoller Thies, die gerade erst von ihrer eigenen Reise zurückgekehrt waren. In ihren Augen schimmerten Tränen der Rührung, und ich rannte schnell zu ihnen und drückte sie fest an mich.

Dann stellte sich Morlen mit ihrer Gitarre vor uns und spielte drauflos. Alle zusammen schmetterten »Happy Birthday, Maria und Hannah«, bis ein heftiger Windstoß das Willkommensschild endgültig auf unsere Köpfe wehte.

Gerade als ich mich fragte, wo eigentlich mein Simon war, kam er angelaufen und zog mich mit sich in Richtung Haus. »Bevor wir anstoßen, bekommst du noch dein Geburtstagsgeschenk«, sagte er feierlich.

Ich ließ mich mitziehen, bis wir direkt vor der Backsteinwand standen, er in kurzer Hose und Kapuzenpulli, ich im Blümchenkleid, beide barfuß. Er drehte sich zu mir und nahm meine Hände fest in seine. Ich schaute mich skeptisch nach unseren gespannt zusehenden Gästen um. Jan reckte den Daumen hoch, mit diesem frechen Grinsen, das den traurigen Zug um seinen Mund wieder abgelöst hatte. Morlen flüsterte Jonas etwas ins Ohr, und er lief sofort rot an. Alle Augen waren auf uns gerichtet.

Simon räusperte sich. Ich wandte mich wieder ihm zu. Er strahlte übers ganze Gesicht. Es war dieses

Strahlen, für das ich ihm jedes Chaos verzeihen würde, das er anrichtete. Die Augustsonne ließ seine dunklen Augen funkeln. In seinen Wimpern klebte noch Salz von heute Morgen, als wir erstmals nach Costa Ricas Badewannenwasser wieder in unserer rauen Nordsee surfen gegangen waren.

Die anderen begannen rhythmisch zu klatschen. Simon zwinkerte mir zu, holte tief Luft und ... von oben prasselte es eiskalt auf mich nieder, über meine Haare, in meinen Ausschnitt, den Bauch herunter. Es passierte so schnell, dass ich nur kurz aufschrie und dann zur Seite sprang. Simon musste sich vor lauter Lachen den Bauch halten. Alle lachten mit. Auch ich.

»Eine Außendusche!«, rief Simon. »Überraschung!«

Mein Kleid war bis auf die Haut durchnässt. Ich schüttelte mich, dann blickte ich in die lachenden Gesichter der anderen, stürzte auf meinen Freund zu und zog ihn mit mir unter den eisigen Wasserstrahl.

Simon wehrte sich nur kurz. Ich sah verschwommen sein Gesicht, dicht vor mir, und küsste ihn. Um uns herum wurde applaudiert.

»Willst du für immer mit mir draußen duschen?«, schrie er gegen das Geplätscher und Gejohle an.

Ich warf lachend den Kopf in den Nacken und rief: »Ja, ich will.«

Für
Morten
&
Hannah

von eurer
Mama Maria

Holunderblütensirup à la Iris

ZUTATEN
- *1 kg Zucker*
- *500 ml trockener Weißwein*
- *500 ml Wasser*
- *16 Holunderblütendolden*
- *2 unbehandelte Zitronen*
- *5 Stängel frische Minze*

ZUBEREITUNG

1. Den Zucker in Wein und Wasser aufkochen, bis er sich gelöst hat.

2. Die Holunderblüten nicht waschen, aber gut ausschütteln, die Zitronen heiß abwaschen und in Scheiben schneiden.

3. Holunderblüten mit der Minze und den Zitronenscheiben zum Zucker-Wein geben, zudecken und drei Tage ziehen lassen.

4. Erst grob sieben, dann durch ein Tuch seihen, kurz aufkochen und in heiß ausgespülte Flaschen füllen.

MANCHMAL
sagt
eine
Wunderkerze
mehr als
tausend
FEUERWERKE.

FÜR DIE
SCHÖNSTE FRAU
DER INSEL

Omis Gartenbrause

ZUTATEN

- *2–3 Hände frische Lavendelblüten (oder 4 Hände voll getrocknete)*
- *1 Zweig frischer Rosmarin*
- *1 unbehandelte Zitrone*
- *1 l Wasser*
- *1 kg Zucker*

ZUBEREITUNG

1. Lavendelblüten und Rosmarinzweig waschen und abschütteln, die Zitrone heiß waschen und in Scheiben schneiden. Das Wasser in eine große Schüssel geben, die Hälfte der Zitronenscheiben hineinlegen, danach die Blüten, den Rosmarinzweig und obendrauf den Rest der Zitrone.

2. Die Schüssel mit einem Küchentuch abdecken und zwei Tage ziehen lassen. Nach der Ziehzeit durch ein Küchentuch in einen Kochtopf abseihen. Den Zucker hinzugeben und einige Minuten köcheln lassen.

3. Den noch heißen Sirup in gesäuberte Flaschen abfüllen und luftdicht verschließen, dann hält er einige Monate. Mit Mineralwasser und Eiswürfeln als Limonade servieren.

Wer *frei* sein will, muss sein *Herz* von der Leine *lassen.*

Dünenrosenzucker

ZUTATEN

- 50 g frische Rosenblüten (egal, welcher Art)

- 150 g Zucker

ZUBEREITUNG

1. Die Rosenblütenblätter mit einem Pinsel vorsichtig reinigen, auf Küchenpapier ausbreiten und einen Tag lang trocknen lassen.

2. Von den getrockneten Blütenblättern einige besonders schöne Exemplare als Dekoration zur Seite legen. Die restlichen Blüten fein hacken und zusammen mit ein bis zwei Esslöffeln Zucker im Mörser zerstoßen.

3. Mit dem verbliebenen Zucker mischen und in ein verschließbares Gefäß abfüllen. Mit den restlichen Blütenblättern dekorieren. Für ein besonders blumiges Aroma die Zuckermischung einige Tage durchziehen lassen. Schmeckt auf Sahne, Cocktails, Desserts oder in Tee.

Zu Marias Rezepten gibt es richtig hübsche Etiketten zum Herunterladen und Ausdrucken auf www.goldmann-verlag.de/lichtermeer. Wenn ihr einen der Sirups nachkocht oder den Dünenrosenzucker ausprobiert, freuen wir uns riesig, wenn ihr Fotos oder Videos davon macht und sie unter dem Hashtag #strandmuschel postet (unbedingt mit @meike.werkmeister und @goldmann_verlag verlinken). Viel Spaß – und lasst es euch schmecken!

Danke

Mein erstes Dankeschön gilt dir. Ja, genau dir, die oder der du dieses Buch in Händen hältst. Dass du es dir aus Tausenden von Büchern ausgesucht und deine kostbare Zeit genutzt hast, um ausgerechnet meinen Roman zu lesen, freut mich riesig. Wenn man schreibt, sitzt man viele Monate allein vor einem Computerbildschirm und träumt davon, dass eines Tages Menschen das, was man sich da gerade ausdenkt, lesen werden. Du hast diesen Traum für mich wahr gemacht. Deswegen: den herzlichsten Dank an meine LeserInnen. An alle, die mir Nachrichten schicken, Rezensionen verfassen, so hübsche Fotos von meinen Büchern posten, zu Lesungen kommen, mich auf diesem Weg unterstützen. Ohne euch würde das alles keinen Sinn machen. Ihr seid meine HeldInnen!

Ich danke allen BuchhändlerInnen, die meine Bücher in ihrem Laden ausliegen haben, rührende Empfehlungen schreiben, ihrer Kundschaft meine Romane ans Herz legen, mich zu Lesungen einladen.

Meine Lektorin Almuth Andreae hat mein Leben über Nacht verändert, denn sie hat mich von einer Autorin mit einem Traum zu einer Autorin mit einem

Buchvertrag gemacht. Das werde ich dir nie vergessen, liebe Almuth. Genau wie die vielen genialen Ideen und die ganz spezielle Almuth-Magie, die du zu meinen Geschichten beiträgst. Ich danke dir für jedes Gespräch und jeden Kampf, den du für mich schon gekämpft hast. Und einfach dafür, was für ein inspirierender, kluger, besonderer Mensch du bist.

Meiner Lektorin Lena Schäfer danke ich für ihren spontanen Einsatz, für ihre äußerst wirksame Motivation, beeindruckende Genauig- und Schnelligkeit und für die wirklich nette und vertrauensvolle Zusammenarbeit. Wir haben das super gerockt, finde ich.

Ich danke Grusche Juncker, Andrea Best, Maria Runge, Claudia Hanssen, Katrin Cinque, Barbara Henning, Manuela Braun, Daniela Sarter, Carolina Teichmann, Stefanie Dietrich und allen anderen großartigen MitarbeiterInnen beim Goldmann Verlag, die ich leider noch nicht persönlich kennenlernen konnte. Danke, dass ihr so viel Herzblut und Mühe in die Veröffentlichung meiner Bücher steckt. Mit euch zu arbeiten macht großen Spaß, und ich bin stolz, eine eurer Autorinnen zu sein.

Meine Agentin Eva Semitzidou kommt eigentlich von einem anderen Stern, ich werde es hoffentlich eines Tages beweisen können. Wie kann ein Mensch so viel positive Energie, grandiose Ideen und grenzenlose Power versprühen? Auch dieses Buch gäbe es nicht ohne dich, liebste Eva, aber das weißt du ja.

Meiner Freundin Julia Kautz möchte ich dafür danken, dass ich ihre wunderschönen Songtexte auch für diesen Roman verwenden durfte und dass sie mich bei meinen Lesungen mit ihrer zauberhaften Musik begleitet. Neben dir zu sitzen und dir zuzuhören ist jedes Mal ein Geschenk an mich selbst.

Ich danke meinen FreundInnen und meiner Familie für ihre liebevolle Unterstützung. Dafür, dass ihr euch mit mir freut, für mich da seid, wenn alles doch mal zu viel wird, und mein Kind hütet, wenn ich auf Lesereise bin. Ihr seid die Besten!

Besonderer Dank gilt meinen geliebten ErstleserInnen für ihre Mühe, Zeit und Geduld: Nancy Riesenhuber fürs Redigieren mit Regenjacke (wenn du bei meinen Texten weinen musst, weiß ich, dass ich etwas richtig gemacht habe), Tessa Randau für Cheerleading zu jeder Tages- und Nachtzeit, Daniele Palu für unzählige inspirierende Gespräche unter Kollegen, Christine Ritzenhoff für ihren einfühlsam-professionellen Blick und ihr Kuchen-Knowhow (ich sage nur: Donauwellen!).

Außerdem danke ich von Herzen …

… allen Bloggerinnen, die ich im vergangenen Jahr persönlich oder digital kennenlernen durfte. Was für eine nette Community ihr Bookstagrammer seid, wie viel Mühe ihr euch mit euren Accounts gebt, wie viel Liebe ihr mit euren Beiträgen verbreitet! Ich danke jeder Einzelnen von euch für die Unterstützung, den Austausch, die Inspiration und die netten Unterhaltungen. Ich bin euer Fangirl.

… Kristina Lake-Zapp für das auch diesmal wunderbare und immens hilfreiche Korrektorat.

… Irmi Keis und Tina Lurz für euren einzigartigen ehrlich & anders-Zauber.

… Lisa Roskamp von letterlisi für die traumschöne Gestaltung von Marias Tagebuchseiten.

… Renata Wolff von Haus Nr. 26 dafür, dass du auch diesmal wieder wunderhübsche Anni-Postkarten beigesteuert hast.

… Karla Paul von Buchkolumne dafür, dass du mein Buch entdeckt hast, dass du Menschen zum Lesen bringst, für deine klugen Ratschläge, unsere intensiven Gespräche bei Ingwertee – und für Pepper.

… Josi Wismar für deine Unterstützung, dein Vertrauen und fürs Josi-Sein, denn #alleliebenjosi, ich auch.

… der gesamten Kautzarmy dafür, dass ihr auf unseren Musiklesungen immer so viel Liebe verbreitet.

… Ulrike Schacht dafür, dass du mir die Angst vor Kameras genommen hast. Danke für die schönen Fotos und deine Freundschaft, liebste Ulli!

… Laurent und Robert. Dafür, dass mit euch alles das entscheidende bisschen schöner ist.